古典詩歌研究彙刊

第一輯

龔鵬程 主編

第 17 冊

明末清初詩詞正變觀研究
——以二陳、王、朱為對象之考察

陳美朱 著

國家圖書館出版品預行編目資料

明末清初詩詞正變觀研究——以二陳、王、朱為對象之考察／
陳美朱著 — 初版 — 台北縣永和市：花木蘭文化出版社，2007
〔民 96〕

目 2+308 面；17×24 公分（古典詩歌研究彙刊 第一輯：第 17 冊）
ISBN-13：978-986-7128-92-8（全套：精裝）
ISBN-13：978-986-7128-88-1（精裝）
1. 中國詩－歷史－明（1368-1644）2. 中國詩－歷史－清
（1644-1912）3. 中國詩－評論
820.9106   96003311

ISBN - 9867128881

9 789867 128881

古典詩歌研究彙刊
第一輯　第十七冊　　　　　ISBN：978-986-7128-88-1

明末清初詩詞正變觀研究——以二陳、王、朱為對象之考察

作　　者　陳美朱
主　　編　龔鵬程
出　　版　花木蘭文化出版社
發 行 所　花木蘭文化出版社
發 行 人　高小娟
聯絡地址　台北縣永和市中正路五九五號七樓之三
　　　　　電話：02-2923-1455／傳真：02-2923-1452
電子信箱　sut81518@ms59.hinet.net
初　　版　2007 年 3 月
定　　價　第一輯 20 冊（精裝）新台幣 28,000 元

明末清初詩詞正變觀研究
——以二陳、王、朱為對象之考察

陳美朱 著

作者簡介

陳美朱，國立成功大學中文博士，台南科技大學通識教育中心助理教授，曾執行之國科會計畫案為：〈明遺民「學杜」詩學現象研究〉（2004 年）；〈明、清杜詩評點箋註研究——以杜甫詩題為研究起點〉（2003 年）；〈明末清初「學竟陵」與「攻竟陵」詩學現象研究〉（2002 年）。著有《清初杜詩詩意闡釋研究》（台南：漢家出版社，2006 年），合編《台灣古典詩詞讀本》（台北：五南圖書，2006 年）。

提　　要

　　本文是以明末清初的陳子龍、陳維崧、王士禎、朱彝尊四家為考察對象，具體觀察明、清之際由詩詞創作與理論的正變觀念如何相互牽引、參證、離合乃至取捨的現象。全文共分七章，第一章「緒論」，旨在說明以二陳、王、朱四家為研究對象的理由。第二章「明清之際江浙文學環境及四家的文學因緣」，則概述明清之際江、浙的詩詞唱和風氣，以了解四家之詩詞創作環境及彼此互動影響關係。三、四、五、六章，分別探討四家的詩、詞正變理論與在清初所引發的回響，並結合四家的詩詞創作，以突顯四家在明清之際詩壇、詞壇上的特殊成就。第七章「結論」，除了概述本文的研究心得外，也勾勒出後續研究的議題，期能作為日後努力的方向。

　　關鍵字：明末清初、陳子龍、王士禎、陳維崧、朱彝尊

目

錄

第一章 緒 論

第一節 研究命題

清人田同之論及唐以後詩、詞演變風氣時指出：

> 詩詞風氣，正自相循。貞觀、開元之詩，多尚淡遠。
> 大曆、元和後，溫、李、韋、杜，漸入香奩，遂啟詞端。《金
> 荃》、《蘭畹》之詞，概崇芳艷。南唐、北宋後，辛、陸、
> 姜、劉，漸脫香奩，仍存詩意。元則曲勝而詩詞俱掩，明
> 則詩勝於詞，今則詩詞俱勝矣。〔註1〕

田同之認爲，詞源起於晚唐，南唐、北宋詞風因與香奩詩爲近，故以
「芳艷」爲主，南宋詞雖然「漸脫香奩」，但詩意仍存。爾後元曲獨
行，詩詞俱掩，明人則是詩勝於詞，直到清代才稱得上是「詩詞俱勝」。
此說對照清初高佑釲〈迦陵詞集序〉所謂：「詞始於唐，衍於五代，
盛於宋，沿於元，而榛蕪於明詞。」〔註2〕清人既然視明代爲詞學「榛
蕪」的時期，故清代所以能超越明人的「詩勝於詞」而做到「詩詞俱
勝」，所憑藉的當然是詞學在清初復興的成就。誠如清初尤侗〈詞苑

〔註1〕氏著《西圃詞說》，載於唐圭璋主編《詞話叢編》（北京：中華書局，
　　　　1996 年）冊2，頁 1452。
〔註2〕序文載於《陳迦陵文集》（台北：商務印書館四部叢刊本）之《迦陵
　　　　詞》卷首。

叢談序）所言：「唐詩之後，香奩、浣花稍微矣，至有明而起其衰。宋詞之後，遺山、蛻巖亦僅矣。及吾朝而恢其盛。」〔註3〕清初蔣景祁（1646-?）在〈刻瑤華集序〉一開始也說：「國家文教蔚興，詞為特盛。」〔註4〕可見詞學之復興，是清初所以自豪於前人之處。

詞所以衰蔽於明，近代詞學家吳梅先生歸納原因大要有四：「託體不尊，難言大雅，其蔽一也。」、「連章累篇，不外酬應，其蔽二也」、「句擒字捃，神明不屬，其弊三也。」、「好行小慧，無當雅言，其蔽四也。」〔註5〕明詞衰蔽的原因既如上述，然則清詞興起的原因又當為何？從時代背景來說，葉恭綽以為：

> 清初詞派，承明末餘波，百家騰躍。雖其病為蕪獷、為纖仄，而喪亂之餘，家國文物之感，蘊發無端，笑啼非假。其才思充沛者，復以分途奔放，各極所長。故清初諸家，實各具特色，不愧前茅。〔註6〕

在時移世變的易代之際，文人將心中的「家國文物之感」寄寓於詞作當中，內容上的深沈真摯、笑啼非假，並隨著各人遭際的差異而「各具特色」，清初詞壇也就呈現出百家爭鳴的局勢。再由人為因素來看，清初詞壇由於有深孚人望者的倡導，以致駸駸愈上。如蔣景祁在〈刻瑤華集序〉中指出：

> 《倚聲集》，不欲脫，不欲黏。錢尚書（牧齋）、吳祭酒（梅村）、陳黃門（大樽）、龔宗伯（芝麓）、曹侍郎（秋岳）、宋宗丞（轅文）、李舍人（舒章），一時倡和，特絕千古。彭（羨門）、王（阮亭）、鄒（程村）、董（文友），廓清表章之力，大費苦心。

《倚聲集》是清初王士禛與詞友鄒祇謨共同編選的詞集，收錄了明末

〔註3〕序文載於《詞苑叢談》（台北：仁愛書局，1985年）卷首。
〔註4〕序文載於《瑤華集》卷首，《四庫全書存目叢書》集部第37冊。
〔註5〕參見吳梅〈明人詞略〉，《詞學通論》（台北：商務印書館，1988年）第9章，頁142～143。
〔註6〕氏著《廣篋中詞》（載於楊家駱主編《歷代詩史長編》第22種，台北：鼎文書局，1971年）卷1，陳崿〈咋風呵壁詞〉後評，頁11。

清初五十年間的詞人作品，當時一些詩壇大家如「雲間三子」〔註7〕
陳子龍、宋徵輿、李雯，以及「江左三大家」〔註8〕龔鼎孳、吳偉業、
錢謙益的詞作都被選錄其中。在這些詩壇鉅子塡詞唱和的風氣底下，
清初詞壇也就呈現出「戴笠故交，擔簦才子，並與宴遊之席，各傳酬
和之篇，而吳越操觚家聞風競起，選者、作者，妍媸雜陳。」〔註9〕
的盛況。晚清陳廷焯《白雨齋詞話》卷1「引言」回顧清初詞壇振興
之勢時，也把原因歸結於「國初諸老，多究心於倚聲」的努力成果，
其並由各個層面舉例說明：「取材宏富，則朱氏（彝尊）《詞綜》。持
法精嚴，則萬氏（樹）《詞律》。他如彭氏（孫遹）《詞藻》、《金粟詞
話》及《西河詞話》（毛奇齡）、《詞苑叢談》（徐釚）等類。或講聲律，
或極艷雅，或肆辯難，各有可觀。」〔註10〕具體概述了清初詞壇的可
觀之處。而伴隨著詞體的興盛，創作上「以詩爲詞」、「以詞爲詩」，
以及「詞爲詩餘」、「詞損詩格」的相關議題，也就接踵而至。

　　以創作而言，清初李漁《窺詞管見》開宗明義即道：「作詞之難，
難於上不似詩，下不顧曲，不淄不磷，立於二者之中。」話雖如此，
但在實際創作時，卻還是會出現：「有學問人作詞，儘力避詩，而究
竟不離於詩。一則苦於習久難變，一則迫於捨此實無也。」〔註11〕李
漁所言，當是個人實際創作的經驗談。而王士禎的小令詞所以有「同
其詩之七絕」〔註12〕與「每以詩爲詞」〔註13〕的評價，與李漁之說正

〔註7〕陳子龍、李雯與宋徵輿三人皆爲雲間人（今上海松江市）曾共同彙詩
　　　爲一集，名爲《三子詩選》，詳見陳子龍〈三子詩選序〉，載於《陳
　　　子龍詩集》（上海：上海古籍出版社，1983年），頁771～772。
〔註8〕清初吳江顧有孝、趙澐於康熙六年刊刻龔鼎孳、錢謙益、吳梅村三人
　　　詩作選集，此爲「江左三大家」之號由來。
〔註9〕語見顧貞觀〈答秋田求詞序書〉，序文載於謝章鋌《賭棋山莊詞話》
　　　續編卷3，見《詞話叢編》（北京：中華書局，1996）冊4，頁3530。
〔註10〕載於《詞話叢編》冊4，頁3775。
〔註11〕載於《詞話叢編》冊1，頁549。
〔註12〕語見《續修四庫全書提要》（台北：商務印書館，1972年）集部之〈阮
　　　亭詩餘提要〉，頁729。此外，龍榆生論士禎詞亦云：「士禎詩主神韻，
　　　尤工絕句，以餘力塡詞，特長小令，蓋與絕句同一機杼也。」《近三

好相互印證。至於清初「以詞爲詩」的風尚，黃宗羲批評道：「近來黠者，取宋、元詩餘，抄撮其靈秀之句，改頭換面以爲詩，見者嗟其嫵媚，遂成風氣。」〔註14〕上述因詩、詞體類混淆所產生的「以詩爲詞」與「以詞爲詩」，追溯其源，北宋早已有之，舉其犖犖大者，如《歷代詞話》以下所云：

> 東坡問陳無己：「我詞何如少游？」無己曰：「學士小詞似詩，少游詩似小詞。」〔註15〕

> 陳師道言：「東坡以詩爲詞，如雷大使之舞，雖極天下之工，要非本色。」〔註16〕

第一則引文只指出蘇軾「小詞似詩」與秦觀「詩似小詞」的現象而已，並未涉及正變之分，而在陳師道的《後山詩話》中，雖然承認蘇軾的「以詩爲詞」具有「極天下之工」的價值，但從詞體本身來說，畢竟「非本色」，不符合詞體的內在特質。而黃宗羲所以批評詩壇「以詞爲詩」的風氣，主要也是由維護各種文體之「本色」來立論的。印證其於〈胡子藏院本序〉中所言：「詩降而爲詞，詞降而爲曲。非曲易於詞，詞易於詩也。其間各有本色，假借不得。近見爲詩者，襲詞之嫵媚；爲詞者，侵曲之輕佻，徒爲作家之所俘剪耳。」〔註17〕在黃宗羲看來，詩、詞既然各有本色，也就不容混淆、假借，因而「以詞爲詩」、「以曲爲詞」，都是不可取的創作態度。

　　除了創作上的體類混淆之外，詞是否爲「詩餘、小道」，以及塡詞是否會有損「詩格」，也成爲清初熱烈討論的問題。以「詩餘」一詞而言，清人吳衡照《蓮子居詞話》考證指出：

百年名家詞選》（上海：上海古籍出版社，1979 年），頁 59。

〔註13〕陳廷焯《詞話叢談》云：「漁洋小令，每以詩爲詞，雖非本色，然自是詞壇中一幟。」載於《詞話叢編》冊 4，頁 3729。

〔註14〕氏著〈陸鋅俟詩序〉，《黃宗羲全集》（杭州：浙江古籍出版社，1985年）第 10 冊《南雷詩文集・上》，頁 91。

〔註15〕《歷代詞話》卷 5 引《坡仙集外紀》，載於《詞話叢編》冊 2，頁 1175。

〔註16〕《歷代詞話》卷 5 引《後山詩話》，載於《詞話叢編》冊 2，頁 1175

〔註17〕載於《黃宗羲全集》第 11 冊《南雷詩文集・上》，頁 61。

　　詩餘名義緣起，始見宋王灼《碧雞漫志》。至明楊慎
《丹鉛錄》，都穆《南濠詩話》，毛先舒《塡詞名解》，因
而附益之。〔註18〕

影響所及，以致「明人皆以詩餘稱詞」〔註19〕。這種以詞爲詩體「餘
緒」的觀念所造成的後遺症，誠如王世貞所說的：「詞號稱詩餘，然而
詩人不爲也。何者？其婉變而近情也，足以移情而奪嗜。其柔靡而近
俗也，詩嘽緩而就之，而不知其下也。」〔註20〕而明末陳子龍所以在
〈三子詩餘序〉中主張：「詩餘者，非獨莊士之所當疾，抑亦風人之所
宜戒也。」〔註21〕當亦有見於此。然而，詞爲「詩餘」之說是否恰當？
塡詞是否眞的會損及「詩格」，這些議題雖然宋代早已有之，但誠如吳
梅先生所言：「北宋諸賢，多精律呂，依聲下字，井然有法，而詞論之
書，寂寞無聞。知者不言，蓋有由焉。南渡以還，音律之學日漸陵夷。
作者既無準繩，歌者益乖矩矱，知音之士，乃詳考聲律，細究文辭。
玉田《詞源》，晦叔《漫志》，伯時《指迷》，一時並作。三者之外，猶
罕專篇。」〔註22〕可見宋人雖然塡詞創作豐富，但在詞學論著上卻未
能有相應的發展，而元、明兩代又誠如田同之《西圃詞說》所謂：「元
則曲勝而詩詞俱掩，明則詩勝於詞。」所以也不可能對上述議題有完
善而充份的討論。清初詞壇既然承前代而興，「詞爲詩餘」、「詞損詩格」
之說，自亦不免。由陳維崧以下兩段話中所揭露的詞壇現象來看：

　　又見世之作詩者，輒薄詞不爲，曰：「爲輒致損詩格。」
或強之，頭目盡赤，是說也，則又大怪。〔註23〕

〔註18〕氏著《蓮子居詞話》卷1，《詞話叢編》冊3，頁2418。
〔註19〕見謝章鋌《賭棋山莊詞話》續編卷1〈周櫟園書影〉一則。謝氏之說
　　　或許過於絕對，但近人趙尊岳於《詞學季刊》第1卷第3號〈惜陰
　　　堂匯刻明詞提要〉指出，明詞稱「詩餘」者將及四分之一，可概知
　　　「詩餘」之說在明代的普遍性。
〔註20〕氏著《藝苑卮言》第2則，《詞話叢編》冊1，頁385。
〔註21〕氏著《安雅堂稿》（載於《陳子龍文集》，上海：華東師範大學出版社，
　　　1988年）卷2，頁10。
〔註22〕語見〈詞話叢編序〉，載於《詞話叢編》卷首。
〔註23〕氏著〈詞選序〉，《陳迦陵文集》之《文集》卷2，頁14。

　　　　每怪夫時人，詞則呵爲小道。〔註24〕

上述的「詞損詩格」之說，觀鄒祇謨《遠志齋詞衷》所載云：

　　　　李長文學士詞，清姿朗調，原本秦、黃。爲予言：「少
　　作極多，因在館署日，薛行屋侍郎勸弗多作，以崇詩格，乃
　　遂擱筆。昔文太青少卿，亦持此論。先輩大率如此。〔註25〕

由鄒祇謨所說的「先輩大率如此」，可知清初「捨詞不作」以崇詩格
的現象還是很普遍。但在這股負面的風氣之外，另一股以復興詞學爲
己任的力量也隨之而起，如何消除「詩餘」之說所帶來的後遺症，也
就成了清初詞人所要面對的問題。如王士禛雖亦以「詩餘」代稱詞體，
卻由「音節可歌」的特長，賦予「詩餘」一詞具備「有餘於詩」的新
意，所謂：

　　　　唐詩號稱極備……要其音節皆不可歌。詩之爲功既窮，
　　而聲音之秘勢不能無所寄，於是溫、韋生而《花間》作，李、
　　晏出而《草堂》興，此詩之餘而樂府之變也。〔註26〕

相較於王士禛重新定義「詩餘」的作法，陽羨詞宗陳維崧則是清楚
意識到：「倘非傑作，疇雪斯言？」〔註27〕主張唯有精深自命的創作
態度，富有深湛之思的詞作，才能一洗詞爲小道、小技的成見。而
浙西詞宗朱彝尊雖以「小道」稱詞，但因有感於詞體言情易流於穢
俗的缺失，因而主張：「念倚聲雖小道，當其爲之，必崇爾雅，斥淫
哇。」〔註28〕此外，由唐圭璋所主編的《詞話叢編》中收錄的清初
詞話來看，有李漁的《窺詞管見》、毛奇齡的《西河詞話》、王又華
的《古今詞論》、劉體仁的《七頌堂詞繹》、沈謙的《塡詞雜說》、鄒
祇謨的《遠志齋詞衷》、王士禛的《花草蒙拾》、賀裳的《皺水軒詞

〔註24〕〈曹實庵詠物詞序〉，《陳迦陵文集》之《儷文集》卷7，頁6～7。
〔註25〕載於《詞話叢編》冊1，頁657。
〔註26〕氏著〈倚聲集序〉，載於《漁洋山人文略》（《四庫全書存目叢書》集
　　　　部第227冊），卷3，頁16～18。
〔註27〕〈曹實庵詠物詞序〉，《陳迦陵文集》之《儷文集》卷7，頁6～7。
〔註28〕語見〈靜惕堂詞序〉，收錄於楊家駱主編《清詞別集百三十四種》（台
　　　　北：鼎文書局，1976年）之《靜惕堂詞》卷首。

笺》、彭孫遹的《金粟詞話》及沈雄的《古今詞話》。而諸家之論，最後又總匯於徐釚的《詞苑叢談》一書。在大量的詞論問世後，詩、詞間的體限為何？詩體與詞體各自的「本色」又該如何？詞是否為「詩餘」、「小道」等相關議題，也才有被充分討論的機會。從詩詞同步發展的角度來看，田同之的「今則詩詞俱勝」之說，確實是可以成立的。此外，翻開目前坊間所見的幾本清代詩史、詞史或文學批評史來看，不論是嚴迪昌的《清詩史》、《清詞史》，朱則杰的《清詩史》，劉世南的《清詩流派史》，鄔國平與王鎮遠所合著的《清代文學批評史》，其共同的特色之一是：明末清初這個階段的相關論述，幾乎佔了全書的一半以上的篇輻，可見明末清初之際詩詞理論的蓬勃發展，對於建構清中葉以後的詩、詞理論，實具有決定性的關鍵意義，筆者遂將論文焦點放在明清易代之際，並由「正變觀」的角度來考察詩、詞的發展演變。

　　論詩區別「正變」的來源，可遠溯至〈毛詩序〉所云：「至於王道衰，禮義廢，政教失，國異政，家殊俗，而變風、變雅作矣。」正變之分乃著眼於時代的興衰動亂，將盛世之詩稱為「正風、正雅」，而以「變風、變雅」稱衰世之詩。影響所及，在明人的辨體觀念裡，正變遂有了抑揚軒輊之意。如明代高棅在《唐詩品彙》中，將唐詩區分為初、盛、中、晚四個階段，並以盛唐詩為「正宗」，而以晚唐詩為「餘響」，在該書序文中，又云初、盛、中、晚四個階段的詩「各有品格高下之不同」，顯然是另以文體本身在各個時代的升降演變作為衡量正變的標準〔註29〕。這種辨別文體正變的觀念，在明代所以盛行一時，是因為在明人的觀念裡，詩、詞的體制已大致完備於唐、宋人之手，明人所能致力的，也惟有「兼工眾體」，期能以「集大成」

〔註29〕這種著眼於某種文體在歷代升降演變的正變觀，在明、清兩代詩話中的具體表現，筆者於〈論明清詩話對唐七古的正變之爭〉一文中，曾針對「七古」一體作討論，見《中國文化月刊》第 232 期（1999年 7 月），頁 41～63。

的方式以與前人創作成就相抗衡。觀胡應麟所謂:「盛唐而後,樂、選、律、絕,種種具備,無復堂奧可開,門戶可立。古惟獨造,我則兼工,集其大成,何忝名世?」〔註30〕可知以上所言不誣。爲能達到「兼工眾體」的目的,分辨各種詩體的特質與格調也就成了論詩所關注的焦點,這也是《文章辨體序說》、《文體明辨序說》、《詩源辯體》等以「辨體」爲書名的著作在明代相繼問世的原因。至於這種著眼於文體本身升降代變的正變觀,被首度運用於詞體上,則見於王世貞論「詞之正宗與變體」,其云:

> 言其業,李氏、晏氏父子、耆卿、子野、美成、少游、易安至矣,詞之正宗也。溫、韋艷而促,黃九精而險,長公麗而壯,幼安辨而奇,又其次也,詞之變體也。〔註31〕

在上述引文中,王世貞將南唐二李與北宋婉約詞人視爲「詞之正宗」,而以晚唐的溫、韋及宋代的蘇、辛等人爲「詞之變體」,並以正宗爲「至也」,而以變體爲「其次」,可見其正變之分已含有優劣之別的價值判斷在內。這種區別正變的方式,主要著眼於文體的升降代變與審美特質。而筆者論述時所採用的「正變觀」,關注的焦點主要擺在(一)詩與詞之間的正變關係(二)「唐詩」與「宋詩」的正變關係(三)「南唐、北宋詞」與「南宋詞」的正變關係(四)正變之分是否即爲優劣高下的價值判斷這四個部分。

就明末清初詩詞正變觀與創作特色來看,如前所云,這個階段由於詞學理論與創作同步興盛,呈現出足以與詩學相抗衡的局勢,因而結合理論與創作來探討詩、詞正變觀發展趨勢,及其對清中葉以後的詩、詞理論建構所產生的影響,是很有必要的。然而目前所見的清代詩史、詞史或是文學史等相關著述,多僅就詩體或詞體的發展演變加以論述而已,並未有針對這兩種不同文類的互涉與對照關係來作討論

〔註30〕見許學夷《詩源辯體》(北京:人民文學出版社,1998 年)卷 34 第 19 則載引胡應麟所言,頁 319~320。

〔註31〕氏著《藝苑卮言》,載於《詞話叢編》冊 1,頁 385。

者。至於相關的單篇論文，或者僅探討詩、詞關係而不限時代，如：孫綠江〈詩詞結構與詩莊詞媚〉，(《社科縱橫》，1998 年第 1 期)；楊有山的〈詩詞文體風格辨析〉，(《信陽師範學院學報》哲社版，第 20 卷第 3 期，2000 年 7 月)。或者單就詞體本身立論，如余國欽〈正宗與別體辨析〉，(《內蒙古師大學報》，第 29 卷第 3 期，2000 年 6 月)。或者只針對詩、詞之一體作正、變的探討，如胡建次、周逸樹之〈清代詞學批評視野中的正變論〉，(《贛南師範學院學報》1999 年第 4 期)。實令人有未愜之處。

此外，由於明、清各家的理論關注點不同，使得明清之際的詩詞正、變觀也呈現出不主一格的局面。以明末陳子龍爲例，其以詩爲大國，而以詞爲小道，論詩以唐爲正、以宋爲變，論詞以南唐、北宋爲正，以南宋爲變，並以正變之分作爲工拙優劣的標準。反觀清初的王士禛，其論詩雖然主張：「窮源溯流，先辨諸家之派。」〔註32〕但深究其分辨體派的目的，則是爲了釐析各派的精髓、本質，從而找出一條「性之所近」的學詩路徑，在此一前提之下，其教人爲詩遂云：「且無計工拙，先辨雅俗。」〔註33〕論詞亦有：「詞家綺麗、豪放二派，往往分左右祖。予謂第當分正變，不當分優劣。」〔註34〕之言，其只分正變而不分優劣的態度是迥異於陳子龍的。此外，清初陽羨詞宗陳維崧在創作上選擇了「易詩爲詞」的路徑，其專力填詞的結果，爲詞體開闢了「爲經爲史，曰詩曰詞」〔註35〕的廣大天地，賦予詞體亦有詩體般的價值與地位，堪稱是清人「以變爲正」的創舉。至於在清初詩壇與王士禛互爲敵國〔註36〕，在詞壇與陳維崧並稱〔註37〕的朱彝尊，其

〔註32〕《然鐙紀聞》第 17 則，收錄於丁福保編訂《清詩話》(台北：西南書局，1979 年)，頁 102。

〔註33〕見《然鐙紀聞》第 3 則，《清詩話》頁 101。

〔註34〕氏著《香祖筆記》(《景印文淵閣四庫全書》第 870 冊) 卷 9，頁 4～5。

〔註35〕氏著〈詞選序〉，載於《陳迦陵文集》之《文集》卷 2，頁 14。

〔註36〕詳細可參見本書「朱彝尊」一章之第二節部分。

〔註37〕詳細可參見本論文「陳維崧」一章註 10 所引的相關詞話論述。

論詩雖以唐人為正、為優，以宋人為變、為劣，但後期論詞則標舉「南宋」詞為極變且極工的學習典範，更是一新清初詞壇耳目之舉。

　　以上諸家的詩、詞正變觀雖然各有所偏重，但如果單取其詩論或詞論來作研究的話，難免有以偏概全之失（如以朱彝尊的「醇雅」詩論來解釋其詞論），也無法全面解釋王士禛在創作上的「捨詞就詩」與陳維崧的「捨詩為詞」之舉。但目前的研究成果，卻多僅就個人在詩壇或詞壇的貢獻在作分體論述而已。以二陳、王、朱四家為例，單篇論文中，以陳子龍為研究對象者有：

王英志〈陳子龍詞學觀初論〉，《齊魯學刊》1984 年第 3 期。

趙山林〈陳子龍的詞和詞論〉，《詞學》第七輯，華東師範大學出版
　　　社，上海，1988 年。

葉嘉瑩〈論子龍詞〉，載於《詞學古今談》，萬卷樓圖書公司，台北，
　　　1992 年。

劉揚忠〈論陳子龍在詞史上的貢獻及其地位〉，《第一屆詞學國際研
　　　討會論文集》，中央研究院文哲研究所，台北，1994 年。

黃士吉〈論雲間詞派〉，《瀋陽師範學院學報》1996 年第 3 期。

陳　美〈「文武並懋，忠義兼資」的明末詞人——陳子龍：論陳子龍
　　　的詩歌理論及其詞作〉，《嶺東學報》7 卷，1996 年 2 月。

涂茂齡、費臻懿〈明代陳子龍詞學觀析論〉，《建國學報》18 卷，1999
　　　年 6 月。

陳維崧的專題論文則有：

孫克寬〈陳迦陵詩詞小論〉，《書目季刊》14 卷 3 期，1980 年 12 月。

馬祖熙〈論《迦陵詞》〉，《詞學》第三輯，華東師範大學出版社，上
　　　海，1985 年。

丁惠英〈陳維崧詞淺析〉，《文藻學報》2 卷，1987 年 12 月。

蘇淑芬〈陳維崧懷古詞初探〉，《大陸雜誌》90 卷 3 期，1995 年 3 月。

吳曉亮〈論陳維崧詞對稼軒詞的繼承與創新〉，《文學遺產》，1998 年
　　　第 3 期。

艾治平〈論陽羨詞宗師陳維崧〉,《中國古代近代文學研究》1998 年
　　　第 7 期。

周絢隆〈論迦陵詞的多樣化風格及其形成〉,《西北師範大學學報》,
　　　1999 年第 4 期。

蘇淑芬〈陳維崧社會詞研究〉,《東吳中文學報》5 卷,1999 年 5 月。

王士禎則有:

劉世南〈論王士禎的創作與詩論〉,《文學評論》,1982 年第 1 期。

朱東潤〈王士禎詩論述略〉,《中國文學批評家與文學批評》下冊,學
　　　生書局,台北,1984 年。

余煥棟〈王漁洋神韻說之分析〉,《中國文學批評家與文學批評》下
　　　冊,學生書局,台北,1984 年。

吳調公〈論王漁洋的神韻說與創作個性〉,《文學遺產》,1984 年第 2
　　　期。

蘇仲翔〈論王漁洋的神韻說及其風格——兼評其代表作〈秋柳〉四
　　　章〉,《文學遺產》,1984 年第 2 期。

黃景進〈王漁洋「神韻說」重探〉,第一屆清代學術研討會論文集,
　　　中山大學,高雄,1989 年。

張　綱〈王士禎的詞論主張及其創作實踐〉,《南京師範大學學報》,
　　　1994 年第 1 期。

蔣　寅〈王漁洋與清詞之發軔〉,《文學遺產》,1996 年第 2 期。

張宇聲〈王漁洋揚州文學活動評述〉,《中國古代近代文學研究》,
　　　1998 年第 5 期。

蔣　寅〈王漁洋與清初宋詩風之興替〉,《文學遺產》,1999 年第 3
　　　期。

徐　江〈清代詩學神韻說之意境論與風格論〉,《中州學刊》,1999 年
　　　第 4 期。

吳明益〈從詩史觀到理想典律——王漁洋擇定選集所映現的詩歌觀
　　　點與意涵〉,《中國古典文學研究》第 1 期,1999 年 6 月。

以朱彝尊爲專題討論的論文有：

孫克寬〈朱竹垞詞與詩略論〉，《大陸雜誌》第 63 卷第 2 期。

高建中〈朱彝尊的詞論及其創作〉，《文學遺產》，1981 年第 4 期。

高建中〈浙西詞派的理論〉，《詞學》第三輯，華東師範大學出版社，
　　　　上海，1985 年。

屈興國、袁李來〈朱彝尊詞學平議〉，《南京大學學報》哲社版，1989
　　　　年第 1 期。

黃天驥〈朱彝尊、陳維崧詞風的比較〉，《文學遺產》，1991 年第 1 期。

曹保合〈談朱彝尊的醇雅詞論〉，《中國古代近代文學研究》，1993 年
　　　　第 11 期。

張宏生〈朱彝尊的詠物詞及其對清詞中興的開創作用〉，《文學遺
　　　　產》，1994 年第 6 期。

谷口匡〈關於朱彝尊詩論的一個考察〉，《中國古代近代文學研究》，
　　　　1995 年第 1 期。

束　忱〈朱彝尊「揚唐抑宋」說〉，《文學遺產》，1995 年第 2 期。

王英志〈朱彝尊山水詩初探〉，《暨南學報》哲社版，1996 年第 4 期。

葉嘉瑩〈從艷詞發展之歷史看朱彝尊愛情詞之美學特質〉，載於《清
　　　　詞叢論》，河北教育，石家莊，1998 年。

葉嘉瑩〈浙西詞派創始人朱彝尊之詞與詞論及其影響〉，載於《清詞
　　　　叢論》，河北教育，石家莊，1998 年。

至於專論與學位論文方面，則有：

黃景進《王漁洋詩論之研究》，文史哲出版社，台北，1980 年。

蘇淑芬《朱彝尊之詞與詞學研究》，文史哲出版社，台北，1986 年。

嚴迪昌《陽羨詞派研究》，齊魯書社，濟南，1993。

張　健《王士禛論詩絕句三十二首箋證》，文史哲出版社，台北，1997
　　　　年。

張少眞《清代浙江詞派研究》，東吳大學中國文學研究所碩士論文，
　　　　1976 年。

蔡勝德《陳子龍詩學研究》，東吳大學中國文學研究所碩士論文，1981
　　　年。

易新宙《神韻派詩論之研究》，政治大學中國文學研究所碩士論文，
　　　1982 年。

楊麗珠《清初浙派詞論研究》，台灣師範大學中國文學研究所碩士論
　　　文，1982 年。

權寧蘭《朱竹垞詞研究》，台灣師範大學中國文學研究所碩士論文，
　　　1985 年。

涂茂齡《陳大樽詞的研究》，高雄師範大學國文研究所碩士論文，1991
　　　年。

曾純純《朱彝尊及其詞研究》，淡江大學中國文學研究所碩士論文，
　　　1991 年。

王坤地《陳子龍及其經世思想》，東海大學中國文學研究所碩士論
　　　文，1992 年。

孫康宜《陳子龍與柳如是詩詞情緣》，允晨文化出版社，台北，1992
　　　年。

卓惠美《王士禛詞與詞論之研究》，淡江大學中國文學究所碩士論
　　　文，1994 年。

吳怡菁《解讀與重建王士禛「神韻說」與王國維「境界說」》，清華
　　　大學中國文學研究所碩士論文，1995 年。

王翠芳《陳維崧湖海樓詞研究》，高雄師範大學中國文學研究所碩士
　　　論文，1997 年。

　　　以上所列舉的研究資料，單篇論文除了孫克寬〈朱竹垞詞與詩略
論〉及〈陳迦陵詩詞小論〉；陳美〈「文武並戀，忠義兼資」的明末詞
人─陳子龍：論陳子龍的詩歌理論及其詞作〉外，專論則僅有孫康宜
的《陳子龍與柳如是詩詞情緣》，爲結合詩、詞作爲研究重點，其他
多是針對一人、一派或一體作專題討論，未有就明末清初的詩、詞發
展演變關係作深入探討者，有鑑於此，筆者遂以「詩詞正變觀」爲研

究主題，並在統合觀照二陳、王、朱四家的詩、詞正變觀與創作成就中，期能確切掌握明清之際的詩、詞發展脈絡。

第二節　研究對象

　　探討清初的詩詞理論，所以必上溯到明末以陳子龍爲主的雲間詩派與詞派，是基於以下兩點因素：其一，陳子龍的詩、詞創作都曾獲得清人「足殿一代」〔註38〕與「明人第一」〔註39〕的美譽，故以陳子龍作爲研究明人詩、詞正變觀的代表人物，應不爲過。其二，政治上的改朝換代雖能在朝夕之間風雲變色，但文學風尚的轉換卻往往是在前代的基礎上所作的新變。清初詩、詞正變的討論，實可說是在以陳子龍爲首的雲間詩派與詞派的引導下，開啓了各擅勝場的文學饗宴。

　　以詩壇而言，陳維崧與陳子龍的關係最爲緊密難分。由於陳維崧曾師事陳子龍，故其論詩主張與前期詩歌風尚，與陳子龍可謂一脈相傳〔註40〕。此外，雲間諸子論詩雖有「拘於方幅，泥於時代」之弊，但其「拘格律，崇神韻」〔註41〕之的特點，對於王士禛的辨體觀與神韻說的提出，當有一定程度的啓發效益。再以朱彝尊而言。錢鍾書先生謂其早年詩作「與七子同聲」〔註42〕，與陳子龍相去不遠；其論詩主張以唐人爲宗，以杜甫爲取法對象，在理論上亦與陳子龍有相通之

〔註38〕朱庭珍《筱園詩話》卷2云：「（明）末年詩人，惟陳臥子雄麗有骨，國變後詩尤哀壯，足殿一代矣。」載於郭紹虞主編之《清詩話續編》，台北：藝文印書館，1985年），頁2363。

〔註39〕晚清譚獻《復堂日記・戊辰》云：「有明以來，詞家斷推《湘眞》（按：即陳子龍詞集名）第一。」載於尤振中主編之《明詞紀事會評》（合肥：黃山書社，1995年）頁329。又，譚獻此言，近人徐珂《清代詞學概論》（台北：廣文書局，1979年）頁2；吳梅《詞學通論》（台北：商務印書館，1988年）頁153，皆援引爲同調之論。

〔註40〕陳維崧的詩論與詩作與陳子龍相較部分，詳見於「陳維崧」一章第3節第1、2目部分。

〔註41〕語見王士禛《花草蒙拾》，《詞話叢編》冊1，頁685。

〔註42〕參見錢鍾書《談藝錄》（北京：中華書局，1987年）第30則，頁108。

處。這是探討清初陳、王、朱三家的詩論與詩作時，所以不能捨陳子龍而不談的理由所在。

　　再以詞壇而論，謝章鋌《賭棋山莊詞話》論及明末清初詞壇的發展時指出：「昔陳大樽以溫、李爲宗，自吳梅村以逮王阮亭，翕然從之，當其時無人不晚唐。」〔註43〕王士禛除了詞作風格近似陳子龍之外，甚至連時人對其詞作的評語，也與陳子龍如出一轍〔註44〕。至於以豪放詞風著稱的陽羨詞宗陳維崧，在其早期詞作《烏絲詞》中，還保留了不少閨怨情詞，透露其曾受雲間詞派影響的痕跡，王士禛所以稱陳維崧爲雲間詞派「入室登堂」的高徒〔註45〕，理即在此。直到浙西詞宗朱彝尊論詞標舉南宋，以姜、張爲典範，清代詞壇才逐漸擺脫雲間的牢籠，另開生面〔註46〕。

　　由以上論述可見，清初的詩、詞是在明末雲間詩、詞風氣的影響下，逐漸發展出屬於自己的新面目與新氣象的。因而在探討清初的詩詞正、變觀時，是有必要溯源於明末雲間風尚，才能清楚地看出清初文人在詩詞方面的有別於前人的新變之處。

　　此外，清初詩壇與詞壇作手可謂多如過江之鯽，要選出具有代表性人物來作爲詩、詞發展演變的觀察對象，委實不易。基於塡詞須先致力於詩〔註47〕，才能作進一步的發揮、變化，因而詩、詞之間，筆者遂以「工詞」作爲去取選擇的優先考量。也就是說，選取的對象除

〔註43〕氏著《賭棋山莊詞話》續編卷3，《詞話叢編》冊4，頁3530。
〔註44〕參見「王士禛」一章第4節第1目「王士禛詞作特色」部分。
〔註45〕鄒祇謨《遠志齋詞衷》載引王士禛所言，《詞話叢編》冊1，頁651。
〔註46〕馮金伯《詞苑萃編》卷8引陳對鷗之言：「國初以來，江左言詞者，無不以迦陵爲宗，家嫻戶習，一時稱盛，然猶有《草堂》餘習。自浙西六家詞出，瓣香南宋，另開生面，於是四方承學之士，從風附響，知所指歸。」《詞話叢編》冊2，頁1951。
〔註47〕如陳廷焯《白雨齋詞話》卷7云：「詩詞一理，然不工詞者可以工詩，不工詩者斷不能工詞。」《詞話叢編》冊，頁3936。此外，蔣兆蘭《詞說》亦云：「初學作詞當從詩入手。」又云：「詞家必致力於詩，始有獨得。」《詞話叢編》冊，頁4629、頁4634。

了必須兼具詩人與詞人的雙重身分外，還要在詞壇上具有一定程度的影響力，能對清初詞壇風尙起開創或轉移之功者。在上述的條件限制下，清初詩壇有「江左三大家」之稱的錢謙益、龔鼎孳、吳偉業，所以不列入討論對象，便是基於三人在詞壇上的成就未足以產生開創或轉移之功。以錢謙益而言，其雖有詞作〈永遇樂〉四首，但誠如清人沈雄所言：「宗伯以大手筆，不趨佻儇而饒蘊藉，以崇詩古文之格。其〈永遇樂〉三、四闋，偶一遊戲之作。」〔註48〕陳寅恪也說：「牧齋平生不喜作詞，亦不善作詞。」〔註49〕錢氏不喜作詞，也不善作詞，自然不在考量之列。至於龔鼎孳與吳偉業，雖然各有《香巖詞》（龔）與《梅村詞》（吳），足以代表其塡詞創作成果，但因兩人的詞風仍以《花間》、《草堂》爲尙，與南唐、北宋爲近〔註50〕，並未能越出明末陳子龍與清初王士禛論詞的範圍〔註51〕。且在詞壇的影響力方面，龔、吳二人皆未具有詞派領袖的身分，也沒有詞選或理論著述以張旗鼓，成一家之言，這是龔、吳兩人的詞風雖與陳、王相近，卻不予討論的主要緣由。

　　此外，清初詞壇上頗受矚目的納蘭性德，所以未納入研究的對象的主要的理由是：在詞作風格上，納蘭的《飲水詞》可謂「專學南唐

〔註48〕語見沈雄《古今詞話》之「詞話」下卷〈錢牧齋竹枝詞〉，《詞話叢編》冊1，頁806。

〔註49〕氏著《柳如是別傳》，載於尤振中主編之《清詞紀事會評》（合肥：黃山書社，1995年），頁11。陳寅恪以爲，錢牧齋所寫的四首〈永遇樂〉，當是受柳如是的影響，遂「破例爲此」，可見錢牧齋詞並不多見。

〔註50〕《金粟詞話》載彭孫遹以「芊綿溫麗」概括龔鼎孳的詞風，《詞話叢編》冊1，頁7125。《四庫全書總目提要》卷173〈梅村集四十卷提要〉則以「接跡屯田，嗣音淮海」概稱吳偉業的詞風；郭麐《靈芬館詞話》卷2也認爲吳梅村雖然「詩筆擅一時」，但詞卻「非本色」，且「沿明人熟調」、「於曲獨工」，見《詞話叢編》冊2，頁1534。可見龔鼎孳、吳偉業的詞作仍未脫明人以《花間》、《草堂》爲尚的習性，詞風亦與南唐、北宋爲近。

〔註51〕陳子龍與王士禛論詞，皆以南唐、北宋爲正，以南唐二主及北宋婉約詞人爲取法對象。詳細可參見陳子龍與王士禛兩章詞論的部分。

五代，減字偷聲，駸駸乎入《花間》之室。」〔註52〕與王士禛相去不遠〔註53〕，但由於納蘭英年早逝，即使曾經有意「盡招海內詞人，畢出其奇」〔註54〕，也因爲天不假年而風流雲散，不竟其功，故其在詞壇上雖能別樹一幟，卻未能開枝散葉，蔚爲詞派；何況其雖擅一代詞名，詩學成就卻遠不及在詞壇上的表現，與本論文欲同時結合詩、詞以探討明清之際詩詞正變發展的主旨不合，這是筆者在選擇研究對象時未觸及納蘭性德的主要理由。

在說明了「未選」對象的理由後，以下再就所選對象在詞壇的成就來看：

二陳、朱、王四家在詞壇上的成就 (依生卒年先後次序排列)

人物	詞集名稱	詞選名稱	開創詞派	詞論要旨與詞作取法對象
陳子龍 1608～1647	幽蘭草 湘眞集		雲間	以纖穠婉麗爲本色，以南唐、北宋爲正爲優，以南宋詞爲變、爲劣，取法南唐二主及北宋婉約詞人。
陳維崧 1626～1682	前期：烏絲詞 後期：迦陵詞	今詞選	陽羨	論詞主張「爲經爲史，曰詩曰詞，諒無異轍」，作詞則取法蘇辛，以豪放詞風著稱。
朱彝尊 1629～1709	前期： 靜志居琴趣 江湖載酒集 後期： 茶煙閣體物集	詞綜	浙西	論詞以詞至南宋始極其工，至宋季始極其變。填詞推尊姜張，以清空雅正爲則。
王士禛 1634～1711	衍波詞	倚聲集	廣陵	論詞只宜分正變，不當分優劣作詞取法南唐、北宋婉約詞人，以詩中七絕爲詞。

〔註52〕語見郭麐《靈芬館詞話》卷1，載於《詞話叢編》冊2，頁1504。
〔註53〕如馮金伯《詞苑萃編》卷8引陳維崧云：「《飲水詞》，哀感頑艷，得南唐二主之遺。」《詞話叢編》冊2，頁1937。此外，徐珂《近詞叢話》(載於《詞話叢編》冊5，頁4222)亦云王士禛的小令之作「逼近南唐二主」，可見兩人詞風確有相近之處。
〔註54〕語見顧貞觀〈答秋田求詞序書〉，載於謝章鋌《賭棋山莊詞話》續編卷3，《詞話叢編》冊4，頁3530。

由表格內容可知，二陳、王、朱四人在詞壇上，不但都具有詞派領袖的身分，也都有詞集足以代表其創作成果，並有詞選（陳子龍例外）來彰顯詞派意識，以明確的論詞要旨廣為號召、建立門庭。以上這些特點，遍數明末清初詞壇，除二陳、王、朱外，實難有其他適合人選。更重要的是，陳維崧、王士禛與朱彝尊都出生於崇禎末年，同處明、清易代之際，生卒年都未越出「崇禎～康熙」的範圍，時代斷限清楚，彼此互有酬唱、往來。因而透過四家的詩詞理論與創作，以觀察「作家在使用不同文類時所表現出的風格差異」與「同一文類在不同作家身上所體現的風格差異」，也就成了本論文所處理的重點。此外，筆者以陳子龍的詩詞正變觀作為明代復古論者的代表，並與清初三大家作對比觀照，以分辨明、清詩詞正變觀的差異，進而歸納出明、清詩詞正變觀的源流發展關係，也是本論文關注的焦點所在。

　　大陸學者張利群在〈中國古代辨體批評論〉一文中指出：「辨體批評一方面是由於對文體混淆現象的反撥而產生的，另一方面，也是由於文體的發展需要而產生的。在分辨的過程中，不僅區別了不同文體，而且也認識了文體間的相關性、相似性，從而達到對文體的全面、完整的認識。」〔註55〕此為筆者深入探討明末清初詩詞正變觀的主要緣由。在資料的處理上，也多藉由對比、歸納的方式，以認識詩、詞這兩種文體的各自特徵及其相似性；在分章探討四家的詩、詞理論與作品風格時，筆者先把重心放在釐清研究對象的詩、詞之異，以掌握其如何看待與運用詩、詞這兩種不同文體。繼而將論述對象的理論貢獻與作品成就放在時代背景上作整體考量，以確定其承繼與創新的歷史意義；最後並總結四人的突破點及相似點，藉以勾勒出明、清兩代的詩詞發展脈絡，並具體展現出四大家在明清之際的詩壇與詞壇上的成就。

〔註55〕載於《湛江師範學院學報》哲社版，第 19 卷第 4 期（1998 年 12 月），頁 75。

第二章 明末清初江浙文學環境及四家的文學因緣

在分章探討二陳、王、朱的詩詞正變觀時，研究重心是擺在四家的詩詞理論與創作上，但由於江浙一帶是明清時期的「人文藪」，也是明清之際詩詞唱和風尚最盛之地；此外，聯繫二陳、王、朱的籍貫背景來看：陳子龍爲松江華亭人（今上海松江市），陳維崧爲常州宜興人（今江蘇宜興），朱彝尊爲嘉興秀水人（今浙江嘉興），都屬江、浙一帶的士人，儘管王士禛原籍濟南新城（今山東桓台），但在順治十七年（1660）與康熙四年（1665）任職揚州府推官期間，不但是王士禛生平特殊的一段「晝了公事，夜接詞人」〔註1〕的創作時期，也是其總持廣陵（即揚州）詞壇，掀起清初江浙一帶詩、詞唱和之風鼎盛的重要關鍵。本章遂先概述明末清初的江浙文學環境，以及四家之間的交遊、往來背景，藉以大體勾勒出四家所處的文學環境與彼此在詩、詞上的互動、影響關係。

第一節 明末清初的江浙文學環境

大陸學者曾大興分析明、清兩代文學家的地理分布成因時指出，

〔註1〕氏著《王士禛年譜》（北京：中華書局，1992年）卷上「康熙五年」條下，王士禛轉述吳梅村之言：「貽上在廣陵，晝了公事，夜接詞人。」頁28。

明代文學家的南、北分布比例爲「8.7：1.3」，清代則是「8.5：1.5」
〔註2〕，兩代的南北分布比例相去不遠，也都以南方的江蘇、浙江兩
地，爲全國經濟文化最發達的前兩個地區。所以在講到明清時期江浙
地區的人文經濟狀況時，人們習慣以「東南財賦地，江浙人文藪」來
加以概括，而「財賦」與「人文」之間，又存在著「財賦培養人文、
人文創造財賦」這種互爲依存、互爲因果的關係。

明清易代之際，儘管東南戰火頻傳，但江、浙兩地依然是當時的
「財賦地」與「人文藪」。這可由明清之際江浙兩地的藏書與刻書風
氣略窺一斑。梁啓超在〈近代學風之地理分布〉一文中指出：

> 明清之交，江浙學者以藏書相夸尚。其在江南，則常
> 熟毛氏之汲古閣爲稱首，且精擇校刻以公於世。繼之者常
> 熟之絳雲樓、述古堂、崑山徐氏之傳是樓……等，咸蓄善
> 本，事讎校，自此校書刻書之風盛於江左。〔註3〕

藏書風盛的連帶效應是書坊刻板盛行，印證於王士禛以下所言：

> 近則金陵蘇杭，書坊刻板盛行，建本不復過嶺。蜀更
> 兵燹，城廓丘墟，都無刊書之事，京師亦鮮佳手。〔註4〕

可見江浙之刻書風氣實遠勝閩、蜀、京師等地。而清初朝廷所編選的
幾部大型文學典籍，如《全唐詩》、《詞譜》、《歷代詩餘》、《宋金元明
四朝詩》和《歷代賦匯》等十餘種近三千卷大型文學典籍，也是由當
時任江寧織造的曹寅在揚州主持校勘刻印的，且其「繕寫刊刻之工
致，紙張遴選和印刷、裝訂之端莊大雅，無不盡善盡美。」〔註5〕在
這種藏書與刻書盛行的文學環境背景下，造就了明末清初江浙一帶活

〔註2〕參見氏著《中國歷代文學家之地理分布》（漢口：湖北教育出版社，
　　　1995年），頁341、頁435。曾氏的計算數據，是以譚正璧的《中國
　　　文學家大辭典》中所錄有籍貫可考者爲主。值得一提的是，本書在
　　　計算清代文學家的地理分布時，將陳子龍歸於「清代」的江蘇地區。
〔註3〕載於氏著《飲冰室文集》（台北：中華書局，1970年）第14冊。
〔註4〕氏著《居易錄》（《文淵閣四庫全書》第869冊）卷14，頁18。
〔註5〕魏隱儒《古籍版本鑒賞》（北京：北京燕山出版社，1997年）之〈清
　　　代的刻書〉，頁89。

躍的文學創作氛圍。詩壇上，有以錢謙益爲首的虞山派，有以吳偉業
爲領袖的婁東派，以陳子龍爲主的雲間派及以朱彝尊爲首的秀水派。
而詞壇上，明末清初分別以二陳、王、朱爲領袖的雲間、陽羨、廣陵、
浙西四個詞派，以及清中葉以後崛起的常州詞派，都是屬於這個地域
的文學派別。此外，由陽羨詞人曹武亮在〈荊溪詞初集序〉中引陳維
崧所說的這段話來看：

> 今之能爲詞遍天下，其詞場卓犖者尤推吾江浙居多。
> 如吳之雲間、松陵，越之武陵、魏里，皆有詞選行世，而
> 吾荊溪雖叢爾山僻，工爲詞者多矣，烏可不匯爲一書，以
> 繼雲間、松陵、武陵、魏里之勝乎？〔註6〕

可見除了雲間、廣陵、浙西、陽羨等知名度較高的詞派外，江浙一帶
還有其他不少的小詞派，無怪乎曹武亮在序文中以「詞場卓犖者尤推
吾江、浙居多」爲豪，蔣景祁在〈刻瑤華集述〉中，也宣稱「浙爲詞
藪」，是當時詞學活動的中心。

　　另外，「財賦地」與「人文藪」相互結合的效應之一是，優遊詩
酒的吟社之風遍及文人階層，成爲當時重要的社交活動。以順治十年
（1653），吳偉業在虎邱爲十郡大會，一時冠蓋雲集的盛況來看，程
穆衡《梅村詩箋》記載道：

> 會日以大舟廿餘，橫互中流，每舟置數十座，中列優
> 倡，明燭如繁星，伶人數部，歌聲競發，達旦而止。散時
> 如奔雷瀉泉。遠望州上，似天際明星，晶瑩圍繞。〔註7〕

此外，方熏《山靜居詩話》亦記載當時文士「挹揚風雅」的習氣云：

> 康熙間，士人居家恆多友文墨，讀古書，挹揚風雅者。
> 吾浙如錢塘趙氏之春草園、小山堂、吳氏之瓶花齋、嘉興
> 曹氏之倦圃、桐鄉汪氏之華及堂、履硯齋，時皆名儒老宿，

〔註6〕序文轉引自嚴迪昌《陽羨詞派研究》（濟南：齊魯書社，1997年），頁
　　　78。

〔註7〕顧師軾《梅村先生年譜》卷4「順治十年癸巳」條下，載於《吳梅村
　　　全集》（上海：上海古籍出版社，1999年）附錄二，頁1463。

往來讌集無虛日。〔註8〕

名園的主人，除了提供園地作爲文友日常讌集往來之用，有時也提供有需要的友人在家中寄居一段時間。如王士禛在司理揚州時，便曾館於秦淮丁繼之家中，與丁繼之、潘景升、林茂之等人數出入南曲中，並將曲中遺事寫成一系列的〈秦淮雜詩〉〔註9〕。而陳維崧也曾在父喪之後，寄居江蘇如皋冒襄家中，由順治十五年（1658）至康熙四年（1665）前後跨及八個年頭。如果不是有富庶的經濟力作後盾的話，這種讓友朋長期寄居家中的情形是不太可能出現的。

值得注意的是，本論文所研究的四大家當中，王士禛雖然不是原籍江、浙的士人，但其在擔任揚州推官時，所舉行的一連串文人修禊、唱和的活動，對於清初江浙的文人詩詞倡和活動，實有領袖群倫、鼓吹潮流的效應。其獎掖文風的具體例證，便是幾部與文友修禊、集會所作的《倡和集》。據王士禛自撰《年譜》所載，順治十八年（1661）七月，王士禛與友朋「墊巾而共訪名園，命楫而同遊江郭」，日後並將四人遊賞時的倡和之作彙成爲《邗江倡和集》。康熙元年（1662），與袁籜菴、杜濬、邱象隨、蔣階、朱克生、張養重、劉梁嵩、陳允衡、陳維崧等諸名士修禊紅橋，並將其與諸名士唱和的詩、詞作品彙爲《紅橋倡和集》。康熙三年，王士禛與林古度、孫枝蔚、杜濬、張綱孫諸名士再次修禊紅橋，並以〈冶春〉詩與文友賡和，王士禛之兄王士祿曾回憶當時盛況云：

> （士禛）爲揚州法曹日，集諸名士於蜀岡、紅橋間，擊缽賦詩。香清茶熟，絹素橫飛，故陽羨陳其年有「兩行小吏艷神仙，爭羨君侯斷腸句」之詠。至今過廣陵者，道其遺事，仿佛歐、蘇，不徒樊川之夢也。〔註10〕

康熙四年，王士禛三度與文友修禊冒襄水繪園，並將與會八人的作品

〔註8〕載於《清詩話》下冊，頁878。
〔註9〕氏著《王士禛年譜》順治十八年條下，頁18。
〔註10〕《王士禛年譜》康熙三年條下，頁23。

彙爲《水繪園修禊詩》一卷。康熙五年（1666）王士禛調離揚州後，回憶這段時期所留予他最深刻的生活印象是：

> 公事畢，則召賓客汎舟紅橋、平山堂，酒酣賦詩，斷紈零素，墨瀋狼藉。吳梅村先生云：「貽上在廣陵，晝了公事，夜接詞人。」蓋實錄也。〔註11〕

白天處理公務，餘暇與文人詩、詞倡和的創作活動，不但成爲王士禛個人「詩詞並行」的特殊時期，也激起了廣陵詞壇寫詩、塡詞的唱和契機。以詩而言，姜宸英〈廣陵唱和集序〉概述了廣陵如何由昔日的「四方奇士，相與選勝，賦詩賡颺太平。」到歷經明清易代之際的戰火洗禮，以致「故壚蓬蒿，蔚然淒涼滿目。」直到王士禛「來佐斯郡，始稍稍披荊棘，事吟詠，用相號召。」〔註12〕以詞而言，顧貞觀在〈答秋田求詞序書〉中認爲，清初廣陵詞壇「操觚家聞風競起，選者、作者妍媸雜陳」的亂象，也是在王士禛司理揚州時期才得到總持、彙整的〔註13〕。因此，即使王士禛不是原籍江、浙，但其對獎掖當地的詩詞唱和之風，是功不可沒的。

　　要之，明末清初江、浙兩地，在財力與人才豐沛的條件下，塑造了當地濃郁的文化氛圍，在文人挹揚風雅、賡和酬唱的過程中，詩、詞的理論與創作也得到了發展與興盛的契機，爲其他地區所不及，這也是本文探討明末清初的詩詞正變觀時，所以把焦點集中在這個地域的緣由所在。

第二節　陳子龍與陳維崧的師承關係及對王、朱二家的影響

　　在概述了二陳、王、朱四家所共同具有的地緣背景因素後，以下

〔註11〕氏著《王士禛年譜》康熙五年條下，頁27～28。

〔註12〕序文載於姜宸英《湛園未定稿》（《四庫全書存目叢書》集部第261冊）卷2，原稿未定頁碼，《四庫全書存目叢書》頁碼爲626。

〔註13〕載於謝章鋌《賭棋山莊詞話》續編卷3，《詞話叢編》冊4，頁3530。

再就四家彼此之間的交遊、互動往來關係作進一步的論述。

一、陳子龍與陳維崧的師承關係

陳維崧之弟陳宗石在〈湖海樓詩集跋〉中，概述了陳維崧學詩的歷程，其云：

> 伯兄生而穎異，五、六歲即能吟，吟即成句。……先大人讀書吳門，則有文相國湛持、侯銀臺，廣成徐宮、詹九一，陳黃門大樽、張太史天如、李舒章、楊維斗、黃梨洲諸先生周旋贈答。時伯兄髮始覆眉，咸隨侍側，聆諸先生議論，刻意為詩，為諸先生所賞識。〔註14〕

這段文字與〈祭姜如須文〉對照觀之：

> 維崧則髮未燥時，從諸先生長者為雅游。一時如黃清漳、張婁東、吳秋浦、陳雲間諸先生，謬承獎拔，廁我上流。〔註15〕

可知陳維崧年幼即已學詩，因其父陳貞慧為明末著名的「四公子」之一〔註16〕，得以結識陳子龍，但真正師事陳子龍為師，當為十四、五歲時。印證陳維崧〈許漱石詩集序〉所言：

> 憶余十四、五時，學詩於雲間陳黃門先生，於詩之情與聲，十審其六七矣。〔註17〕

在〈酬許元錫〉一詩中，亦有：

> 憶昔我生十四、五，初生黃犢健如虎。華亭嘆我骨格奇，教我歌詩作樂府。〔註18〕

詩作既然學自陳子龍，風格自亦與之為近。在〈祭姜如須文〉，陳維

〔註14〕載於《陳迦陵文集》之《詩集》卷末。

〔註15〕氏著〈祭姜如須文〉，《陳迦陵文集》之《文集》卷6，頁12。

〔註16〕「明末四公子」除陳貞慧之外，其他三人為桐城方以智，如皋冒襄，商丘侯方域。

〔註17〕氏著《陳迦陵文集》之《文集》卷1，頁15。

〔註18〕收錄於沈德潛《清詩別裁集》（上海：上海古籍出版社，1981年）卷11，頁449。按：《陳迦陵文集》之《詩集》未見此詩。

崧記述其曾過吳門謁姜垓，姜垓除了對其詩讚不絕口外，並以「陳黃門後一人也」稱譽之。此外，郭麐《靈芬館詩話》也指出：「陳迦陵少時從陳黃門遊，故其爲詩，亦沿七子之體。」並謂其集中的擬古樂府之作「神似黃門」〔註19〕。楊際昌《國朝詩話》卷 2 也認爲陳維崧的詩「歌行佳者似梅村，律佳者似雲間派。」〔註20〕由於陳子龍論詩恪守有明前後七子的復古詩論，爲詩則法式漢魏古詩與盛唐近體，影響所及，陳維崧的早期詩風不但頗饒復古色彩，甚至連其「溫柔敦厚」的詩教觀也與陳子龍一脈相傳。在《陳迦陵文集》卷 1〈王阮亭詩集序〉與卷 4〈與宋尚木論詩書〉中，陳維崧屢次強調「溫柔敦厚，詩之教也」的觀念，在卷 2 的〈路進士詩經稿序〉中，陳維崧也再次重申「溫柔敦厚」的詩教觀，並云：「近則雲間陳黃門先生，詩藝衣被天下，爲制舉之神皋，毛鄭之宗匠，乃其教，又往往而絕也。」〔註21〕言下頗有欲振衰起弊，重整師門旗鼓之意。

　　陳維崧的詩學既然承自陳子龍，塡詞之道當亦由陳子龍所啓蒙。由陳維崧現存的早期詞作《烏絲詞》來看，集中不乏低迴哀怨、情致纏綿的和韻詞與閨情詞，王士禎故而視陳維崧爲雲間詞派「入室登堂」的高徒〔註22〕。後期詞作在陳維崧專力塡詞，與「爲經爲史，曰詩曰詞」〔註23〕的創作觀念主導下，才逐漸脫離師承的影響而自出機杼，開創了拈大題目、出大意義的塡詞新天地。

〔註19〕氏著《靈芬館詩話》（載於《續修四庫全書》第 1705 冊）卷 2，頁 5 ～6。此外，朱庭珍《筱園詩話》卷 2 也主張「其詩宗法面目，不脫七子氣習」，載於《清詩話續編》，頁 2355。

〔註20〕載於《清詩話續編》，頁 1725。

〔註21〕氏著《陳迦陵文集》之《文集》卷 2，頁 19。

〔註22〕見鄒祇謨《遠志齋詞衷》：「阮亭常爲予言，詞至雲間，《幽蘭》、《湘真》諸集，言內意外，已無遺議」、「阮亭既極推雲間三子，而謂入室登堂者，今惟子山、其年。」見《詞話叢編》冊 1，頁 651。由王士禎對雲間詞人的推崇，可知其謂陳維崧爲雲間詞派的「入室登堂」者，堪稱是對陳維崧詞作的高度評價。有關陳維崧早期詞例，詳細可參見「陳維崧」一章第 2 節第 3 部分。

〔註23〕氏著〈詞選序〉，《陳迦陵文集》之《文集》卷 2，頁 14。

二、陳子龍對王、朱二家的影響

　　陳子龍的作品集在清初雖然一度被查禁〔註24〕，但並未損及其在清初詩壇與詞壇的影響力。其與清初王、朱二家雖然沒有直接的師承關係，但如果與王、朱二家的詩詞理論與創作特點相較，將可發現以下一個有趣的現象：朱彝尊的詩學傾向及詩風和陳子龍相去不遠，王士禛的詞論與詞作則與陳子龍面目接近。

　　先就朱彝尊而論，錢鍾書《談藝錄》指出：「竹垞自作詩，早年與七子同聲。……論詩亦如七子之祖唐祧宋，然而貌同心異者，風格雖以唐爲歸，而取材則不以唐爲限。」〔註25〕由朱彝尊論詩宗唐祧宋的傾向，與「詩也者，緣情以爲言，而可通之於政者也。」〔註26〕的詩教觀，並標舉杜甫爲詩家之極則〔註27〕，這些詩論特點皆與陳子龍如出一轍。至於詩作風格，既然「早年與七子同聲」，而陳子龍又是明末復古七子的後繼，宜乎清人錢載有：「竹垞早年，尚沿西泠、雲間之調」〔註28〕的論斷。可見朱彝尊之論詩要旨與早期詩風，都與陳子龍相近。但其論詞以南宋爲工，標舉姜、張爲典範，則令人耳目一新，誠如蔣兆蘭在《詞說》中所說的：「有明一代，詞曲混淆，等乎詩亡。清初諸公，猶不免守《花間》、《草堂》之陋，小令競趨側艷，慢詞多效蘇、辛，竹垞大雅閎達，辭而闢之，詞體爲之

〔註24〕據《陳子龍文集》卷首之〈前言〉所載，陳子龍在順治四年（1647）抗清死難後，家屋被抄索，無論已刊未刊諸作，致多毀損，加上清初文網森嚴，又被禁錮，直到乾隆年間清廷追謚陳子龍爲「忠裕」後，王昶、王澐等才得以大力蒐集其遺著，彙集成書。

〔註25〕《談藝錄》第30則，頁108。錢氏又列舉朱彝尊的七律之作如〈題南昌鐵柱觀〉、〈留別董三〉、〈送曹侍郎備兵大同〉、〈宣府鎮〉、〈雲中至日〉等詩爲例，以說明這些詩作「皆七子體」，頁109。

〔註26〕語見〈憶雪樓詩集序〉，《曝書亭集》卷39，頁2。

〔註27〕朱彝尊〈與高念祖論詩書〉云：「善學詩者，捨子美其誰師歟？」《曝書亭集》卷31，頁4；〈王學士西征草序〉更謂：「唐之有杜甫，其猶九達之達乎？……（唐人）正者極於杜，奇者極於韓。」卷37，頁7。

〔註28〕梁章鉅《退庵隨筆》「學詩二」載引，《清詩話續編》，頁1983。

一正。」〔註29〕可見朱彝尊所以能爲一代詞宗，與其脫離雲間牢籠
而自立門庭，是有絕對關係的。

　　再就王士禛而論，王士禛論詞主張以南唐、北宋爲正，而以南宋
爲變，此種正變的判別取向與陳子龍並無二致，但「不以正變定工拙」
〔註30〕則是其較陳子龍通透圓融之處。其詞作以小令居多，在當時並
有「璟、煜、清照之遺」、「淮海、屯田之匹」的稱譽〔註31〕，與陳子
龍以「麗而逸，可以昆季璟、煜、娣姒清照」稱李雯的詞作，以「幽
以婉，淮海、屯田，肩隨而已」〔註32〕稱宋徵輿之詞，可謂前後相應，
易代相通。可見王士禛論詞體之正變與詞作特點的「新變」成分並不
大，其對陳子龍的論詞要旨可說是「心摹手追」〔註33〕、「翕然從之」
〔註34〕。詩論則不然，王士禛論詩可說是在籠罩百家的基礎上獨標神
韻〔註35〕，其論詩所強調的「神韻天然，不可湊泊」，與復古詩論的
「尺寸古法」可謂大相徑庭。其詩作以七絕擅長，並多近於王、孟風
格，雖未能脫離唐人範圍，卻迥非明代「七子體」或「雲間派」餘緒，
而是足以代表新朝新氣象的盛世元音與一代正聲了。

　　要之，陳子龍的詩論要旨與朱彝尊的「醇雅」詩論有相近之處，
其詞論特色也大部分重現於王士禛的詞論中。但清初的詩壇與詞壇卻
是由王士禛的神韻詩論與朱彝尊的雅正詞論榮膺正宗，成爲一代新
聲。明、清兩代詩壇與詞壇的繼承與新變，由此可略窺端倪。

〔註29〕載於《詞話叢編》冊5，頁4637。
〔註30〕王士禛《香祖筆記》(《景印文淵閣四庫全書》第870冊）卷9云：「詞
　　　　家綺麗、豪放二派，往往分左右袒。予謂第當分正變，不當分優劣。」
　　　　頁4～5。
〔註31〕唐允甲〈阮亭詩集序〉，載於《阮亭詩餘》（台北：商務印書館，1968
　　　　年）卷首。
〔註32〕氏著〈幽蘭草詞序〉，《安雅堂稿》卷3，頁13。
〔註33〕謝章鋌《賭棋山莊詞話》卷8，《詞話叢編》冊4，頁3426。
〔註34〕謝章鋌《賭棋山莊詞話》續編卷3，《詞話叢編》冊4，頁3530。
〔註35〕詳細可參見「王士禛」一章第2節第1目「王士禛詩論的定位」部
　　　　分。

第三節　陳、王、朱三家的文學因緣

陳、王、朱三人雖互有往來，但把臂結交的時間不一，以下分別就「陳、王」「陳、朱」與「王、朱」的文遊關係進行討論。

一、陳、王的文學因緣

順治十七年到康熙四年王士禛司理揚州之際，是陳維崧與王士禛酬贈唱和最密切的時期〔註36〕。

據王士禛自撰《年譜》所載，順治十八年（1661）三月，王士禛館於布衣丁繼之家，由於丁故居秦淮，並且「少習聲伎」，故爲王士禛縷述南曲中的秦淮遺事，王遂掇拾其語寫成〈秦淮雜詩〉，並屬好手畫成《清溪遺事》一冊。陳維崧不但爲畫冊題詩，還以〈菩薩蠻〉八首〔註37〕遍和王士禛之詞。爾後王士禛在康熙元年所發起的《紅橋倡和集》，康熙三年的《冶春唱和集》，康熙四年的《水繪園修禊詩》，陳維崧也都名列其中，唱和熱列，連帶的與王士禛之兄王士祿交誼篤厚。印證陳維崧〈賀新郎‧賀阮亭三十〉上半闋寫道：

> 又兄弟才雄八斗，三十王郎年正少，恰黃金鑄印雙懸
> 肘。此意氣，古無有。〔註38〕

康熙二年（1663），王士禛年滿三十，本詞當作於此際。此外，由《烏絲詞》〔註39〕卷4〈賀新郎‧甲辰（按：康熙三年）廣陵中秋小飲孫豹人溉堂歸歌示阮亭〉詞中所謂：「明月無情蟬鬢去，且五湖、歸伴魚竿耳。知我者，阮亭子。」其深引王士禛爲知交至友，顯然可見。

康熙四年八月，王士禛調離揚州，陳維崧〈贈別王主客阮亭〉一詩除了概述兩人交往情形外，也表達了內心依依不捨之情：

〔註36〕陳維崧〈祭王西樵先生文〉云：「自庚子（順治十七年 1660）以來，
　　　余之從遊於兩先生者日久，其間盛衰枯榮之故，予不能無慨於中也。」
　　　（《陳迦陵文集》之《文集》卷6，頁14），可見陳、王兩人交往應
　　　始於順治十七年。

〔註37〕氏著《陳迦陵文集》之《詞集》卷2，頁4～5。

〔註38〕同上註，卷26，頁3。

〔註39〕《烏絲詞》（台北：商務印書館，1973年）爲陳維崧早期詞集名。

四十陳生餓溝壑，亡賴往往雜庸保，天幸僅僅免俘略。王君三十何堂堂，出李（理）維揚（按：即揚州）耀朱襮。兩人相見便抵掌，坐上狂歌歌自若。……嗟余一生情苦多，別人每作數日惡。矧君與我比膠漆，此意誰能喻輕薄。〔註40〕

對照《迦陵詞》卷 11〈滿江紅·懷阮亭〉之「記紅橋風月六年遊，皆君餉。」、「夜闌時夢汝帽簷斜，論詩狀。」可知陳維崧對王士禛在經濟上的資助與精神上的契合，是感念不已的。爾後隨著兩人南北相隔，創作上也分別選擇了「捨詞不作」與「專力填詞」的不同路線，但彼此情誼依舊。對照《文集》卷 4 所收錄的兩封〈與王阮先生書〉，在第一封信中，陳維崧除了安慰王士禛喪母及喪兄之痛，也表達了想將「數年來大有作詞之癖」的成果展示給王士禛觀賞之意。在第二封信中，陳維崧則抒發了因愛子早夭所引起的感舊之懷，所謂：「俯仰世間，亦復能念江南菰蘆中有陽羨書生者，茫茫海內，僅有一鮑叔如王先生，而復越在數千里。」〔註41〕其引王士禛為知己之情，並未隨著時空分隔而沖淡，陳、王二人的交誼，亦可據此得見。

二、陳、朱的文學因緣

陳維崧與朱彝尊的文學因緣，雖然在陳維崧的作品集中所載不多，但可由朱彝尊〈陳緯雲紅鹽詞序〉中得見其要。

序文中，朱彝尊概述其與陳維崧、陳維岳（緯雲）兄弟的交往經過是：

方予與其年定交日，予未解作詞，其年亦未以詞鳴。不數年而《烏絲詞》出，遲之又久，予所作亦漸多，然世無好之者，獨其年兄弟稱善。人情愛其所近，大抵然矣。〔註42〕

〔註40〕載於《陳迦陵文集》之《詩集》卷 2，頁 3～4。按：本詩據集前所附的詩目，可知寫於康熙四年（1665）。

〔註41〕《陳迦陵文集》之《文集》卷 4，頁 15～16。

〔註42〕氏著《曝書亭集》（台北：中華書局四部備要本，1981 年）卷 40，頁 2。

據大陸學者嚴迪昌考證，陳維崧與朱彝尊「定交」，是在順治十年（1653）相繼於吳門虎丘和嘉興鴛湖所舉行的「十郡社集」大會上〔註43〕。由引文可知，陳維崧當時雖然填詞不多，「未以詞鳴」，但至少比朱彝尊的「未解作詞」起步來得早一些。

再者，朱彝尊與陳維崧兄弟不但際遇坎坷略相似，在清初仍彌漫著以《花間》、《草堂》爲尚的聲浪中，朱彝尊主張填詞「小令宜師北宋，慢詞宜師南宋」〔註44〕，也唯有陳維崧兄弟能與之同聲呼應〔註45〕。或許緣於彼此坎坷際遇與對填詞看法相近之故，兩人遂曾合刻詞集命名爲《朱陳村詞》〔註46〕，並互相獎掖、唱和。觀朱彝尊以「擅詞場，飛揚跋扈，前身可是青兕？風煙一壑家陽羨，最好竹山鄉里。」〔註47〕來稱揚陳維崧的詞風足以紹辛棄疾、蔣捷；在與陳維崧之弟陳緯雲唱酬的詞作中，亦以「過江人物，數君家伯氏，辭華無敵」〔註48〕稱譽陳維崧。對於朱彝尊的稱美，陳維崧也禮尚往來稱道：「倘僅專言浙右，諸公固是無雙。如其旁及江東，作者何妨有七？」〔註49〕表明其欲與「浙西六家」比肩並行之意。可見陳、朱兩人在填詞上的互動往來頗爲殷勤，兩人的交誼也由此建立，此誠如高佑釲〈迦陵詞集序〉云：

> 其年與錫鬯並負軼群才，同舉博學宏詞，入爲翰林檢

〔註43〕以上資料參見嚴迪昌《陽羨詞派研究》（濟南：齊魯書社，1993年），頁89。
〔註44〕氏著〈魚計莊詞序〉，《曝書亭集》卷40，頁5。
〔註45〕氏著〈今詞選序〉云：「詞場辛、陸、周、秦，詎必疾徐之一致？要其不窕而不槬，仍是有倫而有脊，終難左袒，略可參觀。」（《陳迦陵文集》之《儷文集》卷7，頁30）。可知陳維崧論詞乃婉約、豪放並取，南、北宋兼工不廢。
〔註46〕徐珂《近詞叢話》云：「其年未達時，嘗自中州入都，與竹垞合刻所著曰《朱陳村詞》，流傳入禁中，嘗蒙聖祖賜問褒賞。」《詞話叢編》冊5，頁4224。
〔註47〕氏著〈邁陂塘・題其年填詞圖〉，《曝書亭集》卷25，頁5。
〔註48〕〈百字令・酬陳緯雲〉，同上註，卷25，頁11。
〔註49〕〈浙西六家詞序〉，《陳迦陵文集》之《儷文集》卷7，頁20。

討，交又最深。其爲詞，工力悉敵。〔註50〕

兩人由最初的「未解作詞」（朱）與「未以詞鳴」（陳），到成爲影響清初詞壇最重要的兩大詞宗〔註51〕，除了各自的努力與天分外，彼此在詞壇上的獎披唱和，切磋琢磨，也是「朱、陳」得以並稱的主要因素。

三、王、朱的文學因緣

如上所述，朱、陳兩家的互動往來主要集中在塡詞上，而王、朱兩家的文學因緣則是建立在詩道方面。

王士禎在〈竹垞文類序〉中，曾歷數其與朱彝尊交往的經過：

> 康熙甲辰（按：康熙三年），錫鬯過廣陵，投予歌詩。
> 適予客金陵，不及相見。丁未（按：康熙六年 1667）始遇
> 於京師，中間聚散者不一，迨今丁巳（按：康熙十六年
> 1677），予復入京師，而錫鬯又將有金陵之行。回憶予始見
> 錫鬯詩時，忽忽已二十年，兩人論交且十有四年。〔註52〕

由序文中可知王、朱兩人交往始於康熙三年，時漁洋任職揚州推官，朱彝尊以布衣身分投詩於王士禎，王因客居金陵而不得相見，回揚州後，王士禎以〈答朱錫鬯過廣陵見懷之作時謁曹侍郎於雲中〉一律酬贈，詩云：

> 桃葉渡頭秋雨繁，喜君書札到黃昏。銀濤白馬來胥口，
> 破帽疲驢出雁門。江左清華唯汝在，文章流別幾人存？曹
> 公橫槊懸相待，共醉飛狐雪夜尊。〔註53〕

詩中以「江左清華」譽賞朱詩，並期待兩人日後能有機會把酒言詩一番。

康熙六年，朱、王兩人終於有機會在京師碰面，履行昔日「共醉

〔註50〕序文載於《陳迦陵文集》之《迦陵詞》卷首。
〔註51〕譚獻《復堂詞話》云：「錫鬯、其年出而本朝詞派始成。……嘉慶以前，爲二家牢籠者，十居七八。」《詞話叢編》冊4，頁4008。
〔註52〕序文載於《曝書亭集》卷首。
〔註53〕載於惠棟、金榮注《漁洋精華錄集釋》（上海：上海古籍出版社，1999年）卷3，頁424。

飛狐雪夜尊」之約，王士禛並託囑朱彝尊爲其詩集作序。序文中，朱
彝尊毫不掩飾其對王士禛知遇之情的感激，其云：

> 今年秋，遇新城王先生貽上於京師，與予論詩人流別，
> 其旨悉合。示以贈予一章，蓋交深於把臂之前，而情洽於
> 布衣之好。……蓋自十餘年來，南浮滇桂，東達汶濟，西
> 北極於汾晉雲朔之間，其所交類皆幽憂失志之士，誦其歌
> 詩，往往憤時嫉俗，多離騷變雅之體，則其辭雖工，世莫
> 或傳焉。其達而仕者，又多困於判牘，未暇就必傳之業，
> 間或肆志風雅，卒求名位相埒者互爲標榜，不復商榷於布
> 衣之賤。〔註54〕

朱彝尊此時爲一介布衣，王士禛則官於禮部，彼此身分雖不可同日而
語，但王士禛並未如序文中「達而仕者」，但「求名位相埒者互爲標榜，
不復商榷於布衣之賤。」更難得的是，兩人的際遇固然不同，詩作風
格亦有所別，卻不影響兩人論詩之旨與把臂深交。事隔十年後，朱彝
尊還將其《竹垞文類》屬付王士禛爲序，足見兩人在詩作上「交深把
臂」的情誼。故朱彝尊在清初詩壇所以能與王士禛堪爲敵國〔註55〕，
分庭抗禮，所憑藉的雖然是其「博綜多聞」的深厚學力，但兩人在詩
壇上的交往互動，當亦爲「朱王」得以並稱的原因之一。

要之，順治十七年（1660）至康熙四年（1665）王士禛司理揚州
期間，是王士禛與陳維崧塡詞唱和最熱絡的時期，兩人的交誼也奠基
於此際。康熙四年王士禛調離揚州後，創作心力逐漸轉移到詩作上。
陳維崧則與之相反，不但將創作心力集中於塡詞之道，甚至還一度「棄
詩弗作」〔註56〕。但創作上的不同路徑，並未使昔日的交誼因此消失，

〔註54〕氏著〈王禮部詩序〉，《曝書亭集》卷37，頁1。

〔註55〕趙執信《談龍錄》第30則：「或問於余曰：『阮翁（按：指王士禛）其
大家乎？』曰：『然。』『孰匹之？』余曰：『其朱竹垞乎！王才美於
朱，而學足以濟之；朱學博於王，而才足以舉之。是眞敵國矣，他
人高自位置，強顏耳。』」《清詩話》（台北：西南書局，1979年），
頁280。

〔註56〕《陳迦陵文集》之《詩集》詩目所載，康熙十二年（癸丑）至康熙十

　　兩人依然互有往來。至於處在王、陳當中的朱彝尊，可說是左右逢源，既論詩於王士禛，又論詞於陳維崧，日後還分別在詩壇與詞壇上取得了「朱、王」並稱，「朱、陳」並列的成就。

四年（乙卯）之間，陳維崧都未有詩作收錄。

第三章　由復古與新變論陳子龍的
　　　　詩詞正變觀

前　言

　　陳子龍（1608～1647），字臥子，號大樽，松江華亭（今上海市松江縣）人。在探討明清之際詩詞正變觀之前，必欲先由陳子龍入手，主要基於以下兩個原因。在時代方面，陳子龍身處明清易代之際，並爲明末雲間詩派、詞派的領袖，在文學史上，陳子龍的詩、詞理論也恰好處於承先啓後的樞鈕地位。往上而言，陳子龍重新揚起有明前後七子的復古旗幟，廓清公安、竟陵在詩壇上的流弊，使明詩一歸於正始〔註1〕。往下而論，陳子龍的作品在清初雖曾被查禁〔註2〕，但仍

〔註1〕《明詩綜》引錢瞻百語云：「大樽當詩學榛蕪之餘，力闢正始，一時宗尚，遂使群才蔚起，與弘、正比隆，摧廓振興之功，斯爲極矣。」又引練石林之言：「陳公子龍，少有逸才，文章雄麗。明詩自袁宏道、鍾惺後，失其正傳，天下不知風雅。公與李公雯力振之，卒歸正始。」此外，《龍性堂詩話初集》亦有：「論明人詩，正大和平，折衷風雅，無如陳臥子先生。……臥子當啓、禎之時，詩道陵夷已極，故推明正始，特表何、李、王、李諸君爲昭代眉目。」以上資料，參見《陳子龍詩集》（上海：上海古籍出版社，1983年）附錄4「諸家評論」部分，頁779～784。

〔註2〕據《陳子龍文集》之〈前言〉所載，陳子龍在順治四年（1647）抗清死難後，家屋被抄索，無論已刊未刊諸作，致多毀損，加上清初文網森嚴，又被禁錮，直到乾隆年間清廷追諡陳子龍爲「忠裕」後，

有不可輕忽的影響力在。如朱彝尊即指出：

> 華亭自陳先生子龍倡爲華縟之體，海內稱焉，二十年
> 來，鄉曲效之者，往往模其形似而遺其神明。〔註3〕

陳維崧在論述清初詩壇發展時，也說：

> 數十年來，陳黃門虎踞於前，吳祭酒鷹揚於後，詩學
> 復興，天下駸駸盛言詩矣。〔註4〕

詩壇如此，詞壇也不例外，證諸謝章鋌以下所言：

> 昔陳大樽以溫、李爲宗，自吳梅村以逮王阮亭翕然從
> 之，當其時無人不晚唐。〔註5〕

可見清初詞風仍籠罩在陳子龍的影響範圍內。對照清初選詞的情況來
看，王士禛與鄒祗謨於順治年間所編選的《倚聲集》，收錄明、清512
位詞人的作品，共1914首詞作，其中陳子龍的作品便佔了66首，近
三十分之一強。納蘭性德與顧貞觀所選的《今詞初選》，陳子龍亦列
名其中。此外，陽羨詞人蔣景祁所選錄的《瑤華集》中，不但收錄陳
子龍的詞作29首，並以「特絕千古」〔註6〕許之。清初詞人如王士禛、
王士祿、陳維崧、納蘭性德等人，也都有追和陳子龍的詞作，無怪乎
近代詞評家要推崇陳子龍爲清代詞壇興盛的開創者〔註7〕。大陸學者
嚴迪昌雖然對「認定陳子龍開清詞中興之盛」的說法不以爲然，認爲

王昶、王澐等才得以大力蒐集其遺著，彙集成書。

〔註3〕氏著〈錢舍人詩序〉，《曝書亭集》卷37，頁2。

〔註4〕陳維崧〈許九日詩集序〉，《陳迦陵文集》之《文集》卷1，頁17。

〔註5〕氏著《賭棋山莊詞話》續編卷3，《詞話叢編》冊4，頁3530。

〔註6〕語見《瑤華集》卷首之〈刻瑤華集述〉，載於《四庫全書存目叢書》
集部第37冊。至於陳子龍詞作被清人選錄的情況，參見趙山林〈陳
子龍的詞和詞論〉，《詞學》（上海：華東師範大學出版社，1988年）
第七輯，頁184～196。

〔註7〕同上註趙山林前揭文，其云：「說陳子龍爲清詞中興廓清了道路，是
完全不過分的。」頁195。龍榆生《近三百年名家詞選》（上海：上
海古籍出版社，1979年）亦云：「詞學衰於明代，至子龍出，宗風大
振，遂開三百年來詞學中興之盛。」頁4。徐珂《清代詞學概論》（台
北：廣文書局，1979年）也說：「論詞者，自明之末造以迄清之中葉，
輒推臥子第一。」頁2。

此說「不甚吻合史實」，卻也不得不承認：「指出雲間詞派與近三百年來詞風演變的關係是必要的。」〔註8〕因而近代學者所撰述的清代詩、詞研究專著中，多將陳子龍列於首卷或緒論〔註9〕，顯然寓有以陳子龍爲清代詩、詞發軔者之意。

　　至於探討陳子龍的詩詞理論，所以必由「正變觀」的角度切入，一方面，論詩別正變、定優劣，以求能兼工各體，是明代復古詩論的一貫主張。在這一點上，陳子龍的「文以範古爲美」〔註10〕說是與之一脈相承的，而清人所以多指責雲間末流有「膚廓」〔註11〕之弊，也與陳子龍論詩堅持「規古近雅」脫離不了關係。但另一方面，爲了矯治復古詩派所衍發的「取諧聲貌而無動人之情」〔註12〕的缺失，陳子龍在「以範古爲美」之外，又提出了「情以獨至爲眞」的創作主張，以情感眞摯、雄麗有骨的詩作內容充實古雅的審美範式，這是其詩所以能「殿殘明一代」，首屈一指〔註13〕的理由所在，也是其對復古詩論所作的修正與調整。而在上述的「範古」與「情眞」；「繼承」與「新變」兩者之間，陳子龍是如何自圓其說，以成一家之言，是本章所欲探討的重點之一。

　　在詞論方面，孫康宜對於「清代學者多認爲陳子龍完全忽視南宋

〔註8〕嚴迪昌《清詞史》（南京：江蘇古籍出版社，1999年），頁13。

〔註9〕清代詩、詞研究專著中，如葉嘉瑩《清詞叢論》（石家莊：河北教育出版社，1997年）；嚴迪昌《清詞史》；嚴迪昌《清詩史》（台北：五南圖書出版公司，1998年）；朱則杰《清詩史》（南京：江蘇古籍出版社，2000年），都將陳子龍（或雲間詞派）列於首卷或緒論當中。

〔註10〕見《陳子龍文集》之《陳忠裕全集》卷25〈佩月堂詩稿序〉，頁28。

〔註11〕如鄧漢儀〈與孫豹人〉云：「近日宗華亭者，流於膚廓，無一字眞切。」載於周亮工輯《尺牘新鈔》（台北：中華書局，1972年）之《藏弆集》卷7，頁4。韓純玉也有：「雲間欲還正始，而近乎膚廓。」之言，載於陳田《明詩紀事》（台北：明文書局，1991年）辛籤卷28「韓純玉」條下陳田按語載引，頁1045。

〔註12〕語見〈六子詩序〉，《陳忠裕全集》卷25，頁24。

〔註13〕見陳田《明詩紀事》辛籤卷1陳子龍條下「陳田按語」，頁411。朱庭珍《筱園詩話》卷2亦云：「（明）末年詩人，惟陳臥子雄麗有骨，國變後詩尤哀壯，足殿一代矣。」載於《清詩話續編》，頁2363。

的詩學詞論」深表不以爲然，並強調：「某些儒士常認爲詞是小道，
而以詩爲主體，陳子龍顯然不苟同詞係小道之說。」〔註14〕至於陳子
龍爲何不苟同「詞爲小道」之說的理由，孫康宜並未加以論證、說明。
筆者認爲，要釐清陳子龍是否忽視南宋的詞論，並對陳子龍在明、清
之際詞壇的「承先啓後」之地位有所認識與了解，由「正變觀」的角
度來爬梳其詞論的重點與詞作的特色，進而探討其詩論與詞論的異
同，當爲確切掌握以上問題核心的一條徑路。

第一節　陳子龍的詩體正變觀

一、區別詩體正變的標準與依據

對於區別詩體正變的標準，由陳子龍以下所提的論點來看：

> 詩自弘正、嘉隆之間，作者代興。古體知法黃初以前，
> 近體取宗開元以前，雖其間不無利鈍，然大較彬彬，有正
> 始之遺。〔註15〕

> 文當規摹兩漢，詩必宗趣開元，吾輩所懷，以茲爲正。
> 〔註16〕

綜合以上資料，可將陳子龍的詩文正變觀簡單歸納爲：古文規摹秦
漢，古詩取法漢、魏，近體宗尙開元。若進一步追問：何以古詩要
取法「漢魏」？近體詩又爲何要以「盛唐」爲宗？這種詩體正變的
劃分依據，在〈宣城蔡大美古詩序〉與〈六子詩序〉中，有著詳細
的說明。

先就古體而言，陳子龍認爲：

> 詩自兩漢而後，至陳思王而一變。當其和平淳至，溫
> 麗奇逸，足以追風雅而躡蘇、枚，若其綺情繁采，已隱開

〔註14〕以上二語，分見孫康宜《陳子龍與柳如是詩詞情緣》（台北：允晨文化
　　　　出版社，1992年）頁169；頁123。
〔註15〕氏著〈成氏詩集序〉，《安雅堂稿》卷2，頁39。
〔註16〕氏著〈壬申文選凡例〉，《陳忠裕全集》卷30，頁14。

太康之漸，自後至康樂而大變矣。然而新麗之中，尚存古質，巧密之內，猶徵平典。及明遠以詭藻見奇，玄暉以朗秀自喜，雖欲不爲唐人之先聲，豈能自持哉？……　夫文采日富，清音更逸；聲音愈雄，雅奏彌失，此唐以後古詩所以益離也。〔註17〕

五古以風雅爲標的，從蘇、李與〈古詩十九首〉中可形塑出「和平淳至，溫麗奇逸」的詩體特質。曹植的五古猶能延續此種詩風，即使另開「綺情繁采」的新變成分，但因與兩漢相去不遠，故不妨歸於正體之列。而後發展至謝靈運時，五古遂面臨了新、舊交替的轉變關鍵，一方面，「新麗」、「巧密」的成分逐日俱增；但另一方面，「古質」、「平典」的詩體特質依然可見。及至鮑照、謝朓時，作者的創作自覺與時代風尚，都轉入了「詭藻」、「朗秀」的面貌，這才開啓了唐人近體詩的發展，在此長彼消之下，唐五古中的文采愈豐富，音調愈雄壯，可說是偏離了「和平淳至、溫麗奇逸」的正統之道。這是論五古必以漢魏爲正體，而以唐人爲變調的理由所在。

　　值得注意的是，五言詩在魏晉被視爲是「眾作之有滋味者也」〔註18〕，相形之下，七言體在漢魏之際只能算是奠基、起步期而已，實不足以標舉爲本色、正體〔註19〕，所以在五古之外，陳子龍又另標舉盛唐七古以爲正體，其所詩論的理由是：

　　　七言古詩，初唐四家，極爲靡沓；元和而後，亦無足觀，所可法者，少陵之雄健低昂，供奉之輕揚飄舉，李頎之雋逸婉孌。然學甫者近拙，學白者近俗，學頎者近弱。要之體兼風雅，意主深勁，是爲工耳。〔註20〕

在「體兼風雅，意主深勁」的工拙衡量標準下，初唐四子的七言古詩，

〔註17〕氏著〈宣城蔡大美古詩序〉，《安雅堂稿》卷2，頁1。
〔註18〕語見鍾嶸〈詩品序〉，載於《詩品》卷首。
〔註19〕如胡應麟《詩藪》（台北：廣文書局，1973年），便將七言古詩概曰「歌行」，並謂：「歌行兆自〈大風〉、〈垓下〉。〈四愁〉、〈燕歌〉而後，六代寥寥，至唐大暢。」內編卷3〈古體下〉，頁10。
〔註20〕氏著〈六子詩序〉，《陳忠裕全集》卷25，頁25。

因過於「靡沓」而不足法；元和以後的七古，也無足觀〔註21〕，故七言古詩必以盛唐為正體，並以杜甫的雄健低昂，李白的輕揚飄舉，李頎的雋逸婉變作為取法對象。準此以論陳子龍的「古體」正變觀，實可詳加細分為：五古法漢、魏，七古法盛唐。

再就近體詩而論。詩之「近體」可分為「律詩」、「絕句」兩種。「律詩」方面，陳子龍認為，自人類以符號紀事開始，就已經有「奇偶相生、文字相錯」的現象。以《詩經》為例，〈柏舟〉：「覯閔既多，受侮不少。」、〈旱麓〉：「鳶飛戾天，魚躍於淵。」、〈抑〉：「訏謨定命，遠猷辰告。」、〈雝〉：「有來雝雝，至止肅肅。」可見兩兩相對的詩句早已有之。而漢詩如：「歡娛在今夕，讌婉及良辰。」、「長裾連理帶，廣袖合歡襦。」不僅字面相對，兼且平仄互諧。漢魏以後，詩句的對偶愈求工整，音調愈求諧婉，律詩的審美規範終於在唐人手中定形、確立。陳子龍故而又言：

> 世之言律，以為和必應宮商之音，嚴若守科條之令，誠然！……必使才足以振逞而不傷其體，學足以敷會而不累其情，詞足以發意而境若渾成，色足以揚聲而氣無浮露。字必妥貼，無跡可尋；句必沈著，無巧可按；對必精切，有若自然；韻必平穩，絕無湊響。〔註22〕

律詩不但有聲調上的嚴格限制，在琢字鍊句上也馬虎不得，如果說

〔註21〕「元和」為唐憲宗年號，若依明初高棅《唐詩品彙·五言古詩敘目》中的分期標準，則「元和」之後當屬「晚唐」，但若依明人徐師曾《文體明辨序說》的分期，則「大歷至憲宗元和末」為「中唐」。但不論「元和」歸為中唐或晚唐，陳子龍對於盛唐以後的近體與古體詩，評價普遍都不高，如〈方密之流寓草序〉即云：「大中（唐宣宗年號）之後，其詩弱以野，西歸之音，渺焉不作，王澤竭矣。」（《陳忠裕全集》卷25，頁18）。〈熊伯甘初盛唐律詩選序〉也認為唐詩發展以盛唐為最，但盛唐之後，「非偏枯粗率，則滿薄輕佻，不足法矣。」（《安雅堂稿》卷1，頁13）。因此，陳子龍雖然在〈六子詩序〉中未說明何以「元和以後」的七古「無足觀」，但對照以上二文來看，應是有見於中、晚唐以後詩風「卑弱滿薄」使然。

〔註22〕氏著〈熊伯甘初盛唐律詩選序〉，《安雅堂稿》卷1，頁13。

「妥貼」、「沈著」、「精切」等表現有賴於人工雕琢的技巧，則「無跡可尋」、「無巧可按」、「有若自然」的要求，又必須化人工為天巧，形跡俱融，才能算是造詣極致。據此衡量有唐一代律詩之正變，陳子龍認為：

> 詞莫工於初唐，而氣極完；法莫備於盛唐，而情始暢，
> 近體之作，於焉觀止。〔註23〕

既然初唐詞工氣完，盛唐法備情暢，合乎「才足以振逴而不傷其體，學足以敷會而不累其情，詞足以發意而境若渾成，色足以揚聲而氣無浮露」的審美要求，所以律詩必以初、盛唐為正宗，乃無庸置疑。

再就絕句而論，陳子龍〈六子詩序〉曾大略比較盛唐與中、晚絕句在整體風貌上的差異，其云：

> 五、七言絕句，盛唐之妙，在於無意可尋而風旨深永。
> 中、晚主於警快，亦自斐然。

盛唐絕句「無意可尋而風旨深永」的妙境，與律詩的「字必妥貼，無跡可尋；句必沈著，無巧可按；對必精切，有若自然；韻必平穩，絕無湊響。」有同工之妙，陳子龍論詩故而主張「近體宗趣開元」。如果細繹「中、晚主於警快，亦自斐然」之意，則中、晚唐的絕句在盛唐的法備情暢之外，雖亦有可觀之處，但與陳子龍對中、晚唐近體詩的相關看法，如「中、晚之詩……意存刻露，與古人溫厚之旨或殊。」〔註24〕；「晚唐語多俊巧，而意鮮深至。」〔註25〕，對照〈熊伯甘律初盛唐律詩選序〉以「非偏枯粗率，則漓薄輕佻」來評論盛唐以後的近體之作，可見在陳子龍的心目中，中、晚唐絕句雖亦斐然成章，卻只配坐「側席」而已，若論「正體」之位，還是以具有「無意可尋而風旨深永」的盛唐妙境為宜。

要之，陳子龍的詩體正變觀是以各體的發展背景與特質作為衡

〔註23〕同上註。
〔註24〕語見〈沈友夔詩稿序〉，《安雅堂稿》卷2，頁10。
〔註25〕語見〈幽蘭草詞序〉，同上註，卷3，頁13。

量要素。由於漢魏五古、盛唐的七古與近體，不僅是各體創作的成熟、巔峰時期，其所展現的「和平淳至」（五古）、「體兼風雅，意主深勁」（七古）與「詞工法備」、「氣完情暢」（近體）等特質，也非其他時期所能及，故其主張五古法漢、魏，七古與近體法盛唐，理即在此。

二、區別正變的目的

在探討了陳子龍的詩體正變標準與劃分依據後，以下擬進一步探討的重點是：論詩區別正變的目的何在？從陳子龍的相關詩論中，可歸納出以下兩點：其一，分正變可以在批評上定工拙，其二，別正變可以在創作上求兼工。

1、分正變以定工拙

陳子龍的詩歌正變觀值得注意的特點是：在判定各種詩體以孰爲正、以孰爲變時，工拙優劣的價值判斷也隱含在裡面了。如在提出了「文當規摹兩漢，詩必宗趣開元，吾輩所懷，以茲爲正。」的正變標準後，陳子龍繼而對盛唐之後的作品提出了以下的批評：

> 至於齊梁之贍篇，中晚之新搆，偶有間出，無妨斐然。若晚宋之庸沓，近日之俚穢，大雅不道，吾知免夫。〔註26〕

> 自此以後，非偏枯粗率，則漓薄輕佻，不足法矣，故無錄焉。後之作者，窮於其內，尚有遺境；溢於其外，必無超詣。〔註27〕

陳子龍在提出「古體法黃初，近體取宗開元」的正體觀之後，對於「厭常之士，略去準繩，以自標異」的作法也表達了如下的不滿：

> 或襲昌谷之奇鑿，或沿長慶之率俗，或踵孟、韋之枯淡，而皆未得其眞。〔註28〕

綜合以上「大雅不道」、「不足法矣」、「未得其眞」的論斷，足見陳子

〔註26〕氏著〈壬申文選凡例〉，《陳忠裕全集》卷30，頁14。
〔註27〕〈熊伯甘初盛唐律詩選序〉，《安雅堂稿》卷1，頁13。
〔註28〕〈成氏詩集序〉，同上註，卷2，頁3。

龍的詩體正變觀，不但是詩歌創作的指導原則，也是評斷詩歌優劣的標準，凡屬正體者，即爲優，爲創作圭臬；而非正體之列者，則屬「變體」，縱有可觀亦「不足法矣」。因此，孫康宜所謂：「清朝學者多認爲陳子龍完全忽視南宋的詩學詞論，但我深不以爲然。」〔註29〕其說有待釐清的幾個重點是：陳子龍忽視南宋的詩論（詞論容後再述），並非出於清朝學者錯誤的詮釋，而是在以時代定正變，以正變定工拙的價值觀下所引出的必然結論。即使尚未到「完全忽視」的程度，但就理論或創作上的整體表現而言，謂其「忽視」南宋的詩論是可以成立的。再者，陳子龍主張近體詩學唐人，對於宋詩是否有明確的反對意見呢？由〈壬申文選凡例〉中以「庸沓」稱宋詩，則其態度如何，可不言而喻。若謂凡例中所指的「庸沓」只限於「晚宋」，只是南宋末年一小段時期，並不包括北宋及南宋盛期，此又不然。証諸〈王介人詩餘序〉所謂：

> 宋人不知詩而強作詩，其爲詩也，言理而不言情，故
> 終宋之世無詩焉。〔註30〕

陳子龍對宋詩「言理而不言情」的看法雖有待商榷，但「終宋之世無詩」與「詩衰於宋」〔註31〕的論斷，卻是斬釘截鐵，不容置疑的。

2、別正變以求兼工

論詩所以要分正變，除了以此作爲評斷詩作優劣工拙的衡量標準外，藉由掌握各種詩體的特質以求兼工，也是別正變的另一個主要目的。關於這一點，胡應麟以下所論堪爲代表：

> 明不致工於作，而致工於述。不求多於專門，而求多
> 於具體，所以度越元、宋，苞綜漢、唐。〔註32〕

〔註29〕氏著《陳子龍與柳如是詩詞情緣》，頁169。

〔註30〕《安雅堂稿》卷2，頁11。

〔註31〕〈彷彿樓詩稿序〉云：「夫詩衰於宋而明興。」《陳忠裕全集》卷25，頁26～27。26〈皇明詩選序〉亦云：「詩衰於齊梁而唐振之，衰於宋、元而明振之。」同上註，卷25，頁17。

〔註32〕氏著《詩藪》內編卷1〈古體上・雜言〉，頁1～2。

> 盛唐而後，樂、選、律、絕，種種具備，無復堂奧可
> 開，門戶可立，古惟獨造，我則兼工，集其大成，何忝名
> 世。〔註33〕

相應於胡應麟的說法，陳子龍也認爲，明詩所以能「較諸前朝稱爲獨盛」，是因爲當時學士大夫：

> 囿不窮其擬議，巧其追琢，嘗以一人之力，兼數家之
> 長，雖作述有殊，然專者易工，該者難合，程其勞逸，未
> 可輕也。〔註34〕

亦即明人雖不以創體爲工，卻能以一人之力而兼工眾體，即使是述多於作，亦可引以爲傲，無愧前人。何況從困難度來說，專工於某一詩體的創作，是要比兼工眾體更容易取得成就，因而能夠以「兼工」見長，實亦有可觀者在，是「未可自經也」。然而在兼工眾體之前，必然會面臨到「作者既多，莫有定論；仁鄙並存，雅鄭無別。」〔註35〕的困境，因而區分詩體之正變，使學者能知所趨向，有門徑可循，實有其重要性與必要性。而陳子龍所以與詩友李雯、宋徵輿共同編選《皇明詩選》一書，並在編選過程中嚴分正、變，所謂：「一篇之收，互爲諷詠；一韻之疑，共相推論。攬其色矣，必準繩以觀其體；符其格矣，必吟誦以求其音；協其調矣，必淵思以研其旨。」除了藉此彰顯「洋洋乎有明之盛風儷於周、漢」的特色外，也寓有「去淫濫而歸雅正」，使學詩者知所宗尚的用意在內。因此，陳子龍論詩嚴別正、變之分，是具有「兼工眾體」並作爲度越前人的意義在內。

第二節　陳子龍對明代復古詩論的繼承與修正

陳子龍在其詩論中，曾多次提及對前、後七子核心人物李夢陽、

〔註33〕許學夷《詩源辯體》（北京：人民文學出版社，1998 年）卷 34 第 19
　　　　則載引胡應麟之言，頁 320。
〔註34〕氏著〈皇明詩選序〉，《陳忠裕全集》卷 25，頁 16。
〔註35〕同上註。

何景明、李攀龍、王世貞等人的景仰之情，試觀以下所云：

> 國家右文之化，幾三百年。作者間出，大都視政事爲隆替。孝宗聖德，儷美唐虞，則有獻吉、仲默諸子，以爾雅雄峻之姿，振拔景運。世宗恢弘大略，過於周宣、漢武，則有于鱗、元美之流，高文壯采，鼓吹休明。〔註36〕

> 夫詩衰於宋而明興，尚沿餘習，北地、信陽，力返風雅；歷下、瑯琊，復長壇坫。其功不可掩，其宗尚不可非也。〔註37〕

引文中，陳子龍以「爾雅雄峻」、「高文壯采」來稱許諸子詩文，以「力返風雅」、「復長壇坫」，來推崇諸子之功，其對李、何諸人的尊崇與景仰之情，不言可喻。再翻開由陳子龍與詩友李雯共同編選的《皇明詩選》〔註38〕，就其中分體選詩的情況來看，

流派	姓名	古樂府	五古	七古	五律	五排	七律	五絕	七絕	小計
前後七子	李夢陽	13	43	9	18	1	15	2	15	116
	何景明	9	22	16	58	3	29		13	150
	康　海								1	1
	王九思		2				1			3
	王廷相		7	1	2					10
	邊　貢		2		7		2	1	3	15
前後七子	徐禎卿	4	2	5	8	1	5	1	9	35
	李攀龍	17	16	11	20	4	42	1	44	155
	王世貞	9	19	15	20	6	27	1	11	108
	謝　榛			1	35	2	23	3		69

〔註36〕氏著〈答胡學博〉，《安雅堂稿》卷14，頁10。

〔註37〕氏著〈彷彿樓詩稿序〉，《陳忠裕全集》卷25，頁26～27。按：引文之「北地」代指李夢陽，「信陽」爲何景明，「歷下」（今濟南）爲李攀龍，「瑯琊」指王世貞，皆以各人的籍貫作爲代稱。

〔註38〕陳子龍、李雯合輯《皇明詩選》（上海：華東師範大學出版社，1991年）。

	徐中行		1		2	4	11		1	19
	梁有譽		4		1		4			9
	宗　臣			1	5	1	4	2	4	17
	吳國倫	5	6	3	24	1	8		6	53
公安派	袁宗道									
	袁宏道		1							1
	袁中道									
竟陵派	鍾　惺									
	譚元春									

在以上圖表〔註39〕中，《皇明詩選》所選錄的前後七子詩作共有 760 首，但公安與竟陵則僅有一首入選，其褒貶好惡之意，明顯可見。再由個人詩作入選數量多寡來看，前四名分別是李攀龍（155 首）、何景明（150 首）、李夢陽（116 首）及王世貞（108 首），遙遙領先群倫，據此不難理解陳子龍對四家詩作的偏愛。據《自述年譜》卷上〈崇禎元年戊辰〉條所載，在某次文人聚會時，席間因艾南英排詆七子，「妄謂秦漢文不足學，而曹、劉、李、杜之詩皆無可取，其詈北地、濟南諸公尤甚。」陳子龍聞言不禁「攝衣與爭，頗折其角」，日後兩人還就此「作書往返，辯難不休」〔註40〕，陳子龍對復古詩論者堪稱是維護有加，鮮明地表現其復古的詩論傾向。朱笠亭《明詩鈔》言及明詩發展概要時，以李、何、王、李復古諸子「振興於中」，而陳子龍則是繼承諸子，「撐持於後」〔註41〕，洵為有識之言。

　　然而，身處晚明之際，面對復古詩派「以抄襲為復古，句比字擬，務為牽合。」〔註42〕的流弊，以及來自公安派「獨抒性靈，不拘格套」、

〔註39〕表格參考陳書錄《明代詩文的演變》（南京：江蘇教育出版社，1996年），頁 460～461。
〔註40〕載於《陳子龍詩集》下冊附錄 2，頁 642。
〔註41〕同上註，附錄 4，頁 782。
〔註42〕袁宏道〈雪濤閣集序〉，載於《袁中郎全集》（台北：清流出版社，1976 年）之《袁中郎文鈔》，頁 3～4。

「代有升降，法不相沿。各極其變，各窮其趣。」〔註43〕的理論挑戰，
如何補偏救弊，回應挑戰，也就成了陳子龍論詩的首要任務了。以下
將分別就其對復古詩論所作的繼承與補充部分詳細說明。

一、對復古詩論的繼承

1、詩體之正變觀

　　如前所云，陳子龍論詩之正體，主張五古以漢、魏為宗，七古取
法盛唐，近體則以初、盛唐為法式。盛唐以後，各種詩體因逐漸脫離
正途而走上新變之路，到了宋人以「言理不言情」作為創作主流以後，
唐詩正體風貌已不復見，故有「宋無詩」之論。以上觀點，可說是復
古諸子在晚明的後繼。先就「文當規摹兩漢，詩必宗趣開元」而論，
《明史・文苑傳序》云：

> 　　弘正之間，李東陽出入宋元，溯流唐代，擅聲館閣。
> 而李夢陽、何景明倡言復古，文自西京、詩自中唐而下，
> 一切吐棄，操觚談藝之士翕然宗之，明之詩文於斯一變。

前七子論詩如此，後七子亦然，據《明史》卷175所載：

> 　　（李攀龍）持論謂文自西京、詩自天寶而下，俱無足
> 觀。於本朝獨推李夢陽，諸子翕然和之，非是則詆為宋學。
> 　　（王世貞）持論文必西漢、詩必盛唐，大曆以後書勿
> 讀。

對照陳子龍的詩文理論，與前、後七子可謂如出一轍，甚至其「宋人
言理而不言情，故終宋之世無詩焉」的論點，也與李夢陽所謂：「宋
人主理不主調，於是唐調亦亡。」〔註44〕及「宋無詩」〔註45〕的主張

〔註43〕袁宏道〈敘小修詩〉，載於《袁中郎全集》之《袁中郎文鈔》，頁 2
　　　　～3。
〔註44〕李夢陽〈缶音序〉，《空同集》（《景印文淵閣四庫全書》第 1262 冊）
　　　　卷 52，頁 5～6。
〔註45〕李夢陽〈潛虬山人記〉云：「山人商宋、梁時，猶學宋人詩，會李子
　　　　客梁，謂之曰：『宋無詩。』山人於是遂棄宋而學唐。」《空同集》
　　　　卷 48，頁 12。何景明〈雜言〉十之五亦有：「經亡而騷作，騷亡而

是一致的。

2、以範古為美的審美觀

　　由陳子龍「以正變定工拙」的價值觀來看，其所標舉的詩體之「正」，不僅是詩歌創作的指導原則，同時也是評斷詩歌工拙優劣的準繩。在正體之前，由於聲色未開，故有體制不夠完善之嫌；正體之後，則因盛極而衰，故有偏枯粗率、體卑格弱的毛病，此所以論詩必以「正體」為法式的主要依據。陳子龍此說，實與王世貞「體日益廣而格日益卑」的論點有相通之處：

> 　　自西京以還，至於今千餘載，體日益廣而格日益卑。
> 前者毋以盡其變，而後者毋以返其始。嗚呼，古之不得盡
> 變，寧古罪哉？今之不能返其始，其又何辭也矣。〔註46〕

此外，與王世貞盛相推挹、列名於「末五子」的胡應麟，也有「體以代變」、「格以代降」〔註47〕的說法。既然「正體」是某一詩體發展最盛的的階段，盛極之後不免「格以代降」，後人若想在筆下重現正體的「興象、風神」，最好的辦法，還是由具體可循的「體格、聲調」入手，胡應麟故云：「作者但求體正格高，聲雄調鬯，積習之久，矜持盡化，形跡俱融，興象、風神自爾超邁。」〔註48〕不必另費心機，企圖在「正體」之外另築堂奧，反而與正體愈行愈遠。在上述的理論邏輯下，必然會得出：「學不的古，苦心無益」〔註49〕、「文自有格，

賦作，賦亡而詩作。秦無經，漢無騷，唐無賦，宋無詩。」之說，《大復集》（《景印文淵閣四庫全書》第1267冊），卷38，頁15～16。此外，張宗柟引《艮齋雜說》所載：「楊用修嘗舉數詩示何仲默，曰：『此何人詩？』答曰：『唐詩也。』楊笑曰：『此乃吾子所不觀宋人之詩也。』」見《帶經堂詩話》（北京：人民文學出版社，1998年）卷1〈品藻類〉第19則，頁43。可見明代復古論者不僅謂「宋無詩」，同時也「不觀宋人之詩」。

〔註46〕王世貞〈劉世御集序〉，《弇州續稿》（《景印文淵閣四庫全書》第1284冊）卷40，頁17。

〔註47〕氏著《詩藪》內編卷1〈古體上・雜言〉，頁1。

〔註48〕許學夷《詩源辯體》卷17第32則載引，頁180。

〔註49〕李夢陽〈答周子書〉，《空同集》卷62，頁15。

不祖其格，終不足以知文。」〔註50〕以及「詩貴先合度而後工拙」〔註51〕的結論。以此類推，也就不難理解何以陳子龍論詩要以「辨體」爲首務了，其云：

> 夫今昔同情而新故異制。異制若衣冠之代易，同情若嗜欲之必齊。代易者一變而難返，必齊者深造而可得。故子嘗謂今之論詩者，先辨形體之雅俗，然後考其性情之貞邪。假令有人操胡服、胡語而前，即有婉孌之情，幽閒之致，不先駭而走哉？〔註52〕

引文中，陳子龍認爲人情之好惡，如同芻豢之悅我口，是今昔相通的。文學體制則不然，是隨時變易、與時推移的。在「代易者一變而難返，必齊者深造而可得」的前提下，論詩當然要先辨別體制是否合乎雅俗標準。陳子龍在序文中並舉例說明，如果外地人要讓當地人接納他，感受到他的眞情，就必須穿著當地的衣著，並使用當地人的語言，後人學古，也類似於這種情況，因爲「婉孌之情，幽閒之致」如果不是藉由典雅合度的「正體」來表現的話，花再多的心血從事創作，也無法被歸之於「本色」、「當行」之列，而只能是變調、別裁罷了。

　　姑且不論這種「以辨體爲先，以性情爲後」的主張在創作時會產生什麼樣的流弊，但至少在理論上，就不合乎「（詩）由人心生也」〔註53〕「風騷之旨，皆本言情。」〔註54〕的詩歌要旨。因爲詩作既然是內在心聲的反應，詩中所表現的情志，本應列爲詩作的第一要素。或許是意識到這一點，陳子龍在其他詩序中，遂將上述「辨體先於達情」的主張修正爲：

〔註50〕李夢陽〈答吳謹書〉，《空同集》卷62，頁13。
〔註51〕見徐師曾《文體明辨序說》（北京：人民文學出版社，1998年）〈論詩〉第1則，載引前七子徐禎卿所言：「詩貴先合度而後工拙」，頁83。
〔註52〕氏著〈宣城蔡大美古詩序〉，《安雅堂稿》卷2，頁1。
〔註53〕氏著〈皇明詩選序〉，《陳忠裕全集》卷25，頁16～17。
〔註54〕氏著〈三子詩餘序〉，《安雅堂稿》卷2，頁10。

明其源，審其境，達其情，本也。辨其體，修其辭，次也。
〔註55〕

論詩改以「達情」爲本，以「辨體」爲次，提高了情志在詩中的重要性與優先性。在〈六子詩序〉中，陳子龍更明確地把「情志」界定爲「憂時託志」的內容，並提昇到「詩之本」的地位，其云：

詩之本不在是（按：指規摹古人），蓋憂時託志者之所作也。苟比興道備而褒刺義合，雖塗歌巷語，亦有取焉。……夫作詩而不足以導揚盛美，刺譏當時，託物連類而見其志，是則風不必列十五國，而雅不必分大小也。雖工，余不好也。〔註56〕

詩歌若足以「導揚盛美，刺譏當時」，能藉由「託物連類」的方式表現出作者的心志，即使是不合乎典雅體制的「塗歌巷語」，也有可取之處。以上說法，直是將〈宣城蔡大美古詩序〉中所謂「先辨形體之雅俗，後考性情之貞邪」的觀點，作了一百八十度的大逆轉。這是否意味著陳子龍論詩從此擺脫了「以範古爲美」的束縛，轉而向「不拘格套」的公安派靠攏呢？當然不是。以〈青陽何生詩稿序〉爲例，陳子龍在明示以「達情」爲本，以「辨體」爲次的詩論後，緊接著又表明：「生於後世，規古近雅，創格易鄙」的復古立場。在〈彷彿樓詩稿序〉中，其雖批評李、何諸人之詩，有「每多累句」、「時見卑詞」、「好襲陳華」、「弱篇靡響」〔註57〕之弊，但其針對症狀所開的藥方則是：

惟其盛其才情，不必廢此簡格；發其要眇，豈得蕩然律呂？

既然復古論者的弊病，是因爲詩中的情志不足或過於狹隘所致，所以只要「盛其才情」、「發其要眇」，就能夠改善弊端，但在形式技巧上，

〔註55〕氏著〈青陽何生詩稿序〉，同上註，卷2，頁1～2。
〔註56〕載於《陳忠裕全集》卷25，頁24～25。
〔註57〕〈彷彿樓詩稿序〉云：「空同（李夢陽）壯矣，而每多累句；滄溟（李攀龍）精矣，而好襲陳華；弇州（王世貞）大矣，而時見卑詞；惟大復（何景明）奕奕，頗能潔秀，而弱篇靡響，概乎不免。」《陳忠裕全集》卷25，頁26～27。

還是要遵守前人所創立的體制，此所以陳子龍要再次強調：

> 既生於古人之後，其體格之雅，音調之美，此前哲之
> 所已備，無可獨造者。至於色采之有鮮萎，丰姿之有妍拙，
> 寄寓之有淺深，此天致人工不相借者也。〔註58〕

詩作在「盛其才情」之餘，還是要堅守詩體之雅與音調之美；在要求詩中具有個人獨至真情之際，也同時要求「以範古為美」。陳子龍這種兼具「情真」與「範古」的雙重主張，是其與復古論者為近而與公安派有別的主要關鍵。因為就復古詩論者而言，論詩堅持「體制、格調」，確實是其所不能跨越的理論界限。明乎此，實不難理解何景明的「領會神情、不倣形跡」與「捨筏登岸」之說〔註59〕，何以會激發李夢陽的強烈反彈與悍衛意識〔註60〕。試想：作詩為文一旦捨棄格調、古法不談，則「文必秦漢，詩必盛唐」的「必然性」豈非大打折扣？陳子龍論詩所以堅持「以範古為美」，與其所堅持的詩體正變觀實密不可分。即使意識到復古諸子的詩弊在於摹擬成分過多，而「範古」的主張又是詩作容易陷入摹擬泥淖的主要原因，卻還是主張「盛其才情」而「不必廢此簡格」，其所以為復古詩派的後繼之秀，理即在此。

　　若進一步追問此種在前人體制規範內抒發情志的主張，在實際創作時是否行得通？對陳子龍而言，答案當然是肯定的。試觀以下其對友人詩作的評論：

〔註58〕同上註。

〔註59〕何景明〈與李空同論詩書〉，《大復集》卷32，頁19～21。

〔註60〕李、何之爭的主要焦點在於，李夢陽把古法視為抽象的「道」，如同「方」之所以為方，而「圓」之所以為圓的道理，是不能捨棄的。何景明則視之為具體的「工具」，如同圓規、矩尺一般，故有「捨筏登岸」之說。兩人之爭，由後七子李攀龍〈送王元美序〉重倡李夢陽的「視古修辭，寧失諸理」可知還是由李夢陽取得優勢，見《李攀龍集》（濟南：齊魯書社，1993年）卷16，頁390。晚明許學夷也認為兩人之爭「李為得之」（參見《詩源辯體》卷35第36則，頁343）。

> 今觀李子之詩，風規極整，條理甚列，而抒情使事，
> 曠暢不拘，豈不力離前修，亦何嘗自侈新製哉？〔註61〕

> 今子之詩，大而悼感世變，細而馳賞閨襟，莫不措思
> 微茫，俯仰深至，其情眞矣。上自漢魏，下訖三唐，斟酌
> 摹擬，皆供揮染，其文合矣，卓然爲盛明之一家，何疑焉？
> 〔註62〕

其稱許友人的詩作，在抒情使事時，既能「力離前修」，以呈現出一己獨特的風貌；在形式技巧上，則又能「斟酌摹擬」、「風規極整」，不必「自侈新製」，亦能使作品達到「情眞」而「文合」的境地，誠所謂「卓然爲盛明之一家，何疑焉？」

綜合以上所論，在「以正變定工拙」的價值觀念引導下，陳子龍論詩一度主張「先辨其形體之雅俗，後考其性情之貞邪」，此說在日後雖然被修正爲：論詩以「達情」爲本，以「辨體」爲次，先後主從的關係雖然有所調整，但堅持「以範古爲美」、不廢詩體格調的主張，則是陳子龍能與復古詩論一脈相承之處。

二、對復古詩論的補充

如果說論詩「以範古爲美」是陳子龍得以和復古論者站在同一陣線的關鍵，然則「情以獨至爲眞」的主張，並將「情志」明確定義爲「憂時託志」、「導揚盛美，刺譏當時」、「悼感世變」的內容，則是陳子龍對復古理論所作的修正。

以上說法容易引起的誤解是：既然陳子龍對復古論者的修正主要針對詩中的「情志」而發，是否意味著復古論者只要求規摹前人，而忽視情志在詩歌裡的重要性，因而才有公安派以「獨抒性靈，不拘格套」來號召群雄、扭轉詩風呢？準此而言，是否可將復古論者的詩文主張簡單概括爲「既乏性靈，又拘格套」呢？實則不然，試觀以下復古諸子所言：

〔註61〕〈彷彿樓詩稿序〉，《陳忠裕全集》卷25，頁26～27。
〔註62〕氏著〈佩月堂詩稿序〉，《陳忠裕全集》卷25，頁28。

　　　　夫詩有七難：格古、調逸、氣舒、句渾、音圓、思沖、
情以發之，七者備而後詩昌也。〔註63〕

　　　　詩本性情之發者也。其切而易見者，莫如夫婦之間。
〔註64〕

　　　　詩以陶寫性靈，抒紀志事而已。〔註65〕

　　　　詩以情志爲本，以成聲爲節。〔註66〕

可見復古論者在創作上雖有剽竊模擬之譏，但論詩以「情」爲本，企
圖在古詩的格律、聲調之中融入一己之情，則是不爭的事實。既然復
古派與公安派都強調「情」在詩中的作用與重要性，因而兩派的最大
差異，當在於抒情時是否要「拘於格套」上。誠如大陸學者霍松林所
言：「前後七子認爲『詩本性情之發』，公安派、竟陵派主張『獨抒性
靈』。『性情』、『性靈』，都是主觀的東西，所以復古派與反復古派在
詩歌反映什麼的問題上，並沒有根本分歧，分歧主要表現在如何反映
的問題上：前者摹擬古人、學古之法；後者反對摹擬，『不拘格套』。」
〔註67〕就陳子龍而言，「文以範古爲美」是不可動搖的審美觀與價值
觀，而「情以獨至爲眞」之說，又早已出現在前、後七子的相關論述
中，在這種情況下，陳子龍確實沒有多大的空間可以對復古詩論進行
補充修正，其所能致力的，是就復古詩派在理論與創作上所產生的落
差進行彌補。

　　以復古詩論而言，要求在創作時同時兼顧「性情」與「格調」，
結果往往是顧此失彼，成爲有「格」而無「情」的飾貌之詞。關於這
一點，陳子龍的體會是深刻而眞切的。陳子龍〈彷彿樓詩稿序〉自言
幼時學詩，曾因傾慕復古諸子之說，故而「取樂府古詩，擬之疾書數

〔註63〕李夢陽〈潛虯山人記〉，《空同集》卷48，頁12。
〔註64〕何景明〈明月篇序〉《大復集》卷14，頁14～15。
〔註65〕王世貞〈題劉松年大歷十才子圖〉，《弇州續稿》卷168，頁15。
〔註66〕吳國倫〈楚遊稿序〉，《甔甀洞稿》（《續修四庫全書》第1351冊）卷
　　　　41，頁16。
〔註67〕氏著〈原詩前言〉，載於葉燮《原詩》（北京：人民文學出版社，1998
　　　　年）卷前，頁4。

篇。」親身體行一番。但這些詩作在日後看來，不過是「以多爲勝，
以形似爲工而已。」何況在「情」的內容上，復古論者或云「性情」，
或言「情志」，或謂「性靈」，不免人多嘴雜，令人莫衷一是。相形之
下，公安派以縱情適性、自娛自悅〔註68〕作爲「性靈」的主要內容，
不僅清楚扼要，也極具「適俗性」，無怪乎造成「天下耳目於是一新，
又復靡然而從之」〔註69〕的影響力。身處晚明，陳子龍面對公安與竟
陵派在詩壇上所造成的「非迂樸若老儒，則柔媚若婦人」、「居薦紳之
位，而爲鄉鄙之音；立昌明之朝，而作衰颯之語」〔註70〕的流弊，有
意重振復古的旗幟，使詩壇重返正始，就必須同時解決復古論者對「情
志」定義不清之失，以及公安、竟陵格局過小之病，在這一點上，陳
子龍以「憂時託志」、「序世變、刺當塗」之說，提高了詩作的時代性
與使命感，爲詩中的「情志」注入了一股強心劑。如在〈沈友龑詩稿
序〉中，對於時人批評沈友龑詩「尚綺麗，工秀逸」，近於晚唐《金
荃》、《香奩》之作，陳子龍遂引何景明之說爲之緩頰，認爲沈友龑只
是將他的憂時睠國之懷，託於閨襜之際，不可簡單類比爲《金荃》、《香
奩》之作〔註71〕。值得注意的是，「詩本性情之發」一語，乃引自何
景明的〈明月篇序〉。何景明在序文中認爲，人的性情最切而易見者，
莫如夫婦之際，因而《詩經》及漢魏作者爲詩，「義關君臣朋友，辭
必託諸夫婦，以宣鬱而達情焉。」〔註72〕據此而言，則杜詩不免有「博

〔註68〕如袁宗道〈詠懷效白〉強調：「人各有一適」，《白蘇齋類集》（《四庫
　　　　禁燬書叢刊》第 48 冊），卷 1，頁 6；袁中道〈詠懷〉也云：「人生
　　　　貴適意，胡乃自局促。」《珂雪齋前集》（《四庫禁燬書叢刊》第 181
　　　　冊），卷 2，頁 20。至於袁宏道適世快活的心態，可由〈龔惟長先生〉、
　　　　〈徐漢明〉二文清楚得見，載於《袁中郎全集》之《袁中郎尺牘》，
　　　　頁 2、頁 6～7。
〔註69〕語見《四庫全書總目提要》卷 179 集部・別集類存目 6〈袁中郎集提
　　　　要〉，頁 26。
〔註70〕〈答胡學博〉，《安雅堂稿》卷 14，頁 10。
〔註71〕〈沈友龑詩稿序〉，《安雅堂稿》卷 2，頁 10。
〔註72〕氏著《大復集》卷 14〈明月篇〉前序，頁 14～15。

涉世故，而出於夫婦者常少；致兼雅頌，而風人之義或缺」的遺憾。
然而，隨著國勢衰危，假夫婦之情以抒忠愛之旨，難免有隔靴搔癢之
嫌，無法淋漓痛快的抒發情志，相形之下，杜甫那些「序世變，刺當
塗」、「深切著明，無所隱忌」的詩作，在〈左伯子古詩序〉中，陳子
龍不但不以之爲「風人之義或缺」，反而由「因乎時者」的角度，肯
定杜甫在大局板蕩時，能夠適切地表現出「君子憂憤而思大諫」的忠
愛悽惻之旨，即使維音嘵嘵，也「無悖於風人之義」〔註73〕。類似的
觀點，還出現在〈方密之流寓草序〉中，其云：

> 天寶之末，詩莫盛於李、杜。方是時也，栖甫岷峨之
> 巔，放白江湖之上。然李之詞憤而揚，杜之詞悲而思，不
> 離乎風也，王業之再造也。大中之後，其詩弱以野，西歸
> 之音，渺焉不作，王澤竭矣。〔註74〕

李白、杜甫的詩作雖然表現出「憤而揚」、「悲而思」之情，但這不僅
合乎風人之致，而且由「詩以觀風」的角度來看，還蘊藏著王業再造
的契機。反之，大中（唐宣宗年號）以後的詩歌，因呈現出「弱以野」
的格調，預兆了「王澤竭矣」的衰颯景象。論唐詩如此，論明詩亦然。
身處明末，陳子龍對於當時詩壇充斥著「鄉鄙之音」、「衰颯之語」，
不免要引以爲「世運之大憂者」，故而嚴辭指責當時詩人：

> 今也既無忠愛惻隱之性，而境不足以啓情，情不足以
> 副境，所記皆晨昏之常，所投皆行道之人，胡其不情而強
> 爲優之啼笑乎？〔註75〕

可見陳子龍論詩所言之「情」，是與國家治亂、世運興亡相關的「忠
愛惻隱」之情，而詩作也就成了「憂時託志者之所作」〔註76〕，不再
是「裁雲剪月畫三秋」〔註77〕的靡靡之音了。

〔註73〕〈左伯子古詩序〉，《安雅堂稿》卷3，頁11。
〔註74〕載於《陳忠裕全集》卷25，頁18。
〔註75〕〈青陽何生詩稿序〉，《安雅堂集》卷2，頁。
〔註76〕〈六子詩序〉，《陳忠裕全集》卷25，頁25。
〔註77〕〈遇桐城方密之於湖上歸復相訪贈之以詩之二〉，《陳子龍詩集》卷

要言之，陳子龍身處晚明，意欲廓清公安、竟陵詩派的流弊所提的方針大要有二：在形式技巧上，主張規摹古人典雅之制，以範古爲美；在詩歌內容上，則以「忠愛惻隱」之情爲旨歸，以「序世變、刺當塗」爲目的。前者主張可說是繼承自復古論者，後者則是陳子龍在時衰世變的局勢下，對復古理論者的「性情」之說所作的補充與加強。

第三節　陳子龍詩體正變觀對創作的影響

由以上論述可知，陳子龍是以漢魏五古、盛唐七古與近體作爲各種詩體之「正」，而伴隨著詩體正變而來的相關議題，則是「辨體」與「達情」的先後主從次序，以及在堅持「以範古爲美」之餘，如何使詩作兼具有「序世變、刺當塗」的時代意義。這些論點是否在陳子龍的詩作中具體反應出來，是本節擬欲探討的重點所在。

一、「辨體」與「達情」在詩作中的主從次序

關於陳子龍的詩風轉變，可由其詩友彭燕又以下的敘述得知其要，其云：

> 余友臥子髫齔時，便解作詩賦，縱橫上下，無所觝滯。有竊得其句者，大率綿芊風麗，近於六朝者爲多，此豈非子建皓首爲期者哉？而臥子深自斂晦，謂：「若毋言童子事。詩之爲道，本於性生，而亦隨其聞見睹記，情緒感遇之淺深以遞進。」〔註78〕

陳子龍早期詩作是以模擬漢魏六朝古詩爲主，並且是「以多爲勝，以形似爲工」〔註79〕，情志因古法、格調束縛以致隱而未見。而後隨著國勢衰危，情緒感遇也逐由淺而深，由早期的「少過浮艷」之作，浸浸然蛻變爲「骨格老成」的蒼勁之色〔註80〕。近代學者在探討陳子龍

13，頁415。

〔註78〕〈岳起堂稿序〉，載於《陳子龍詩集》下冊附錄3，頁752。

〔註79〕〈彷彿樓詩稿序〉，《陳忠裕全集》卷25，頁26。

〔註80〕陳田《明詩紀事》辛籤卷1〈陳子龍〉條下陳田按語：「忠裕雖續何、

的詩作風格時，多以「崇禎十年」（1637）作爲其前後期詩風的分界
點。以時代及生活背景而言，朱東潤先生指出：

> 陳子龍的一生，大約可以分爲三個階段。從青年到三
> 十歲（按：指崇禎十年 1637），他是名士，他關心的主要是
> 詩文，他的作品，和當時的一般名士比較，沒有多大的不
> 同，摹古氣息甚至比同時人更突出。從三十歲到現在（按：
> 指弘光元年 1645），由於他接觸到黃道周，他認清了對於國家
> 的責任和國步的艱難，他不再是一般的名士了，他是志士，
> 確實以國事爲己任。待到這一年（按：指弘光元年）出任兵部
> 給事中以後，他是戰士，他看到國家的艱難，決心把自己
> 的一切獻給國家。〔註81〕

持平而論，陳子龍的「志士」與「戰士」時期相距不遠，形態也頗爲
相近，但「志士」與「名士」在作品上就有很大的差別，大陸學者廖
可斌研究指出：「陳子龍詩作中摹擬蹊徑最明顯的是古樂府和五古。
《陳子龍詩集》卷 1 至卷 3 收古樂府 171 題共 306 首，全部作於崇禎
十年以前，此後未見再作。卷 5 收〈擬古詩 19 首〉、〈擬公燕詩〉8
首、〈擬古〉8 首等，也作於崇禎十年以前，此後也基本不再作。」〔註
82〕此外，朱則杰也認爲：「陳子龍在明代的詩歌創作，大致可以崇禎
十年的《白雲草》爲界，分爲前、後兩個階段。崇禎十年以前，陳子
龍幾乎專門效法明七子，刻意模仿漢魏六朝至盛唐的詩歌，在這個階
段所寫的詩集中，充斥著大量的擬古之作，這從許多標題就能看得很
清楚，如〈擬古詩 19 首〉，〈擬公燕詩 8 首〉、〈詠懷（仿阮公體）10
首〉、〈擬古詩（上山采蘼蕪）以下 5 首〉，等等。像〈陌上桑仿顏光
祿秋胡詩 9 首〉，實際上就是把漢樂府民歌〈陌上桑〉拆開來，仿照

李、李、王之緒，自爲一格，有齊、梁之麗藻，兼盛唐之格調。早
歲少過浮艷，中年骨格老成。」頁 411。
〔註81〕朱東潤《陳子龍及其時代》（上海：上海古籍出版社，1984 年），頁
206。
〔註82〕廖可斌《明代文學復古運動研究》（上海：上海古籍出版社，1994 年），
頁 402。

南朝元嘉三大家之一的顏延之的〈秋胡行〉，重新寫成 9 首五言古詩，
了無新意。」〔註83〕爲能具體理解陳子龍詩風的轉變，以下逐舉其早
期的五古與七律之作爲例：

> 靄靄採藍徑，悠悠浮萍水。輝輝羅袖揚，鱗鱗躡華屣。沈
> 沈思遠方，交交不能止。昔時衣帶間，今成萬餘里。春風
> 吹人心，鬱陶誰能理？〔註84〕

〈古詩十九首·青青河畔草〉之「昔爲倡家女，今爲蕩子婦。蕩子行
不歸，空床難獨守。」王國維雖斥之爲「淫鄙之尤」，卻又認爲此詩
不能與淫詞、鄙詞一概而論，「以其眞也」〔註85〕。反觀陳子龍擬作
的內容，詩中「靄靄」、「悠悠」、「輝輝」等疊字，仿照原詩的形式爲
之；前半寫景，後半言情的方式，也與原詩相似。以形式而言，可說
是「尺寸古法，罔襲其辭」，但在內容上，卻缺乏了原詩惻惻動人的
眞情。此外，擬古詩十九首〈迴車駕言邁〉之作，原詩的「人生非金
石，焉能常壽考？奄忽隨物化，榮名以爲寶。」在陳子龍的擬古之作
中，則改云：「日月不我憐，焉能常美好？」「名在金石間，何爲稱壽
考？」用字、語意都與原詩相去不遠，堪稱是名符其實的「仿」作了。
再以陳子龍早期的七律之作摘句觀之：

> 梨花小苑調鶯後，楊柳長廊繫馬時。試暖珠簾春半捲，留
> 香繡帳晝還垂。〔註86〕
> 鏡寒碧海修娥影，簞冷蒼梧帝子家。不共玉肌冰雲夢，更
> 攜雲髻水煙斜。〔註87〕
> 禁苑起山名萬歲，複宮新戲號千秋。明駝宣賜朝元閣，紫
> 燕傳封井幹樓。〔註88〕
> 山壓衡廬簾外雨，江分吳楚檻前風。平岡百轉浮天闕，錦

〔註83〕 朱則杰《清詩史》（南京：江蘇古籍出版社，2000 年），頁 14。
〔註84〕〈擬古詩十九首之青青河畔草〉，《陳子龍詩集》卷 5，頁 111。
〔註85〕 氏著《人間詞話》，載於《詞話叢編》冊 5，頁 4254。
〔註86〕〈春遊〉8 首之 2，《陳子龍詩集》卷 13，頁 419。
〔註87〕〈消夏〉8 首之 5，同上註，卷 13，頁 423。
〔註88〕〈長安雜詩〉10 首之 6，同上註，卷 13，頁 434。

　　樹千章繞漢宮。〔註89〕

引詩的第一、第二首，原載於《陳李倡和集》，寫作時間約為崇禎六、
七年（1633～1634），由詩作內容不難類推陳子龍所自稱的「當年輕
薄誇宮體」〔註90〕、「文章綺艷羞江左」〔註91〕是何等面貌。至於第
三首與第四首詩，原先分別載於《屬玉堂集》（成於崇禎八年，1635）
與《平露堂集》（成於崇禎九年，1636），詩中所使用的大字眼（如千
秋、萬歲）與所抒寫的開闊雄壯的景象（如山壓衡廬、江分吳楚、朝
元閣、井幹樓、天闕、漢宮等），顯然與李攀龍「冠冕雄壯」〔註92〕
的七律特質十分接近。故以上所引的詩作，實可視為陳子龍在〈宣城
蔡大美古詩序〉主張論詩「先辨其形體之雅俗，然後考其性情之貞邪」
之佐證。

　　然而，隨著世衰亂危，陳子龍的心境與詩風也隨著聞見睹記而逐
漸起了變化，以下這首〈元夕〉詩，不妨視為其詩風轉化的註腳：

　　　少年此夕不知愁，競逐香車徹曉遊。火樹九枝通紫陌，玉
　　　簫一夜滿朱樓。錦屏撲粉芙蓉暖，繡戶邀人鸚鵡留。今日
　　　春風傳戰鬥，橫江明月照揚州。〔註93〕

在戰火頻傳的時代氛圍中，昔日競逐香車、徹夜留連的不知愁少年，
已蛻變成長為憂時念亂的棟樑之才。在〈三子詩選序〉中，陳子龍以

〔註89〕〈登長干浮屠〉2 首之 2，同上註，卷 14，頁 455。

〔註90〕語見〈送勒卣之金陵〉：「憶得秦淮舊酒樓，無端不見又三秋。當年輕
　　　　薄誇宮體，此度淒清滿石頭。白羽新軍懷楚練，黃雲俠客動吳鉤。
　　　　即今天地多兵甲，勿向城西問莫愁。」同上註，卷 13，頁 415。

〔註91〕語見〈春感〉詩：「春來花信杳難憑，風雨高歌酒不勝。消息龍鸞仙
　　　　事遠，飄零鷹犬少年憎。文章綺艷羞江左，縱跡淹留似茂陵。終日
　　　　掩書廣武歎，雄心深夜有飛騰。」同上註，卷 13，頁 420。

〔註92〕許學夷《詩源辯體》云：「于鱗七言律，冠冕雄壯，誠足凌跨百代。」
　　　　其後並稱徐中行、吳國倫、梁有譽等人的七律，「皆冠冕雄壯，足繼
　　　　于鱗。」見〈後集纂要〉卷 2，頁 415～416。至於許學夷所謂的「冠
　　　　冕雄壯」，由其所舉詩例觀之，多「百粵」、「九峰」、「千乘」、「九河」、
　　　　「三江」、「萬里」、「秦川」、「漢苑」等壯闊的景象，及好用百、千、
　　　　萬等重大的字眼，可概知其要。

〔註93〕《陳子龍詩集》卷 14，頁 457。

「憂憤念亂之言」、「惻隱望治之旨」〔註94〕來概括其與宋徵輿、李雯在崇禎十三年（1640）之後的作品。而所謂的「憂憤念亂之言」與「惻隱望治之旨」，由以下二詩中，當可略窺其旨：

> 榆關山險通烽火，巫峽雲深亂鼓鼙。不見雄風生楚句，忍看明月照遼西。涓人苑裡牙旗動，緹騎城邊玉勒齊。攜酒欲尋行樂地，登高客思轉淒迷。〔註95〕
>
> 鄴下西秦蒼莽愁，胡塵南犯幾時收？誰移青海千群馬，直飲黃河萬里流。星動上臺臨虎帳，劍隨中使出龍樓。好憑羽扇揮神策，飛騎先寬聖主憂。〔註96〕

在第一首詩中，眼看當時外有清軍入侵（榆關山險通烽火），內有張獻忠在西南一帶作亂（巫峽雲深亂鼓鼙），在內憂外患交迫之下，不見力挽狂瀾的才人志士（不見雄風生楚句），卻只見宦官在禁中操練（涓人苑裡牙旗動），錦衣衛四出捕人（緹騎城邊玉勒齊），詩人本欲攜酒登高忘憂，但面對大好河山即將淪陷，不禁思緒淒迷，「憂憤念亂」之情，不能自已。在第二首詩中，對敵人不斷的逼進、入侵，遂突發奇想，冀望能有如諸葛亮的神策者，能驅動青海千群戰馬，領導士卒，掃除胡塵，好讓聖上得以放懷寬心，「惻隱望治」之心，溢於言表。可見陳子龍後期的詩作，明顯具有反映時代、以「忠愛惻隱」爲詩作內容的傾向。

二、「以範古爲美」與「忠愛惻隱之旨」在創作中的結合

再者，陳子龍雖以「忠愛惻隱」之旨充實了復古諸子人在詩歌「情志」定義上的不足，但在詩歌的表現形式上，陳子龍則至始至終都堅持「以範古爲美」的原則，這種既要求反映時代，又強調遵循詩歌高格正體的理論，在實際創作時，是否會有扞格窒礙之處呢？此一問題，陳子龍有以下的省思、檢討之言：

〔註94〕同上註，附錄3，頁771。
〔註95〕〈都下雜感〉之二，同上註，卷15，頁499。
〔註96〕〈遼事雜詩〉之八，同上註，卷14，頁472。

> 予嘗怪今之作者，樂其易便，操筆遣辭，如語僮妾，
> 不復修擇。不則依古設聲，喪我而擬物。二者交譏，皆不
> 勝，今之所難也。余嘗深痛二者之弊，性幸不近野俗，時
> 墮於擬議。既已力祛堅距矣，又武鷙而難馴，故輒深思廢
> 食，而憂其終無所成也。〔註97〕

「操筆遣辭，如語僮妾，不復修擇」之言，當是針對公安末流之弊而
發，這種缺失在陳子龍堅持「以範古為美」的創作原則下，當可避免，
但相對的，寫詩若過於偏重體製格調，即使「不近野俗」，卻又不免
掉入「喪我擬物」的泥淖中。補偏救弊之道，還是要由充實詩中的「情
志」做起。而所謂的「充實」，不能僅止於「小我」的適性自足，更
要能表現出對國家、民族「大我」的關懷。

　　就陳子龍前期詩作內容來看，「喪我而擬物」的缺失，在一些擬古
詩與刻意模仿唐人或復古諸子的近體之作中，清晰可見。但隨著時局
日艱，國勢益敗，陳子龍後期詩作中所反映的「情志」也逐漸蒼勁深
邃，「著我」的色彩日濃，時代的特色也更加鮮明，古體如〈小車行〉：

> 小車斑斑黃塵晚，夫為推，婦為挽。出門茫然何所之，青青
> 者榆療我飢。願得樂土共哺糜。風吹黃蒿，望見垣堵，中有
> 主人當飼汝。叩門無人室無釜，蹢躅空巷淚如雨。〔註98〕

本詩寫於崇禎十年（1637）陳子龍赴惠州推官途中，由於旱災、蝗災
連年不斷，飢民遍野，四處流離，詩中藉由一對飢民夫婦的處境，來
概括百姓淚落如雨的悲酸無助。全詩既有古樂府凝練的敘事風格，也
有「以詩代史」的時代意義與價值。此外，《詩集》卷9、卷10所選
錄的後期七古之作，由《詩集》中所附的〈考證〉資料來看，幾可謂
無一首不與朝廷治亂、世風升降有關。以下選摘〈前緩聲歌〉為例：

> 何為捧土塞孟津，濁浪驚濤愁殺人。巨靈運斧華山摧，黃河
> 拔地龍門開。金牛西奔五丁死，褒斜劍閣通離堆。安得秦王
> 驅山鐸，群峰連綿趨大壑。黿鼉作梁海種桑，萬里康莊走寥

〔註97〕〈思訛室集序〉，《陳忠裕全集》卷25，頁21。
〔註98〕《陳子龍詩集》卷3，頁85。

　　廓。海可枯，山可移，胸中車輪轉，淚下如懸絲。〔註99〕
陳子龍在詩中藉由開山闢路、通河塡海等種種神話故事，斟酌揮染於
李、杜之間，企想能力挽政局於狂瀾，其忠愛纏綿之志，與七古雄壯
奔放的詩體特色緊密結合，誠可謂「文合」而「情眞」，令人讀後不
禁爲之動容。

　　再以陳子龍所擅長的律體之作而言，其前期的律詩有不少屬於
「裁雲剪月畫三秋」的靡麗之作，雖然足以體現「範古爲美」的主張，
但獨至的「眞情」卻不免付諸闕如。後期詩作在以「忠愛惻隱」爲要
旨後，所呈顯的面貌也就與前期的「喪我而擬物」有別，以下各舉五
律與七律一首爲例：

　　　大河南北望，萬里入春愁。車馬空官渡，風煙滿豫州。黃
　　　巾連戶著，白骨少人收。自古中原地，應煩聖主憂。〔註100〕
　　　滿目山川極望哀，周原禾黍重徘徊。丹楓錦樹三秋麗，白
　　　雁黃雲萬里來。夜雨荊榛連茂苑，夕陽麋鹿下胥台。振衣
　　　獨上要離塞，痛哭新亭一舉杯。〔註101〕

第一首〈雜感〉，觀《詩集》所附考證資料載引《明史紀事本末》云：
「崇禎十三年九月，河南郟縣盜李際遇、申清邦、任辰、張鼎，眾至
五萬。」隨後並引《通鑑輯覽》云：「九月，李自成走鄖、均，入河
南。」〔註102〕可知當時河南叛軍紛起，戰事頻仍，陳子龍因而有「黃
巾連戶著，白骨少人收」之言，詩末的「自古中原地，應煩聖主憂」，
在憂時念亂之外，又隱含有惻隱望治之旨。

　　第二首的〈秋日雜感〉，則是陳子龍於順治二年（1645）松江起
義失敗後逃回吳中所作。由於福王偏安一隅，猶如東晉南渡，然國祚
短促則過之，詩中故有「痛哭新亭」之句。「茂苑荊榛」、「胥臺麋鹿」，
則以吳地「茂苑」、「胥臺」昔日繁華壯盛之景，與今日長滿荊榛、麋

〔註99〕同上註，卷10，頁298。
〔註100〕〈雜感〉，《陳子龍詩集》卷12，頁378。
〔註101〕〈秋日雜感〉，同上註，卷15，頁525～526。
〔註102〕載引資料同上註，卷12，頁378。

鹿四散的衰颯淒涼作對比。全詩對句精整工練，筆力不凡，可謂「美」
矣；但更足以感人的，則是詩中沈鬱真切的亡國之思與無力回天之
悲，誠可謂「真」矣，充分體現了陳子龍詩論中「以範古為美」的形
式要求，以及內容須具有「忠愛惻隱之旨」的要件。而清人或推崇其
「推明正始」〔註103〕之功，或譽其詩具有「殿殘明一代」〔註104〕、
「足殿一代」〔註105〕的成就，當係有見於此。

第四節　陳子龍的詞體正變觀

一、以詞為詩餘、小道

　　關於詞體的起源與發展，陳子龍在「代有新聲」、「迭為盛衰」的
前提下，提出了以下的看法：

　　　　詩與樂府同源，而其既也，每迭為盛衰。艷詞麗曲，
　　　莫盛於梁、陳之季，而古詩遂亡。詩餘始於唐末，而婉暢
　　　穠逸，極於北宋，然斯時也，並律詩亦亡。〔註106〕

　　　　宋人不知詩而強作詩，其為詩也，言理而不言情，故
　　　終宋之世無詩焉。然宋人亦不免於有情也，故凡其歡愉愁
　　　怨之致，動於中而不能抑者，類發於詩餘，故其所造獨工，
　　　非後世所及。〔註107〕

　　　　詞者，樂府之衰變，而歌曲之將啓也。然就其本制，
　　　厥有盛衰。晚唐語多俊巧，而意鮮深至，比之於詩，猶齊
　　　梁對偶之開律也。自金陵二主以至靖康，……斯為最盛也，
　　　南渡以還，此聲遂渺。……明興以來，才人輩出，文宗兩

〔註103〕如錢瞻百譽之以「力闢正始」，練石林則以「卒歸正始」稱之，參見
　　　《陳子龍詩集》下冊附錄4載引，頁780。此外，葉矯然《龍性堂
　　　詩話初集》亦以「推明正始」贊譽陳子龍之功，載於《清詩話續編》，
　　　頁949～950。
〔註104〕陳田《明詩紀事》辛籤卷1〈陳子龍〉條下按語，頁411。
〔註105〕朱庭珍《筱園詩話》卷2，載於《清詩話續編》下冊，頁2363。
〔註106〕〈三子詩餘序〉，《陳子龍文集》之《安雅堂稿》卷2，頁10。
〔註107〕〈王介人詩餘序〉，同上註，卷2，頁11。

漢，詩儷開元，獨斯小道，有慚宋轍。〔註108〕

詞體所以又名爲「詩餘」，就外在條件而言，乃因詞體是繼律詩之後新興的文體；就內在因素而言，詞體比詩體更適於表達「動於中而不能抑」的歡愉愁怨之致，因而所謂「詩餘」者，實兼具有「詩之餘緒」與「有餘於詩」的雙重涵意。伴隨著「詩餘」觀念而來的，則是詞爲「小道」之說。孫康宜認爲：「某些儒士常認爲詞是小道，而以詩爲主體，陳子龍顯然不苟同詞係小道之說。」〔註109〕但陳子龍何以不苟同詞爲小道？孫康宜並未詳述其持論的理由。檢閱陳子龍以上論詞的三篇序文，皆以「小道」代稱詞體，甚至認爲「非獨莊士之所當疾，抑亦風人之所宜戒也。」〔註110〕既然是「風人所宜戒」，然則陳子龍又該如何解釋其與友人塡詞不廢，甚且將詞作匯爲一書之舉呢？在〈幽蘭草詞序〉中，陳子龍自圓其說道：

> 吾友李子（雯）、宋子（徵輿），當今文章之雄也，又以妙有才情，性通宮徵，時屈其班、張宏博之姿，枚、馬大雅之致，作爲小詞，以當博弈。予以暇日，每懷見獵之心，偶有屬和，宋子匯爲梓之曰《幽蘭草》。

亦即李雯與宋徵輿的塡詞之舉，是暫時拋下爲詩爲文時的「宏博之姿」、「大雅之致」，改以下棋時的遊戲心態爲之，而陳子龍也是在閒暇之際，「每懷見獵之心，偶有屬和」，塡詞不過是詩文之餘的消遣活動罷了。如此說來，則陳子龍以詞爲小道、小技，殆無可疑。但令人不解的是，倘若陳子龍眞以塡詞爲小道、小技的話，就不應該以「鉅手鴻筆，既不在意；荒才蕩色，時竊濫觴。」〔註111〕來苛責明人之詞，因爲塡詞既然是小道的話，以不經意的態度爲之，實屬當然，何過之有？再回頭細繹陳子龍的「詞爲小道」之說，在「小道」的前提下，陳子龍也都不忘附加一筆：「工之實難」、「小道可觀也」。至於塡

〔註108〕〈幽蘭草詞序〉，同上註，卷3，頁13。
〔註109〕氏著《陳子龍與柳如是詩詞情緣》，頁123。
〔註110〕〈三子詩餘序〉，《安雅堂稿》卷2，頁10。
〔註111〕同上註。

詞有哪些困難之處呢？以下是陳子龍的經驗談。試觀以下〈三子詩餘序〉所言：

> 思極於追琢而纖刻之辭來，情深於柔靡而婉孌之趣
> 合，志溺於燕嬭而妍綺之境出，態趨於蕩逸而流暢之調生。
> 是以鏤裁至巧，而若出自然；警露已深，而意含未盡，雖
> 曰小道，工之實難。

陳子龍認爲詞所以「工之實難」，是因爲詞之工者，必須同時具備「纖刻之辭」、「婉孌之趣」、「妍綺之境」、「流暢之調」等質素，且在整體表現上，又必須「若出自然」、「意含未盡」。而在〈王介人詩餘序〉中，則由用意、鑄調、設色、命篇四方面來論述塡詞之難：

> 蓋以沈至之思而出之必淺近，使讀之者驟遇如在耳目
> 之表，久誦而得沈永之趣，則用意難也。以嬛利之詞而制
> 之實工煉，使篇無累句，句無累字，圓潤明密，言如貫珠，
> 則鑄調難也。其爲體也纖弱，所謂明珠翠羽，尚嫌其重，
> 何況龍鸞？必有鮮妍之姿，而不藉粉澤，則設色難也。其
> 爲境也婉媚，雖以警露取妍，實貴含蓄，有餘不盡，時在
> 低徊唱嘆之際，則命篇難也。惟宋人專力事之，篇什既多，
> 觸景皆會，天機所啓，若出自然，雖高談大雅，而亦覺其
> 不可廢，何則？物有獨至，小道可觀也。

詞體儘管爲「小道」，但宋人所以能以斯體見長，除了「專力事之」外，能在人工雕琢之餘，表現出「自然」天致的妙境，也是後人所不能及之處。因此，詞體在「工之實難」的前提下，要成爲行家，就不宜「荒才蕩色」，以漫不經心的態度爲之。由於明人的塡詞態度不夠嚴謹，陳子龍故而有「鉅手鴻筆，既不在意；荒才蕩色，時竊濫觴」的批評。

　　要言之，陳子龍一方面擺脫不了傳統上以詞爲「詩餘」、小道」的概念，在詩爲大國、詞爲附庸的價值觀念主導下，陳子龍遂將塡詞等同於「博弈」之舉。但另一方面，陳子龍也肯定塡詞「工之實難」，在寫哀抒情的表現上，實有詩體所不能及之處，因而塡詞雖爲小道、

小技，但仍有可觀之處與不可廢的價值。乍看之下，兩者間似乎有些矛盾，但如果引《論語・子張》篇中子夏對「小道」的看法，所謂：「雖小道，必有可觀焉。致遠恐泥，是以君子不爲也。」陳子龍對於詞體的看法，實可視爲子夏論「小道」的翻版。明乎此，對於陳子龍是否以詞爲「小道」，也就可瞭然於胸了。

二、詞體之正變

在探討了陳子龍對於詞體起源的看法之後，以下再就其詞體之正、變觀加以論述。

陳子龍論詞體之源流正變，實與胡應麟「體以代變」、「格以代降」〔註112〕之說同聲一聲，其云：

> 詩餘始於唐末，而婉暢穠逸，極於北宋。〔註113〕

> 　（詞）自金陵二主以至靖康，代有作者，或穠纖婉麗，極哀艷之深情；或流暢澹逸，窮盼倩之趣。然皆境由情生，辭隨意啓，天機偶發，元音自成，繁促之中，尚存高渾，斯爲最盛也。南渡以還，此聲遂渺。〔註114〕

由詞體發展的角度觀之，詞起於晚唐，發展於南唐而盛於北宋，故論詞體之正，當爲南唐、北宋；北宋之後，則可謂盛極而衰，陳子龍故有「南渡以還，此聲遂渺」的論斷。在具體品評詞作時，陳子龍也執此正變觀爲準繩，如其推許宋徵輿：「文詞之婉麗，音調之鏗鏘，則方駕金陵，齊鑣汴洛矣。」〔註115〕又稱王介人之詞「與昇元父子、汴京諸人，連鑣競逐，即何得有下駟耶？」〔註116〕其以北宋爲詞體發展之盛，是明顯可見的。

再就詞體本身的特質而言，陳子龍或言「婉暢穠逸」，或云「穠

〔註112〕《詩藪》內編卷1〈古體上・雜言〉，頁1。
〔註113〕〈三子詩餘序〉，《安雅堂稿》卷2，頁10。
〔註114〕〈幽蘭草詞序〉，同上註，卷3，頁13。
〔註115〕〈宋子九秋詞稿序〉，《陳忠裕全集》卷26，頁23。
〔註116〕〈王介人詩餘序〉，《安雅堂稿》卷2，頁11。

纖婉麗、流暢淡逸」，推其大要，實不離傳統以婉約爲正，以豪放爲變的詞論範疇。在品評詞作時，陳子龍也多就這一點加以發揮。如〈三子詩餘序〉中，陳子龍以「婉弱倩艷，俊辭絡繹，纏綿猗娜，逸態橫生，眞宋人之流亞也。」來稱許三人詞集的特色；在〈幽蘭草詞序〉中，也以「麗而逸，可以昆季璟、煜，娣姒清照。」來概括李雯詞之長，以「幽以婉，淮海、屯田肩隨而已。」來贊譽宋徵輿之詞。再由「麗而逸」、「幽以婉」之詞推之，則陳子龍所以將其與李、宋三人的詞作合集命名爲「幽蘭草」，蓋有取於空谷幽蘭、麗逸幽婉的特質。也由於南唐、北宋詞人能夠表現出詞體的「麗逸」、「幽婉」，陳子龍論詞遂必以南唐、北宋爲「正」，理即在此。

若進一步推敲陳子龍心目中的詞人典範，在〈幽蘭草詞序〉中，其將南唐二主及李清照歸之於「麗逸」者，秦觀與柳永則屬「幽婉」一類，這些人當然是陳子龍所認可的詞人典範。同序中，其又以周邦彥及李清照爲衡量眾作的標竿，相形之下，南宋詞則因亢率、鄙淺而見絀〔註117〕，據此而言，則周邦彥當亦屬詞人之雅正者。

若論上述所列舉的詞人對陳子龍影響最大者，實非秦觀莫屬。孫康宜研究指出：「秦觀詞正是陳子龍和柳如是的靈感泉源或指導原則。」理由是：「他們所填的許多情詞詞牌都是秦觀用過或創發的，所用的詞律和尾韻的形式 也都採自秦詞。此外，他們還像後者一樣，讓詞句自然生發，讓意象結合感官活動，若謂陳柳情詞師承秦作，應不爲過。」〔註118〕再者，孫康宜又強調：「陳子龍和秦觀所處的時代環境各異，但陳詞風格逼肖秦觀處確實令人驚懼。」〔註119〕

〔註117〕〈幽蘭草詞序〉云：「南渡以還，此聲遂渺，寄慨者亢率而近於傖武；諧俗者鄙淺而入於優伶，以視周、李諸君，即有『彼都人士』之嘆」、「彼都人士」者，出自《詩・小雅・都人士》：「彼都人士，狐裘黃黃。其容不改，出言有章，行歸於周，萬民所望。」亦即足爲萬民仰望的典範之意。
〔註118〕《陳子龍與柳如是詩詞情緣》，頁128。
〔註119〕同上註，頁133。

談到秦觀，就不能不聯想到蘇軾。明人張綖論詞體，大略分爲婉約與豪放，分別以秦觀及蘇軾爲代表，並以婉約爲詞體之正。而東坡詞因毗於「豪放」的特質，故而有「雖極天下之工，要非本色。」〔註120〕的論斷。但蘇軾既爲北宋詞人，而北宋又是詞體發展之盛，則蘇詞是否也應劃入「正體」詞人之列呢？陳子龍在三篇論詞的序文中，並未明確提及對蘇詞的評價，但如果結合〈王介人詩餘序〉中以「其爲體也纖弱」、「其爲境也婉媚」論詞體，以及〈三子詩餘序〉所提的「詞工」條件：「思極於追琢而纖刻之辭來，情深於柔靡而婉變之趣合，志溺於燕媟而妍綺之境出，態趨於蕩逸而流暢之調生。」則陳子龍雖未明言「詞以婉約爲本色」，但其立場實已昭然若揭，無庸贅言了。因此，陳子龍論詞雖以南唐、北宋爲正，但以豪放詞風著稱的蘇軾，是不在「正體」詞人之列的。

三、以正變定工拙

陳子龍除了標舉南唐、北宋爲詞體之「正」者外，對於南宋詞則採取貶抑的態度，如其所云：

> 南渡以還，此聲遂渺。寄慨者亢率而近於傖武，諧俗
> 者鄙淺而入於優伶。以視周、李諸君，即有「彼都人士」
> 之嘆。〔註121〕

詞體發展既然以北宋爲盛，則南宋詞當是屬於盛極而後的衰「變」；而詞作既然以南唐二主及北宋周、李諸君爲正則典範，相形之下，南宋詞或者「亢率而近於傖武」，或者「鄙淺而入於優伶」，都有其不足之處。陳子龍這種「先標舉某一時代的作品爲某種文類體裁之正，並以正變判定工拙」的理論邏輯，可說是詩、詞一體適用的。

〔註120〕 張綖論詞的內容，見清人王又華《古今詞論》載引，載於《詞話叢編》
册1，頁596。又，論蘇詞「雖極天下之工，要非本色。」首見於陳
師道《後山詩話》評東坡詞所言，清人王弈清《歷代詞話》亦有載
引，載於《詞話叢編》册2，頁1175。
〔註121〕 〈幽蘭草詞序〉，《安雅堂稿》卷3，頁13。

筆者在本章第二節中指出，陳子龍在詩歌的情志方面，以「忠愛惻
隱」、「憂時託志」來反映時代特色，並補充復古論者情志內容之不
足，但在詩歌的體制格調上，陳子龍論點與與復古詩論者可謂同一
聲氣，堅持以「範古」為美。而所謂的「古」，也就是其所標舉的「正
體」。陳子龍既以南宋為詞體之變，其對南宋詞評價不高實屬當然。
而孫康宜所以認為陳子龍並未完全忽視南宋詞論，持論的根據為陳
子龍以下所言：

> 唐王潛（鈺）與林景熙同為採藥之行。潛葬諸陵骨，
> 樹以冬青，世人高其義烈。而詠蓴、詠蓮、詠蟬諸作，巧
> 奪天工，亦宋人所未有。〔註122〕

孫康宜並且引用陳子龍〈唐多令・寒食〉詞中的小序：「時聞先朝陵
寢，有不忍言者。」歸納推論出陳子龍對於六陵遺事及樂府補題是情
有獨鍾的〔註123〕，以此證明陳子龍並未完全忽視南宋詞。筆者認為，
陳子龍身處明清易代之際，面對國勢衰微、異族入侵而引發的憂憤之
情，與南宋遺民實有相通之處，其對南宋六陵遺事，以及宋遺民借詠
物詞寄寓亡國之恨的《樂府補題》〔註124〕「情有獨鍾」，是可以理解
的。因此，要說陳子龍並未「完全」忽略南宋詞論，當然行得通，畢
竟陳子龍對南宋遺民詞曾有過相當高的評價，但這並不能改變陳子龍
以南宋詞為「變體」及「此聲遂渺」的評斷。筆者認為，透過陳子龍

〔註122〕引文內容並未見於陳子龍的著作中，而是載引自《歷代詩餘》卷18，
　　　　載於《詞話叢編》冊2，頁1260。
〔註123〕推論的部分，詳見孫康宜《陳子龍與柳如是詩詞情緣》頁220～229。
〔註124〕元初西僧楊璉真伽曾奏發挖掘南宋皇陵，以所獲財物修建天衣寺。
　　　　據萬斯同《南宋六陵遺事》（台北：廣文書局，1968年）所載，宋
　　　　理宗的棺木被挖啟後，因遺體恍如活人一般，或有謂乃理宗口含夜
　　　　明珠所致，於是盜者遂倒掛其屍樹間，瀝取水銀，如此三晝夜後，
　　　　理宗屍首竟失。會稽士人唐鈺與林景熙遂募集里中少年，藉口上山
　　　　採藥而收拾帝后遺骸葬瘞之，並由宋故宮長朝殿移植六棵冬青樹植
　　　　於塚上以為標幟。當時遺民如王沂孫、周密、張炎、唐鈺等11人，
　　　　曾於詞社集會中，取五個不同的詞牌，分詠龍涎香、白蓮、蓴、蟬、
　　　　蟹等五物，共得詞37首，彙編為《樂府補題》。

〈唐多令‧寒食〉一詞，及其對六陵遺事與《樂府補題》的看法，反倒可具體印證其在創作上「情眞」、「文合」的雙重要求。

> 碧草帶芳林，寒塘漲水深。五更風雨斷遙岑，雨下飛花花上淚，吹不去，兩難禁。　雙縷繡盤金，平沙油壁侵。宮人斜外柳陰陰，回首西陵松柏路，腸斷也，結同心。〔註125〕

詞中小序所謂的「先朝陵寢」，即指南宋六陵遺事，陳子龍在詞中藉由南宋陵寢被毀之事，以抒發其對家國淪亡的無奈與悲悼，可謂「情之眞」者。但在表現手法上，陳子龍並未如南宋遺民般，使用〈天香〉、〈齊天樂〉等屬於長調的詞牌，也未以思索鋪排的手法來處理與所詠事物（如蓮、蟬）相關的典故，而是如孫康宜所說的：「修辭手法和情詞（〈蕩山溪‧寒食〉）如出一轍。」〔註126〕而痛悼明主歸天的詞作，之所以會與兒女情詞的修辭手法如出一轍，可說在創作上具體落實了「文以範古爲美」的主張。換言之，由於陳子龍所認可的詞體之正，是「其爲體也纖弱」、「其爲境也婉媚」，因此，陳子龍即使如孫康宜所言，對南宋遺民詞「情有獨鍾」，但在實際填詞創作時，還是運用小令與觸景生情的方式，表現出詞體「穠纖婉麗」的「正體」格調，風格明顯與南唐及北宋詞人（尤其是秦觀）爲近。

綜合以上所言，陳子龍論詞體，是以南唐、北宋爲正，以「穠纖婉麗」爲本色，以南唐二主及秦觀、柳永、周邦彥、李清照等人爲典範。相對的，南宋詞則是體之「變」者，在「以正變定工拙」的價值觀下，論詞以南唐、北宋爲「盛」而以南宋爲「渺」，乃必然之勢。而陳子龍因與南宋遺民詞人同具有家國淪亡的悲思，故而對《樂府補題》有著獨特的情感與偏好，是可以理解的，但這並不能改變其以南宋詞爲「變體」、爲「渺」的評價。因此，陳子龍即使未必「完全」忽略南宋詞，但就其理論與創作整體觀之，其忽視（甚至是貶抑）南

〔註125〕氏著〈唐多令‧寒食‧時聞先朝陵寢，有不忍言者〉，《陳子龍詩集》卷18，頁611。

〔註126〕氏著《陳子龍與柳如是詩詞情緣》，頁222。

宋詞論的傾向是明確不易的。

雲間詞壇在陳子龍之後，繼之而起的詞人如蔣平階、周積賢、沈億年等人在合編的《支機集》中，揭櫫其共同論詞要旨，以爲：

> 五季猶有唐風，入宋便開元曲，故專意小令，冀復古音，屏去宋調，庶防流失。〔註127〕

將詞體之「正」侷限於晚唐五代，不但取消南宋詞不談，甚至連北宋詞都一併棄除，格局益發狹隘與封閉。蔣平階曾師事陳子龍，而周、沈二人又以蔣平階爲師。因此，陳子龍即使不必爲蔣平階等人詞論之失負全責，但若追本溯源，則陳子龍以南宋詞爲「變」、爲「渺」的主張，可說是始作俑者，是不能置身事外的。

第五節　陳子龍詞論與詞作的承變與評價

在探討了陳子龍的詞體正變觀之後，以下再就其詞論的繼承與新變性加以討論，期能對陳子龍在明清之際的詞壇貢獻有所認識與了解。

一、陳子龍詞論的繼承與新變

關於詞體的起源，陳子龍在〈三子詩餘序〉中指出：「艷詞麗曲，莫盛於梁、陳之際，而古詩遂亡。詩餘始於唐末，而婉暢穠逸，極於北宋，然斯時也，並律詩亦亡。」這種文體之間「迭爲盛衰」的關係，常出現在明人的詞論中。舉其犖犖大者，如明人何良俊〈草堂詩餘序〉云：

> 《詩》亡而後有樂府，樂府闋而後有詩餘，詩餘廢而後有歌曲。〔註128〕

王世貞《藝苑卮言》也補充說道：

〔註127〕見〈支機集凡例〉，載於趙尊嶽編輯之《明詞彙刊》（上海：上海古籍出版社，1992年），頁556～580。

〔註128〕載於《草堂詩餘》卷首，中華書局四部備要本。此外，王世貞《藝苑卮言》、徐師曾《文體明辨序說‧詩餘》及陳子龍論詞，都有採自何良俊序文的內容，可見此說影響深遠。

> 詞興而樂府亡矣，曲興而詞亡矣。非樂府與詞之亡，
> 其調亡矣。〔註129〕

綜合陳子龍及何、王兩人上述的說法，則「古詩→樂府→律詩→詩餘
→曲」是處於「此衰彼長、往而不復」的發展局勢。陳子龍與何、王
兩人的大同小異處，在於何、王跳過「律詩」的部分，將樂府與詩餘
視為前後承傳的關係〔註130〕，但對於詞體以婉麗流暢為美，以北宋
為發展極致，可說是三人的共識。觀何良俊〈草堂詩餘序〉又言：

> 樂府以嶔崎揚屬為工，詩餘以婉麗流暢為美。如周清
> 真、張子野、秦少游、晁叔用諸人，柔情曼聲，摹寫殆盡，
> 正辭家所謂當行，所謂本色者也。

此外，王世貞《藝苑卮言》論及詞體的正、變，也主張：

> 詞須宛轉綿麗，淺至儇俏，挾春月煙花於閨襜內奏之，
> 一語之艷，令人魂絕；一字之工，令人色飛，乃為貴耳。
> 至於慷慨磊落，縱橫豪傑，抑亦其次，不作可耳。作則寧
> 為大雅罪人，勿儒冠而胡服也。

> 言其業，李氏、晏氏父子，耆卿、子野、美成、少游、
> 易安至矣，詞之正宗也。溫、韋艷而促，黃九精而險，長
> 公麗而壯，幼安辨而奇，又其次也。

何良俊所說的「詩餘以婉麗流暢為美」，以及王世貞「詞須宛轉綿麗」

〔註129〕載於《詞話叢編》冊1，頁385。

〔註130〕對明人而言，唐代律詩與樂府雖有「近體」及「古體」之別，但在「可
歌」方面，並無二致，如胡應麟《遯叟詩話》云：「唐初歌曲，多用
五、七言絕句，律詩亦間有采者，想亦有剩字剩句於其間，方成腔
調。其後即以所剩者作為實字，填入曲中歌之，不復利用和聲，即
其法愈密，而其體不能不入於柔靡矣，此填詞所由興也。」（明胡震
亨《唐音癸籤》卷15引），亦即唐代的律、絕雖然可歌，但為了配
合曲調長短，有時只得加入一些無意義的和聲字，而後無義的和聲
字逐漸填入有義的「實字」，即成為填詞。此外，何良俊於〈草堂詩
餘序〉中也說：「玄宗與寧王輩皆審音，海內清晏，歌曲繁興，一時
如李太白〈清平調〉，王維〈鬱輪袍〉及王昌齡、王之渙諸人，略占
小詞，率為伶人傳習，可謂極盛。」同樣主張唐人的律、絕亦有可
歌者，與樂府可歌的性質相近，故略過律（絕）不談。

之說，明人徐師曾進而以之爲拍板定案之論，其云：

　　（詞）有婉約者，有豪放者。婉約者欲其辭情蘊藉，
　　豪放者欲其氣象恢弘。蓋雖各因其質，而詞貴感人，要當
　　以婉約爲正。否則雖極精工，終乖本色，非有識之所取也。
　　〔註131〕

可見陳子龍以「穠纖婉麗，極哀艷之情；流暢淡逸，窮盼倩之趣。」
來論詞體之正，實未越出以上諸家之論。再就何、王論詞所標舉的
詞家典範觀之，彼此所言雖略有出入〔註132〕，但大致不出南唐、北
宋的範圍，在這點上，陳子龍以「金陵二主以至靖康」爲詞體發展
之盛，以南唐二主及北宋秦、柳、周、李諸人爲詞家正則，也顯然
與何、王二人相近。至於陳子龍所謂：「詩餘者，非獨莊士之所當疾，
抑亦風人之所宜戒也。」〔註133〕不也正是王世貞以詞爲「大雅罪人」
的同調？

　　綜合以上所言，陳子龍論詞以南唐、北宋爲盛、爲正，以婉約爲
詞體本色，並以「詩餘」、「小道」代稱詞體，凡此種種，皆未離乎明
人論詞的既定範圍〔註134〕，若據此以陳子龍爲明人詞論之總結，孰

〔註131〕語見《文體明辨序說》之〈詩餘〉條下，頁165。
〔註132〕如何良俊所標舉的正體詞家當中，「晁叔用」（晁沖之）實罕爲人所提
　　　　及；而王世貞以溫、韋爲詞家之變體，清初王漁洋便頗不以爲然，
　　　　曾在《花草蒙拾》中提出批評（參見《詞話叢編》冊1，頁385）。
〔註133〕語見〈三子詩餘序〉，《安雅堂稿》卷2，頁10。
〔註134〕明代雖然也有俞彥、孟稱舜及陳霆等人對於「詞以南唐北宋爲正」，
　　　　「以婉麗流暢爲美」之說提出反對意見，詳見方智范等人所著《中
　　　　國詞學批評史》（北京：中國社會科學出版社，1994年），頁171～
　　　　174。但如果由清人王昶在〈明詞綜序〉中觀察明詞風尚所作的結論
　　　　來看：「及永樂後，南宋諸名家詞，皆不顯於世，唯《花間》、《草堂》
　　　　諸集盛行。」（轉引自陳良運主編《中國歷代詞學論著選》，百花洲
　　　　文藝，南昌，1998年版，頁485）另外，明人毛晉的汲古閣〈花間
　　　　集跋〉也說：「近來填詞家，輒效柳屯田作閨帷穢媟之語。」（轉引
　　　　自陳良運《中國歷代詞學論著選》，頁334）可見明人的填詞風尚，
　　　　仍是以南唐北宋爲正、以婉麗流暢爲美，因而俞彥、孟稱舜等人的
　　　　反對意見，並未能成爲明代論詞主流。

謂不宜？

　　值得注意的是，陳子龍論詞，在詞體的發展與本色、正宗的認定上，雖然不出明人既定範疇，但其對詞體與詩體特質所作的辨別，以及在表現技巧上要求人工雕琢與自然天巧的結合，實爲明人所不能及，也是其爲清初詞壇注入「新變」的主要成份。

　　陳子龍〈三子詩餘序〉雖以詞爲「詩餘」，但又強調詞體有詩體所不能及的特長所在：

　　　　夫風騷之旨，皆本言情，言情之作，必託於閨襜之際，

　　代有新聲，而想窮擬議，於是以溫厚之篇，含蓄之旨，未

　　足以寫哀而宣志也。

換言之，在「溫柔敦厚，詩之旨也」的詩教觀下，多少限制了詩體「寫哀而宣志」的功能，相形之下，詞體反倒沒有這層束縛，因而可以盡情馳騁於「思極於追琢」、「情深於柔靡」、「志溺於燕媟」、「態趨於蕩逸」的天地中，抒發內在情思。這是詩體所不足以達，或勉強達之，又不能曲盡其妙之細美幽約者〔註135〕。而陳子龍所以認爲宋詩的整體表現不及於宋詞，就在於宋詩「言理而不言情」。宋詞則不然，以其中寄寓了宋人「歡愉愁怨之致，動於中而不能抑者」的眞情〔註136〕。所以填詞儘管被目之爲「小道」，但如果就其寫哀宣志的功能而言，實有詩體所不能及與詞所以「不可廢」的價值者在。

　　此外，詞體既以言情見長，並以婉麗流暢爲美，在表現方式上，就不妨出之以纖刻之辭、婉變之趣、妍綺之境與流暢之調〔註137〕。但必須留意的是，詞體雖以「警露」取妍，以「鏤裁」見巧，卻須「若出自然」、「意含未盡」、「元音自成」〔註138〕，泯除人工雕琢的

〔註135〕 參見繆鉞〈論詞〉一文中對於詞體所以肇興的說解，載於《詩詞散論》
　　　　　（台北：台灣開明書店，1966 年），頁 3。
〔註136〕〈王介人詩餘序〉，《安雅堂稿》卷 2，頁 11。
〔註137〕〈三子詩餘序〉，同上註，頁 10。
〔註138〕 以上強調詞在表現時須出之「自然」之言，在〈王介人詩餘序〉、〈三
　　　　　子詩餘序〉與〈幽蘭草詞序〉三篇序文中都有提及。

痕跡，以免有傷渾成自然之氣。而陳子龍所以認爲塡詞「工之實難」，難處在於追求人工之巧時，須同時兼顧天然之致。再者，基於「律體衰而詞體興」的發展觀，中、晚唐的詩歌正好處於興替轉換的關鍵，此所以陳子龍論中、晚唐詩與詞體特質時，會有部分相通的主要緣由。印證陳子龍於〈沈友蘷詩稿序〉所言，中、晚唐詩「意存刻露，與古人溫厚之旨或殊。至其比興之志，豈有間然哉？」亦即中、晚唐詩「刻露」的表現方式雖與盛唐有別，但在閨人情語的表相之下，其實蘊藏著思士的憂時睠國之懷。其論中、晚唐詩如此，論詞體亦然。在〈三子詩餘序〉中，陳子龍以「託貞心於妍貌，隱摯念於佻言」來概括三人作詞之旨，藉此說明三人的詞作其實是「無傷於大雅」的。這種在詞體纖刻之辭中寄寓深刻之思的要求，又可見於以下所言：

> 今宋子之爲詞也，外則寫雲物之光華，耽漁獵之逸趣，以極盤衍之娛；內則繪花月於帘幙，揚姿首於閨禕，以暢清狂之致。舉夫憭慄激楚之景，若過我前而不知也者，宋子豈眞不知耶？叩鐘鐘聲，擊磬磬響，其音在內耳。〔註139〕

陳子龍以爲，若因詞「外寫雲物之光華」與「內繪花月於帘幙」，而認爲塡詞之舉與時局的憭慄激楚毫不相關，誠爲淺見膚論，因爲詞中的深意正如同「叩鐘」、「擊磬」一般，唯有知音者方能體察發自於內的聲音。序文中，陳子龍並以宋徵輿的詞作爲例，儘管表面上是「揚姿首於閨禕」，背後卻隱含有「陳其荒宴焉，倡其靡麗焉，識其愉快焉，使之樂極而思，思之而悲」的深意，是寓哀情於樂景當中，正如《詩經》〈都人士〉一詩，極寫鎬京人物儀容之盛，卻比直抒亡國之哀的〈黍離〉一詩更令人感傷；而宋玉的〈招魂〉，雖多蛾眉曼睩之艷，卻比抒寫秋士多悲的〈九辯〉更令人沈痛。其據此謂宋徵輿之詞儘管多爲艷詞麗句，實則哀感頑艷，是隱寓深意於其中的。

〔註139〕〈宋子九秋詞稿序〉，《陳忠裕全集》卷26，頁22～23。

二、陳子龍詞作及其評價

　　由以上論述可知,陳子龍雖然未能如清人般,明確且自覺地以「離騷、變雅」之義來推尊詞體,且不時以「詩餘」、「小道」代稱詞體,或以「博弈」之說掩飾其填詞之舉,但在實際填詞創作過程中,陳子龍已逐漸留意到詞體言情的特長與技巧上的困難度,並隱然有將比興之旨引入詞中的企圖,這些觀念上的突破,正是陳子龍有別於明人的「謔浪遊戲」與開啓清人詞論的新變之處。清人與近代學者所以對陳子龍的詞作讚譽有加,實多就此而發。

　　就陳子龍的詞作評價而論,其詞頗受清代與近代詞評家的好評,甚至有「明人第一」〔註140〕的美譽,箇中緣由,江順詒以下所言,正好道出問題的關鍵,其云:

　　　　文有因人而存者,人有因文而存者,《湘眞》一集,固因其詞而重其人,又實因其人而益重其詞也。〔註141〕

的確,陳子龍剛直亮節的人格特質,促使讀者留意其詞作在妍貌、佻言之下所隱寓的「貞心」與「摯念」;相對的,陳子龍婉麗流暢的詞作,亦可見其雖爲「深懷孤出,動有風雲之氣」的烈士,然亦有「遊思流暢,不廢兒女之情」〔註142〕的一面。

　　再由「因其詞而重其人」的角度觀之,據《光緒華亭縣志》卷15所載,甲申(1644)五月,陳子龍奉兵部給事中之命,隨即到任。

〔註140〕如譚獻《復堂日記·戊辰》云:「有明以來,詞家斷推《湘眞》(按:陳子龍詞集名)第一。」(民國)劉毓盤《詞史》第九章謂:「明末詞人,必以陳子龍爲之冠,曲終奏雅,其在斯人歟!」(以上二說轉引自尤振中編著的《明詞紀事會評》,安徽:黃山書社,1995年,頁329。)徐珂《清代詞學概論》亦云:「論詞者,自明之末造以迄清之中葉,輒推臥子第一。」(台北:廣文書局,1979年版,頁2)。又,關於清代其他對陳子龍詞作的譽揚之詞,可參見葉嘉瑩〈論陳子龍詞〉,載於《迦陵論詞叢稿》(石家莊:河北教育出版社,1997年)。

〔註141〕氏著《詞學集成·附錄》,載於《詞話叢編》冊4,頁3304。

〔註142〕語見宋存楠〈陳李倡和集序〉,載於《陳子龍詩集》下冊附錄3,頁761。

在朝短短五十多天，卻連續向福王上疏三十多次〔註 143〕，大多是針砭當時「虛文勝而實事寡」〔註 144〕等弊病所下的藥方，其鯁直強諫之性，據此可見。隨著清兵南下，局勢日危，陳子龍依然舉兵奮戰不懈，事敗被捕後，乃乘士卒不備，投水殉節而死。結合陳子龍剛毅忠直之行與婉麗流暢的詞作來看，宜乎後人有以下之稱譽：

> 有讚大樽，文高兩漢，詩軼三唐，蒼勁之色，與節義相符者，乃《湘眞》一集，風流婉麗如此。傳稱河南亮節，作字不勝綺羅；廣平鐵心，梅賦偏工清艷。吾於大樽益信。〔註 145〕

引文之「河南亮節」，原指唐代名書法家褚遂良。褚氏的書法頗具柔婉之致，爲人卻以果敢直諫著稱，唐高宗廢王皇后而改立武則天時，褚遂良曾叩頭血諫，其人之剛腸亮節，可見一斑。「廣平鐵心」則指唐玄宗時名相宋璟，皮日休〈桃花賦序〉謂宋璟爲人「貞姿勁質，剛態毅狀，疑其鐵石心，不解吐婉媚辭。……而有〈梅花賦〉，清便富艷……殊不類其爲人。」〔註 146〕可見宋璟在人格操守上，也以貞勁剛毅著稱。陳子龍不僅在忠風義節上足與褚、宋兩人相提並論，其詞作也與褚遂良的書法及宋璟的賦作，同具有「懷情正深」的特質，能表現出柔婉風流的文采，深受後人景仰。因而清初邱石常在爲王士禛所寫的〈衍波詞序〉中，便將《蘭皋集》中讚揚陳子龍的部分內容，移轉爲美稱王士禛的譽詞，其云：

> 宋廣平鐵心石腸，乃梅花一賦，艷情如許。貽上（王士禛字）制藝，爲學者宗師，而古風絕律，風格晉魏，時露橫槊撾鼓，不受紲羈。……若此詞，則甚似宋廣平之不可測矣。

〔註 143〕資料轉引自尤振中編著《明詞紀事會評》，頁 328。
〔註 144〕氏著〈自強之策疏〉，《兵垣奏議》，頁 8。載於《陳子龍文集》下冊。
〔註 145〕沈雄《古今詞話》引《蘭皋集》，載於《詞話叢編》冊 1，頁 1032～1033。
〔註 146〕語見《全唐文》卷 769。又，以上說解，參見葉嘉瑩〈論陳子龍詞〉一文，載於《迦陵論詞叢稿》。

〔註147〕

此種雷同性絕非偶然，試觀唐允甲〈衍波詞序〉所云：「貽上文宗兩漢，詩儷初盛，束其鴻博淹雅之才，作爲花間雋語。極哀艷之深情，窮倩盼之逸趣。」以上這段話，根本就是從陳子龍的〈幽蘭草詞序〉略加轉化而來〔註148〕。姑且不論王士禛是否屬於「強直之士，懷情正深」之人，但由詞友們稱譽王士禛的內容來看，清初詞人顯然對陳子龍這種既有「貞心」，又有「妍貌」，能在詞作中表現出幽婉的文采稱賞不已。然而，在詞作中表現出「婉麗」之姿不難，但要富有剛健之氣，須先有氣節充塞於內，方能形諸於外，因此，邱、唐二人的序文雖是對王士禛的稱美之辭，實亦蘊涵了清人對陳子龍忠烈氣節的景仰之情。

再由「因人而重其詞」以觀陳子龍風流婉麗的詞作，近代詞學家吳梅對於陳子龍的塡詞表現所以能遠越明人，提出了以下的看法：

> 余嘗謂明詞，非用於酬應，即用於閨闥，其能上接風騷，得倚聲之正則者，獨有大樽而已。三百年中，詞家不謂不多，若以沈鬱頓挫四字繩之，殆無一人可滿意者。蓋制舉盛而風雅衰，理學熾而詞意熄，此中消息，可以參核焉。至臥子則屛絕浮華，具見根柢，較開國時伯溫、季迪，別有沈著語，非用修、弇州所能到也。〔註149〕

換言之，由於陳子龍塡詞能「屛絕浮華，具見根柢」，故能「上接風騷，得倚聲之正則。」迴異於明人的應酬之作與閨闥之語。這種說法容易令人產生的誤解是：陳子龍詞多爲莊士雅言，罕有兒女私語艷情

〔註147〕邱石常與唐允甲的〈衍波詞序〉，皆載於《清詞別集百三十四種》（台北：鼎文書局，1976 年）第 3 冊《衍波詞》卷首。

〔註148〕如〈幽蘭草詞序〉稱李雯與宋徵輿「時屈其班、張宏博之姿，枚、馬大雅之致，作爲小詞。」在論述詞體之發展時，陳子龍則云：「自金陵二主以至靖康，代有作者，或穠纖婉麗，極哀艷之情；或流暢淡逸，窮盼倩之趣。」綜合以上兩段文字內容，即爲唐允甲序文的主要來源。

〔註149〕吳梅《詞學通論》，頁 153。

在裡面。但翻開陳子龍的詞集，其中不乏題名爲「春閨」、「閨怨」、「閨情」、「艷情」的詞作，吳梅上述「屛絕浮華，具見根柢」之言，實在難以令人信服。對於這一點，葉嘉瑩先生曾結合陳子龍的詞作與其生平背景，來說明其詞作（以小令爲主）何以特別富有引人產生感發與聯想的豐富潛能，結論是：「陳子龍與柳如是之愛情本事，及陳子龍所經歷的憂患之遭遇，與其個人之才情、志意和襟抱，當然都是促使其令詞中含有豐富之潛能的重要因素。」〔註 150〕以上所列的三項因素中，當以個人的才情、志意和襟抱爲最基本的質素，由於陳子龍的際遇原本異於常人，加上陳子龍的愛情對象柳如是，爲一位有著過人才情，且意志忠烈的不凡歌伎〔註 151〕，因此，陳、柳兩人的愛情本事也就成爲陳子龍詞作中豐富的靈感泉源〔註 152〕。至於陳子龍詞中所富有的感發潛能所指爲何？以下舉其題名爲「楊花」的作品爲例：

> 春漠漠。香雲吹斷紅文幕。紅文幕。一簾殘夢，任他飄泊。
> 輕狂無奈東風惡。蜂蝶黃粉同零落。同零落。滿池萍水，
> 夕陽樓閣。（〈憶秦娥·楊花〉）
> 百尺章臺撩亂吹，重重簾幕弄春暉，憐他飄泊奈他飛。　淡
> 日滾殘花影下，軟風吹送玉樓西，天涯心事少人知。（〈浣溪
> 沙·楊花〉）

兩詞所寫的，都是因暮春時節飄泊的楊花所牽惹的莫名情愁。由於詞中並沒有確指的情事，也就特別有引發聯想的空間。其中飄泊的楊花既可以暗喻明朝的敗亡，也可以化身爲本姓「楊」的柳如是，當然也

〔註 150〕葉嘉瑩〈論陳子龍詞〉，頁 210。

〔註 151〕關於柳如是的生平與爲人，可參見陳寅恪《柳如是別傳》（上海：上海古籍出版社，1980 年）；孫康宜《陳子龍與柳如是詩詞情緣》第 3 章部分。

〔註 152〕據孫康宜《陳子龍與柳如是詩詞情緣》研究指出，陳子龍詞中常出現的「黃昏」，常代指陳、柳二人共度的美好時光（頁 138），而「紅樓」則是陳、柳共泛愛舟的場所（頁 140）；至於詞中常見的「五更」，也與柳如是每在五更起床的習慣有關（頁 145）又，柳如是本姓楊，故陳子龍以柳爲主題的詠物題，多數都可視爲是對柳如是的企慕（頁 238）。

不妨視爲作者心緒飄零的象徵。而這些託於閨襜之際的言情之作，所以能使人產生比興之志的聯想，可說是「因人而益重其詞」，因陳子龍的氣節操守而連帶使人留意其詞中託喻感發的意涵。

在詞作的表現技巧上，陳子龍「人工」與「天巧」兼顧的主張，可說是清人「雕組而不失天然」的詞論先聲。如清人李漁指出，塡詞若「追琢字句而後出之，恐稍稍不近自然，反使玉宇瓊樓，墮入雲霧，非勝算也。」〔註153〕此外，清初宗元鼎亦云：「詞以艷麗爲工，但艷麗中須近自然本色，若流爲淺薄一路，則鄙俚不堪入調矣。」〔註154〕其他如王士禛以「人巧極天工矣」〔註155〕評史達祖的詠燕詞，以「雕組而不失天然」、「人工天巧」〔註156〕評李清照詞。賀裳《皺水軒詞筌》中，也認爲詞雖以「險麗」爲貴，但又「須泯其鏤劃之痕乃佳。」〔註157〕王士禛的詞友彭孫遹更極力倡言：

> 詞以自然爲宗，但自然不從追琢中來，便率易無味。
> 如所云絢爛之極，乃造平澹耳。若使語意澹遠者，稍加刻
> 劃，鏤金錯繡者，漸近天然，則駁駁乎絕唱矣。〔註158〕

塡詞雖以自然爲宗，但自然又須由「追琢」而來，此說實與陳子龍論詞主張「鏤裁至巧而若出自然」〔註159〕有相通之處。

至於陳子龍詞作中「人工」與「天巧」的具體表現，試觀以下詞例：

> 滿眼韶華，東風慣是吹紅去。幾番煙霧，只有花難護。　夢裡相思，故國王孫路。春無主，杜鵑啼處，淚染胭脂雨。(〈點絳唇〉春日風雨有感)

〔註153〕氏著《窺詞管見》第6則，《詞話叢編》冊1，頁552。
〔註154〕徐釚《詞苑叢談》(台北：仁愛書局，1985年)卷4品藻2「詞以艷麗爲工」一則，頁80。
〔註155〕王士禛《花草蒙拾》，載於《詞話叢編》冊1，頁682。
〔註156〕同上註，頁683。
〔註157〕載於《詞話叢編》冊1，頁701。
〔註158〕氏著《金粟詞話》，載於《詞話叢編》冊1，頁721。
〔註159〕語見〈三子詩餘序〉，《安雅堂稿》卷2，頁10。

楊柳迷離曉霧中，杏花零落五更鐘。寂寂景陽宮外月，照
殘紅。　　蝶化綵衣金縷盡，蟲銜畫粉玉樓空。惟有無情雙
燕子，舞東風。（〈山花子〉春恨）

在第一首詞中，葉嘉瑩先生認為，僅就標題的「風雨」而言，「就已
隱含了一種引人產生喻託之想的潛能。」〔註160〕因為「風雨」不但
可引申為「亂世」之意，後世詞人也常以之比喻人生的挫折與苦難
〔註161〕。因而結合「春日風雨有感」的標題，與詞中「故國王孫」、
「杜鵑」等字眼，更加深了詞中的黍離之悲與故國之感；最後再以
「淚染胭脂雨」五字呼應題旨，收束全篇，寓亡國傷痛於春日風雨
中飄零的花朵，誠可謂鏤裁至巧而若出天然。至於第二首題為「春
恨」的〈山花子〉，上片以「楊柳迷離」、「杏花零落」與殘月寂照來
渲染春日早晨冷清沈寂的氣氛。下片的「蝶化綵衣金縷盡，蟲銜畫
粉玉樓空。」一句，不但用字精巧，也以「盡」、「空」等字來呼應
上片的殘春敗景，結句則以燕子雙舞東風的「無情」，反襯出人被多
情所惱的「春恨」。字句銜接與章法安排頗為緊密，卻又能出以自然，
不著痕跡，既是「人工」，也是「天巧」。在明人仍把語艷、字工，
足以使人「魂絕」、「色飛」〔註162〕作為詞體的審美焦點時，陳子龍
卻能以其奕奕眼光，指出詞在雕琢、鏤裁背後更重要的元音渾成與
自然高妙，並結合創作具體為之，此所以陳子龍能成為明、清之際
詞壇轉換樞紐的主要因素。

　　歸納以上所言，可知陳子龍論詞以南唐、北宋為盛、為正，以婉
約為詞體本色，並以「詩餘」、「小道」代稱詞體，凡此皆未能越出明
人論詞的既定範圍，此為其詞論中「繼承」前人的部分，清人所以對
明人論詞有負面批評，也多針對以上各點而發。另一方面，陳子龍認
為詞在「寫哀宣志」的表達功能上，有詩體所不能及之處。在創作時，

〔註160〕氏著〈論陳子龍詞〉，《迦陵論詞叢稿》頁205。

〔註161〕如蘇軾〈定風波〉之「回首向來蕭瑟處，歸去，也無風雨也無晴。」
　　　　以及辛棄疾〈水龍吟〉之「可惜流年，憂愁風雨。」皆屬此類。

〔註162〕參見王世貞《藝苑卮言》，《詞話叢編》冊1，頁385。

則主張結合詞體外在的「妍貌」與作者內在的「貞心」，在穠纖婉麗當中也能富含有深刻之思；在追求纖刻之辭時，也能出之以自然，凡此種種，使得陳子龍不但在詞作上足以殿有明一代，在詞論上也堪爲清人的先聲。

第六節　陳子龍所開示的詞學議題

在明、清兩代的詞學史上，陳子龍詞論的「繼承」處雖然要大過於「新變」的部分，但其詞論要點在清代所引發的相關議題，可說是明、清詞學發展史上不可或缺的一環。

首先，陳子龍論詞仍以「詩餘、小道」稱之，這種論點所可能導致的流弊，蔣兆蘭《詞說》有著精闢的見解：

> 詩餘一名，以《草堂詩餘》爲最著，而誤人最深。所以然者，詩家既已成名，而於是殘鱗剩爪，餘之於詞；浮煙漲墨，餘之於詞；詼嘲褻諢，餘之於詞；忿戾慢罵，餘之於詞。即無聊酬應，排悶解酲，莫不餘之於詞。亦既以詞爲穢墟，寄其餘興，宜其去風雅日遠，愈久而彌左也。此有明一代詞學之蔽。〔註163〕

在「詞爲詩餘」的既定觀念下，「詩餘」便成了文人傾倒那些不敢、也不宜在詩中表達的無聊穢褻情緒的管道，長此以往，詞體焉能不衰，焉能不蔽？所以清人要去除明詞的流弊，首先必須破除「詞爲詩餘、小道」的成見。如毛先舒即由爲「詞」正名的角度立論，指出：「塡詞不得名詩餘，猶曲自名曲，不得名詞餘。又詩有近體，不得名古詩餘，楚騷不得名經餘也。」〔註164〕顧貞觀的看法亦與之相近，其云：「詩之體至唐而始備，然不得以五、七言律、絕爲古詩之餘也。樂府之變，得宋詞而始盡，然不得以長短句之小令、中調、

〔註163〕載於《詞話叢編》冊5，頁4631

〔註164〕原收錄於毛先舒《塡詞名解》，謝章鋌《賭棋山莊詞話》卷8亦有載引，載於《詞話叢編》冊4，頁3422。

長調爲古樂府之餘也。詞且不附庸於樂府，而謂肯寄閨於詩耶？」
〔註165〕將「詞」與「詩餘」劃清界限，以避免詞體淪爲詩體的附庸、
餘贅。這種「詞非詩餘」的論點，晚清況周頤在其詞論中，亦與之
相應和，其云：

> 唐宋以還，大雅鴻達，篤好而專精之，謂之詞學。獨
> 造之詣，非有所附麗，若爲駢枝也。曲士以詩餘名詞，豈
> 通論哉？〔註166〕

以上諸家之說，還僅止於爲詞體「正名」而已，王士禎則由音節可歌
的部分，凸顯出詞體長於詩體之處，所謂「詩之爲功既窮，而聲音之
秘勢不能無所寄，於是溫、韋生而《花間》作；李、晏出而《草堂》
興，此詩之餘而樂府之變也。」〔註167〕其所謂的「詩之餘」，並非餘
緒、餘贅之意，而應解作「贏餘」、「有餘」，亦即詞具有補充詩體「音
節不可歌」的特長。此外，陽羨詞人任繩隗也在「詞之音節可歌」的
立足點上，提出了以下的看法：

> 夫詩之爲騷，騷之爲樂府，樂府之爲長短歌，爲五七
> 言，爲律，爲絕，而至於爲詩餘，此正補古人之所未備也，
> 而不得謂詞劣於詩也。〔註168〕

換句話說，詞體之於詩，雖有「體以代變」的發展關係，但不可據此
類推出「格以代降」的結論，所以詞雖然是繼詩之後興起的文體，卻
「不得謂詞劣於詩」。陽羨詞宗陳維崧更積極主張，創作若能以「精
深自命」的態度爲之，則「鴻文巨軸」與「讕語卮言」雖有體製大、
小之分，但在文學價值上卻不必然有優劣之別，因而「爲經爲史，日

〔註165〕語見魯超〈今詞初集序〉轉引顧貞觀之言，載於《今詞初集》卷首，
序文引自陳良運主編之《中國歷代詞學論著選》（南昌：百花洲文藝
出版社，1998年），頁444～445。
〔註166〕《蕙風詞話》卷1，載於《詞話叢編》冊5，頁4405。
〔註167〕王士禎〈倚聲集序〉，載於《漁洋山人文略》（《四庫全書存目叢書》
集部第227冊），卷3，頁16～18。
〔註168〕語見任繩槐〈學文堂詩餘序〉，轉引自陳良運《中國歷代詞學論著選》，
頁377。

詩曰詞」，彼此間「諒無異轍」〔註169〕也，故以詩爲大國而詞爲附庸、「小道」的成見，實可不必。

再以陳子龍論詞以南唐、北宋爲正，以南宋爲變，並以正變定工拙的作法而言，清初王士禎在《花草蒙拾》中，便對上述的觀點提出了以下的批評：

> 雲間數公論詩，拘格律，崇神韻，然拘於方幅，泥於時代，不免爲識者所少。其於詞，亦不欲涉南宋一筆，佳處在此，短處亦坐此。

> 近日雲間作者論詞有云：「五季猶有唐風，入宋便開元曲，故專意小令，冀復古音，屏去宋調，庶防流失。」僕謂此論雖高，殊屬孟浪。廢宋詞而宗唐，廢唐詩而宗漢魏，廢唐宋大家之文而宗秦漢，然則古今文章，一畫足矣，不必三墳、八索、至六經、三史，不幾幾乎贅疣乎？〔註170〕

王士禎在引文中所批評「近日雲間作者論詞」的內容，正是明季雲間詞人蔣平階、周積賢、沈億年等合編的《支機集·凡例》第一則的內容。儘管其未直指陳子龍論詞之失，但因陳子龍與蔣、周、沈三人間有師承關係，何況陳子龍也確如王士禎所言，「論詩拘格律」，論詞「不欲涉南宋一筆」，因而若將上述內容視爲王士禎對陳子龍的詩論與詞論所作的批評，實不爲過。爲避免重蹈雲間詞人「拘於方幅、泥於時代」的缺失，王士禎遂將「詞體發展以北宋爲極」的觀點修正爲：

> 宋南渡後，梅溪、白石、竹屋、夢窗諸子，極妍盡態，反有秦、李未到者。雖神韻天然處或減，要自令人有觀止之嘆。〔註171〕

上述說法在清初曾得到不少共鳴，如王士禎的詞友鄒祗謨便對南宋詞的特點，有著更進一步的說明，其云：「詞至長調而變已極，南宋諸家凡以偏師取勝者無不以此見長。」、「（詞）至姜、史、高、吳，

〔註169〕陳維崧〈詞選序〉，《陳迦陵文集》之《文集》卷2，頁14。
〔註170〕兩則引文，載於《詞話叢編》冊1，頁685～686。
〔註171〕氏著《花草蒙拾》，載於《詞話叢編》冊1，頁682。

而融篇煉句琢字之法，無一不備。」、「長調惟南宋諸家，才情蹀躞，
盡態極妍。」〔註172〕而陽羨派詞人蔣景祁〈刻瑤華集序〉也說道：

> 今詞家率分南、北宋爲兩宗，歧趨者易至角立。究之
> 臻其堂奧，鮮不殊途同軌也。〔註173〕

論詞將南、北宋詞視爲是「殊途同軌」，與陳子龍以北宋爲「盛」，以
南宋爲「渺」，在價值判斷上即已有別。南宋詞的特點隨著清人了解
日深而逐漸被接受，甚至還取代北宋成爲詞體的正宗。此一轉變，浙
西詞派領袖朱彝尊表現得最爲明顯。對於南、北宋詞，朱彝尊原本主
張：小令宜師北宋，慢詞當取南宋〔註174〕。換句話說，南、北宋詞
各有所長，所以不必強分短長。及至朱彝尊編選《詞綜》時，於書前
〈發凡〉則改口宣稱：

> 世人言詞，必稱北宋。然詞至南宋始極其工，至宋季
> 始極其變。〔註175〕

南宋詞「極其工」、「極其變」的論斷，隨著浙西詞派的興盛，也就而
逐漸流行於康、乾之際的詞壇，成爲當時詞人的共識了。

此外，對於陳子龍以「婉約」爲詞體本色，以「豪放」爲變調的
觀念，清人也表達了不同的意見。如王士禛即云：

> 詞家綺麗、豪放二派，往往分左右袒，予謂第當分正
> 變，不當分優劣。〔註176〕

論詞分正、變，這是著眼於詞體的發展先後，但若據此而定優劣高
下，則難免有「先優後劣」的成見與隨之而來的偏差，清人遂改由

〔註172〕引文內容，見鄒祗謨《遠志齋詞衷》，《詞話叢編》冊1，頁650、頁
651、頁659。

〔註173〕載於《瑤華集》卷首，《四庫禁燬書刊》集部第37冊。

〔註174〕氏著〈水村琴趣序〉云：「予嘗持論，謂小令當法汴京以前，慢詞則
取諸南渡。」《曝書亭集》卷40，頁6。此外，〈魚計莊詞序〉亦云：
「謂小令宜師北宋，慢詞宜師南宋。」卷40，頁5。

〔註175〕文見於《詞綜》（台北：中華書局四部備要本）卷首。

〔註176〕氏著《香祖筆記》（《景印文淵閣四庫全書》第870冊）卷9，頁4
～5。

情性的角度立論，主張「婉約自是本色，豪放亦未嘗非本色也。」
〔註177〕塡詞既然是作者性情的流露，則婉約與豪放只是表達性情的
不同方式罷了，既然各具性情，當然都是「本色語」，所以不必刻意
分辨高下優劣。清人論詞所以要比明人客觀、持平，由此可見。

　　要之，在「前修未密，後出轉精」的情況下，讓清代詞派有了發
展興盛的契機。不論是扭轉詞爲「詩餘、小道」的謬誤，或是改變詞
以南唐、北宋爲興盛，以南宋爲衰變；以婉約爲本色，以豪放爲變體
的態度，清詞都較前代有了更寬廣的氣度與開闊的空間。

小　結

　　綜合歸納陳子龍的詩詞理論與創作之後，對於陳子龍的詩詞正變
觀及詩詞間的異同可概括成以下數點言之：

　　一、在詩詞正變關係的看法上，陳子龍顯然是以詩爲正而以詞爲
變，以詩爲大國而以詞爲附庸。在明人的觀念裡，詩可依時代而有古
體、近體之分，還可依字數分爲四言、五言、六言、七言等等，並可
依其特性而有和韻詩、聯句詩、集句詩等區別，相形之下，詞體不過
是在詩歌發展過程中新興的一種體裁而已，是不足與詩體並列齊觀
的。對照吳訥《文章辨體序說》與徐師曾《文體明辨序說》，詞僅被視
爲詩體的分枝、附庸，吳訥甚至把詞與曲合併爲「近代詞曲」，略施筆
墨介紹而已〔註178〕，是不足以望「詩國」之項背的。在這種觀念主導
作用下，對陳子龍詩詞創作的具體影響是，《陳子龍詩集》中共收錄 18
卷作品，其中詩作佔了 17 卷，詞則以「詩餘」之名僅佔 1 卷篇幅而已，
比例之大小懸殊，正反映了其以詩爲大國而以詞爲附庸的價値觀。

〔註177〕語見田同之《西圃詞說》，載於《詞話叢編》冊 2，頁 1455。此外，
　　　　陽羨詞宗陳維崧在〈今詞選序〉中，也由「性情」的角度立論，既
　　　　然人的性情各自不同，所以主張「辛、陸、周、秦，詎必疾徐之一
　　　　致？」《陳迦陵文集》之《儷文集》卷 7，頁 30。
〔註178〕詳細參見《文章辨體序說》（北京：人民文學出版社，1998 年），書
　　　　中吳訥以不到一頁的篇幅略加介紹詞曲性質而已。

　　二、再就陳子龍詩論中的正變而論，陳子龍論詩，以唐人爲正宗，以宋人爲變調，且「正、變」之分，即已寓有「優、劣」之別的價值成分在。而陳子龍身處晚明，雖然清楚意識到明代復古諸子的詩弊在於「摹擬」之功多而天然之資少，且以「範古」爲美的主張，又是詩作容易陷入「摹擬」之弊的主要原因，但其論詩依然堅持規摹古人典雅之制，所謂「惟宜盛其才情而不必廢此簡格」，認爲只要充實詩歌的情志內容即可改善摹擬之弊。此說固然是陳子龍詩論上的局限性，但換個角度來看，何嘗不是其論詩「唐正宋變、唐優宋劣」的正變觀所導致的必然結果？

　　三、陳子龍論詞，雖然未能擺脫「詩餘、小道」的成見，且以南唐北宋爲正、爲盛，以南宋詞爲變、爲渺，並以「穠纖婉麗」作爲詞體本色，以南唐二主及秦觀、柳永、周邦彥、李清照等婉約詞人爲典範，其筆下的詞作也以短調小令居多，影響所及，雲間詞派末流遂有「以晚唐五代爲宗，專意小令」的狹隘化傾向。上述論點中的不合理部分，乃成爲清人繼續討論的詞學議題。從這點來說，陳子龍確實是對清詞的復興有「開啓」之功的。

　　四、再就詩、詞體性的看法而論，觀陳子龍在〈王介人詩餘序〉中，以「俊逸之韻，深刻之思，流暢之調，穠麗之態」稱許王介人的詞作，並謂其「眞詞人也」。緊接著又以「澹蕩莊雅，規摩古人」來概括王介人之詩，並據此而謂王介人「非詞人也」。可見在陳子龍的觀念裡，詩、詞體性是有「莊雅」與「穠麗」之別的。反映在創作上，歷來文人多以詩言志（經國之大志），以詞言情（閨閣兒女之情），陳子龍亦然。觀宋徵璧〈平露堂集序〉所云：「以臥子之才，當諸生時，即留意經國。凡緣情賦物，感懷觸事，未嘗不於朝廷治亂之關，世風升降之際，一篇之中，留連規諷焉，爲得作詩之本也。」〔註179〕足見陳子龍確實是以經國之志作爲詩之本，而其與柳如是之間的兒女私

────────────

〔註179〕載於《陳子龍詩集》下冊附錄3，頁765。

情，則又多以詞體爲之，清人王士禎故以「華亭腸斷，宋玉魂銷」〔註180〕概括其詞旨。對陳子龍而言，詩、詞是有「言志」與「抒情」之分的。葉嘉瑩先生在分析陳子龍詞作內容時，遂特別強調陳子龍的憂患識反映在詩、詞上的差別是，「在其詩作中所表現之內容，往往爲作者顯意識中的一種主觀的報國殺敵之願望，而在其詞作中所表現之內容，則往往爲作者隱意識中的一種對於家國淪亡的無可奈何的悲悼。」〔註181〕孫康宜也認爲陳子龍的創作具有「以詩寫君國之思，以詞寫兒女情長。」〔註182〕的取向，在在顯示了陳子龍以詩言志、以詞言情的差異。

　　五、既然詩、詞體性不同，所以在表現技巧上也有所區別。以詩體而言，陳子龍前期論詩，以追求漢魏風雅與盛唐興象爲主，在溫柔敦厚的詩旨下，情志的表現須以優遊不迫出之。隨著時衰勢危，爲使詩歌能發揮「序世變、刺當塗」的功能，故無妨出之以悻直刻急之言。落實在詩歌創作上，陳子龍的詩作遂由早期的「喪我而擬物」，轉化爲後期的蒼勁深邃，著「我」的色彩日益濃厚。反觀陳子龍的詞作，爲能表現出詞體機纖婉麗的特質，陳子龍遂多以閨人思士之語託之，並結合人工鏤裁之巧與天然之致混成一體，因而在表現技巧上，工詞的困難度確實是要比工詩來得大。由於陳子龍詞論並未有前、後期的明顯變化，影響所及，陳子龍的詞風遂如孫康宜所謂：「晚年的愛國詞作和早期的情詞風格浹洽，一般無二。」〔註183〕

　　六、陳子龍的詩、詞在理論與創作上雖有以上差異，但後人對其詩、詞創作可謂眾口交譽、稱賞有加。以詩而言，清人或推崇其「推明正始」之功，或譽其詩具有「殿殘明一代」、「足殿一代」的成就；以詞而論，陳子龍的詞作雖僅有一卷，卻無損其在明代詞壇

〔註180〕王士禎〈倚聲集序〉，載於《漁洋山人文略》卷3，頁16～18。
〔註181〕氏著〈論陳子龍詞〉，《迦陵論詞叢稿》頁204。
〔註182〕氏著《陳子龍與柳如是詩詞情緣》，頁291。
〔註183〕同上註，頁208。

的成就與貢獻，後人故而有「明人第一」之美譽。箇中緣由，當與
陳子龍遭逢國變，以詩、詞寄託其憂時託憤之志與忠愛惻隱之懷，
堅實豐富了詩、詞內容，故能在明詩的中梏空洞與明詞的謔浪遊戲
中後來居上、傲視前倫。

第四章 由「易詩爲詞」論陳維崧的
詩詞正變觀

前　言

　　陳維崧（1626～1682），字其年，號迦陵。在清詞史上，陳維崧
以陽羨詞派領袖的身分而爲人注目，但事實上，其「棄詩弗作」並且
「專力塡詞」之舉，更是詞史上難得的特例與佳話。詞一向被文人視
爲「小道」、「小技」，能夠做到詩詞兼工、並行不廢，已屬難得，更
何況清代普遍有「塡詞能損詩格」之說﹝註1﹞，多數文人因而選擇了
「捨詞弗作」的創作路線，或者轉而致力爲文，如桐城派古文家姚鼐；

﹝註1﹞陳維崧〈詞選序〉云：「又見世之作詩者，輒薄詞不爲，曰：『爲輒損
　　　詩格』。」載於《陳迦陵文集》（台北：商務印書館四部叢刊本）之
　　　《文集》卷2，頁14。此外，鄒祇謨《遠志齋詞衷》亦云：「李長文
　　　學士詞，清姿朗調，原本秦、黃。爲予言：『少作極多，因在館署日，
　　　薛行屋侍郎勸弗多作，以崇詩格，乃遂擱筆。昔文太青少卿，亦持
　　　此論，先輩大率如此。」（見《詞話叢編》冊1，頁657）而在丁紹
　　　儀《聽秋聲館詞話》卷15，亦記載桐城派古文大家姚鼐，因莊光祿
　　　勸以「專力則精，雜學則粗」二語，遂「輟詞不作」（見《詞話叢編》
　　　冊3，頁2768）康、乾之際的王應奎，亦云：「詩與詞之界不分，而
　　　詩格遂多委茶。」《柳南隨筆》（北京：中華書局，1997年）卷1，
　　　頁9。綜合以上資料，足見「詞損詩格」之說在清初頗爲盛行。

或者專力於詩歌創作，如神韻詩派領袖王士禛。甚至連浙西詞派宗師朱彝尊，在康熙三十一年(1692)罷官歸田後，也「不復倚聲按譜」，將心力花在「考經義存亡」上〔註2〕，宜乎大陸學者嚴迪昌會以「罕見的難覓先例的詞史佳話」〔註3〕來稱許陳維崧的「棄詩弗作」、「專力填詞」之舉。

然而，在歷來以詩爲大國、以詞爲附庸；以詩爲正體，以詞爲變體、餘緒的傳統觀念下，陳維崧的「易詩爲詞」，走的不啻爲「以變爲正」的創作路線，這是在探討明清之際詩詞正變觀時，不能忽視的一個獨特現象。本章遂以陳維崧的「易詩爲詞」作爲論述的切入點，期能深入了解何以在「詞能損詩格」的時代風尙下，陳維崧偏偏選擇了「易詩爲詞」的非主流路線？如果是爲了利用詞爲「雕蟲小技」、「詩餘小道」的成見，在清初還不至於引起統治者的注意，並充分運用此一抒情窗口，以渲泄其胸中的塊壘，爲何同處易代之際的王士禛，不但沒有「專力填詞」，反而「捨詞就詩」呢？此外，陳維崧專力填詞的成就，除了在詞作的數量上稱霸古今之外〔註4〕，以詞作的素質而言，也堪稱是「爲經爲史，曰詩曰詞」〔註5〕、「納雄奇萬變於令、慢之中」〔註6〕、「至無語不可入詞」〔註7〕。像陳維崧這樣勇於在創作

〔註2〕見朱彝尊〈水村琴趣序〉：「予既歸田，考經義存亡，著爲一書，不復倚聲按譜。」《曝書亭集》卷40，頁6。又，據朱彝尊之孫朱桂孫、朱稻孫所撰之《竹垞府君行述》（台灣藝文印書館叢書集成三編）所載，竹垞「歸田」時間爲康熙三十一年（1692）。

〔註3〕嚴迪昌《陽羨詞派研究》（濟南：齊魯書社，1993年），頁71。

〔註4〕見陳宗石（陳維崧五弟）〈迦陵詞跋〉中，統計陳維崧詞集中共收詞一千六百二十九闋，並言「自唐、宋、元、明以來，從事倚聲者，未有如吾伯兄之富且工也。」

〔註5〕陳維崧〈詞選序〉，《陳迦陵文集》之《文集》卷2，頁14。

〔註6〕語見蔣兆蘭《詞說》：「清初陳迦陵納雄奇萬變於令、慢之中，而才力雄富，氣概卓犖，蘇、辛派至此，可謂竭盡才人能事。後之人無可措手，不容作，亦不必作也。」《詞話叢編》冊5，頁4633。

〔註7〕語見陳匪石《舊時月色齋詞譚》：「《湖海樓》（按：陳維崧詞集別名）崛起清初，導源幼安，極縱橫跌宕之妙，至無語不可入詞，而自然渾脫。」轉引自龍振中、尤以丁編著《清詞紀事會評》，頁145。

上「拓大題目、出大意義」〔註8〕的詞人，一度與浙西詞派的領袖朱彝尊在詞壇上相提並論，兩人還曾合刻詞集名爲《朱陳村詞》〔註9〕，流遍宇內，傳入禁中。但「朱陳並稱」的局面〔註10〕日後卻演變成「揚朱抑陳」〔註11〕，由朱彝尊在詞壇獨領風騷，其所領導的浙西詞派，也取代了由陳維崧倡行的陽羨詞派，其中轉變的關鍵，嚴迪昌先生由「時移世變」〔註12〕的角度來作解釋，筆者基本上認同這樣的看法，

〔註8〕謝章鋌《賭棋山莊詞話》卷8：「今日詞學所誤，在局於姜、史，斤斤字句氣體之間，不敢拓大題目，出大意義，一若詞之分量不得不如是者，其立意蓋已卑矣，而奚暇論及聲調哉。」《詞話叢編》冊4，頁3423。嚴格來說，「拓大題目，出大意義」並非謝章鋌專以稱許陳維崧的話語，但就陳維崧的創作表現來看的話，以「拓大題目，出大意義」來稱許其詞，可謂恰如其分。

〔註9〕徐珂《近詞叢話》：「維崧字其年，鬱青霞之奇氣，譜《烏絲》之新製，實大聲宏，激昂善變者也。同時與其年齊名者，爲秀水朱彝尊。彝尊字錫鬯，號竹垞，當時《朱陳村詞》，流遍宇內，傳入禁中。」（載於《詞話叢編》冊5，頁4223）又，鄧之誠《清詩紀事初編》（台北：明文書局，1991年）卷4〈陳維崧〉條下亦有：「維崧早年與朱彝尊齊名，刻《朱陳村詞》，今不可見。」之言，頁462。

〔註10〕見蔣景祁〈刻瑤華集述〉云清初：「詞多而工，莫若朱、陳兩家。沈大令（融谷）云：『陽羨揚鑣於北，梅里抉奧於南，正復工力悉敵。』載於《四庫全書存目叢書》集部第37冊《瑤華集》卷首，序文中的「梅里」代指朱彝尊。而高佑釲〈迦陵詞集序〉中亦言：「吾友朱子錫鬯出而振興斯道，……陳子其年起陽羨，與吾里旗鼓相當，海內始知詞之爲道，非淺學率意所能操管者也。……夫其年與錫鬯並負軼群才，同舉博學宏詞，入爲翰林檢討，交又最深，其爲詞，工力悉敵。」載於《迦陵詞》卷首。

〔註11〕見陳廷焯《白雨齋詞話》卷3：「國初詞家，斷以迦陵爲巨擘，後人每好揚朱而抑陳，以爲竹垞獨得南宋眞脈。嗚呼，彼豈眞知有南宋哉，庸耳俗目，不值一笑也。」（載於《詞話叢編》冊4，頁3837）另外，《續修四庫全書提要》（台北：商務印書館，1972年）集部之〈迦陵詞提要〉亦云：「其年與朱彝尊同舉鴻博，交又最深，其爲詞，亦工力悉敵，故當時號曰『朱陳』。朱詞雅正，陳詞激壯，後人多揚朱而抑陳，盡以陳爲偏詭，朱爲正宗也。」頁731。再對照徐珂所言：「康乾之際，言詞者幾莫不以朱、陳爲範圍。」（同註9）可知乾嘉之後，陳維崧已不復與朱彝尊並稱詞壇了。

〔註12〕嚴迪昌先生認爲：「（陽羨詞派）原是一個不仰賴『大有力者』扶持的野遺色彩濃重的詞的流派。所以，當三藩亂定，康熙盛世局面形

但除了時代因素之外,筆者認爲,陳維崧（或者擴大爲整個陽羨詞派）在創作上取法蘇、辛,以「存經存史、曰詩曰詞」來擴大詞體、推尊詞體,其所面臨的困境,恐怕更是日後難以爲繼的關鍵因素所在。故本章擬由陳維崧「易詩爲詞」的創作及詞論爲核心,除了與「捨詞就詩」的王士禛作比較之外,另一方面,也透過與朱彝尊的對比,來探討清代詞壇由「朱陳並稱」到「揚朱抑陳」的轉變關鍵,藉以凸顯出陳維崧在明清之際「以詩爲詞」、「以變爲正」的特殊意義,冀能對陳維崧在清詞史上的地位及貢獻,有正確的認識及評價。

第一節　陳維崧「易詩爲詞」的因素

一、陳維崧由「詩詞並行」到「專攻塡詞」的轉變

　　陳維崧由詩詞並行轉而專力塡詞的歷程,其文友蔣景祁於〈陳檢討詞鈔序〉中有詳細論述,其云:

　　　　其年先生幼工詩歌,自濟南王阮亭先生官揚州,倡倚聲之學,其上有吳梅村、龔芝麓、曹秋嶽諸先生主持之。先生內聯同郡鄒程村、董文友,始朝夕爲塡詞。然刻於《倚聲》者,過輒棄去,間有人誦其逸句,至嘅嘔不欲聽,因屬志爲《烏絲詞》。然《烏絲詞》刻,而先生志未已也。向者詩與詞並行,迨倦遊廣陵歸,遂棄詩弗作,……間歲一至商丘,尋失意歸,獨與里中數子晨夕往還,磊砢抑塞之意,一發之於詞,譜生平所誦習經史百家古文奇字,一一於詞見之,如是者近十年,自名曰《迦陵詞》。〔註13〕

成時,陽羨詞風無疑不合時宜地將被排斥和非議,而某種適應時勢而又得『大有力者』鼓揚的新的詞風也就必然張揚盛熾,清初詞風進入第二個更變期已成了歷史的必然。」見《陽羨詞派研究》,頁84。
〔註13〕載於《清詞別集百三十四種》第2冊《湖海樓詞》卷首。按:蔣氏序文並未收錄於台灣商務印書館印行的《陳迦陵文集》之《詞集》中,且商務版之《詞集》所收錄的陳宗石及陳維岳跋文,在鼎文版的《湖海樓詞》中,則合併爲一序,並由陳宗石掛名,此爲二版互異之處。

此段序文與陳宗石〈迦陵詞集跋〉對照觀之：

> 伯兄少年，見家門烜赫，刻意讀書，以爲謝郎捉鼻，
> 麈尾時揮，不無聲華裙屐之好，多爲旖旎語。未幾鼎革，
> 先大人裹足窮鄉，誓墓不出，家日以促。至丙申先大人棄
> 世，家益落，且有視予兄弟以爲釜中魚、几上肉者，各散
> 而之四方。或孤蓬夜雨，轍軻歷落；或風廊月榭，酒鎗茶
> 董。或逆旅饑驅，或河梁賦別，或千里懷人，或一堂燕樂，
> 或鬒髵奮張，酒旗歌板，詼諧狂嘯，細泣幽吟，無不寓之
> 於詞。〔註14〕

歸納引文內容，可將陳維崧的詞作大略分爲三期。早期作品因與王士
禎等廣陵（即揚州）詞人相唱和，受其點染〔註15〕，兼且家門鼎盛之
故，故詞中「不無聲華裙屐之好，多爲旖旎語。」此一時期的詞作部
分被選入鄒祇謨所編的《倚聲集》當中。但因此時的作品「不過獲數
致語足矣，毋事爲深湛之思也。」〔註16〕所以日後多被陳維崧刪削棄
去，已不復見全貌。順治十三年（1656），陳維崧之父陳貞慧去世，
家門頓失倚靠，陳氏兄弟甚且被視爲「釜中魚、几上肉」，在處境艱
難、危機遍佈的情況下，兄弟不得不流散四方，陳維崧遂於順治十五
年（1658）開始寄居如皋冒襄家中，前後跨及八個年頭。康熙四年
（1665），結束如皋避難生涯後，陳維崧曾北上京師謀職、遊歷，最
後失意而歸，這是其填詞的「中期」階段，詞作載於《烏絲詞》中。
《烏絲詞》共4卷，收詞266首，其中閒情及集社應酬之作約佔三分

本文引用資料以商務版爲主。
〔註14〕載於《陳迦陵文集》之《詞集》卷後。
〔註15〕在蔣景祁的序文中，容易令人誤以爲陳維崧是在順治十六年（1659）
　　　　王士禎擔任揚州府推官時，才開始填詞的。但考諸《文集》卷2〈任
　　　　植齋詞序〉中所言：「憶在庚寅、辛卯間，與常州鄒、董遊也。……
　　　　方是時，天下填詞家尚少，而兩君獨矻矻爲之放筆不休，狼藉旗亭
　　　　北里間。其在吾邑中相與爲倡和，則植齋及余耳。」可知早在順治
　　　　七、八年（1650～1651）間，陳維崧便與鄒祇謨、董元愷及任繩槐
　　　　等人相與倡和填詞了。
〔註16〕氏著〈任植齋詞序〉，《陳迦陵文集》之《文集》卷2，頁13。

之一，而懷舊、悼往之篇亦佔有三分之一強。如果說閒情及酬應之作，顯示出陳維崧仍不脫早期與廣陵詞人唱和的餘習，那麼懷舊及悼往之作日益增多，則透露出「詞人人生體味的增厚」、「是成熟的信息」〔註17〕。因此，從「中期」的詞作中，可逐漸看出陳維崧詞風的轉化與定形趨勢。

康熙八年（1669），陳維崧結束遊歷外地的生涯，束裝返鄉並且「僦居里門，專攻塡詞。」〔註18〕一直到康熙二十一年（1682）去世爲止，這段時間，是陳維崧詞作的「後期」階段，也是其專力爲詞、甚且曾「棄詩弗作、易詩爲詞」的特殊時期。比較一下陳維崧在這段時期的詩作及詞作，從康熙十二年（1673）到十四年（1675）之間，陳維崧都沒有詩作收錄，康熙十五年（1676），則僅收錄一組 12 首和宋琬韻的詩，康熙十六年（1677）亦僅收錄詩作一首。但就在「棄詩弗作」之際，卻也正是陳維崧塡詞創作最豐富的時期。康熙十五年，陳維崧在寫給王士禛的信上提到：「數年以來，大有作詞之癖，《鳥絲》而外，尚計有二千餘首，何日一陳之先生也。」〔註19〕在同一年裡，陳維崧也自述其「易詩爲詞」的轉變：

> 詩律三年廢，長瘖學凍烏。倚聲差喜作，老興未全孤。〔註20〕

將詩句對照其爲董元愷所寫的〈蒼梧詞序〉來看：「僕也老而失學，雅好塡詞，壯不如人，僅專顧曲。」〔註21〕可見陳維崧後期的創作重

〔註17〕嚴迪昌《陽羨詞派研究》，頁 184。

〔註18〕見蔣景祁〈荊溪詞初集序〉：「其年先生負才晚遇，僦居里門近十載，專攻塡詞，學者靡然從風。」引自詞良運主編《中國歷代詞學論著選》，頁 447。由於陳維崧是在康熙十七年（1678）應博學鴻詞詔離鄉北上，由此推算的話，其僦居里門、專攻塡詞的時間應在康熙七至年之間。

〔註19〕見《文集》卷 4〈與王阮亭先生書〉。又，《迦陵詞集》中共收錄詞作16029 首，少於信中所說的兩千多首，可知詞集收錄的詞作是經過刪削及亡佚後存留下來的部分。

〔註20〕氏著〈和荔裳先生韻得十有二首〉之 6，《陳迦陵文集》之《詩集》卷 5，頁 20。

〔註21〕載於《陳迦陵文集》之《儷文集》卷 7，頁 19。

心，已經逐漸轉移到塡詞之道了。這段時期，不僅是其個人詞作的豐
收期，也是陽羨詞派的鼎盛期。在與同里詞友晨夕往還、塡詞寄興的
過程中，代表陽羨詞人群創作成果的《荊溪詞初集》，也於康熙十七
年（1678）春問世。編者曹武亮在序文中，將此書編選的緣由歸功於
陳維崧以下所說的一席話：

> 今之能爲詞遍天下，其詞場卓犖者尤推吾江浙居多。
> 如吳之雲間、松陵，越之武陵、魏里，皆有詞選行世，而
> 吾荊溪雖蕞爾山僻，工爲詞者多矣，烏可不匯爲一書，以
> 繼雲間、松陵、武陵、魏里之勝乎？子其搜輯里中前後諸
> 詞，吾歸，當與子篝燈丙夜，同硯而論定之。〔註22〕

序文中，陳維崧主張把陽羨詞人的作品匯爲一書，冀能與雲間等詞派
比肩稱世，其開宗立派的自覺是強烈而明顯的。凡此種種，都可以看
出陳維崧晚期的創作重心與興趣所在。

二、由地域因素與家世背景論陳維崧易詩爲詞的創作轉變

　　學界目前對於陽羨詞派與陳維崧詞有深入研究者，當屬嚴迪昌先
生《陽羨詞派研究》一書。書中對於陳維崧所以「易詩爲詞」的緣由，
主要是由陳維崧的家世背景及其所處鄉邑的政治敏感性來作考察，從
而得出陳維崧的易詩爲詞，「是利用了詞在『雕蟲小技』、『詩餘小道』
的習慣眼光的遮蔽下，尚未引動統治者注重」〔註23〕的情況下，所另
闢的一條抒情管道。這種論述的角度，固然有助於讀者了解陳維崧特
殊的生平背景，卻也同時啓人更多疑竇：在清初敏感的政治環境、時
代背景下，寫詩固然易興獄，但塡詞難道就沒有風險嗎？如果「倚聲」
是「媚」音，然則詩也只寫閒情而無關時事的內容，不也是可以避險
嗎？對於這些問題，嚴迪昌先生以四兩撥千金的方式，引李一氓先生

〔註22〕轉引自嚴迪昌《陽羨詞派研究》，頁78。
〔註23〕同上註，頁72。

以下所言來作解釋：

> 清順康間，詞風大盛，就其表達方法而論，極爲自由放
> 縱而又委曲隱諱。此一代作家同具有明清易代之感受，唯詞
> 足以發抒之。……當時統治階級尚來不及注意此一文體，故
> 作者數量既多，詞作亦五花八門，蔚爲一時之勝。〔註24〕

引文之後，嚴迪昌先生也順水推舟得出了：「陳維崧確是如此地來充
分運用了這個抒情窗口，以渲泄其胸間的塊壘的。」〔註25〕結論。換
句話說，填詞在清初所以能降低創作上的風險，必須是在「統治者尚
來不及注意此一文體」的前提下才得以成立。印證於陳維崧之弟陳維
岳〈迦陵詞集跋〉所言：「揚子雲稱雕蟲小技，壯夫不爲，填詞尤其
小者，不過聊同棄日，差賢博弈耳。」如果連陳維崧之弟對填詞都有
著「差賢博弈」的見解，無怪乎當時會有「詞損詩格」的論調了。填
詞在當時既然被視爲下棋之類打發時間的休閒娛樂活動，那麼以詞抒
情寄懷，在敏感的易代之際，確實是有降低以文字興獄的風險的。再
者，以詩寫閒情而無關乎時事，按理來說，當然亦有避禍的效用，但
如果統治者的眼光是集中在詩作上的話，即使是閒情之作，也可能被
深文羅織爲入罪的把柄〔註26〕。何況陳維崧在「溫柔敦厚」的詩教觀
念引導下，若以詩寫閒情而無關乎時事，實與詩作「宣美教化，扶進
治術」的社會功能相左。因此，陳維崧在創作上的易詩爲詞，與個人
的生平遭際是脫離不了關係的。

　　以下遂針對嚴迪昌先生所述的重點，輔以相關資料，藉以概見陳維
崧在創作上易詩爲詞的外緣因素。

〔註24〕引文爲李一氓爲《瑤華集》所寫的跋文，原載於《一氓題跋》，轉引
自《陽羨詞派研究》，頁72。

〔註25〕《陽羨詞派研究》，頁72。

〔註26〕如蘇軾〈答濠州陳章朝請〉二首之二，謂其所以「自竄逐以來，不復
作詩與文字」，乃因「多難畏人」所致，而其所以「畏人」，在於深
切體認到自己所寫的詩文，「其中雖無所云，而好事者巧以醞釀，便
生出無窮事也。」信文載於《蘇東坡全集》（台北：河洛圖書出版社，
1975年）續集卷5，頁163。

據陳宗石爲其兄所寫的〈陳維崧詞集跋〉，可知陳維崧的詞風是隨時移世易、家世興替而有所轉變的。詩風亦然，觀其友人姜宸英所言：

> 其年生長江南無事之日。方其少時，家世鼎盛，鮮裘怒馬，出與五陵豪貴相馳逐，呼將軍之筵上，醉臥胡姬之酒肆，其意氣之盛，可謂無前，故其詩亦雄麗宕逸可喜，稱其神明。及長遇四方多故，夾江南北，殘烽敗羽，驚心動魄之變，日接於耳目，迴視向時笙歌促席之地，或不免踐爲荊棘，以棲冷風。故其詩亦一變而激昂獻欷，有所愴然以思，愀然以悲，時入少陵沈鬱之調而不自知，亦其遭時之變以然也。〔註27〕

究竟陳維崧面臨了什麼樣的轉變，使得他由鮮裘怒馬、意氣昂揚的貴公子，一變爲愴然以思、愀然以悲的江湖客呢？

從地緣因素來看，近代學者孟森《心史叢刊·奏銷案》指出，清初一些株連極廣的文字獄多偏重於江東南，這是因爲清廷對於「故明海上之師」依然時有活動，感到十分不安，同時也漸感不耐，於是遂「積怨於南方人心之未盡帖服，假大獄以示威，又牽連逆案以成獄，易世之後，言之尙有餘恫焉。」〔註28〕至於清廷是如何以株連極廣的案獄來威劫江南人士呢？據《清聖祖實錄》卷3所載，朝廷以江南紳衿「抗糧」（即欠稅）的罪名，決定予以「嚴加議處」。而「嚴加議處」的方式，董含《三岡識略》記載道：

> 悉列江南紳衿一萬三千餘人，號曰抗糧，既而盡行褫革，發本處枷責，鞭扑紛紛，衣冠掃地。如某探花欠一錢，亦被黜。民間有「探花不值一文錢」之謠。〔註29〕

〔註27〕姜宸英〈陳其年湖海樓詩序〉，《湛園未定稿》（《四庫全書存目叢書》集部第261冊），卷2，原稿未定頁碼。
〔註28〕收錄於王有立主編《中華文史叢書》（台北：華文書局，1969年），頁222。
〔註29〕引自孟森《心史叢刊一集·奏銷案》內容，孟森並根據王應奎《柳南續筆》所記，考知「某探花」即是順治十六年探花葉方藹，孟森並

在這場史稱「奏銷案」的浩劫中，凡是列名欠冊的秀才、舉人、進士，皆被革除功名，現任官吏則降二級調用。當時江東南一帶士族人心惶惶、惴慄不安之情，是可以想見的。陳維崧雖然沒有被捲入「奏銷案」當中，但經常與他唱和的詞友徐喈鳳、任繩隗卻都不幸被波及。其他陽羨籍在職官吏而罹本案者，尚有潘瀛選、黃錫朋、萬錦雯等人〔註30〕。在目睹同時人悲慘的際遇後，陳維崧難免興起兔死狐悲、冷雨淒風之感。何況陽羨在明末清初易代之際，一直是個政治敏感度很高的城邑，不但明末的東林黨、復社的魁首及核心人物多爲陽羨人，在甲申國變中殉節而死，在乙酉抗清事件中遇害的陽羨士人，也都不在少數，據嚴迪昌先生《陽羨詞派研究》第二章之〈鼎革之初陽羨社會態勢〉一小節所述，清初株連極廣的獄案，打擊重點雖然偏於江東一帶，而陽羨則是江東中禍及至重之邑。由於陽羨士大夫平素以「義理之勇」爲尚，在易代之際，該邑人士乃激烈抗清，以致清兵破城後，殺戮極爲慘重，不少世族居第全毀於一炬。此外，抗清名家如盧象昇、盧象觀、堵允錫父子，都是出身陽羨士族，而陳維崧之父陳貞慧也與反清志士往來頻繁，在清初統治勢力未見穩固之際，當然會惹來新政權的警惕與惱怒，以致對該邑士人嚴加防範，並隨時予以打擊了。

　　除了以上所述的地緣因素之外，若進一步結合陳維崧的家世背景來看，也就不難明白，何以陳氏兄弟在其父陳貞慧去世之後，會被視爲「釜中魚、几上肉」而惶恐不安了。由於陳維崧的祖父陳于廷是明末東林黨的主要成員，曾官左都御史，《明史》稱其「端亮有守」。其父陳貞慧則是明末四公子之一，爲復社的領袖人物。明亡之後，陳貞慧「鑿坏不出，坐臥村中一小樓，足跡不入城市者二十年。」〔註31〕

　　補充說道：「清廷當日，實亦有意荼毒縉紳，專與士大夫爲難，斥革之不已，橫加鞭朴，其慘如此。」出版資料同上註，頁225。

〔註30〕見嚴迪昌《陽羨詞派研究》，頁39～40。

〔註31〕陳維崧〈先府君行略〉，《陳迦陵文集》之《文集》卷5，頁7。

然而陳貞慧雖隱居不出，但「遺民故老時時猶向陽羨山中一問生死，流連痛飲，驚離弔往，恍然如月泉吟社也。」〔註32〕身處政治敏感度高的地域，加上特殊的家世背景，陳維崧從小就與反清志士如黃宗羲、陳子龍、石汀和尙等人有所往來，且「爲諸先生所賞識」〔註33〕。但隨著陳貞慧去世，陳家頓失支柱，家道中落，爲了避禍，也爲了餬口，陳家兄弟不得不四散分離，在「風打孤鴻浪打鷗，四十揚州，五十蘇州。」〔註34〕的流落歷程中，陳維崧也逐漸由意氣橫逸的貴公子，一轉爲「長瘖學凍烏」〔註35〕的江湖客，創作的重心，也由詩逐漸轉移到詞作上，將胸中的詼諧狂嘯、細泣幽吟，一一寓於詞中。

取陳維崧詞作印證觀之，於〈賀新郎・奉答蘧庵先生〉一詞中，有「禍首從來倉頡字」〔註36〕之言；〈沁園春〉之「羅隱江東，老署秀才」一詞小序中，陳維崧亦自言：「余臥病澄江不能應試，主者頗難之，竹逸爲經營良苦，乃始得請歸來。作此自嘲並以申謝。」〔註37〕連因病而無法應試，都被懷疑另有隱情而備受刁難，不難想像陳

〔註32〕氏著〈陳定生先生墓誌銘〉，《南雷文定》前集卷 7，《黃宗羲全集》（杭州：浙江古籍出版社，1985 年）第 10 冊，頁 397。

〔註33〕據陳宗石〈湖海樓詩集跋〉所言：「伯兄生而穎異，五、六歲即能吟，吟即成句……先大人讀書吳門，則有文相國湛持、侯銀臺、廣成徐宮、詹九一、陳黃門大樽、張太史天如、李舒章、楊維斗、黃梨洲諸先生周旋贈答。時伯兄髮始覆眉，咸隨侍側，聆諸先生議論，刻意爲詩，爲諸先生所賞識。」此外，《文集》卷 1〈許漱石詩集序〉中，陳維崧自述其十四、五時，曾經「學詩於雲間陳黃門先生」，序文之陳黃門即陳子龍，號大樽，清兵南下時，陳子龍起兵松江，事敗被捕，跳水自殺。而在《文集》卷 1〈石汀子詩序〉中，陳維崧也概述了他與「謷聲譏訕，無所避忌」，因而死於獄中的石汀和尙交往的經過，且石汀和尙還曾擔任陳維崧之弟陳維嵋的家庭教師，由此不難窺知陳家與反清志士交往之密切。

〔註34〕氏著〈一剪梅・吳門客舍初作〉，《陳迦陵文集》之《詞集》卷 6，頁 8。

〔註35〕氏著〈和荔裳先生韻得十有二首〉之 6，《陳迦陵文集》之《詩集》卷 5，頁 20。

〔註36〕《陳迦陵文集》之《詞集》卷 27，頁 14。

〔註37〕《陳迦陵文集》之《詞集》卷 25，頁 3。

維崧進退兩難的處境。無怪乎在康熙十五年和宋琬韻所寫的 12 首
詩，詩前要附加小序註明這些詩作的性質是：

> 辭旨拉雜，半屬讕語，先生第用覆瓿，愼勿出以示人
> 也。〔註38〕

將詩作視爲「讕語」，並且只宜「覆瓿」，不可「出以示人」，多難畏
人的心態，可謂昭然若揭。然則詞作是否也是如此呢？對照陳維崧在
同年（康熙十五年）寫給王士禛的信文觀之，：

> 數年以來，大有作詞之癖，《烏絲》而外，尚計有二千
> 餘首，何日一陳之先生也？〔註39〕

信文中，陳維崧迫不及待地想和王士禛分享「數年來，大有作詞之癖」
的成果──除了兩百六十六首的《烏絲詞》外，還有兩千多首尚未收
集成冊的作品。可見在數量上，陳維崧的詞作不但遠超過於詩，在心
態上，詩、詞也是明顯有別的。對於詩，陳維崧是抱持著「愼勿示人」
的謹愼態度，但對於詞，卻又顯得如此沾沾自喜，揚揚自得，不禁令
人聯想到東坡以塡詞來抒發胸臆，並藉以遠害全身的心態。

　　「烏台詩案」後，東坡被貶官黃州。經此一役後，東坡對於「詩
文」如何陷人入罪，顯然有著刻骨銘心的感受。此後在寫給親友的書
信中，遂一再重申自己「不復作詩文」的決定：

> 某近絕不作詩，蓋有以非面莫究，獨神道碑墓誌數篇
> 爾。〔註40〕

> 多難畏人，不作一字者巳三年。〔註41〕

> 某自竄逐以來，不復作詩與文字。所諭四望起廢，固
> 宿志所願，但多難畏人，遂不敢爾。其中雖無所云，而好
> 事者巧以醞釀，便生出無窮事也，切望憐察。〔註42〕

〔註38〕《陳迦陵文集》之《詩集》卷5，頁19。
〔註39〕氏著〈與王阮亭先生書〉，同上註，《文集》卷4，頁16。
〔註40〕蘇軾〈與陳傳道〉5首之3，《蘇東坡全集》（台北：河洛圖書出版社，
　　　　1975年）續集卷4，頁102。
〔註41〕〈答上官長官〉2首之2，同上註，續集卷5，頁159。
〔註42〕〈答濠州陳章朝請〉2首之2，同上註，續集卷5，頁163。

多難畏人，不復作文字，唯時作佛僧語耳。〔註43〕

　　子由及諸相識皆有書，痛戒作詩，其言甚切，不可不

遵。〔註44〕

從以上書信中，可以略窺東坡多難畏人、愼思謹言的情狀。值得注意的是，東坡雖然一再重申不復作詩文的決定，卻又認爲「塡詞不妨」，因爲塡詞如同「作僧佛語」或寫「神道碑墓誌」一般，無關緊要，不會惹來致命的麻煩。所以當鮮于子駿向他索詩時，東坡便明白告知：「所索拙詩，豈敢措手。……近卻頗作小詞，雖無柳七郎風味，亦自是一家。」〔註45〕顯然有以詞代詩的意味。在〈與蔡景繁書〉中，東坡更坦言所寫的新詞是「古人長短句詩也」〔註46〕。可見東坡與陳維崧所處時代雖有不同，但藉由詞爲小道小技的世俗成見以遠害全身的心態上，可說是如出一轍、異代相通的。

　　以上所言，吾人不免要質疑的問題是：如果「易詩爲詞」是陳維崧爲了遠害全身所作的選擇，何以同樣身處易代之際的王士禛與朱彝尊卻沒有作同樣的選擇呢？這個問題只要比較一下三人的家世背景，答案也就呼之欲出了。

　　以三人出生的年代來看，陳維崧生於明天啓六年（1626），朱彝尊生於明崇禎二年（1629），王士禛則生於明崇禎七年（1634）。甲申（1644）國變時，陳維崧虛齡十九，朱彝尊虛齡十六，王士禛則僅有十一歲而已。加上陳氏家族與明末政治人物密切聯繫，所以面對家國巨變，感受自然要比朱、王兩人來得深刻。此外，如前所言，清初一連串株連極廣的案獄，打擊重點偏於江東南一帶，而王士禛出身於山東濟南的名門大族，既遠離風暴核心，對於江南一系列的大獄，感受也就比身處暴風圈的陳維崧來得淡漠〔註47〕。因此，如果說「詞爲小

〔註43〕〈答程彝仲推官〉2首之2，同上註，續集卷5，頁165。
〔註44〕〈與程正輔提刑〉24首之13，同上註，續集卷7，頁209。
〔註45〕蘇軾〈與鮮于子駿三首〉之二，同上註，續集卷5，頁141。
〔註46〕蘇軾〈與蔡景繁書十四首〉之四，同上註，頁152。
〔註47〕論者或據王士禛〈秋柳〉詩四首而反駁以上的說法，筆者要澄清的是，

道小技」是陳維崧藉以遠害全身,以致在創作上易詩爲詞,相對來說,也是王士禎「捨詞就詩」的主要關鍵。因爲詞既然只是小道小技,對王士禎而言,塡詞既然會損及詩格,基於創作上「同能不如獨勝」〔註48〕的考量,捨詞而就詩,才是一條合乎「性之所近」的創作路線吧!

再就朱彝尊而言,其籍貫爲浙江秀水(今浙江嘉興),曾祖朱國祚在明光宗時,雖然曾官至戶部尚書兼武英殿大學士,但是傳到朱彝尊時,「家已中落,變亂以後尤貧。」〔註49〕與陳維崧年少時的家門鼎盛不可同日而語。兼且朱氏家風一向謹畏小心〔註50〕,據《靜志居詩話》所載,甲申國變後,朱彝尊的生父朱茂曙平日「敝衣破帽,口不談天下事,惟與里中耆老,枯棋一局,濁醪數杯,以消暇日。詩不多作,作亦摧燒之,不復存也。」〔註51〕嗣父朱茂暉(原爲朱彝尊伯父)也在易代之後「遯荒謝客」〔註52〕,不再過問世事。叔父朱茂晥在崇禎末年,因預感天下即將動亂,故以「河北盜賊,中朝朋黨,亂

王士禎對於明、清易代之事,不可能毫無感受,但其程度相較於陳維崧而言,自是淡化許多。其次,〈秋柳〉詩是否即是感懷故國所作,亦頗有爭議,如嚴迪昌先生便認爲,王士禎作詩時,「行將成新進士,正處少年得志之時,他毫無必要以『弔明亡』之題招惹是非……他王士禎難道要發動一場『故國之思』的大酬唱,向新朝示威?這太不合情理,也不符合王氏一生所展示的『醇謹』的心性。」故而主張:「〈秋柳詩〉本事由鄭妥娘之類女子身世起而諷責福王朱由崧禍國,自取覆亡,似最妥切題旨。」參見氏著《清詩史》(台北:五南圖書出版公司,1998年),頁 422~423。

〔註48〕王士禎《花草蒙拾》云:「溫、李齊名,然溫實不及李。李不作詞,而溫爲花間鼻祖,豈亦同能不如獨勝之意耶?」《詞話叢編》冊1,頁 674。

〔註49〕鄧之誠《清詩紀事初編》卷7〈朱彝尊〉條下,頁 747。

〔註50〕鄧之誠《清詩紀事初編》,便以「謹畏過甚」來批評朱彝尊所編選的《明詩綜》,理由是:「明初文士罹禍者,多以傾危目之。所錄順康時人之作,稍觸忌諱,輒爲改削。」詳見卷7,頁 748。按:《明詩綜》雖然是朱彝尊晚年編選,但由朱氏的家風來看,「謹畏」應是其一貫的處世原則。

〔註51〕《靜志居詩話》(北京:人民文學出版社,1998年)卷 22〈朱茂曙〉條下,頁 714。

〔註52〕《靜志居詩話》卷 22〈朱茂暉〉條下,頁 670。

將成矣，何以時文爲？不如捨之學古。」〔註53〕勸朱彝尊改鑽研經典考據之學。結合朱氏謹畏小心的家風，與朱彝尊直到十七歲「始學爲詩」〔註54〕的背景，不難推知朱氏父叔輩在易代之際所選擇的「避禍」方式，是中斷抒寫情志的管道，既不爲時文，也不爲詩，改將心力投注於無關乎性情的經典考據上，使有心者無可乘之機。儘管詞體在當時有小道、小技之目，畢竟還是抒寫性情的工具之一，釜底抽薪之道，自然是一併捨之不爲，無怪乎朱彝尊在順治十年（1653）時仍「未解作詞」〔註55〕了。可見朱、陳兩人即使所處的時代相近，但因彼此家世背景與處世態度上的差異，使得兩人在詩詞創作上各自選擇了不同的路徑。至於《朱陳村詞》日後傳入禁中，則是屬於作品流傳層次上的問題，實非塡詞之初所能料想得到的，故而不宜將作品被接受、流傳的程度，與作者的創作動機混爲一談。

三、由陳維崧對詞體的正面評價論其「易詩爲詞」的緣由

如上所言，外在的地域與家世背景因素，固然讓陳維崧的創作重心由詩而逐漸轉移到詞作上，但如果陳維崧對詞體的認識還是停留在「雕蟲小技」、「應酬之作」的層次上，最後恐怕不是如朱彝尊一般，將心力轉而投注在「考古文字經義」上〔註56〕，便是結口鉗言，成了眞正的「凍鳥」了。而陳維崧所以能夠創作出一千六百多首詞作，並且「戀不更絃，老偏見獵」〔註57〕，絕非一時興至，而是對詞體有著

〔註53〕《靜志居詩話》卷22〈朱茂暚〉條下，頁715～716。

〔註54〕氏著〈荇谿詩集序〉，序文中竹垞自云：「予年十七，避兵夏墓，始學爲詩。」《曝書亭集》卷36，頁16。

〔註55〕朱彝尊〈陳緯雲紅鹽詞序〉云：「方予與其年定交日，予未解作詞」（《曝書亭集》卷40，頁2）。至於朱、陳兩人「定交」，當爲順治十年在吳門虎丘與嘉興鴛湖所舉行的「十郡社集」大會上。

〔註56〕氏著〈水村琴趣序〉，序文中竹垞自言：「予既歸田，考經義存亡，著爲一書，不復倚聲按譜。」《曝書亭集》卷40，頁6。

〔註57〕氏著〈葉桐初詞序〉：「嗟呼！曾聞長者，呵《蘭畹》爲外篇；大有

正面的評價使然。〈詞選序〉一文，實可視爲陳維崧推尊詞體、抨擊「詞爲小道」之說的宣言：

> 客或見今才士所作文，間類徐、庾儷體，輒曰：「此
> 齊、梁小兒語耳。」擲不視。是說也，予大怪之。又見世
> 之作詩者，輒薄詞不爲，曰：「爲輒損詩格。」或強之，
> 頭目盡赤。是說也，則又大怪，夫客又何知！客亦未知開
> 府〈哀江南〉一賦，僕射在河北諸書，奴僕《莊》、《騷》，
> 出入《左》、《國》，即前此史遷、班掾諸史書，未見禮先
> 一飯；而東坡、稼軒諸長調，又駸駸乎如杜甫之歌行與西
> 京之樂府也。蓋天之生才不盡，文章之體格亦不盡。上下
> 古今，如劉勰、阮孝緒，以暨馬貴與、鄭夾漈諸家，所臚
> 載文體，僅部族其大略耳。至所以爲文，不在此間。鴻文
> 鉅軸，固與造化相關；下而讕語卮言，亦以精深自命。要
> 之穴幽出險以屬其思；海涵地負以博其氣；窮神知化以觀
> 其變；竭才渺慮以會其通。爲經爲史，曰詩曰詞，閉門造
> 車，諒無異轍也。〔註58〕

此文可說是陳維崧詞論的總綱，故不憚其煩的長篇引述。從引文中，吾人可歸納出以下幾個重點。

首先，在推尊詞體方面，近代學者指出，明末清初的詞論家所犯的毛病大抵有二：一是「自縛於『詞雖小道』的框架內，滿足於『但是』後面做文章。」也就是一方面承認詞爲「小道」、「小技」，但又認爲詞有別於詩之特長，有詩所不能及之處，藉此爲詞體在創作上取得一席之地。二是「未及深察便急於上攀《詩》、《騷》」，亦即由形式上（如可歌、長短句、字數等）相近之處，推論詞乃源於《詩》、《騷》，藉此爲詞抹上一層「風雅」的色彩，以粉飾「小道小

時賢，斥《花間》爲小技。十年艷製，坐收輕薄之名；一卷新詞，橫受俳優之目。人譏周勃，僅解吹簫；世笑禰衡，惟工撾鼓。噬臍莫及，捫舌難追。乃猶戀戀不更絃，老偏見獵。」《陳迦陵文集》之《儷文集》卷7，頁22。

〔註58〕載於《陳迦陵文集》之《文集》卷2，頁14。

技」的瑕疵〔註59〕。陳維崧則不然，其以高屋建瓴、直探本原的方式，主張各種文體都是人類情志的表現，既然「天之生才不盡」，所以「文章之體格亦不盡」，各種文體的產生，是因時而變，各自有其存在的合理性與必然性，彼此間並沒有高下、貴賤之分。陳維崧的詞友任繩隗（植齋）以下所言，正可作為上述論點的註腳：

> 詩之為騷，騷之為樂府，樂府之為長短歌，為五、七言，為律、為絕，而至於為詩餘，此正補古人之所未備也，而不得謂詞劣於詩也。〔註60〕

既然各種文體都是文學發展演變的一環，因此，評定作品的優劣，應由作家所表達的內容為之，而不宜逕由文體來判別高下。以此類推，陳維崧故而肯定駢文如庾信的〈哀江南賦〉，徐陵在北方所寫的書信，皆可媲美《莊子》、《離騷》、《左傳》、《國語》、《史記》、《漢書》等鴻文鉅著；而蘇軾、辛棄疾所寫的一些長調之詞，在文學史上的價值，也毫不遜色於漢樂府及杜詩。透過對不同作家、不同體裁作品的比較，陳維崧打破了「詞為小道」的偏見，為詞體爭取了足與詩歌等量齊觀的創作地位，也賦予詞體有了媲美經、史的價值與意義。

　　此外，陳維崧清楚的意識到，要破除世人對於詞體的偏見，「倘非傑作，疇雪斯言？」〔註61〕而「傑作」的首要條件，則必須具備「鴻文鉅軸，固與造化相關；下而讕語卮言，亦以精深自命」的創作態度，亦即不論選用哪一種文體從事創作，作者的態度都應該「精深自命」、嚴肅認真。至於「精深」的具體表現，陳維崧指出：「穴幽出險以屬其思，海涵地負以博其氣，窮神知化以觀其變，竭才慮渺以會其通。」要求作者將才、學、思、氣貫注於作品當中，透過作品表現出作者深

〔註59〕以上所論兩點缺失，俱見方智范等合編之《中國詞學批評史》，頁206
～207。

〔註60〕氏著〈學文堂詩餘序〉，《直木齋全集》卷11，轉引自陳良運主編之《中國歷代詞學論著選》，頁377。

〔註61〕氏著〈曹實庵詠物詞序〉：「僕每怪夫時人，詞則呵為小道，倘非傑作，疇雪斯言？」《陳迦陵文集》之《儷文集》卷7，頁6。

思寬厚、會通達變的內在。

　　再者，既然詞的傑作是以作者「精深自命」的創作態度爲之，所以詞作的風格就不應侷限於一時一派。由於各地的風土、民俗不同，人的性情也千差萬別，誠如陳維崧〈今詞選序〉所云：

> 夫體制靡乖，故性情不異。弦分燥濕，關乎風土之剛柔；薪是焦勞，無怪聲音之辛苦。譬之詩體，高、岑、韓、杜，已分奇正之兩家；辛、陸、周、秦，詎必疾徐之一致？要其不窕而不槬，仍是有倫而有脊，終難左袒，略可參觀。〔註62〕

既然歷代各家的詞作都有可觀之處，所以不應偏袒某種詞風，而要多方吸取、參考各家之長。關於這一點，陽羨詞人蔣景祁的看法與陳維崧可謂有志一同，其云：

> 今詞家率分南、北宋爲兩宗，岐趨者易至角立。究之臻其堂奧，鮮不殊途同軌也。〔註63〕

詞作的優劣，應以作者所表現的情志作爲衡量的基準，因此，只要能表現出作者的內在情志與深湛之思，誠如田同之所云：「婉約固是本色，豪放亦未嘗非本色也。」〔註64〕刻意區分詞作爲婉約、豪放，南宋、北宋，並以此定優劣工拙，是沒有必要的。再者，填詞如果只是斤斤於字句文藻之間，因襲前人的成就，「向豪蘇膩柳尋藍本」〔註65〕，缺乏一己的獨創性，這種詞作直如蛙黽吵噪般，是一點價值也沒有的。

　　要之，陳維崧論詞是從文學流變的角度，肯定詞體存在的合理性與價值性，以此破除「詞爲小道」的成見，並藉由提升創作態度與內

〔註62〕同上註，卷7，頁30。

〔註63〕蔣景祁〈刻瑤華集述〉，《四庫禁毀書刊》集部第37冊《瑤華集》卷首。

〔註64〕氏著《西圃詞說》，載於《詞話叢編》冊2，頁1455。

〔註65〕氏著〈賀新涼·題曹實庵珂雪詞〉：「多少詞場談文藻，向豪蘇膩柳尋藍本。吾大笑，比蛙黽。」《陳迦陵文集》之《詞集》卷28，頁7～8。

容深度，來推尊詞體，使詞得以和經、史、詩歌相提並列。在詞作的風格上，強調凡是出於作者「精深自命」的傑作，儘管有婉約或豪放之別，皆可視爲本色、當行。以上這些對於詞體積極而正面的看法，相信才是陳維崧所以能「易詩爲詞」，並且專力爲之、老而不衰的眞正動力吧！

第二節　陳維崧以詞爲正、專力塡詞的表現

如前所云，陳維崧主張詞體在情志的表達功能上，與經、史與詩歌並無異轍；而詞體的風格雖有婉約、豪放之別，究其內在，則皆屬作者情志的表現，故不可左祖偏廢。上述的詞學觀，在陳維崧實際創作時，是否能夠落實踐履，充分體現出「精深自命」的創作態度，讓詞作的內容具有與經、史、詩歌等同的價值，在風格上婉約、豪放兼具，表現出「納雄奇萬變於令、慢之中」，「至無語不可入詞」的藝術特色呢？以下將分別就這幾項來探討其理論與作品結合的程度。

一、精深自命的創作態度

在陳維崧塡詞的歷程中，曾有四年左右的時間〔康熙十二年至康熙十六年〕，將創作心力專注於塡詞上〔註66〕，此後雖然詩、詞並行，但詞作的數量不但遠遠超過於詩作，在當時更足以傲視群倫，甚至遠邁前人，前所未有。然而詞學畢竟是「倚聲」之學，眞要寫出「當行本色語」，如果不諳倚聲之道的話，筆下詞作再多，不過是以「句讀不葺之詩」濫竽充數罷了，絕對無法以詞稱名當世的。關於這一點，論者或許根據《白雨齋詞話》對《迦陵詞》的指摘批評之辭，如「蹈揚湖海，不免叫囂」、「發揚蹈厲，而無餘蘊」〔註67〕，粗率地認定陳

〔註66〕陳宗石在爲其兄編撰《詩集》時，是採取編年方式爲之。但由於陳維崧「癸丑至丁巳，則肆力於塡詞。」所以「癸丑至丁巳」這幾年間，僅有丙辰（康熙十五年）收詩12首，丁巳（康熙十六年）更僅有詩作1首。參見陳宗石〈湖海樓詩集跋〉及《詩集》目錄。

〔註67〕二語分別見於《白雨齋詞話》卷1及卷3，載於《詞話叢編》冊4，

維崧對於倚聲之道定然不慊於心，實則不然。如陽羨詞人萬樹於《詞律》序言中指出：

> 戊申、己酉之間（按：康熙七年-八年，1668～1669），即與陳檢討其年論此志於金台客邸。[註68]

《詞律》的撰述目的，據萬樹於卷前自序所言，係針對當時詞壇上的不重「倚聲」之謬論：「謂詞以琢辭見妙、煉句稱工，但求選艷而披華，可使驚新而賞異。奚必斤斤於句讀之末，瑣瑣於平仄之微？」影響所及，使得清初詞壇盛行一股「但從順口，便可名家。於是篇牘汗牛，棗梨充棟。」的歪風。爲了導正風尚，所以萬樹藉由整理歸納各種詞集、詞選，以「考其調之異同，酌其句之分合，辨其字之平仄，序其篇之短長。務標準於名家，必酌中於各製。」以爲成書目的，期能釐清詞調的名稱、篇幅的長短、句式的節奏，用字的平仄等格律上的問題，使倚聲填詞者能有所宗。由上述引文可見，早在康熙七、八年間，陳維崧便曾針對詞的「聲音」之道與萬樹共同切磋、研究過。取《迦陵詞》印證觀之，詞集中所用的詞調共 416 種，倘若以萬樹《詞律》所收的 660 種詞調爲比較基準，則陳維崧所填的詞調，幾佔三分之二左右[註69]，許多僻澀的詞調陳維崧都實際填寫過，於填詞一道陳維崧確實是下過苦心鑽研的。

此外，在〈毛馳黃韻學通指序〉一文中，陳維崧透過「客問主答」的方式闡述其對韻學的看法。問者以「韻學」不過是「一藝之末，無大裨益。賢於博奕，而大異壯夫，足下固稱述之不置，何歟？」就教於陳維崧，由「稱述之不置」一詞，可見陳維崧對聲韻學是十分重視的。對於上述的「客問」，陳維崧的回答是：

> 自六季以降，暨於金、元詩歌，則有沈約、孫愐二韻，

頁 3775：頁 3838。

[註68] 載於《詞律》（台北：中華書局四部備要本）卷首。
[註69] 這是以陳維崧後期定稿的《迦陵詞》所作的統計，由於陳維崧曾對早、中期的詞作加以刪削修訂，可知實際數目應該更多，所填的詞調當亦不止此數。

詞、曲有周德清韻。新聲代啓，韻亦因之。以及宋吳才老　　棫，明楊用修慎，稍能通古，咸有綴輯，韻學彬彬傭已。　　若使擬贈婦、述祖之篇，而必押家爲姑；作吳逾越艷之體，　　而乃激些成亂。染指《花間》，而預爲車遮勸進；耽情南曲，　　而仍爲關鄭殘客無論。實大雅之罪人，抑亦是閨襜之別錄　　也。客何昧昧焉而不之考歟？〔註70〕

所謂「新聲代啓，韻亦因之」，何況詞爲「倚聲」之學，若昧於聲韻，詞作難免有「音如濕鼓」〔註71〕之弊，對於這一類的作品，陳維崧斥之爲「大雅之罪人，抑亦是閨襜之別錄。」從「罪人」、「別錄」的嚴厲措詞中，足見其對韻學的重視程度。對照陳維崧的詞作具體觀之，馬祖熙先生曾爲文指出《迦陵詞》用韻的特色爲：

　　　　一切奇韻險韻，一經其手，均似極爲平易。如〈滿江　　紅·詠雪〉八首，所用之韻腳『惡、霍、約、著、雀、卻、　　藥、鑰、索』等字，多半險窄，他用來寫『閨閣』、『塞外』、　　『樓中』等八種不同的環境，隨意驅遣，揮灑自如，看似　　細瑣之事，卻是他人能之者極少。〈賀新郎〉、〈念奴嬌〉等　　詞疊至十闋、十五闋者極多，〈蝶戀花〉戲字韻疊韻二十四　　闋，眞不知其有多少險韻詞彙。〔註72〕

所謂「看似尋常卻奇崛，成如容易卻艱辛」，能駕險韻、奇韻如履平地，中間必須經過多少的嘗試與磨練，才能臻於「意到筆隨，春風物化之妙。」〔註73〕可見陳維崧的詞作數目固然足以雄視今古，但從他對詞律及詞韻上所下的工夫來看，其以「精深自命」的態度塡詞是可以肯定的。

〔註70〕載於《陳迦陵文集》之《文集》卷3，頁5。
〔註71〕陳維崧〈詞選序〉批評時人塡詞之失，或者「神瞀審聲，斥爲鄭衛。　　　甚或纂弄俚詞，閨襜冶習，音如濕鼓，色若死灰。」同上註，《文集》　　　卷2，頁14。
〔註72〕氏著〈論《迦陵詞》〉，《詞學》第3輯（上海：華東師範大學出版社，　　　1985年），頁201。
〔註73〕此爲陳宗石稱美其兄詞作之言，見陳宗石〈迦陵詞集跋〉，載於《詞　　　集》卷後。

二、「爲經爲史、曰詩曰詞」的創作觀

在〈詞選序〉中，陳維崧主張詞作若是作者「精深自命」的產物，便具有媲美經、史、詩歌的價值。問題是，在陳維崧的觀念裡，經、史、詩歌的中心意蘊及價值到底爲何？爲了便於說明，以下先論述詞如何與經典、詩歌媲美，再進一步賞析陳維崧「以詞爲史」的具體創作成就。

1、詞可媲美經典、詩歌

在〈路進士詩經稿序〉中，陳維崧藉由主客問答的方式，闡述了《詩三百》所以列於經典的理由：

> 客問於陳子曰：「詩何以列於經也？」陳子曰：「先王之設詩也，將以宣美教化，扶進治術，倡導性情，疏解鬱悶。是以忠孝之旨，溫厚之思，莫尚於詩也。……詩之列於學宮也，非僅爲摹繪牽綴、淹麗奧博，遂足以成名也，務使詞必稱意，格必稱理，舉凡悲歡愉戚幽離蕩往之境，與夫鳥獸草木詭奇變譎之狀，一切澤之以正大而規之以和平。天子採其聲，可以定樂；君子聞其音，可以觀化。孰謂今之制義，非延涓之能事，夔曠之極致歟？〔註74〕

《詩經》所以被置入經典之列，能具有「經世久遠」的意義與價值，是因爲作品中傳達了「忠孝之旨，溫厚之思」的情感。《詩經》中的「意」（舉凡悲歡愉戚幽離蕩往之境）與「象」（鳥獸草木詭奇變譎之狀），莫不寓有「正大和平」的氣象，有助於宣美教化、扶進治術、倡導性情、疏解鬱悶。可見陳維崧論詩，仍不離乎「溫柔敦厚」〔註75〕的傳統詩教觀。至於「忠厚之旨」的具體表現，陳維崧在〈歷陽遺音序〉一文中，透過歷陽人戴本孝之口宣揚了他的意見：

〔註74〕《陳迦陵文集》之《文集》卷2，頁18。
〔註75〕陳維崧〈王阮亭詩集序〉云：「溫柔敦厚，則詩之教也。」（《陳迦陵文集》之《文集》卷1，頁4）。此外，〈與宋尚木論詩書〉中，陳維崧再次強調：「溫柔敦厚而不愚，則詩之爲教盡矣。」（《文集》卷4，頁7～8）。

> 古之君子，於其室廬、墳墓，俱有忠厚惻怛之懷，於
> 其所居山川、人物、輿俗、土風、災祥、氛祲、鳥獸草木，
> 皆有流連不能已之故，而況天時變於上，人事遷於下，盛
> 衰興廢之道，作於其間，有極難言者夫。〔註76〕

以上之說，實與陳維崧的家訓要旨有契合之處：

> （陳父）歲時伏臘，張少保公像於堂上，立維崧兄弟
> 輩於階下，而語之曰：「若知祖父之所來乎？讀書明大義，
> 幸無忘若祖父爲也。」〔註77〕

無忘先祖之所來、所爲，與對鄉土故居有「流連不能已」之情，這既
是「不忘本」之舉，也是君子「忠厚惻怛」的具體表現。因此，詞作
要具有媲美「經典」與「詩歌」的價值，就必須蘊涵「家國之思」與
「懷鄉感舊」之情。據此以觀《迦陵詞》，在歷經山崩海竭、日匿霜
零的時代動亂後，集中不時流露出濃厚的故國之思與黍離之懷，舉其
犖犖大者，如：

> 驀然卻想，三十年前，銅駝恨積，金谷人稀，劃殘竹粉，
> 舊愁寫向關西。惆悵移時，鎮無聊、掐損薔薇，許誰知？
> 細柳新蒲，都付鵑啼。（〈夏初臨・本意・癸丑三月十九日用明楊
> 孟載韻〉）〔註78〕

> 悠悠南朝風景，看幾遍桃紅，白了人頭，算劉郎易老，嬴
> 女難留。三十六宮何在？斜陽外，隱隱離愁。（〈鳳凰臺上憶
> 吹簫・秣陵懷古〉）〔註79〕

> 如今潮打孤城，只商女船頭月自明。嘆一夜啼鳥，落花有
> 恨，五陵石馬，流水無聲。（〈沁園春・題徐渭文鍾山梅花圖，同
> 雲臣、南耕、京少賦〉）〔註80〕

> 幾回搔首沈吟，歎今日深秋，前朝初夏，流光遞換。問何處、

〔註76〕同上註，卷3，頁9。
〔註77〕同上註，《文集》卷5，頁7。
〔註78〕同上註，《詞集》卷15，頁9。
〔註79〕同上註，卷14，頁13。
〔註80〕同上註，卷24，頁19。

更覓鈿車羅帕？傷心故苑，依然似天涯。客舍對秋風，強舉
金尊，又是夕陽西下。(〈瑤花・秋雨新晴登遠閣眺望〉)〔註81〕
情切、想故國。萬里日南，渺渺音塵絕。灰冷昆明，塵生
洱海，此恨擬和誰說？空對異鄉煙景，驀記舊家根節，春
去也，想蠻花犷鳥，淚都成血。(〈喜遷鶯・詠滇茶〉)〔註82〕

在上述所引的詞句中，不時可以看到「前朝」、「故國」、「舊家」等字
眼，以及大量出現「啼鳥」、「銅駝」、「鵑啼」、「夕陽」、「春去」等蘊
涵「亡國」象徵意義的詞彙。倘若進一步聯繫詞中的題目來看，不論
是登高望遠、見物感懷，或者是題畫、酬答之作，陳維崧都不免要借
題發揮，以詞作寄託其愴然的故國之情。

此外，《迦陵詞》集中的「感舊」之作，更可謂不勝枚舉，單就
題目中標明「感舊」字樣者而言，有逢年過節而感舊者，如〈驀山溪・
禊日感舊〉(《詞集》卷9)、〈天香・中元感舊〉(《詞集》卷15)、〈綺
羅香・清明感舊〉(《詞集》卷22)；有路經某地而感舊者，如〈八六
子・楓隱寺感舊〉(《詞集》卷10)、〈風流子・錫山慶雲庵感舊〉(《詞
集》卷24)、〈五綵結同心・過惠山蔣氏酒樓感舊〉(《詞集》卷24)。
而〈西河・春日偶過亳村故居〉一詞，題中雖未標明「感舊」字樣，
但就詞中的部分內容來看：

總難尋舊日鄰里，只有點波燕子，上雕梁絮語，墨花簾底，
似話王家當年事。〔註83〕

顯然是陳維崧重經舊地感懷之作。此外，由於陳維崧早年家門烜赫，
難免有流連風廊月榭之習與聲華裙屐之好。即使鼎革易代，舊日習尚
仍無法一時斷絕。陳維崧曾追憶往事道：

少年生在甲族，中外悉強盛，小樓前後捉迷藏，及黃
昏微雨畫帘諸景狀，往往有之。今雖遲暮矣，然而夢回酒
醒，崇讓宅中，光延坊底，二十年舊事，耿耿於心，庶幾

〔註81〕同上註，卷22，頁1。
〔註82〕同上註，卷22，頁4。
〔註83〕同上註，卷23，頁2。

－114－

不死而猶一遇也。以故前者之泡影，未能盡忘；過此之妄
想，亦未能中斷。〔註84〕

由此不難理解，何以在陳維崧的詞集中，經常出現因「觀劇」而感舊
憶昔的作品。例如：

落拓半生，好夢風和雨、都吹去。可憐白髮，重經酒旗戲
鼓。(〈黃鸝繞碧樹・冬夜觀劇感舊〉)〔註85〕

憶少年同學，半插華貂。我向江村潦倒，新年恨，比舊還
饒。(〈滿庭芳・清明前一日同雲臣溪干觀劇〉)〔註86〕

獨有江東詞客，爲家山路遠，倍增淒楚。回首朱門，略記
蟲娘庭戶。(〈綺羅香・初夏連夜於許茹庸仲修席上看諸郎演牡丹亭
有作〉)〔註87〕

歎烏衣誰認？王家舊巷，青衫難換，陸氏荒莊。(〈沁園春・
生署中觀劇詞以記事〉)〔註88〕

即使在觀劇的過程中，不免令人興起「鴻飛雪爪，往事難留」之嘆〔註
89〕，或是「故人萬里，昔夢千端，不勝白髮玲瓏之感。」〔註90〕但
至少在光鮮亮麗的舞台上，可以一晌貪歡，重溫往日美好時光；在人
生如戲的觀照下，對於現實的興衰變化，也較能處之泰然吧！

此外，若以「於其所居山川、人物、輿俗、土風、災祥、氛祲、

〔註84〕〈王西樵炊聞卮語序〉，《陳迦陵文集》之《文集》卷2，頁7。
〔註85〕《陳迦陵文集》之《詞集》卷15，頁13。
〔註86〕同上註，卷13，頁8。
〔註87〕同上註，卷22，頁7。
〔註88〕同上註，卷25，頁5。
〔註89〕詳見氏著〈金菊對芙蓉〉，詞另附題記事：「南歸前一日，侯氏堂中觀
演西廂記，七年前余初至梁園，仲衡爲我張筵合樂，即此地也。撫
今追昔，不禁人琴之感，詞以寄懷。」詞中下片抒寫因觀劇而引發
的感懷：「悵朱門舊宅，紅粉前遊。光陰負我堂堂去，空遺下、庭砌
清幽，闌干醉拍，飛鴻雪爪，往事難留。」《詞集》卷16，頁13。
〔註90〕詳見氏著〈五綵結同心〉，詞下小序云：「己卯冬杪，與蘭次飲惠山蔣
氏酒樓。翠袖紅絃，談諧甚劇。酒半，忽遇廣陵高生至，記與山陰
友人紅橋狎讌，時匆匆已十三年矣。故人萬里，昔夢千端，不勝白
髮玲瓏之感，詞以寄慨。」《詞集》卷24，頁7。

鳥獸草木，皆有流連不能已之情。」來考察《迦陵詞》，陳維崧在這方面的表現堪稱是大手筆、大氣魄。如《詞集》卷1以35首〈望江南〉描寫江南風光、宛城舊遊，及其寄居如皋等種種情事。《詞集》卷6，更是一口氣寫了24首以「戲」爲結字的〈蝶戀花〉，並分別以「四月荊南」、「五月荊南」、「六月荊南」爲首句，以描繪荊南的風土民情。這種一調二、三十首的創作表現，並不僅限於小令、中調，即使是〈滿江紅〉之類的長調，陳維崧也遊刃有餘的寫了10首「江村夏詠」。若將這些詞作合輯並觀，實可視爲是另一部陽羨的風土人物志了。

由以上論述可知，陳維崧詞作中寓有濃厚的故國之思、懷舊之感與流連鄉土之情，充分表露其「忠厚惻怛之懷」。若以其評賞任繩隗詞集之語：「斯詞也，以爲《金荃》之麗句也，抑亦《夢華》之別錄也？」〔註91〕轉爲自評、自道，孰謂不宜？其詞集所以能具有與詩歌、經典媲美的價值，理即在此。

2、「以詞為史」的創作觀

陳維崧《迦陵詞》中所表現的「以詞爲史」的特色，可由其以詞體來記載「時事」，與在詞作中所展現的「史識」分別論述之。

先就以詞體記載時事而言。陳維崧〈酬許元錫〉一詩，透露其曾師事陳子龍及吳偉業學詩的經歷〔註92〕。大體上，其律詩受陳子龍影響較深，而歌行、樂府則多由吳偉業變化而來〔註93〕。吳偉業的長篇

〔註91〕氏著〈任植齋詞序〉，《文集》卷2，頁13。《夢華》者，指宋人孟元老所撰《東京夢華錄》一書，爲作者南渡後，追憶北宋東京（汴梁）繁華盛景而作。此外，陳維崧〈樂府補題序〉亦以「飛卿之麗句，不過開元宮女之閒談；至於崇祚之新編，大都才老《夢華》之軼事也。」來概括《樂府補題》一書的性質。《儷文集》卷7，頁33。

〔註92〕本詩收錄於沈德潛編選的《清詩別裁集》卷11，頁449，但商務版四部叢刊本《陳迦陵文集》之《詩集》並未著錄。由詩中「華亭（陳子龍）嘆我骨格奇，教我歌詩作樂府。二十以外出入愁，飄然竟從梅村遊。」可知陳維崧曾師事陳子龍與吳偉業。

〔註93〕如楊際昌《國朝詩話》卷2所云：「予觀其集，歌行佳者似梅村，律佳者似雲間派。」載於《清詩話續編》，頁1725。

歌行，世稱「梅村體」，其特色在於：「內容上主要描摹明清之際各階
層的人物情態，頗具影響的政治歷史事件；形式上嚴格律，重鋪敘，
詞句清麗，音節和婉。這種長詩表現出既委婉含蓄，又沈著痛快的藝
術特色。」〔註94〕而「梅村體」的影響，不僅反映在陳維崧的《詩集》，
在其《詞集》中也有顯著的師承印記。

　　詞體歷來多被用以抒寫歌筵酒席、宴嬉逸樂的情狀，或是以代言
體方式表現閨怨相思之情，至於抒寫生民之哀或反映時事者，則多以
詩或古文爲之。在這一點上，陳維崧可謂突破了前人的窠臼，將反映
時事、抒寫生民之哀的題材引進詞體中。《詞集》中有一組〈南鄉子・
江南雜詠六首〉，以精簡的筆墨，描繪百姓受困於水災、瘟役，並面
臨官吏催稅逼租，只得折價賣米、橫遭剝削的情況，士人也因破產而
淪爲「屠沽並傭保」〔註95〕。此外，〈金浮圖〉一詞之前序云：「夜宿
翁村，時方刈稻，苦雨不絕，詞記田家語。」記載了當時農家因苦雨
不絕而愁雲慘霧的情景：

> 爲君訴，今年東作，滿目西疇，盡成北渚。雨翻盆，勢欲
> 浮村去。香稻波飄，都作沈湘角黍。咽淚頻呼兒女，甕頭
> 剩粒，爲客殷勤煮。　話難住，茅簷點滴，短檠青熒，床
> 上無乾處。雨聲乍續啼聲斷，又被啼聲、剪了半村雨。搖
> 手亟謝田翁，一曲淋鈴，不抵卿言苦。〔註96〕

詞中的「雨聲乍續啼聲斷，又被啼聲、剪了半村雨」，生動地描繪出
農家在洪水泛濫、收成無著的情況下，啼聲與雨聲相雜的慘境。又如
〈水調歌頭・夏五，大雨浹月，南畝半成澤國，而梁溪人尙有畫舫遊
湖者，詞以寄慨〉一詞，小題清楚地表達了對農民慘遭水患的同情，
並對官吏無動於衷、依舊遊湖享樂的譴責〔註97〕。如果說以上所寫的

〔註94〕語見劉世南《清詩流派史》（台北：文津出版社，1995 年）〈婁東詩
　　　　派〉一節，頁 108。
〔註95〕《陳迦陵文集》之《詞集》卷 1，頁 5。
〔註96〕《詞集》卷 14，頁 14。
〔註97〕同上註，卷 14，頁 8。

多爲「天災」對百姓所造成的危害，則〈賀新郎・繹夫詞〉，便是由「人禍」的角度，記錄了清廷爲平定三藩之亂，「徵發櫂船郎十萬」，以致農村雞飛狗跳，人心惶惶，田中作物乏人收成的情狀。詞中下片並藉由「草間病婦」與「丁男」臨別前的對話：

> 「此去三江牽百丈，雪浪排檣夜吼，背耐得、土牛鞭否？」
> 「好倚後園楓樹下，向叢祠倩巫澆酒，神佑我，歸田畝。」
> 〔註98〕

透露了百姓在戰亂時命如草芥的輕賤與悲哀。在形式上，本詞同時具有樂府、歌行夾雜對話敘事的性質，嚴迪昌先生遂稱許本詞是：「以詞的形式抒寫類似杜甫〈三吏〉、〈三別〉的主題，是陽羨宗主陳維崧的創新發展，從而爲詞史譜就了新的一章。」〔註99〕此外，〈八聲甘州・客有言西江近事者，感而賦此〉上片云：

> 說西江近事最銷魂，啼斷竹林猿。嘆灌嬰城下，章江門外，
> 玉碎珠殘。爭擁紅妝北去，何日遂生還。寂寞詞人句，南
> 浦西山。〔註100〕

詞中所說的「西江近事」，是指順治五年（1648），因南明永曆政權內部分裂，清兵攻陷江西、南昌等地，致使百姓家破人亡、妻離子散。詞中「爭擁紅妝北去」一句，揭露了清兵掠奪婦女的罪行。《詞集》中另有一首〈賀新郎〉題爲：「新安陳仲獻客蜀總戎幕府，嘗贖一俘婦，詢之，蓋仕族女也。仲獻閉置別館，召其夫還之。」〔註101〕也是由側面記錄清兵侵蜀，蹂躪婦女的暴行。甚至清初因連年戰禍，屍橫遍野，以致康熙十三年（1674）十月初五夜半，梁谿（常州屬邑）一帶傳來「夐然長鳴，乍揚復沈」的鬼聲，徹夜未停一事，陳維崧也在詞中記載這件異事，藉由淒厲的鬼聲來折射人間的動盪與烽火連天的史實〔註102〕。

〔註98〕同上註，卷27，頁3～4。
〔註99〕氏著《清詞史》，頁181。
〔註100〕《陳迦陵文集》之《詞集》卷15，頁8。
〔註101〕同上註，《詞集》卷27，頁2。
〔註102〕同上註，《詞集》卷25〈沁園春〉，頁7。

　　再以詞中所表現的「史識」而論，陳維崧追憶十四歲時，曾寫了一篇題爲「葉公語孔子及太師摯適齊邦君之妻諸全章」的文章，其師吳應箕（吳子班之父）閱後，大爲讚賞，譽以「良史才也」。陳維崧日後又寫了〈假道於虞以伐虢文〉，吳應箕讀後，更加欣喜，評曰：「此弦高之智也。」又一日，陳維崧復作〈霍光論〉，內容大意在指責霍光不能及早選定保傅，輔助昌邑王，及至廢立昌邑王時，又僅決行於田延年，實無古大臣禮。吳應箕讀後「益大奇之」。由於吳應箕「平日於書無所不窺，而尤精熟於史」，故其教導陳維崧爲詩，「亦必令其精熟於史」〔註103〕。了解這層背景後，也就不難明白陳維崧是如何寓「史識」於詞作當中了。

　　以〈西江月・過投金瀨懷古〉一詞爲例，陳維崧從「有女江頭擊絮」聯想起與浣沙、漂絮女子相關的史事：

　　　　覆楚爭誇伍相，沼吳又說西施。淮陰往事亦如斯，成敗皆
　　　　由女子。〔註104〕

伍子胥、韓信都曾受江邊漂絮女子的資助，而吳王夫差則因越國浣沙女西施而亡國，末句以「成敗皆由女子」收束，可謂警策。同卷〈虞美人・靈壁縣虞姬墓下作〉，上片以項王的口吻，道出「八千子弟來江左，剩喑嗚我誰歟？」的末路之悲，下片則爲虞姬代言，以「賤妾孤墳，長在大王前」頌讚虞姬的節烈。其以〈汴京懷古〉爲題的 10 首〈滿江紅〉，分別就夷門、博浪城、廣武山、官渡、金明池等古蹟抒寫感懷。就「夷門」一首觀之，詞中下片云：

　　　　攝衣坐，神閒暇；北向剄，魂悲吒。行年七十矣，翁何求
　　　　者？四十斤椎眞可用，三千食客都堪罵。使非公，萬騎壓
　　　　邯鄲，城幾下。〔註105〕

短短數語，不僅刻劃了侯嬴的神態，也點出侯嬴獻計信陵君，竊得兵

〔註103〕參見〈吳子班贊史漫衡序〉，同上註，《文集》卷3，頁1～2。
〔註104〕《陳迦陵文集》之《詞集》卷4，頁1。
〔註105〕同上註，卷12，頁1。

符，並推薦力士朱亥擊殺晉鄙奪得兵權，終於卻秦救趙的史事。末句
「使非公，萬騎壓邯鄲，城幾下」數語，如同史傳文末的「史公曰」、
「史臣曰」，對歷史人物的事蹟提出一己的見解與客觀的評價。又如
〈滿江紅‧秋日經信陵君祠〉，陳維崧亦以之抒寫其秋日經信陵君祠
的感懷。詞中以侯嬴自比，但在現實際遇中，卻有感於無法結識憐才
愛才的信陵君而老淚縱橫，因而對信陵君與侯嬴遇合的史事稱美不置
〔註106〕。此外，〈念奴嬌‧鉅鹿道中作〉一詞，陳維崧也對於張耳、
陳餘曾爲刎頸交，卻好景不常，「末路相傾覆」的史事歎息不已〔註
107〕。〈賀新郎‧讀漢書李陵傳〉一詞，則以「陵既辜恩漢負義，睨
刀環再辱，男兒怕，高高月，長城挂。」〔註108〕既道出李陵投降匈
奴的委曲，也對漢朝的寡恩有所批評。凡此種種，皆可見陳維崧精熟
史書，並具有「良史才」的特質所在。

三、婉約、豪放兼長並擅

如前所云，陳維崧〈今詞選序〉主張「辛、陸、周、秦，詎必疾
徐之一致？」故「終難左右袒，略可參觀」〔註109〕。詞友在評論其
詞作時，也多以婉約、豪放「兼長並擅」的角度稱譽其詞，如高佑釲
謂陳維崧詞：「銅琵鐵板，殘月曉風，兼長並擅。」〔註110〕又如蔣景
祁所言：「取材非一體，造就非一詣，豪情艷趣，觸緒紛起」、「以爲
蘇、辛可，以爲周、秦可，以爲溫、韋可，以爲《左》、《國》、《史》、
《漢》、唐宋諸家之文亦可。」〔註111〕即爲代表性的評論。但在相隔
一段時間後，晚清的詞評家卻多以「橫霸」、「雄奇」等字眼論斷迦陵
詞，並將之歸於蘇、辛豪放一派，以下可舉陳廷焯及蔣兆蘭之說以概

〔註106〕同上註，卷12，頁13。
〔註107〕同上註，卷17，頁12。
〔註108〕同上註，卷27，頁10。
〔註109〕《陳迦陵文集》之《儷文集》卷7，頁30。
〔註110〕高佑釲〈迦陵詞集序〉，載於《詞集》卷首。
〔註111〕蔣景祁〈陳檢討詞鈔序〉，載於鼎文書局版《清詞別集百三十四種》
　　　　第2冊《湖海樓詞》卷首。

見一斑：

> 陳其年詞，縱橫博大，海走山飛，其源亦出蘇、辛，而力量更大，氣魄更勝，骨韻更高，有吞天地、走風雷之勢。前無古，後無今。〔註112〕

> 清初陳迦陵納雄奇萬變於令、慢之中，而才力雄富，氣慨卓犖，蘇、辛派至此，可謂竭盡才人能事。後之人無可措手，不容作，亦不必作也。〔註113〕

陳廷焯甚且認爲「閒情之作」本非陳維崧所長〔註114〕。以上這兩種不同的評論，究竟何者較能貼近陳維崧的詞作的面貌呢？

據蔣景祁〈陳檢討詞鈔序〉所載，王士禛官揚州時，陳維崧曾聯同鄒祇謨、董以寧等人與王士禛塡詞唱和。當時的詞作雖有部分被選入王士禛所編選的《倚聲集》中，但這些作品因屬初學試作，加以內容、風格未臻成熟，故日後多被陳維崧「棄去」，甚至有人誦讀其中逸句，也「嘁嘔不欲聽」，這是其矢志爲《烏絲詞》的緣由。《烏絲詞》刻後，陳維崧意猶未盡，遂又將胸中「磊砢抑塞之意」與「生平所誦習經史百家古文奇字」於詞發之，最後把近十年所累積的詞作，與從《烏絲詞》中刪汰所存的部分詞作，彙爲一書，名爲《迦陵詞》。理解了《烏絲詞》與《迦陵詞》的成書先後經過，以下在探討陳維崧前、後期詞風轉變時，遂以這兩本詞集作爲考察的依據。

以陳維崧前期詞作而言，由於陳維崧曾經師事陳子龍，在王士禛主持廣陵（揚州）詞壇時（順治十七年至康熙四年，1660～1665），也與王士禛及其他廣陵詞人唱和不輟。在師友的相互影響下，陳維崧前期詞作難免會塗染上五代《花間》及北宋婉麗的色彩，由以下詞例觀之：

> 春閨金麥微微響，青鳳脛、輕移銀網。睡眼恰初瞳，一片紅酥漾。　鄰姬眉黛遙山樣，怪昨日、邀儂相賞。遮莫繡

〔註112〕陳廷焯《詞壇叢話》，載於《詞話叢編》冊4，頁3731。
〔註113〕蔣兆蘭《詞說》，《詞話叢編》冊5，頁4633。
〔註114〕氏著《白雨齋詞話》卷3，載於《詞話叢編》冊4，頁3844。

簾前，有箇人張敞。(〈海棠春・閨詞和阮亭原韻・曉妝〉)〔註115〕

本詞乃陳維崧與王士禛的唱和之作，從詞作的內容不難想見清初廣陵詞壇的塡詞風尚。至於其他具有「花間格調」的作品，馬祖熙先生研究指出，如〈攤破浣溪沙・冬閨〉：「學縎翻荷新樣髻，日將西」、「獨對水仙花絮語，太凄迷。」與〈河瀆神・題秦郵露筋詞〉：「漠漠雨絲飄碧瓦，人在女郎祠下。一樹紅梨開謝，明朝又是春社。」這些詞作：「既有客觀的描繪，又有主觀的抒情」，「神韻俱足，淡雅入化，自是花間格調。」〔註116〕此外，《烏絲詞》中所收錄的作品，也不乏「和漱玉韻」、「和柳永韻」等標題者〔註117〕。卷1並收錄8首〈菩薩蠻〉，分別以乍遇、奕棋、私語、迷藏、彈琴、讀書、潛窺、秘戲爲題，來描繪美人的各種情態。同卷與王士禛唱和題名爲閨詞的〈海棠春〉，就有8首之多，卷2也收錄了10首題名爲「紀艷」的〈蝶戀花〉。從這些低迴哀怨、情致纏綿的和韻詞與閨情詞中，不難理解何以王士禛會稱賞陳維崧爲「雲間詞派」入室登堂的高徒〔註118〕了。

陳維崧前期塡詞雖然是由聲情甡柔的婉約詞調入手，但因其生性落拓不羈，以致「出語每排奡，作人鄙文弱。」〔註119〕因而《烏絲詞》亦不乏風格「雄健」之作。如晚清詞家陳廷焯即云：「其年〈滿江紅〉諸闋，縱筆所之，無不雄健。」〔註120〕其後所舉的數則詞例中，如「生子何須李亞子，少年當學王疊首。對君家兩世濕青衫，吾

〔註115〕氏著《烏絲詞》卷1，頁21。
〔註116〕馬祖熙〈論《迦陵詞》〉，《詞學》第3輯，頁200。
〔註117〕和李清照之作，如《烏絲詞》卷1〈醉花陰・重陽和漱玉韻〉，頁27；卷3〈鳳凰臺上憶吹簫・和漱玉詞〉，頁68。和柳永之作如《烏絲詞》卷1〈少年遊・感舊和柳屯田〉，頁25。
〔註118〕見鄒祇謨《遠志齋詞衷》：「阮亭常爲予言，詞至雲間，《幽蘭》、《湘眞》諸集，言內意外，已無遺議」、「阮亭既極推雲間三子，而謂入室登堂者，今惟子山、其年。」由王士禛對雲間詞人的推崇，可知其視陳維崧爲雲間詞派的「入室登堂」者，乃屬高度的評價。載於《詞話叢編》冊1，頁651。
〔註119〕《詩集》卷3〈哭故友周文夏侍御五言古一百韻〉，頁2。
〔註120〕《白雨齋詞話》卷3，載於《詞話叢編》冊4，頁3840。

衰醜」、「上黨地爲天下脊，使君文在先秦上」、「被酒我思張子布，臨江不見甘興霸。」以上三首詞作，皆載於《烏絲詞》卷3當中。同卷中另有〈念奴嬌・乙巳中秋用東坡韻寄廣陵諸舊遊〉，以及〈永遇樂・京口渡江用辛稼軒韻〉，也都是與蘇、辛毗剛詞風相近的詞作。

　　要之，陳維崧前期詞集《烏絲詞》，因受師友塡詞的影響，以毗柔婉約的小令、中調之作居多。但因陳維崧生性豪爽放誕，此所以《烏絲詞》中亦不乏風格雄健的長調詞作。

　　隨著時移世易與家道中衰，陳維崧也由年盛氣得、俯仰顧盼的貴公子，逐漸淪爲坎坷歷落、饑驅四方的江湖客。影響所及，陳維崧後期的詞作遂多以「豪放」爲主調。陳廷焯在詞話中所所標舉的那些具有「英思壯采」〔註121〕、「聲色俱厲」〔註122〕、「飛揚跋扈，不可羈縛」〔註123〕的作品，便多收錄於後期的《迦陵詞》。此外，《迦陵詞》中屢見以同調同韻一口氣塡寫數首詞的情況〔註124〕，更顯現出陳維崧才大縱橫的氣魄。但這並非意味著陳維崧從此「捨婉約而就豪放」，因爲後期的詞作〔註125〕中，仍有不少「婉麗嫻雅」的長調之作而爲詞評家所稱賞不置者。如吳梅先生論陳維崧詞，即特別標舉〈江南春・本意和倪雲林韻〉一首作爲陳維崧「不獨工於壯語」〔註126〕的例證，就本詞下片觀之：

　　　　人歸遲，春去急，雨絲滿院流光濕。錦書遠道嗟奚及，坐

〔註121〕陳廷焯以「英思壯采，何其橫霸如此」評陳維崧《詞集》卷18〈沁園春・遊京口竹林寺〉一詞。《白雨齋詞話》卷3，載於《詞話叢編》冊4，頁3841。

〔註122〕同上註，《詞話叢編》冊4，頁3839。

〔註123〕同上註，《詞話叢編》冊4，頁3843。

〔註124〕如《迦陵詞》卷18〈念奴嬌〉以同一韻塡詞6首，卷27〈賀新郎〉的同韻之作更有15首之多，卷28〈賀新涼〉以感懷爲題，用同韻寫就者亦有8首，其他再用同韻、三用同韻、四用同韻者，更是不勝枚舉。

〔註125〕以下所舉的詞作，如〈江南春〉、〈長亭怨慢〉、〈月華清〉，皆未見於《烏絲詞》中，故應爲後期所作。

〔註126〕吳梅《詞學通論》第9章「清人詞略」陳維崧部分，頁162。

守吳山一春碧。何日功成還馬邑，雙倚琵琶花樹立。夕陽
飛絮化爲萍，攬之不得徒營營。〔註127〕

「雨絲滿院流光濕」乃化用馮正中〈南鄉子〉「細雨濕流光」句而來，
詞中以他日功成還邑、雙倚花樹的美好，以映襯眼前春去影單的悽
清，末句則以「夕陽飛絮化爲萍，攬之不得徒營營。」抒寫思婦纏
綿悽惻之情，頗具低徊宛轉之致。此外，吳梅先生也舉詞集中的〈丁
香‧竹菇〉、〈齊天樂‧遼后妝樓〉、〈過秦樓‧疏香閣〉、〈愁春未醒‧
春醒〉、〈月華清〉諸闋詞爲例，證明《迦陵詞》中「婉麗嫻雅」之
作，與浙西詞宗朱彝尊詞相比，實不遑多讓〔註128〕。馬祖熙先生則
推崇〈長亭怨慢‧夏日吳中寄內〉(《詞集》卷15) 一詞，以爲本詞「無
限柔思，只從移床、喚茗、晚妝、賭書、夜課等歡聚時納涼瑣事的
回憶中寫來，不帶綺羅香澤的氣息，迦陵自是寫情能手。」〔註129〕
至於〈月華清‧讀《芙蓉齋集》，有懷宗子梅岑，並憶廣陵舊遊〉一
首，更是廣受好評〔註130〕。詞的上片回憶往昔春天月夜，情侶相伴
遊船的旖旎風光，下片筆調一轉，以「如今光景難尋」，將遊蹤歡情，
一掃而盡：

如今光景難尋，似晴絲偏脆，水煙終化。碧浪朱欄，愁殺
隔江如畫。將半帙南國香詞，作一夕西窗閒話。被淚痕沾
滿，銀箋桃帕。〔註131〕

昔日的美好情景，如今風流雲散，今昔對比之下，讀來備感淒涼冷清。
　　綜合以上論述，可見「銅琵鐵板」之類的豪放詞雖然是陳維崧後
期詞作的主調，但聲情妣婉的詞調，陳維崧依舊寫得綢繆宛轉、有聲

〔註127〕《陳迦陵文集》之《詞集》卷24，頁6。
〔註128〕吳梅《詞學通論》，頁162。
〔註129〕馬祖熙〈論《迦陵詞》〉，《詞學》第3輯，頁199。
〔註130〕本詞的藝術成就除了受到吳梅及馬祖熙兩位先生的肯定外，陳廷焯
　　　　《白雨齋詞話》卷3中，更將此詞視爲「最愛」，以爲此詞在「淋漓
　　　　飛舞中，仍不失雅正，於宋人中，逼近美成。」《詞話叢編》冊4，
　　　　頁3838。
〔註131〕《詞集》卷16，頁5。

有色，故知陳廷焯所謂：「閑情之作，非其年所長。」〔註132〕之說，
實有待商榷。就填詞的整體表現而言，以「婉約、豪放兼長並擅」稱
美迦陵詞，並無溢美、過譽之嫌。但若將評論的焦點轉移到陳維崧足
以凌駕眾人的傑出成就，則固當以陳廷焯所賞譽的「英思壯采」、「飛
揚跋扈」之類的詞作爲主，而陳維崧的詞作所以常被目爲「效法蘇、
辛」〔註133〕，理即在此。

第三節　陳維崧詩、詞正變觀與創作之比較

　　理解了陳維崧詞論的重點與其專力填詞的創作成就後，以下再進
一步就其詩、詞正變觀與創作之異同作比較。

一、陳維崧詩、詞正變觀之比較

　　陳維崧〈酬許元錫〉一詩曾自言：「憶昔我生十四、五，初生黃
犢健如虎。華亭嘆我骨格奇，教我歌詩作樂府。」〔註34〕對照〈許漱
石詩集序〉所言：「憶余十四、五時，學詩於雲間陳黃門先生，於詩
之情與聲十審其六七矣。」〔註135〕可知陳維崧曾師事陳子龍學習掌
握詩中的「聲」、「情」之道，甚至連陳維崧言詩必稱「溫柔敦厚」的
詩教觀，也與陳子龍有相近之處，由以下引文觀之：

　　　　所謂詩亡，非作詩者亡，而作詩之教先亡也。溫柔敦
　　厚，則詩之教也。〔註136〕

　　　　先王之設詩也，將以宣美教化，扶進治術，倡導性情，

〔註132〕《白雨齋詞話》卷3，載於《詞話叢編》冊4，頁3844。
〔註133〕如蔡嵩雲《柯亭詞論》在分清詞派別時，曾云：「陽羨派倡自陳迦陵，
　　　　吳蘭次、萬紅友等繼之，效法蘇、辛，惟才氣是尚。」將陽羨派歸
　　　　於清詞史的第一期當中，並以「效法蘇、辛」作爲該派的特色。載
　　　　於《詞話叢編》冊5，頁4908。
〔註34〕收錄於沈德潛《清詩別裁集》（上海：上海古籍出版社，1981年）卷
　　　　11，頁449。按：本詩在陳維崧《詩集》中並未收錄。
〔註135〕《文集》卷1，頁15。
〔註136〕〈王阮亭詩集序〉，同上註，卷1，頁4。

> 疏解鬱閟。是以忠孝之旨，溫厚之思，莫尚於詩也。〔註137〕
>
> 　詩者，先民所以致其忠厚，感君父而饗鬼神也。……
> 溫柔敦厚而不愚，則詩之爲教盡矣。〔註138〕

論詩主「溫柔敦厚」之旨，強調詩歌具有「宣美教化、扶進治術、倡導性情、疏解鬱閟」的功能，與陳子龍以下論詩要旨可謂相通：

> 　詩由人心生也，發於哀樂而止於禮義。故王者以觀風俗、知得失，自考正也。
>
> 　夫作詩而不足以導揚盛美，刺譏當時，託物連類而見其志，則是風不必列十五國，而雅不必分大小也。雖工，余不好也。〔註139〕

作詩以「導揚盛美」、「刺譏當時」，使當政者能「以詩觀化」，因詩而「知得失，自考正」的詩教觀，陳子龍與陳維崧的看法可謂如出一轍，亦可知陳維崧所承紹於陳子龍的，並非僅只是詩之「聲」與「情」之道而已。

　嚴格來說，「溫柔敦厚」的詩教觀，誠如沈德潛《清詩別裁集》卷前之〈凡例〉所謂：「詩之爲教，不外孔子教小子、教伯魚數言，而其立言一歸於溫柔敦厚，無古今一也。」是具有歷時性與共通性的。然而處於時代動亂之際，陳子龍即使重視詩教作用與溫柔敦厚之旨，卻也逐漸意識到「勢當流極，運際板蕩」時，詩人因「憂憤而思大諫」〔註140〕，不得不維音曉曉而近於悸直，如同發瞆震聾不能取於曼聲，拯溺援陷不能以緩步是一樣的道理。此外，由黃宗羲對於「今之論詩者，誰不言本於性情？」所作的批評來看，其言：「彼以爲溫柔敦厚之詩教，必委蛇頹墮，有懷而不吐，將相趨於厭厭無氣而後已。」〔註141〕以及

〔註137〕〈路進士詩集稿序〉，同上註，卷2，頁18。

〔註138〕〈與宋尚木論詩書〉，同上註，卷4，頁8。

〔註139〕二則引文分見《陳子龍文集》（上海：華東師範大學出版社，1988年）之《陳忠裕全集》卷25〈皇明詩選序〉，頁16～17；卷25〈六子詩序〉，頁25。

〔註140〕氏著〈左伯子古詩序〉，《陳子龍文集》之《安雅堂稿》卷3，頁11。

〔註141〕氏著〈萬貞一詩序〉，《黃宗羲全集》（杭州：浙江古籍出版社，1985

王夫之對於「溫柔敦厚」所作的新詮:「詩教雖云溫厚,然光昭之志,無畏於天,無恤於人,揭日月而行,豈女子小人半含不吐之態乎?〈離騷〉雖多引喻,而直言處亦無所諱。」〔註142〕可見溫柔敦厚的詩教雖然沒有古今之別,但在時局板蕩之際,還是有必要加以調整、修正,才能適切的反應出時代的特色。但這種「與時變化」的內容,在陳維崧的詩教觀中卻看不到應有的反省與調整,與其「爲經爲史,曰詩曰詞」的論詞態度相較,其詩論的保守與固舊,更加相形見絀。

此外,就陳維崧對詩體正、變的看法而言,其友人李澄中指出:「其年少與陳臥子、李舒章遊,其持論多祖述歷下(李攀龍),中年始窮極變化。」〔註143〕陳維崧論文如此,論詩何嘗不然。試觀其以下對於各種詩體典範所發表的議論:

> 五言必首〈河梁〉、建安;七言必首垂拱四子以及高、岑、李、杜;五律貴王、孟,七律善學維、頎,排律沈、宋最擅其長,絕句王、李獨臻其勝。〔註144〕

引文中除「五古」一體外,其他各體所標舉的典範皆不出唐人範圍,可見其前期論詩明顯有「以唐爲正」的傾向,流露出濃厚的師承特色。印證於陳維崧之弟陳維岳所寫的〈湖海樓詩集跋〉,文中大略將其的詩作歸爲「三變」,其中的「一變」與「二變」分別是:

> (大兄)少而師事雲間陳大樽先生,爲詩高渾鮮麗,出入於於陳、杜、沈、宋、高、岑、王、孟,參以溫、李,含英咀華,風味不墜,所謂湖海樓少作《湖海樓稿》者是也。既而客遊羇旅,跌蕩頓挫,浸淫於六季、三唐,才情流溢,而詩一變,所謂《射雉集》者是也。〔註145〕

陳維崧不論是少作《湖海樓稿》或是客遊羇旅所作的《射雉集》,大

年)第 10 冊,頁 94。

〔註142〕氏著《薑齋詩話》卷下第 37 則,《清詩話》頁 16。

〔註143〕李澄中〈迦陵文集序〉,序文載於《陳迦陵文集》之《文集》卷首。

〔註144〕〈與宋尚木論詩書〉,《文集》卷 4,頁 7〜8。

〔註145〕跋文載於《陳迦陵文集》之《詩集》卷後。

致上都以唐人爲宗,持論亦與陳子龍相去不遠。直到康熙十八(1679)年入仕清廷後,受當時宗宋詩派者的影響,這才「詩比蘇、黃一輩賢」〔註146〕,表現出縱橫議論、豪雄峭拔的「宋調」特色。但由於陳維崧於康熙二十一年(1682)病逝京師,入仕清廷僅短短四年而已,故大體而言,陳維崧論詩還是以「宗唐」爲主軸的。

要言之,陳維崧的詩教觀與論詩之正變,大抵不出師承範圍,深具守舊、傳統的性質。然而陳維崧論詞的態度,是否也與其師陳子龍的宗尚一致呢?

陳子龍論詞,一方面承認詞體在「言情」的表現上有詩體所不及之處,在形式技巧上也有「工之實難」者,但另一方面,卻又不離「詩餘」、「小道」之說〔註147〕,透露了其以詩體爲大國而以詞體爲附庸的價值取向。反觀陳維崧論詞,不但擺脫了以詞爲小道,或者在「小道可觀」部分大作文章的理論框架,還積極地賦予詞體具有與詩體等同並重的價值意義,誠如〈今詞選序〉所言:

> 考其祖禰,俱爲騷雅之華胄;咀其雋永,絕非典謨之剩馥也。

詩、詞既然都是祖述騷、雅,都是抒發情志的載體,將詞貶爲「小道」或爲詩之「餘緒」,實乃不必。何況創作成果的優劣,應以作者是否出於「精深自命」的創作態度爲之,而不是以文學作品的外在形式爲評判標準,據此陳維崧提出了「爲經爲史」、「曰詩曰詞」〔註148〕的劃時

〔註146〕語見舒位《瓶水齋詩集》(《續修四庫全書》第 1487 冊)附錄〈瓶水齋詩話〉一卷引裴文達之言,頁 5。舒位將陳維崧詩「近宋體」的定於「通籍後」,印證陳維岳在〈湖海樓詩集跋〉(載於《陳迦陵文集》之《詩集》卷末)中,也謂其兄詩風「第三變」的形成原因爲:「晚而與當代大家諸先生上下議論縱橫奔放,多學少陵、昌黎、東坡、放翁,而詩又一變。」可見陳維崧在入仕後才逐漸轉向宋詩的。

〔註147〕參見氏著〈三子詩餘序〉、〈王介人詩餘序〉,《安雅堂稿》卷 2,頁 10、頁 11;〈幽蘭草詞序〉,《陳子龍文集》之《安雅堂稿》卷 3,頁 13。

〔註148〕氏著〈詞選序〉,《文集》卷 2,頁 14。

代創見。就這點而言，陳維崧的詞論可說是「青出於藍而更勝於藍」，比起陳子龍的「詩餘」、「小道」說，更具有推尊詞體的積極意義。

　　至於在詞體正、變的看法上，陳子龍論詞以南唐、北宋爲正、爲盛，以南宋爲變、爲邈，並以婉約作爲詞體本色、正宗，以豪放爲詞之變調、別格，並以正變之分作爲優劣的價值判斷。陳維崧則不然，其論詞主要著眼於人之性情發抒，而不是詞體本身的升降代變，因而不論是婉約詞或豪放詞，也不管是南宋或北宋，只要是出乎作者本身的眞性情與眞感動，就有值得肯定之處，陳維崧所以主張：「至若詞場，辛、陸、周、秦，詎必疾徐之一致？……終難左袒，略可參觀。」〔註149〕，理即在此。可見陳維崧論詞，並未刻意就時代升降代變來區別正變，也不以詞的婉約或豪放風格來評比詞作的優劣高下，而是由「言爲心聲」的角度，對於詞之南北宋與婉約、豪放的風格，採取兼容並蓄、兼收並採的開放立場，其詞論之包容性與別於師承、自出機杼者，據此可見。

　　此外，由於陳維崧在王士禛司理揚州時期（順治十七年至康熙四年，1660～1665），曾與王士禛填詞唱和不輟，因而在探討陳維崧詞論的時代意義時，其與王士禛詞論的異同處也是不能忽略的。

　　就王士禛論詞的態度而言，在〈倚聲集序〉中，其以「詩之餘而樂府之變也」來定義詞體，乍看之下，似乎與傳統的「詩餘」、「小道」之說相去不遠，實則王士禛所以用「詩之餘」來稱呼詞體，是從正面上肯定詞體具有補充詩體在「音節不可歌」方面的特長，所謂：

　　　　唐詩號稱極備，……要其音節皆不可歌。詩之爲功既
　　窮，而聲音之秘勢不能無所寄，於是溫、韋生而《花間》作：
　　李、晏出而《草堂》興，此詩之餘而樂府之變也。〔註150〕
詞既然具有補充詩體「不可歌」的特長，王士禛因而在序文中表明其

〔註149〕氏著〈今詞選序〉，《儷文集》卷7，頁30。
〔註150〕氏著〈倚聲集序〉，見《漁洋山人文略》卷3，載於《四庫全書存目
　　　　叢書》集部第227冊。

編選《倚聲集》的目的就在於：「網羅五十年來薦紳、隱逸、宮閨之製，彙爲一書，續《花間》、《草堂》之後，使夫聲音之道不至湮沒而無傳，亦猶古弦歌之意也。」因此，在肯定詞體的正面功能與意義這一點上，陳維崧與王士禛的態度可說是一致的。但如果要進一步追究兩人之間的差異，則陳維崧「倘非傑作，疇雪斯言？」〔註151〕欲以傑出的詞作來瓦解詞爲「詩餘、小道」的自覺意識，是要比王士禛在離開揚州後「捨詞就詩」〔註152〕的創作路線，更具有說服力與號召力，而陳維崧「精深自命」的填詞態度，也是王士禛所望塵莫及的。

　　綜合以上所論，可知陳維崧的詩論並未能超越「溫柔敦厚」的傳統詩教觀，與其師陳子龍相較，可謂守成有餘、開創不足。但在詞論的表現上，其將詩、詞等同並觀，並以精深自命的態度來從事填詞，在理論與創作兩方面雙管齊下，藉此破除詞爲「詩餘」、「小道」的成見，在清代推尊詞體的發展史上，陳維崧披荊斬棘之功，實不可沒。

二、陳維崧詩、詞創作之比較

1、未能自出機杼的詩歌創作

　　由於陳維崧曾追隨陳子龍與吳偉業學詩〔註153〕，在〈與宋尙木論詩書〉中，也表明自己爲詩：「獨是心慕手追，在雲間陳、李賢門昆季，與婁東梅村先生數公。」所以陳維崧前期的詩風，不免與陳、吳二人有相近之處。誠如郭麐所言：「陳迦陵少時從陳黃門遊，故其爲詩，亦沿七子之體。」〔註154〕朱庭珍《筱園詩話》卷2也批評陳維崧的詩作：「宗法面目，不脫七子氣習。」〔註155〕楊際昌《國朝詩話》卷之2更

〔註151〕〈曹實庵詠物詞序〉，《儷文集》卷7，頁6～7。
〔註152〕關於王士禛「捨詞就詩」的內容與背後因素，在王士禛詩詞理論一章之第五節中有詳細探討，此先不贅。
〔註153〕參見陳維崧〈酬許元錫〉一詩，載於沈德潛《清詩別裁集》卷11，頁449。
〔註154〕氏著《靈芬館詩話》（載於《續修四庫全書》第1705冊）卷2，頁5～6。
〔註155〕載於《清詩話續編》下冊，頁2355。

歸納陳維崧與陳、吳詩風相近之處，提出了以下的看法，其云：

> 予觀其集（按：指陳維崧詩集），歌行佳者似梅村，律
> 佳者似雲間派，大約風華是其本色，惟骨少耳。〔註156〕

由陳維崧《詩集》中所收錄的作品來看，「五古」135 首，「五律」82
首，「五排」4 首，「五絕」3 首，「七古」165 首，「七律」215 首，「七
排」2 首，「七絕」174 首〔註157〕。可見七古與七律確爲陳維崧爲詩
用力所在。沈德潛《清詩別裁集》卷 11 所選錄的陳維崧詩多爲七古、
七律，當亦有見於此。以「七律」而言，徐世昌《晚晴簃詩匯詩話》
主張陳維崧的「七言近體，佳處雅近唐賢。」〔註158〕並舉以下數則
詩例以概其要：

> 十隊寶刀春結客，三更銀甲夜開樽。（〈贈巢民先生〉）
> 青楓歷歷人千里，白月濛濛雁幾行。（〈過廣陵福緣庵〉）
> 鴉點雷塘秋瑟瑟，笛吹板渚水粼粼。（〈送人出榷揚州鈔關〉）
> 天連趙魏晴俱出，松歷金元臘更高。（〈登慈仁寺毗盧閣〉）

由於明代前、後七子的「七律」之作，多以「冠冕雄壯」〔註159〕爲
主調，而陳子龍（雲間人）學詩又以七子爲主要取法對象，故以上
詩評家所謂的「七子體」或「雲間派」，當係指陳維崧之七律雄渾壯
麗的特色而言。至於「冠冕雄壯」的具體表現，在於詩中多用乾坤、
日月、紫氣、黃金、江山與千、萬等字眼，以表現出遼闊雄渾的氣
勢。觀陳子龍以「禁苑起山名萬歲，複宮新戲號千秋」爲其得意語；
以「祠官流涕松風路，回首長陵出塞年」、「李氏功名猶帶礪，斷霞
落日海雲黃」爲可誦之句〔註160〕，箇中緣由，實不難類推。若據此

〔註156〕同上註，頁 1725。
〔註157〕以上數據，引自劉世南《清詩流派史》，頁 156。
〔註158〕引自錢仲聯主編之《清詩紀事》第 5 冊，頁 2844。
〔註159〕參見明末許學夷《詩源辨體》（人民文學，北京，1998 年版）「後集
　　　　纂要」卷二，其以「冠冕雄壯」稱李攀龍七律之作，並以「冠冕雄
　　　　壯（麗）」，足繼于鱗」作爲謝榛、徐中行、吳明卿等人七律的評語，
　　　　足見所謂律詩近「七子體」，應是指「冠冕雄壯」的特色而言。
〔註160〕所引詩例及自評之語，參見《梅村詩話》第 2 則，《清詩話》上冊，

衡量徐世昌以上所舉的數則詩例，當能理解詩評家何以將陳維崧前期的七律之作，與「雲間派」、「七子體」同歸爲一類了。

康熙十八年（1679）陳維崧仕清之後，由於與「當代大家諸先生上下議論，縱橫奔放，多學少陵、昌黎、東坡、放翁。」〔註161〕以致七律風格不再僅限於「六季、三唐」，而有向宋詩靠攏的傾向，由《詩集》卷5〈歲暮客居自述仿渭南體柬知我數公〉爲例，以略見其詩風轉變後的面目：

> 懶極詩瓢憑壓疊，貧來醫甕累提攜。（其二）
> 著眼乾坤偏逼側，撐腸文籍漫膨脝。（其三）
> 雪深老馬難知道，寒重荒雞易失晨。（其八）
> 歲月老聞橫槊手，關河寒透倚樓心。（其九）

詩中充塞著窮愁牢騷之感，與前期的高華典重迥然有別。陳維崧臨終前自云其詩「在唐、宋、元、明之間，不拘一格。」〔註162〕由陳維崧前期的七律與其師陳子龍的「雲間體」（或「七子體」）爲近，後期則「時雜宋調」〔註163〕這點來說，陳維崧的詩作的確稱得上是「不拘一格」，但在「不拘一格」背後所隱藏的，也正是「無法自成一家」的危機。觀朱庭珍批評陳維崧之詩所言：「但非專門，亦不必以詩家繩之。」〔註164〕恰恰指出了陳維崧爲詩無法自出機杼、獨標旗幟的缺失。

再就陳維崧的七古特色來看，楊際昌以「歌行佳者似梅村」作爲論斷，舒位《瓶水齋詩話》也援引陳維崧〈酬許元錫〉一詩中的「二十以外出入愁，飄然竟從梅村遊。」以見其「七言長歌」之所

頁 59。
〔註161〕語見陳維岳〈湖海樓詩集跋〉，載於《詩集》卷後。
〔註162〕同上註。
〔註163〕劉世南《清詩流派史》，頁160。此種說法，有漠視陳維崧前期詩風近於「七子體」特色之嫌，因爲「時雜宋調」僅可用以說明陳維崧後期七律的特色，不宜以偏概全。
〔註164〕氏著《筱園詩話》卷2，《清詩話續編》下冊，頁2355。

宗尚。舒位並謂陳維崧:「通籍後，所作多近宋體，然猶是梅都官集
中上乘。」〔註165〕亦即陳維崧的「七古」長篇是以吳偉業的「梅村
體」爲內在本質，即使陳維崧仕清後所作多近宋體，但七古一體的
本質並沒有多大的改變，仍與「梅村體」爲近。至於「梅村體」的
特色爲何？以下引朱庭珍所言以概見其要:

> 吳梅村詩，善於敘事，尤善言閨房兒女之情；熟於運
> 典，尤熟於《漢》、《晉》、《南北史》諸書。身際鼎革，所
> 見聞者，大半關係興衰之故，遂挾全力，擇有關存亡、可
> 資觀感之事，製題數十，賴以不朽。〔註166〕

換言之，由於吳偉業擅長「以詩（長篇歌行）爲史」，利用史家的筆
法來敘寫鼎革之際的人、事興衰起落，成爲他人所不能及的詩歌特
長。對照沈德潛在《清詩別裁集》卷 11 所選錄的陳維崧歌行之作觀
之，如〈錢塘浴馬行〉、〈得桐城方爾止先生書感賦兼懷密之先生〉及
〈顧尙書家御香歌〉三首，都是前半段極力鋪敘良辰盛景或文酒宴遊
之樂，後半後則逆轉直下，藉以映襯出今昔興衰之感。如云:

> 天育忽逢滄海變，從此麒麟罷歡宴。首蓿翻栽太液池，驊
> 騮直上昭陽殿。(〈錢塘浴馬行〉)
> 君不見孫郎戰沒周郎老，龍眠前輩獨君好。君家尚有始興
> 公，臥看祇園生白草。(〈得桐城方爾止先生書感賦兼懷密之先生〉)
> 只今滄海已成田，留得天香幾百年。攏來綺袖人誰問？熏
> 罷銀篝味不全。白楊已老尙書墓，世間萬事都非故。(〈顧尙
> 書家御香歌〉)

沈德潛在上述引詩後評道:「用意全在後半，新故之感，無限悲涼。」
(評〈錢塘浴馬行〉);「寫兩家盛時，極文酒宴遊之樂。而小朝廷之
荒嬉，馬、阮之醜正惡直，至於如此，危亡立見矣。故家零落，前輩
尙存，結到密之先生，鏗然而止，章法絕佳。」(評〈得桐城方爾止
先生書感賦兼懷密之先生〉);「迤邐而來，轉出御香，見尙書當日得

〔註165〕氏著《瓶水齋詩集》附錄，頁 5。
〔註166〕《筱園詩話》卷3，《清詩話續編》頁 2389。

君之專。滄桑以後，萬事都非，故物猶存，感慨繫之。」（評〈顧尚書家御香歌〉）此外，〈拙政園連理山茶歌〉（《詩集》卷 2），也是以「自謂春人鬥春節，誰知花落在花朝。興衰從古眞如夢，名花轉眼增悲痛。」來表現盛衰之際的感慨。又如《詩集》卷 7〈寄黃黎洲先生求爲先人志墓〉一詩，於抒寫陳、黃兩家世誼時，還兼及兩朝政局，誠可謂史家大手筆。但究其實，則又不出「梅村體」的籠罩範圍，楊際昌所以謂陳維崧「歌行佳者似梅村」，良有以也；而陳維崧之詩所以未能自出機杼，理即在此。

2、波瀾壯闊，氣象萬千的詞作

陳維崧早年師事陳子龍，在王士禛司理揚州期間，也曾與之塡詞唱和，在師友共同影響下，早期詞作具有《花間》、《草堂》的餘習，固在所難免，但在改以「精深自命」的態度從事塡詞後，詞風一改前期的婉麗綺靡，轉而以波瀾壯闊，氣象萬千的面貌馳騁詞壇。

在上一節中，筆者曾就陳維崧的師友背景、生平遭際與其個性加以分析，以說明陳維崧塡詞能夠「婉約、豪放兼長並擅」的緣由。然而，塡詞能同時兼具「婉約」與「豪放」兩種詞風，只能證明陳維崧塡詞功力不弱，足以駕馭兩種不同的詞風，如果要展現陳維崧塡詞的「特長」所在，就必須突顯其所獨具而人不能及的本事才行。以下將就陳維崧使用詞調的特色、鍊字造句、章法結構與詞中寄寓的慷慨憤激之情來作進一步的說明。

就《迦陵詞》中使用最多的前六名詞調來看：

名次排序	詞調名稱	詞作數目	詞調性質
1	賀新郎	153 首	毗剛／長調
2	念奴嬌	108 首	毗剛／長調
3	滿江紅	96 首	毗剛／長調
4	沁園春	73 首	毗剛／長調
5	蝶戀花	40 首	毗柔／中調
6	水調歌頭	39 首	毗剛／長調

表列的六種詞調，除了〈蝶戀花〉外，其他五種詞調，都屬於「毗剛」一類，亦即「宜於揮灑縱橫，未宜側艷。」、「宜抒壯闊豪邁情感，蘇、辛一派最喜用之。」〔註167〕再就這五種詞調在《迦陵詞》中所佔的比例來看，毗剛的詞調之作共計469首，約佔全集1629首詞作三成的比重。此外，這五種詞調的另一個共同特色是：皆爲「長調」之作〔註168〕。而「長調」的特質，王又華《古今詞論》引顧宋梅所言，可供吾人參考，其云：

> 詞雖貴於情柔聲曼，然第宜於小令。若長調而亦喁喁細語，失之約矣。必慨慷淋漓，沈雄悲壯，乃爲合作。〔註169〕

吳梅先生也指出：「凡題意寬大，宜抒寫胸襟，當用長調。而長調中就以蘇、辛雄放之作爲宜。若題意纖仄，模山範水者，當用小令或中調。」〔註170〕明乎此，對於《迦陵詞》中共944首長調之作，約佔詞集六成的比重；且詞集中使用最多的五種「毗剛」詞調，又幾乎佔了長調五成的分量，則《迦陵詞》的重心與特色所在，也就可想而知了。詞評家所以多將陳維崧歸之於蘇、辛一派，以《迦陵詞》慣用的詞調而言，可謂信而有徵。如果再進一步追問何以陳維崧慣用蘇、辛所塡的詞調，馬祖熙先生爲文分析指出，此乃因三人的人生際遇皆有

〔註167〕參見王易《詞曲史》（北京：東方出版社，1996年）之〈構律第六〉云：「詞有剛柔二派，調亦如之：毗剛者，亢爽而雋快；毗柔者，芳悱而纏綿。賦情寓聲，自當求其表裡一致，不得乖反。若〈雨霖鈴〉、〈尉遲杯〉、〈還京樂〉、〈六醜〉、〈瑞龍吟〉、〈大酺〉、〈繞佛閣〉、〈暗香〉、〈疏影〉、〈國香慢〉等調，則沈冥凝咽，不適豪詞。〈六州歌頭〉、〈水調歌頭〉、〈水龍吟〉、〈念奴嬌〉、〈賀新郎〉、〈摸魚兒〉、〈滿江紅〉、〈哨遍〉等調，則揮灑縱橫，未宜側艷。」頁235～236。至於〈沁園春〉的特色，龍沐勛《唐宋詞格律》（台北：里仁書局，1986年）云：「格局開張，宜抒寫壯闊豪邁情感，蘇、辛一派最喜用之。」頁55。

〔註168〕以上所引用《詞集》數目及長調、中調之劃分，參考《迦陵詞》卷首目次的資料。

〔註169〕載於《詞話叢編》冊1，頁602。

〔註170〕吳梅《詞學通論》，頁42。

坎坷之處，但陳維崧因弱冠即遭亡國之痛，隨著南明政權相繼傾覆，明朝復國無望，故其抑鬱哀感，實遠過於尚存恢復之志的稼軒。再者，由於東坡僅有個人際遇得失，並無家國沈淪之痛，故陳維崧學東坡，只學其逸懷浩氣與辭情超邁之處，此爲三人同中互異者〔註171〕。

再就《詞集》中鍊字造句的特色來看，馬祖熙先生在歸納《迦陵詞》的用字特色後，指出陳維崧填詞「愛用『吼、走、折、裂、沸、劈、叫、打、射、灑、掣、怕、杰杰、作作』等生動飛揚的字面。』」〔註172〕陳廷焯《白雨齋詞話》以「字字精悍」評〈夜遊宮〉4 首〔註173〕；以「縱筆所之，無不雄健」評〈滿江紅〉諸闋〔註174〕；以「英思壯采，何其橫霸如此」評〈念奴嬌·遊京口竹林寺〉〔註175〕；以「洞穿七札、筆力橫絕」評〈賀新郎〉諸篇〔註176〕。而《迦陵詞》集中「精於鍊句」且爲人所不及者，陳廷焯更是不憚筆墨加以點出，舉凡：「秋色冷并刀，一派酸風捲怒濤」、「長城夜月一輪孤，沙場戰馬千群黑」、「水雲轇葛，陽陰雜糅，奇石成獅破空走」、「秋生海市，紅日一輪孤陷」、「短鬢颯秋葉，僵指蠹枯枒」、「大江邊，殘照裡，仲宣樓」、「曼聲長嘯，碧雲片片都裂」、「輕舟夜剪秋江，西風鱗甲生江面」、「隱隱前林暝翠，暗結精藍」、「老松三百本，山雨響遍張鱗甲」、「想月明千里，戰袍不夜，西風萬馬，殺氣臨邊」、「十月疏砧，一城冷雁，不許愁人不望鄉」、「我到中原，重尋舊磧，牧笛吹風起夜波」、「一派大江流日夜，捲雲濤、舞上青山髻」〔註177〕。從這些詞句中的「壯采」及背後所蘊藏的「奇思」（如：奇石成獅、夜舟剪江、暗結精藍等），足見《迦陵詞》確實有陳廷焯所謂「讀之可增長筆力」、

〔註171〕氏著〈論迦陵詞〉，載於《詞學》第 3 輯，頁 198。
〔註172〕同上註，頁 202。
〔註173〕《白雨齋詞話》卷 3，《詞話叢編》冊 4，頁 3839。
〔註174〕同上註，頁 3840。
〔註175〕同上註，頁 3841。
〔註176〕同上註，頁 3843。
〔註177〕同上註，卷 6，頁 3919。

「可藥纖小之病」〔註178〕的效益。

再就《迦陵詞》的章法結構而論，陳廷焯曾分析陳維崧的短調諸作之所以寫得「波瀾壯闊，氣象萬千」，乃因陳維崧在章法結構上，擅於「平敍中峰巒忽起，力量最雄。」〔註179〕以〈好事近·夏日史蘧庵先生招飲〉一詞爲例：

> 分手柳花天，雪向晴窗飄落。轉眼葵肌初繡，又紅欹闌角。
> 別來世事一番新，只吾徒猶昨。話到英雄失路，忽涼風索
> 索。〔註180〕

上片以「柳花天」點明昔日分手時節，而今在葵花初開的夏日重逢，在季節的替換中，微露出流光如箭的慨嘆。下片峰巒突起，以世事更新來映襯「吾徒猶昨」，心境猶如杜甫〈醉時歌〉所云：「諸公袞袞登台省，廣文先生官獨冷。」結句復以「涼風索索」來烘託英雄失路的悲愴〔註181〕，令人低徊激蕩不已。至於陳維崧詞集中使用最多的〈賀新郎〉長調，陳廷焯更是譽之以：「每章俱於蒼莽中見骨力，精悍之色，不可逼視。」〔註182〕尤其是其中的〈賀程崑崙生日並送其之任皖城〉及〈秋夜呈芝麓先生二首〉，分別以「北固外，晴江夜走」、「其上有秦時明月」、「簾以外秋星作作」之句，作爲上下片的轉折突接，如山勢陡起，讀來更覺精警突出，精神百倍。

以上所述之外，《迦陵詞》所以能展現出鬚髯奮張、氣魄恢弘的特色，主要還是得力於詞中所鬱結的慷慨憤激之情。陳維崧除了慣

〔註178〕同上註，卷6，頁3929。

〔註179〕陳廷焯所舉的詞例，除了以下所引的〈好事近〉外，尚有〈點絳唇〉：「悲風吼，臨洺驛口，黃葉中原走。」〈醉太平〉：「估船運租，江樓醉呼，西風流落丹徒，想劉家寄奴。」〈清平樂〉：「不見長洲苑裡，年年落盡宮槐」等詞。《白雨齋詞話》卷3《詞話叢編》冊4，頁3838～3839。

〔註180〕《詞集》卷3，頁2。

〔註181〕本詞說解，參見艾治平《清詞概說》（上海：學林出版社，1999年）卷下〈清詞品彙〉，頁264～266。

〔註182〕《白雨齋詞話》卷3，載於《詞話叢編》冊4，頁3842。

長以〈沁園春〉、〈滿江紅〉、〈賀新郎〉等長調來抒寫「殘杯冷炙，
誰遺野老？凄風碎雨，孰念王孫？」〔註183〕的悲愴酸辛，以及「碧
霄宮，懶逐仙班走」的倔強不馴〔註184〕；或者透過市井人物，來寄
寓「故國十年歸不得，舊田園、總被寒潮打。思鄉淚，浩盈把。」
〔註185〕的羈旅思情，或者「淪落半生知己少，除卻吹簫屠狗，算此
外、誰歟吾友？」〔註186〕的牢騷慨嘆，其小令短調諸作，同樣寫得
踔厲奮發、慷慨激昂。除了陳廷焯所評賞的那些「波瀾壯闊、氣象
萬千」的作品外，其他如〈醉落魄·詠鷹〉：「人間多少閒狐兔，月
黑沙黃，此際偏思汝。」一詞，陳廷焯評以：「聲色俱厲，較杜陵『安
得爾輩開其群，驅出六合梟鸞分』之句，更爲激烈。」〔註187〕又如
「憶昨車聲寒易水，今朝慷慨，還過豫讓橋。」；「龍窩蛟窟莫相猜，
我有珊瑚竿不用，不是無才。」；「半生孤憤酒難澆，挑燈且讀《韓
非子》。」〔註188〕等詞，字裡行間，無不流露出陳維崧慨當以慷、
蒼涼鬱積的生命情調。

綜合以上所述，可見陳維崧填詞固然足以同時駕馭婉約、豪放兩
種詞風，但由詞調的使用、鍊字造句的特色、章法節構的安排，以及
詞中所表現的生命情調來看，在在顯示了陳維崧在詞壇上具有人所不
能及之處，陳廷焯故而稱譽道：

> 其年才大如海，其於倚聲，視美成、白石，直若路人。
> 東坡、稼軒，不過借徑。獨開門徑，別具旗鼓，足以光掩
> 前人，不顧後世。如神龍在天，變化盤屈；如鯨魚掣海，

〔註183〕〈沁園春·病中雲臣餽我藥資，賦此志謝〉，《詞集》卷25，頁3。
〔註184〕〈賀新郎·毛卓人示滿江紅詞數首，中多養生家言，作此戲柬〉，《詞集》卷27，頁14。
〔註185〕〈賀新郎·贈何生鐵〉，《詞集》卷28，頁6。
〔註186〕〈賀新郎·贈蘇崑生〉，《詞集》卷26，頁12～13。
〔註187〕《白雨齋詞話》卷3，載於《詞話叢編》冊4，頁3839。
〔註188〕引詞依序參見《詞集》卷5〈南鄉子·邢州道上作〉，頁5～6；卷4〈浪淘沙·題蘭次收綸濯足圖〉，頁12；卷5〈踏莎行·冬夜不寐〉，頁11。

杳冥恣肆。視彼「淺斟低唱」者，固無論矣。即視彼清虛
騷雅，歸於純正者，亦覺其一枝一葉爲之，未足語於風雅
之大也。〔註188〕

「婉約」如美成、白石，「豪放」如東坡、稼軒，陳維崧不過是取法
借徑而已，此其所以能「獨開門徑」、「光掩前人」者。再與同時之人
相較，不論是明末的陳子龍或清初的王士禛、納蘭性德等人，筆下詞
作仍以短調小令爲大宗，詞風也多近於南唐、北宋的婉約詞，相形之
下，陳維崧詞則如「神龍在天」、「鯨魚掣海」，實非以上諸家所能及。
甚至連標榜「雅正」的浙西詞派，在陳維崧面前也不免相形見絀，徒
見枝葉細碎而「未足語風雅大也」。

　　透過以上對陳維崧詩詞理論與創作的比較，可知陳維崧的詩論與
詩作由於仍籠罩在業師陳子龍與吳偉業的範圍內，因未能自出機杼，
以致有「非專門」〔註190〕之譏；相形之下，陳維崧「爲經爲史，曰
詩曰詞」的尊詞理論，以及在詞作上所展現的大家風貌，不但前所未
有，也是當代所望塵莫及。至於詞體與詩體之別，葉嘉瑩先生指出，
詞體在興起之初，不過是爲了配合隋唐之際興起的宴樂所填寫的歌
詞，因而士人在填詞寫作時，得以擺脫「言志」與「載道」的壓抑和
束縛，純以遊戲筆墨作任性的寫作，這是詞體在書寫功能上有別於詩
體之處。此外，就詩、詞所使用的語言來說，詩的語言是一種明晰、
有秩序，屬於男性的語言，而詞則是比較混亂、破碎，屬於女性的語
言。〔註191〕。綜合陳維崧以詞感舊抒懷、以詞爲史，以及在詞中所
表現的波瀾壯闊的氣象來看，其詞作確實突破了詞體的「娛樂性」與
「女性化」的局限，賦予詞體具有詩之社會價值性與男性化特徵，可
謂以詩入詞。在詩爲大國、詞爲附庸；詩體爲正、詞體爲變的清初詞
壇，陳維崧的表現確實是別開生面，令人耳目一新的，此其所以在清

〔註188〕氏著《詞壇叢話》，《詞話叢編》冊 4，頁 3731。
〔註190〕朱庭珍《筱園詩話》卷 2，載於《清詩話續編》，頁 2355。
〔註191〕氏著〈論詞學中之困惑與花間詞之女性敘寫及其影響〉，《迦陵論詞
　　　　叢稿》，頁 212～273。

代詞壇的評價與影響力要比詩壇上來得大的緣由所在。

第四節　陳維崧「以詩爲詞」所面臨的理論困境

在分析了陳維崧的詞論與創作成就後，吾人不免有疑的問題是：像陳維崧這樣一位「精深自命」且「專力塡詞」的詞人，爲何日後卻反而讓塡詞起步較晚的朱彝尊〔註192〕取而代之，甚且獨佔鰲頭呢？這裡頭所牽涉到的時代風尚與政治環境變遷因素，在朱彝尊一章第四節〈雅正詞論何以能爲一代正宗〉有詳細說明，爲避免重複，故以下僅就詞體本身的要素作探討，期能對於陳維崧「以詩爲詞」所面臨的理論困境有進一步的理解。

一、取法對象的商榷

陳維崧〈今詞選序〉主張：「詞場辛、陸、周、秦，詎必疾徐之一致？」既然論詞只須考量作品當中所蘊涵的情志是否眞誠動人，而不必就婉約與豪放強分高下，因此不論是婉約詞或豪放詞都有可取之處，所謂：「終難左袒，略可參觀。」話雖如此，但在陳維崧的另一篇〈詞選序〉，爲了論證詞作亦有足以媲美「杜甫之歌行與西京之樂府」時，所舉的例子卻是「東坡、稼軒諸長調」。此外，陳維崧詞集中使用較多的詞調也以豪放爲主，因此，即使陳維崧塡夠能夠做到小令、長調兼長，婉約、豪放並擅，但是抒寫雄豪沈鬱之情的長調畢竟才是其馳騁詞壇，且爲他人所不能及的特長所在。有鑑於此，歷來詞評家遂多將陳維崧視爲「蘇、辛」在清代詞壇的後繼〔註193〕。然而，

〔註192〕朱彝尊〈陳緯雲紅鹽詞序〉：「方予與其年定交日，予未解作詞，其年亦未以詞鳴。不數年而《烏絲詞》出，邇之又久，予所作亦漸多。」（《曝書亭集》卷40，頁1～2）。序文中的「未解作詞」與「未以詞鳴」是有程度等級之分的，據此亦可知朱彝尊塡詞起步是要比陳維崧來得晚的。

〔註193〕如陳廷焯《詞壇叢話》云：「陳其年詞，縱橫博大，海走山飛，其源亦出蘇辛。」（載於《詞話叢編》冊4，頁3731）。《白雨齋詞話》卷

填詞取法蘇、辛，固然可以藉由蘇、辛詞的縱橫博大、發揚蹈厲，以
藥清初詞壇的纖小狹仄之弊，卻也使得陳維崧（擴大到陽羨詞派）在
詞壇上面臨了難以爲繼的困境。如民初詞論家陳匪石即認爲，陽羨詞
派所以不能與浙西、常州分鑣並進的原因就在於：

　　《湖海樓詞》崛起清初，導源幼安，極縱橫跌宕之妙，
　　至無語不可入詞，而自然渾脫。然自關天分，非後人勉強
　　可學，故後無傳人，不能與浙西、常州分鑣並進也。〔註194〕

以上論點，與晚清蔣兆蘭《詞說》的看法不謀而合，其認爲蘇、辛一
派發展到陳維崧時，「可謂竭盡才人能事」，以致「後之人無可措手」，
故「不容作，亦不必作也。」〔註195〕換句話說，由於蘇、辛二人騁
才爲詞，故若無蘇、辛之才，往往只得其皮毛而難見精采，蔣兆蘭故
而勸初學填詞者「勿看蘇、辛」，理由是蘇、辛詞「一看即愛，下筆
即來，其實只糟粕耳。」〔註196〕謝章鋌也認爲：「學稼軒，胸中須先
具一段真氣、奇氣，否則雖紙上奔騰，其中俄空焉，亦蕭蕭索索如隔
下風耳。」〔註197〕但如果說蘇、辛「不易學」，難道連陳維崧的詞作
也「不可學」嗎？就這點而言，《續修四庫全書提要》的答案是肯定
的，其云：

　　蘇辛之調不易學，其年之詞不可學也。〔註198〕

由於蘇、辛詞的渾厚、激壯，半出於天分，非人力所能及，同樣的，
陳維崧詞中所展現的縱橫跌宕之妙，端賴內在豐厚的情志作基礎，學
之者若本原未厚，不但得不到陳維崧填詞的精髓，反倒因力有不逮而

---

5 亦有：「迦以豪放爲蘇、辛」之言（載於《詞話叢編》冊4，頁3891）。
　蔡嵩雲《柯亭詞論》亦云：「陽羨詞派倡自陳迦陵……效法蘇、辛，
　惟才氣是尚。」（載於《詞話叢編》冊5，頁4908）。
〔註194〕語見陳匪石《舊時月色齋詞評》，引自龍振中、尤以丁編著之《清詞
　　　　紀事會評》，頁145。
〔註195〕載於《詞話叢編》冊5，頁4633。
〔註196〕同上註。
〔註197〕見《賭棋山莊詞話》卷1，《詞話叢編》冊4，頁3330。
〔註198〕《續修四庫全書提要》集部〈迦陵詞提要〉，頁731

流於粗豪叫囂。在蘇、辛詞不易學，陳維崧詞又不可學、甚至不能學的情況下，宜乎陳維崧以詩爲詞的淋漓大筆與縱橫跌宕的詞風會後繼乏人了。

或曰：陳維崧塡詞取法蘇、辛之豪放雄闊，其下者固然有叫囂之失，但朱彝尊論詞推尊姜、史，力主雅正，不是也有「專以委夷妥帖爲上乘」，卻「置立意於不講」〔註199〕所衍生的虛空浮游之弊。既然兩派的主張各有利、弊，何以朱彝尊所領導的浙西詞派卻能後來居上、取得優勢地位？對此陽羨詞人蔣景祁的看法是頗令人玩味的，其云：

> 陳檢討其年驚才逸艷，不可以常律拘。而體製精整，
> 必當以白石、玉田諸君子爲法。守此格者，則秀水朱日講
> 竹垞。〔註200〕

既然陳維崧詞的「驚才逸艷」不是常人所能及，當然具有「不以常律拘」的豁免權，但常人如果沒有陳維崧般的天才秀發，要寫出道地、像樣的詞作，還是得遵守格律，「以白石、玉田諸君子爲法。」換言之，朱彝尊論詞推舉姜、張，走的是一條「適俗」、「可學」的徑路。何況就詞體的特質而言，誠如陳廷焯所謂：「學周、秦、姜、史不成，尚無害爲雅正；學蘇、辛不成，則入於魔道。」〔註201〕在詞體以婉約爲正、以豪放爲變的前提下，學周、秦、姜、史不成，尚離正道不遠，但取徑蘇、辛，起步難免偏差，如果學而無成，就更加面目全非，淪爲叫囂、粗野之作了。因此，陳、朱二人雖然各負才氣，彼此的詞作與詞論也各有短長，但在「兩權相害取其輕」的考量下，宜乎詞評家多指點初學者取徑朱彝尊所倡導的雅正之路，因爲這才是一條適合多數人，且有跡可循的安全路線。

〔註199〕謝章鋌《賭棋山莊詞話》卷11，載於《詞話叢編》冊4，頁3460。
〔註200〕語見蔣景祁〈刻瑤華集述〉，載於《瑤華集》卷首，《四庫全書存目叢書》集部第37冊。
〔註201〕《白雨齋詞話》卷7，《詞話叢編》冊4，頁3936。

二、對詞體本色、正宗的認定

《續修四庫全書提要》以下這段話，足以說明清初詞壇由「朱陳並稱」到「揚朱抑陳」的轉變關鍵：

> 其年與朱彝尊同舉鴻博，交又最深，其爲詞，亦工力悉敵，故當時號曰「朱陳」。朱詞雅正，陳詞激壯，後人多揚朱而抑陳，盡以陳爲偏詣，朱爲正宗也。〔註202〕

提要中將陳維崧詞比爲「燕趙佳人，貌妍而性剛，非若江南美女之天性柔和也」。既然詞體是以婉約柔美爲本色、正宗，所以陳維崧詞也免不了與東坡詞一般，被貼上「雖極天下之工，要非本色」、「不能不謂之別格，然謂之不工則不可」〔註203〕的標籤，儘管承認他寫得好，卻還是歸之於「別調」、「偏詣」的行列。

從詞體的發展背景來看，「婉約詞」所以能在歷代坐穩「本色正宗」的寶坐，不外乎以下幾項因素：在時間上，婉約詞的興起較豪放詞爲先。在數量上，不論是晚唐五代、兩宋，甚至到清代，歷來都以婉約詞人及詞作占多數。再就風格而論，由於詞體興起於歌筵酒席之間，並由十七、八郎配合燕樂歌唱，所以在音樂性與字句結構上，也以表現蕩氣迴腸的感情較容易獲得共鳴〔註204〕。以詞調的組成特色而言，鄭騫先生指出：「絕大多數的詞調都是由單式（三、五、七言）雙式（二、四、六言）兩種句法合組而成。」且大多數詞調的組成，雙式句要比單式句來得多，「這種雙多單少的配合方式，使詞的音律舒徐和緩，不

〔註202〕《續修四庫全書提要》集部〈迦陵詞提要〉，頁731。

〔註203〕陳師道《後山詩話》：「退之以文爲詩，子瞻以詩爲詞，如教坊雷大使之舞，雖極天下之工，要非本色。」（王弈清《歷代詞話》卷5載引，載於《詞話叢編》冊2，頁1175）。此外，《四庫全書總目提要》卷198集部‧詞曲類一〈東坡詞提要〉：「詞自晚唐五代以來，以清切婉麗爲宗。至柳永而一變，如詩家之有白居易；至軾而又一變，如詩家之有韓愈，遂開南宋辛棄疾一派。導源溯流，不能不謂之別格，然謂之不工則不可。」頁44。

〔註204〕以上說解，參見梁榮基《詞學理論綜考》（北京：北京大學出版社，1991年），頁84～88。

近於立體而近於平面，這是構成陰柔美的條件之一。」詞家在選調塡詞時，則句式「單多雙少」、表現出縱橫跌宕特色的詞調，不僅在詞調裡占少數，「而且只有稱爲豪放派，不甚拘音律的詞人才用。」以〈歸朝觀〉及〈水調歌頭〉爲例，蘇、辛兩人合計起來有 40 首〈水調歌頭〉，5 首〈歸朝歡〉，但柳永、秦觀、賀鑄、周邦彥、姜夔、史達祖、吳文英、張炎、王沂孫、周密 10 人合計起來，兩調不及 10 首〔註 205〕。此外，大陸學者孫綠江爲文指出，詞由於有詞律的限制，所以豪放詞人只能使用有限的詞牌，因而也只能提供有限的詞作而不能在詞壇上與婉約詞人展開全面的較量與競爭〔註 206〕。故由客觀批評論析的角度而言，詞體確實是以婉約爲本色、正宗的。

不能否認的是，過分強調詞體婉約柔媚的特色，容易使詞境局於纖艷仄狹，而被文人譏爲小道小技，甚至因有損詩格或文格，以致文人相戒不爲。有鑑於此，金人王若虛與元人王好問遂試圖由「情性」的角度推崇蘇軾「以詩爲詞」，將詩歌言志的內容引入詞體的作法，主張「詩詞只是一理，不容異觀」〔註 207〕、「自東坡一出，情性之外，不知有文字」〔註 208〕，藉此打破世人「詞爲艷科」的定論。然而王若虛與元好問上述的理論與努力，在後世並未能發揮扭轉乾坤的功效，試觀以下兩則明人對於詞體的看法：

> 樂府以遒逕揚屬爲工，詩餘以婉麗流暢爲美。如周清

〔註 205〕所引內容及數據，參考鄭騫先生〈詞曲的特質〉一文，載於《景午叢編》（台北：中華書局，1972 年）上集，頁 59～60。

〔註 206〕氏著〈詩詞結構與詩莊詞媚〉，載於《社科縱橫》，1998 年第 1 期，頁 41～43。

〔註 207〕王若虛《滹南詩話》卷 2 云：「陳後山謂子瞻以詩爲詞，大是妄論……蓋詩詞只是一理，不容異觀。自世之末作習爲纖艷柔脆，以投流俗之好，高人勝士亦或以是相勝，而日趨於委靡，逐謂其體當然，而不知流弊之至此也。」載於丁福保輯《歷代詩話續編》（北京：中華書局，2001 年），頁 517。

〔註 208〕元好問〈新軒樂府引〉嘗言：「唐歌詞多宮體，又皆極力爲之。自東坡一出，情性之外，不知有文字，眞有『一洗萬古凡馬空』氣象。」《遺山先生文集》（台北：商務印書館，1967 年）卷 36，頁 379。

　　眞、張子野、秦少游、晁叔原諸人之作，柔情曼聲，摹寫
　　殆盡，正詞家所謂當行，所謂本色者也。〔註209〕

　　　　詞須宛轉綿麗，澹至儇俏，挾春月煙花於閨幨內奏之。
　　一語之艷，令人魂絕；一字之工，令人色飛，乃爲貴耳。
　　至於慷慨磊落，縱橫豪爽，抑亦其次，不作可耳。作則寧
　　爲大雅罪人，勿儒冠而胡服也。〔註210〕

詞以「婉麗流暢」爲美，以「慷慨磊落，縱橫豪爽」爲「其次」的審
美風尙，在清初詞壇依然餘音不絕，這可由清初詞壇仍多以《花間》、
《草堂》爲尙〔註211〕，論詞依然以「艷麗」爲本色〔註212〕，可見詞
體的審美風尙，在清初浙西詞派興起之前並未有多大的轉移。而陳維
崧主張詞體可以「存經存史」、「曰詩曰詞」，企圖藉由「拈大題目、
出大意義」的方式來扭轉詞爲「小道小技」的成見。這種打破詩、詞
疆界以推尊詞體的方式，爲何無法取得多數人的認同，無法讓「豪放
詞」翻身取代「婉約詞」，成爲本色正宗？箇中關鍵，並不能簡單地
歸之於前代的「餘習」、「固見」使然，因爲「以詩爲詞」，固然有助
於推尊詞體並擴大詞體內容，但另一方面，卻也使詞體面臨了另一種
被詩體合併、銷鎔的深層危機。換句話說，詞體一旦在內容與審美標
準上都向詩體靠攏、看齊的話，那麼詞該如何有別於詩？如何能在詩
體之外有獨立存在的價值〔註213〕？何況詞調原本就有音律與字數上

〔註209〕何良俊〈草堂詩餘序〉，載於《草堂詩餘》（台北：中華書局四部備
　　　　要本）卷首。
〔註210〕王世貞《藝苑卮言》，《詞話叢編》冊1，頁385。
〔註211〕如王士祿〈炊聞卮語序〉自言學詞，「取《花間》、《尊前》、《草堂》
　　　　諸體，稍規撫爲之。」（李調元《雨村詞話》卷4載引，《詞話叢編》
　　　　冊2，頁1435）。如王士禛《花草蒙拾》之〈前言〉，也自稱此書是
　　　　讀《花間》、《草堂》偶有所觸的札記，故而名爲《花草蒙拾》，（《詞
　　　　話叢編》冊1，頁673）。晚清蔣兆蘭《詞說》論及清詞發展時，故
　　　　云：「清初諸公，猶不免守《花間》、《草堂》之陋。」（載於《詞話
　　　　叢編》冊5，頁4637）。
〔註212〕如彭孫遹《金粟詞話》即主張：「詞以艷麗爲本色，要是體製使然。」
　　　　《詞話叢編》冊1，頁723）。
〔註213〕對於「以詩爲詞」究竟是「尊詞」或「貶詞」的問題，可參考楊萬

的限制，即使是長調，也不過是百餘字左右，無法像古詩般縱橫議論、揮灑自如。既然詩體與詞體的形式有別，彼此的特質又有所差異，唯有讓詩、詞在各自保有特色的情況下，取長濟短，而不是勉強以詞爲詩或以詩就詞的。

綜合以上所論，陳維崧在創作上取徑蘇、辛，以才氣爲尙，其淋漓大筆，使得平庸俗眾爲之束手，難以循跡步武，無怪乎後繼乏人。再者，由詞體的發展背景與本身的條件限制來說，歷來論詞所以主張以婉約爲本色，以豪放爲別調，是有其合理考量因素在內的，所以陳維崧「曰詩曰詞」，以詩爲詞的主張，也就難免因曲太高而和者寡了。

小　結

在探討了陳維崧「易詩爲詞」的因素及其塡詞成就後，茲將本章重點歸納如下：

其一，在創作路線上，陳維崧所以由「詩詞並行」一度選擇了「易詩爲詞」，在時代、地理等外緣因素上，與陽羨的抗清背景及其復明色彩極重的家世有關，故其易詩爲詞，乃是利用了詞在「雕蟲小技」、「詩餘小道」的習慣眼光的遮蔽下，尙未引動統治者的注重所另闢的一條抒情管道。但就其內在主觀因素而言，將詞體與詩歌等量齊觀，賦予詞體有媲美經、史的意義與價值，這才是其所以能「專力塡詞」、至老不衰的動力。與明清之際「以詩爲正、以詞爲變」的正變觀相較之下，陳維崧專力塡詞之舉，顯然走的是一條「以變爲正」的創作路線，這不僅是陳維崧個人創作的專詣所在，也是探討明清之際的詩詞正變觀時，值得一提的特例與佳話。

里〈略論詞學尊體史〉，《中國古代近代文學研究》，1998.11；楊海明〈詞學理論和詞學批評的現代化進程〉，《文學評論》，1996.6；劉石〈試論尊詞與輕詞——兼評蘇軾詞學觀〉，《文學評論》，1995.1；方智范〈關於古代詞論的兩點思考〉，《中國古代近代文學研究》，1998.8。

　　其二，比較陳維崧個人的詩詞正變觀，其論詩大體上仍以唐人爲宗，論詩之正變也由詩體發展的升降代變爲著眼點。論詞則不然，是以性情的發抒作爲考量的重點，因而不論是風格上的婉約、豪放之爭，或者是時代上的北宋、南宋之爭，陳維崧都以兼收並採的態度各取所長。與浙西詞派相較，在「立門庭以致人趨赴」的派別意識上，浙西詞派推尊姜張、標榜南宋詞之長，鮮明的派別意識，使之成爲清初詞壇主流，相形之下，陳維崧的詞論顯然有旗鼓不張、標幟不清的缺憾；但如果就詞論的開放性與包容性而言，陽羨詞派實遠邁浙西詞派。此間的功過得失，實令人玩味、深思。

　　其三，就陳維崧的詩論與創作特色而言，由於陳維崧早年曾學詩於陳子龍，故其「溫柔敦厚」的詩教觀，與其師可謂一脈相傳。而其前期爲詩，也因以陳子龍爲心摹手追的對象，以致筆下詩風呈現出濃厚的復古色彩。後期仕清以後，由於仕宦生涯的不如意，詩中充塞著窮愁牢騷之感，加以和朝中學士大夫「上下議論，縱橫奔放」，詩作乃逐漸轉向宋詩靠攏，與前期的高華典重迥然有別。如果以「自出機杼」作爲衡量標準的話，則陳維崧的詩論與詩作，「依人門庭」的性質顯然是要大過於「獨樹一幟」的。其所以無法在清初詩壇自成一家，理即在此。

　　其四，就陳維崧的詞論與創作特色而論，陳維崧前期爲詞，在其師陳子龍與詞友王士禛的相互影響下，筆下遂多以小令寫成的閨怨情詞，並出之以遊戲、酬贈的態度，無法從中得見其眞感動與眞性情。爾後因其父去世、家道中落，兼且因家族具有復明色彩，在當時動輒得咎，遂將其易代之際的所見所感一寓於詞中，並以「爲經爲史，日詩曰詞」之說來擴大詞體的抒寫功能與題材。以上詞作的「大手筆」與詞論的「大氣魄」，都是陳維崧在清初詞壇上爲人所不能及之處。即使最後未能成爲清初詞壇的「正宗」、「典範」，但陳維崧在清初詞壇上獨開門徑、別具旗鼓的貢獻，是後人在探討清詞發展時，不能捨而不論的理由所在。

　　其五，陳維崧在清初詞壇一度與浙西詞宗朱彝尊並稱，但日後卻演變成「揚朱抑陳」的局面，所以然者，在於陳維崧論詞混淆了詩、詞之間的界限，創作上又以天分爲尙的「蘇、辛」之風爲特長，宜乎陽羨詞派在陳維崧歿後，會面臨了後繼乏人、曲高和寡的命運。而陳維崧「日詩日詞」的命題，日後在清代詞壇也等同絕響，從這個角度來看，陳維崧可說是爲歷來「以詩爲詞」的功過之爭畫下了完整的句點。

第五章　由名家與大家之爭論王士禛的詩詞正變觀

前　言

　　王士禛（1634～1711），字子眞，一字貽上，號阮亭，別號漁洋山人，山東濟南府新城（今桓台縣）人。歷來學者對王士禛的研究，多集中焦點在「神韻」的源流發展與意涵上，而筆者更感興趣的問題則是：在清初詩壇被尊為「一代正宗」、學者仰之如「泰山北斗」〔註 1〕的王士禛，是屬於專擅一長，如「珍泉幽澗，澂澤靈沼，可

〔註 1〕如李元度〈王文簡公事略〉：「國家文治軼前古，抗雅揚風，鉅公接踵出，而一代正宗，必以新城王公稱首。公以詩鳴海內五十餘年，士大夫識與不識，皆尊之爲泰山北斗。」宋犖〈誥授資政大夫經筵講官刑部尚書阮亭王公暨元配誥贈夫人張夫人合葬墓誌銘〉云：「公弱冠稱詩，五十餘年海內學者宗仰如泰山北斗。」王掞〈誥授資政大夫經筵講官刑部尚書王公神道碑銘〉亦云：「公詩古文詞宗盟海內五十餘年，海內公卿大夫、文人學士，無遠近貴賤，識公之面，聞公之名者，莫不尊之以爲泰山北斗。」以上所引李、宋、王所言內容，依序載於《王士禛年譜》（北京：中華書局，1992 年）〈附錄一〉頁 121、頁 111、頁 99（以下行文皆簡稱《年譜》）。此外，趙翼亦云清初詩壇「其名位聲望爲一時山斗者，莫如王阮亭。」（《甌北詩話》卷 10，《清詩話續編》，頁 1299）。鄭方坤〈帶經堂詩鈔小傳〉云：「先生出而始斷然爲一代之宗，天下之士尊之如泰山北斗。」《本朝名家詩鈔小傳》（台北：廣文書局，1971 年）卷 2，頁 112。

愛可喜，無一點塵滓」的「名家」，或者是博綜眩洽，如「長江大河，飄沙卷沫，枯槎束薪，蘭舟繡鷁，皆隨流矣」的「大家」〔註 2〕？對於這個問題，論者各有主張。以王士禛爲「名家」者，認爲王士禛既然「獨標神韻」〔註 3〕，於司空圖的廿四詩品中，又僅取「沖澹」、「自然」、「清奇」三者爲「品之最上者」〔註 4〕；而所謂「剔出盛唐眞面目與世人看」〔註 5〕的《唐賢三昧集》之選，又獨推王、孟以下諸家得三昧之旨，且將李、杜排除在外。此外，王士禛的詩作也「專以神韻勝，但可作絕句，……終不足八面受敵爲大家也。」〔註 6〕可見不論是從理論、選本或作品各方面來看，都足見王士禛爲獨標神韻的「名家」。

　　然而，以王士禛爲「大家」者，則認爲以上的說法不過是執一的偏見，如翁方綱所謂：「僅執選本以爲學先生，與夫執一端以議先生者，厥失均也。」〔註 7〕其並由以下各方面提出質疑：

　　　　在當時，有謂先生祧唐祖宋者，固非矣；其謂專主唐音者，亦有所未盡也。謂先生師韋、柳者，似矣，顧何以選《三昧集》而不及韋、柳？又謂具體右丞，似矣，然又何以鈔五言詩不及右丞？是皆未足以盡之也。或曰讀先生詩，當熟《史記》、《漢書》，故以惠氏（棟）、金氏（榮）、徐氏（夔）諸箋說援據極博，而尚有補注者；然且又舉司

〔註 2〕《帶經堂詩話》（北京：人民文學出版社，1998 年）卷 1〈品藻類〉第 21 則引許彥周之言，頁 45。

〔註 3〕見註 1 所引王掞之銘文云：「自來論詩者，或尚風格，或矜才調，或崇法律，而公則獨標神韻。」（《年譜》頁 102）。李元度〈王文簡公事略〉中亦云：「當開國時，人皆厭明代王、李之膚廓，鍾、譚之纖仄，公以大雅之材，起而振之，獨標神韻，籠蓋百家。」（《年譜》頁 121）。

〔註 4〕《帶經堂詩話》卷 3〈要旨類〉第 2 則，頁 72。

〔註 5〕《然鐙記聞》第 22 則，載於《清詩話》，頁 103～104。

〔註 6〕趙翼《甌北詩話》卷 10 第 1 則，《清詩話續編》頁 1299。

〔註 7〕翁方綱《七言詩三昧舉隅》附錄〈漁洋詩髓論〉，《清詩話》頁 270～271。

空表聖、嚴滄浪言詩之旨，歸於妙悟，又若不假注釋者。

此皆仁智各見，吾惡乎執一處以求之？〔註8〕

換言之，王士禛詩論中固然有獨標神韻的一面，但也有「博綜賅洽，以求兼長」〔註9〕的「大家」性質，立論時的著眼點不同，得出的結論也就迥然有別。

對於上述「獨標神韻」與「博綜賅洽」的落差，近代學者的解釋可大略歸納爲兩種，一是如郭紹虞所主張的：「王士禛之有取於宋、元，不過博其旨趣，至其所作依舊不違於唐音。」〔註10〕成復旺與嚴迪昌的說法亦有類於此，認爲王士禛未曾越出「唐調」的基本宗旨〔註11〕。另一種說法則如朱東潤先生據俞兆晟〈漁洋詩話序〉引王士禛「中歲越三唐而事兩宋」之說，以及王士禛在清初詩壇曾被劃入「宋派」的資料，推論出「即使漁洋少年專言三唐，爲時亦必甚暫。」〔註12〕大陸學者蔣寅甚而主張：王士禛不但曾「大力提倡宋詩」，甚至清初的宋詩風也是在王士禛的倡導下方始強勁起來〔註13〕。因此，王士

〔註8〕翁方綱〈漁洋先生精華錄序〉，載於惠棟、金榮注《漁洋精華錄集注》（濟南：齊魯書社，1992 年），頁 1555～1556。

〔註9〕「博綜賅洽」一詞，見俞兆晟〈漁洋詩話序〉轉敘王士禛論詩變化的歷程，其言：「少年初筮仕時，惟務博綜賅洽，以求兼長。」序文載於《漁洋詩話》卷首，《清詩話》頁 139。

〔註10〕郭紹虞《中國詩的神韻、格調及性靈説》（台北：華正書局，1981 年），頁 53。

〔註11〕成復旺云：「王士禛一生的文學思想無疑是有發展的，但這種發展看來主要是同一基本宗旨逐步豐富、全面的過程，而不是基本宗旨屢次變遷的過程。」（《中國文學理論史》第 4 冊，北京：北京出版社，1991 年，頁 430）。嚴迪昌《清詩史》則強調：「（漁洋）『兼事兩宋』的意圖也是爲強化、堅實『神韻』宗旨，絕不是通常所說的一度『逃唐宗宋』。」……漁洋一生未曾超越出『大音希聲』的唐韻過。」頁 449。

〔註12〕朱東潤〈王士禛詩論述略〉，載於《中國文學批評家與文學批評》下冊（台北：學生書局，1984 年），頁 378。

〔註13〕蔣寅在〈王漁洋與清初宋詩風之興替〉一文中，引證計東〈南昌喻氏詩序〉云：「近代最稱江西詩者，莫過虞山錢受之，繼之者爲今日汪鈍翁、王阮亭。」（《文學遺產》1999.3，頁 83）；鄧漢儀《寶墨堂詩

禛晚年編選《唐賢三昧集》，專主盛唐，標榜王、孟諸人的轉變，可視爲是「由博返約」的歷程。此外，北大教授張健在歸納王士禛的詩論特色時，便針對其「博綜賅洽」的特點來加以發揮，以爲：「從思想內容而言，王士禛既對那些表現超脫塵世的情懷表示贊賞，又對表現強烈入世心的愛國情操極力稱賞。就藝術性方面而言，王士禛既喜王、孟一派『不著一字，盡得風流』之詩，也愛蘇、黃那種無所不有，無施不可的詩作；既言三唐，又不薄宋元。而這些在王士禛身上得到統一。從思想而言，王士禛本人的思想就是多側面的。出世之情與入世之心相兼於一身，這在中國古代文人中是常見的。就藝術而論，各種傾向統一於他的辨體的方法。王士禛這種多元化傾向與〈漁洋詩話序〉中所說的『博綜賅洽，以求兼長』正好是一致的；也與其〈鬲津草堂詩集序〉中所謂唐有詩不必漢、魏，宋、元有詩不必唐的觀點相符合。」〔註14〕明確地指出王士禛在獨標神韻之外的另一個屬於「大家」的面貌。

　　以上兩種說法，當然都可以在王士禛的相關論述或資料中找到理論依據。但如果認同第一種論點，則王士禛自然是位不折不扣的「名家」；倘若肯定第二種說法，則王士禛當屬「大家」而兼「名家」的身分。該如何解決以上兩種論點中的糾葛，讓王士禛在「大家」與「名家」之中得到適當的定位，是本章所要處理的重點之一。

　　「名家」與「大家」的糾葛除了存在於王士禛的詩學領域外，也同樣在王士禛的詞作與詞論間繚繞著。王士禛的詞作在後世雖有「七絕慣技」〔註15〕之譏，但在當時卻有「體備唐宋」、「美非一族」之譽

拾》：「今詩專爲宋派，自錢虞山倡之，王貽上和之。」，頁92。故而主張王士禛曾大力提倡宋詩，清代宋詩風甚且是在王士禛的倡導下方始強勁起來，頁85。

〔註14〕張健《王士禛論詩絕句三十二首箋證》（台北：文史哲，1994年），頁36。

〔註15〕陳廷焯《白雨齋詞話》卷3：「漁洋小令，能以風韻勝，仍是七絕慣技耳。」（《詞話叢編》冊4，頁3827）。《續修四庫全書提要》（台北：

〔註 16〕；其爲詞雖然「心摹手追，半在花間」〔註 17〕，毗於婉約一派，但論詞卻力求通脫，以爲詞家綺麗、豪放二派，「第當分正變，不當分優劣」〔註 18〕，對蘇、辛詞也有著客觀且公允的評價。換言之，王士禎在詞論上的表現實頗具「大家」之風，詞作在當時的輿論也有「大家」之譽，但後世的詞評家卻多以之爲「名家」，離「大家」還有一大段差距。值得注意的是，王士禎在擔任揚州推官時，不但熱衷塡詞，且有詞論專著《花草蒙拾》問世〔註 19〕，並與鄒祇謨共同編選了《倚聲集》，「網羅五十年來薦紳、隱逸、宮閨之制，匯爲一書，續《花間》、《草堂》之後，使夫聲音之道不至湮沒而無傳，亦猶尼父歌弦之意也。」〔註 20〕種種表現，讓王士禎登上了廣陵（即揚州）詞壇盟主的地位〔註 21〕。但令人費解的是，曾經在廣陵「晝了公事，夜接詞人」〔註 22〕的王士禎，卻在康熙四年（1665）調離揚州後，於塡詞之道，「絕口不談，於是向之言詞者，悉去而言詩古文辭，回視《花間》、《草堂》，頓如雕蟲之見恥於壯夫矣。」〔註 23〕何以王士禎會在詞壇上大有可爲

商務印書館，1972 年）集部〈阮亭詩餘提要〉亦云：「士禎之詞，令曲時有佳篇，同其詩之七絕，蓋清雅有餘，渾厚不足。」頁 729。
〔註 16〕鄒祇謨《遠志齋詞衷》引彭孫遹所言，載於《詞話叢編》冊 1，頁 661。
〔註 17〕謝章鋌《賭棋山莊詞話》卷 8，載於《詞話叢編》冊 4，頁 3426。
〔註 18〕王士禎《香祖筆記》（《景印文淵閣四庫全書》第 870 冊）卷 9，頁 4 ～5。
〔註 19〕據吳宏一先生考證，《花草蒙拾》「應該著成於王氏司理揚州之時，即順治十七年後至康熙四年間，至多晚不過幾年。」參見《清代詞學四論》（台北：聯經出版事業公司，1990 年）〈王士禎的詞集與詞論〉一章結語，頁 45。
〔註 20〕語見王士禎〈倚聲集序〉，載於《漁洋山人文略》（《四庫全書存目叢書》集部第 227 冊），卷 3，頁 16～18。
〔註 21〕顧貞觀〈答秋田求詞序〉中有云：「漁洋之數載廣陵，始爲斯道總持。」引自《賭棋山莊詞話續編》卷 3，載於《詞話叢編》冊 4，頁 3530。
〔註 22〕據《年譜所載，漁洋於康熙五年回顧其揚州生涯時，曾引吳梅村（偉業）所言：「貽上在廣陵，晝了公事，夜接詞人」，以表明其在揚州時既能戮力從公，又能不廢風雅之舉。》頁 28。
〔註 23〕顧貞觀〈答秋田求詞序〉，《詞話叢編》冊 4，頁 3530。。

之際，選擇了「捨詞就詩」的路線？關於這一點，筆者希望能結合其
詩論上的「名家」與「大家」之爭作爲切入點，冀能對以上問題有進
一步的認識。因爲在釐清王士禛究屬「名家」或「大家」的論述中，
其詩詞之正變觀亦已寓乎其中，對於王士禛如何看待詩中的唐宋之
爭，學力與性情如何調適，以及詞中的南北宋之爭，婉約、豪放孰爲
正宗的問題，當可隨之迎刃而解。

第一節　王士禛詩論中的名家與大家之爭

一、王士禛詩論中「獨標神韻」者

　　王士禛正式標舉「神韻」一詞作爲論詩宗旨，據《年譜》所載，
順治十八年（1661），王士禛「嘗摘取唐律、絕句、五、七言若干卷，
授嗣君清遠兄弟讀之，名爲《神韻集》。」〔註 24〕但這本供子弟閱讀
的唐詩選本並未付梓刊刻，所以世人並無法據此得知「神韻」一詞的
內涵，只能由王士禛的相關詩話及選本資料來作推論。黃景進先生曾
爲文歸納歷來學者對王士禛「神韻」一詞所作的詮釋，得出以下結論：

　　　　漁洋所說的神韻，其含義不只一種，而最基本的有兩
　　　種含義：一是傳神，即表現事物的特殊精神；一是指具有
　　　語言之外深遠的意味，而王漁洋所謂神韻較偏於後者的含
　　　義。〔註 25〕

此說分別由「傳神思想」與「餘韻思想」來詮釋王士禛神韻說的內容，
在「神」與「韻」兩者皆有所著墨的情況下，進一步指出王士禛的神
韻說，有偏於「韻」的理論傾向。這種立足於整體進而指出其特殊性
的詮釋方式，實要比單由「神」或「韻」字來詮釋王士禛的「神韻」
說〔註 26〕，更爲全面且客觀，故本文在論述「神韻」時，主要採取以

〔註 24〕參見《年譜》，頁 19。
〔註 25〕氏著〈王漁洋「神韻說」重探〉，文錄於《第一屆國際清代學術研討
　　　　會論文集》（高雄：中山大學，1989 年），頁 540。
〔註 26〕黃景進《王漁洋詩論之研究》（文史哲出版社，台北，1980 年版）第

上的論點。

在掌握了「傳神」與「餘韻」的重點後，不難理解何以在王士禛的詩話與筆記資料〔註27〕中，經常出現「偶然欲書」、「得之於內」、「筆墨之外」等關於如何獲致「詩家三昧」的語詞：

南城陳伯璣允衡善論詩，昔在廣陵評予詩，譬之昔人云：「偶然欲書」，此語最得詩文三昧。今人連篇累牘，牽率應酬，皆非偶然欲書者也。〔註28〕

越處女與勾踐論劍術曰：「妾非受於人也，而忽自有之。」司馬相如答盛覽曰：「賦家之心，得之於內，不可得而傳。」雲門禪師曰：「汝等不記己語，反記吾語，異日稗販我耶？」數語皆詩家三昧。〔註29〕

《新唐書》如近日許道寧畢晝山水，是眞畫也。《史記》如郭忠恕畫天外數峰，略有筆墨，然而使人見而心服者，在筆墨之外也。〔註30〕

由「傳神」一詞而言，詩人筆下所要傳達的「神」，除了是描繪客體的外在特質外，也要結合一己對此客體的主觀感受在裡面，所以創作必須是在「有來斯應，每不能已」的情況下爲之。然而靈感的湧現與思潮的起伏，並不具備規律性，也無法事先預期，而是來自情感與外

4 章〈神韻的意義〉，基本上是由「傳神」的觀點來解釋「神韻」一詞，偏重於「神」的部分。而解釋上偏重於「韻」者，如郭紹虞便認爲：「漁洋所謂神韻，單言之也只一『韻』字而已。……謂風神，可；謂韻致，可；謂神韻，也可，單言之祇稱爲『韻』，又何嘗不可。」（《中國詩的神韻、格調及性靈說》，頁49）。附和此說者，有朱東潤〈王士禛詩論述略〉，余煥棟〈王漁洋神韻說之分析〉，二文皆載於《中國文學批評家與文學批評》。

〔註27〕詩話部分，如《漁洋詩話》3卷，《然鐙記聞》1卷，《師友詩傳錄》及《師友詩傳續錄》各1卷，均載於《清詩話》。筆記部分，本文主要參考由王士禛門人張宗柟彙集王士禛各種筆記、詩話中論詩的精華，分30類而成的《帶經堂詩話》一書。

〔註28〕《帶經堂詩話》卷3〈微喻類〉第12則，頁84。

〔註29〕《漁洋詩話》卷上第81則，《清詩話》頁156。

〔註30〕《帶經堂詩話》卷3〈微喻類〉第15則，頁86。

物彼此激盪的當下。因而欲得「詩文三昧」，就不能敷衍應酬，累牘連篇，而要先「得之於內」，在「偶然欲書」的情感衝動下，如水到渠成般佇興而就。換句話說，如果沒有眞性情、眞感動，則強求不得；若墨守古人成法刻意爲之，所謂「不記己語，反記吾語」者，更屬餘贅。至於「使人見而心服者，在筆墨之外也」與「不著一字，盡得風流」之說，則可視爲「餘韻」的內容，強調詩歌在文字之外宜有沖淡悠遠的意味，令人有一唱三嘆、韻味無窮的感受，此誠如成復旺先生所言：「詩結束了，詩情卻無限地展開了。但見性情而不睹文字，情思無限又無跡可求。詩至此，詩的意境美，詩的魅力，得到了最充分的表現。」〔註31〕

　　王士禛的「神韻」說既然在創作上主張「佇興而就」，重視「筆墨之外」的餘韻，運用在詩歌鑒賞時，也就特別欣賞「興會神到」、「字字入禪」、「神韻天然，不可湊泊」的作品，如云：

　　　　世謂王右丞畫雪中芭蕉，其詩亦然。如「九江楓樹幾回青，一片揚州五湖白」，下連用蘭陵鎮、富春郭、石頭城諸地名，皆寥遠不相屬。大抵古人詩畫，只取興會神到，若刻舟緣木求之，失其指矣。〔註32〕

　　　　嚴滄浪以禪喻詩，余深契其說，而五言尤爲近之。如王、裴輞川絕句，字字入禪。他如「雨中山果落，燈下草蟲鳴」，「明月松間照，清泉石上流」，以及太白「卻下水晶簾，玲瓏望秋月」，常建「松際露微月，清光猶爲君」，浩然「樵子暗相失，草蟲寒不聞」，劉眘虛「時有落花至，遠隨流水香」，妙諦微言。與世尊拈花，迦葉微笑，等無差別。通其解者，可語上乘。〔註33〕

　　　　律句有神韻天然，不可湊泊者。如高季迪「白下有山皆繞郭，清明無客不思家。」曹能始「春光白下無多日，

〔註31〕氏著《中國文學理論史》第 4 冊，頁 415。
〔註32〕《帶經堂詩話》卷 3〈佇興類〉第 3 則，頁 68。
〔註33〕同上註，卷 3〈微喻類〉第 8 則，頁 83。

夜月黃河第幾灣。」李太虛「節過白露猶餘熱，秋到黃州
始解涼。」程孟陽「瓜步江空微有樹，秣陵天遠不宜秋」
是也。余昔登燕子磯有句云：「吳楚青蒼分極浦，江山平遠
入新秋」或庶幾爾？〔註34〕

畫裡的「雪中芭蕉」與詩中地名寥遠不相屬，這是古人為詩作畫時「興
會神到」使然，所以不能以常理或執著於字句推之。至於王士禎所稱
許的那些「字字入禪」及「神韻天然，不可湊泊」的詩句，其所蘊涵
的情韻，也唯有善「參活句」〔註35〕者，才能「妙諦微言」，領略語
言之外的深意。

　　此外，由具體詩例落實觀之，王士禎曾舉王維、杜牧及清初孫廷
銓三人的詠息夫人詩為例：

　　　　益都孫文定公（廷銓）詠息夫人云：「無言空有恨，
　　兒女粲成行。」諧語令人頤解。杜牧之：「至竟息亡緣底
　　事？可憐金谷墜樓人。」則正言以大義責之。王摩詰：「看
　　花滿眼淚，不共楚王言。」更不著判斷語，此盛唐所以為
　　高。〔註36〕

以上所舉的三首詩例，王維詩所以高於孫、杜二人，關鍵在於能「不
著判斷語」，比之孫廷銓的諧言謔語或杜牧的嚴辭大義，王維委婉卻
又深刻的點染出息夫人難以言說的心緒，貼近了息夫人「事二夫」的
無奈與苦痛。再就以下三首〈桃源行〉的詩例來看：

〔註34〕《漁洋詩話》卷中第 17 則，《清詩話》頁 162～163。
〔註35〕王士禎《師友詩傳續錄》第 5 則云：「嚴儀卿（羽）所謂：『如鏡中
　　　　花，如水中月，如水中鹽味，如羚羊挂角，無跡可求。』皆以禪喻
　　　　詩。《內典》所云：『不即不離，不黏不脫。』曹洞宗所云：『參活句』
　　　　是也。」（《清詩話》頁 128）。翁方綱《七言詩三昧舉隅》「評晁具茨
　　　　〈送一上人還滁州瑯琊山〉」條下，對王士禎「以禪喻詩」與「參活
　　　　句」，有著如下的說解：「大約漁洋所說三昧之理，不宜於道家鉛汞
　　　　語，而宜於禪家語，然又不盡如此，此所在乎善參活句者矣。」（《清
　　　　詩話》，頁 265）。換言之，王士禎的「詩家三昧」雖宜於禪家語，但
　　　　必須善參活句才能掌握其中旨竅。
〔註36〕《漁洋詩話》卷下第 51 則，《清詩話》頁 188。

> 唐、宋以來作〈桃源行〉最傳者，王摩詰、韓退之、
> 王介甫三篇。觀退之、介甫二詩，筆力意思甚可喜，及讀
> 摩詰詩，多少自在。二公便如努力挽強，不免面赤耳熱，
> 此盛唐所以高不可及。〔註37〕

同題的三首詩中，韓愈與王安石的詩因爲「努力挽強」，用力太過，「不
免面赤耳熱」，寫得筋骨怒張，相形之下，王維的詩就顯得「自在」閒
適多了，既呼應了「世外桃源」的題旨，也合乎「神韻天然」的旨趣。

　　如果依照創作時「佇興而就」的要求，與鑑賞詩歌時「興會神到」
的準則，再進一步推選出神韻詩論的審美典範人物，則必然是以詩句
「字字入禪」、「不著判斷語」、「多少自在」的王維最能服膺要求，雀
屏中選，所以王士禎在「神韻」的相關詩論中，經常以王維詩（擴大
範圍則包括與其唱和的裴迪及孟浩然）爲說明例證；選《唐賢三昧集》
時，亦將王維列爲首卷。這除了因王維詩合於「神韻」詩論的要求外，
也與王士禎學詩的歷程有極大的關係。考諸《年譜》所載，王士禎八
歲時，其兄王士祿曾授以王、裴詩法，並且「取《唐詩宿》中王、孟、
常建、王昌齡、劉昚虛、韋應物、柳宗元數家詩，使手抄之。」〔註
38〕而王士禎在回顧一己學詩的歷程時，對於年少時與兄弟讀書東
堂，「嘗雪夜置酒，約共和王、裴《輞川集》」〔註39〕一事，更是津津
樂道，念念不已。此外，王士禎也經常有意無意地表明自己「少無宦
情」、「癖好山水」，喜好「秋霖不止」、「叢竹蕭蕭」、「風雪凄然」、「燈
火青熒」之類寂寥凄清的光景〔註40〕。因此，如果將《唐賢三昧集》

〔註37〕《帶經堂詩話》卷2〈推較類〉第2則，頁50。
〔註38〕《年譜》崇禎十四年（1641）條下內容，頁7。
〔註39〕《漁洋詩話》卷上及《帶經堂詩話》卷7〈家學類〉第7則，卷25〈韻
　　　　事類‧上〉第6則皆有記載。
〔註40〕在《帶經堂詩話》卷7〈自述類‧上〉第4則中，便有「予兄弟少無
　　　　宦情」、「予自少癖好山水」之言，《年譜》「康熙三十四年乙亥」條
　　　　下，王士禎「答淄川唐濟武檢討書」中，亦有「少無宦情」之言（頁
　　　　48）。此外，《帶經堂詩話》卷3〈清言類〉第4則，也選錄了王士禎
　　　　《香祖筆記》所載：「歐陽公云：『秋霖不止，文書頗稀，叢竹蕭蕭，
　　　　似聽愁滴。蘇公云：『歲云暮矣，風雪凄然。紙窗竹屋，燈火青熒，

視爲王士禛「生活中最眞實的自我，投現在典律編纂的結果。」〔註41〕那麼，標舉王維爲「神韻」詩論的審美典範，則不妨視爲王士禛對「名家」自我認同的心理投射。儘管王士禛論詩有「內崇王、孟，陰抑少陵」〔註42〕的傾向，但在「名家」與「大家」的認定、歸屬上，王士禛明白的將王維定位爲「名家」，並在自我定位時，選擇了向「名家」靠攏，由以下王士禛與門人的對話中，當知此言不誣：

> 曹頌嘉（禾）祭酒嘗語余曰：「杜、李、韓、蘇四家歌
> 行，千古　絕調，然語句時有利鈍。先生長句，乃句句用
> 意，無瑕可攻，擬之前人，殆無不及。」余曰：「唯句句作
> 意，此其所以不及前人也。四公之詩，如萬斛泉源，不擇
> 地而出。行乎其所不得不行，止乎其所不得不止。余詩如
> 鑑湖一曲，若放翁、遺山巳（以）下，或庶幾耳。」〔註43〕

對於曹禾恭維自己的歌行長篇，足以比擬杜、李、韓、蘇等大家之作，王士禛並不領情，還直言自己的詩作不過如「鑑湖一曲」般，能與陸游、元好問等人比肩，卻絕非如「萬斛泉源，不擇地而出」的大家之作。何況「句句作意」正犯了神韻詩論之大忌，與「佇興而就」、「偶然欲書」的創作原則相抵觸，所以曹禾的恭維得不到王士禛的肯定與認同，是可以理解的。然而，王士禛將自己定位爲「如鑑湖一曲」的名家，是否有自貶身價、損及一代宗師的令名呢？這種想法恐怕是基於「大家在詩壇上的地位高於名家」的成見使然，但王士禛本人未必作如是想，試觀以下兩則資料：

> （引王世懋《藝圃擷餘》）：「詩有必不能廢者，雖衆體

時於此間，得少佳趣。』此等寂寥風味，富貴人所不耐，而予最喜之，正苦一年中如此境不多得耳。」在在表明了內心深處無意仕宦的念頭。

〔註41〕語見吳明益〈從詩史觀到理想典律──王漁洋擇定選集所映現的詩歌觀點與意涵〉，《中國古典文學研究》第一期，1999 年 6 月，頁 133。

〔註42〕朱東潤〈王士禛詩論述略〉，載於《中國文學批評家與文學批評》，頁 383。

〔註43〕《帶經堂詩話》卷 3〈要旨類〉第 12 則，頁 75。

未備，而獨擅一家之長。如孟浩然洮洮易盡，只以五言雋永，千載並稱『王孟』。有明則徐昌穀、高子業二君，詩不同而皆巧於用短，徐有蟬蛻軒舉之風，高有秋閨愁婦之態，更千百年，李（夢陽）、何（景明）尚有廢興，二君必無絕響。」此真高識迥論，令于鱗（李攀龍）、大美（王世貞）早聞此語，當不開後人抨彈矣。〔註44〕

　　工於五言，不必工於七言：工於古體，不必工於近體。觀鴻山及唐孟襄陽集可悟。今人自古樂府、古詩十九首以下無不擬者，乃妄人也。〔註45〕

「獨擅一家之長」的名家詩作或許「眾體未備」，但卻有「不能廢」的特質與價值所在，王士禛稱王世懋之言爲「高識迥論」，正是認同「名家」的意識型態表露。反之，那些「自古樂府、古詩十九首以下無不擬」的人，在王士禛看來，實與「妄人」無異，因爲欲以詩「名世」，不在於兼備眾體，反倒是「專精一體」還比較容易成名立萬。正如同孟浩然的詩作雖然不多，且多專長五言，但因爲這是孟詩「獨擅」之處，所以能歷時千百年而無「絕響」之虞。學者若再進一步追問：「吾人宜選擇何體以爲自名一家之長」時，王士禛的答案想必是「從其性之所近」〔註46〕，務求「肖其爲人」〔註47〕吧！因爲與其模擬眾家之長，妄求兼工各體，但又力有所不逮，以致眾家之長未得，卻先糢糊掉自己的精神面目，反倒「不如求眞至，辛澹皆可味」〔註

〔註44〕同上註，卷1〈品藻類〉第26則，頁48。

〔註45〕同上註，卷3〈要旨類〉第11則，頁75。

〔註46〕《然鐙記聞》第22則。李鑑湖問：「某頗有志於詩，而未知所學，學盛唐乎？學中唐乎？」漁洋答以：「……學者從其性之所近，伐毛洗髓，務得其神而不襲其貌，則無論初、盛、中、晚，皆可名家。」《清詩話》頁103～104。

〔註47〕《帶經堂詩話》卷3〈要旨類〉第9則：「詩以言志。古之作者，如陶靖節、謝康樂、王右丞、杜工部、韋蘇州之屬，其詩具在，嘗試以平生出處考之，莫不肖其爲人。」頁73。換言之，陶、謝、王、杜、韋諸人之詩所以能千古不朽，正在於能「肖其爲人」，表現出一己獨特的情志，能有別於眾人而面目鮮明。

〔註48〕此爲王士禛引劉孔和論詩之言，王士禛並謂此爲「旨哉言乎！」可見

48〕。換句話說，學什麼都可以，重點是要能契合一己的性情，鮮明的表現出自己的特色與風貌。以上所言，不正是教人如何成爲「名家」的聲調口吻嗎？準此，則王士禛顯然亦以「名家」的身分自居，而不是以「大家」的身分應世的。

二、認同王士禛爲「獨標神韻」之評論

　　在以上的論述中，可知王士禛論詩有獨鍾「神韻」，並以「名家」身分自居的特色。對於這一點，與王士禛同時之人及後世評論家的反應又是如何？

　　如前所言，王士禛曾引許彥周：「東坡詩如長江大河，飄沙卷沫，枯槎束薪，蘭舟繡鷁，皆隨流矣。珍泉幽澗，澂澤靈沼，可愛可喜，無一點塵滓，只是體不似江河耳。」的說法，進一步引申發揮，以「長江大河」譬之大家，以「珍泉幽澗」譬之名家〔註49〕。對於王士禛的論點，田同之除了給予正面的肯定外，也將區分標準應用於當時詩壇，以爲：

> 以今日論之，足繼杜、蘇二公者，唯我司農先王父。
> 足繼王、孟諸公者，唯阮亭司寇公而已。當代稱詩者，亦
> 嘗云新城、德州有名家、大家之分。〔註50〕》

王士禛爲山東濟南府新城人，田雯（1635～1704）爲山東德州人，由「當代稱詩者，亦嘗云新城、德州有名家、大家之分」一語來看，可知王士禛在當時確實曾被目爲「名家」，若再參照《西圃詩說》中的另一則詩話所謂：「今之皮相者，強分唐、宋，如觀漁洋司寇詩則曰唐，且指王、孟以實之。」〔註51〕更可確定王士禛詩在當時曾被劃入

　　王士禛是認同此說的。《帶經堂詩話》卷3〈要旨類〉第8則，頁74。
〔註49〕《帶經堂詩話》卷1〈品藻類〉第21則，頁45。
〔註50〕氏著《西圃詩說》，《清詩話續編》上冊，頁764。
〔註51〕載於《清詩話續編》，頁766。又，田同之文中所云「今之皮相者」，
　　　　主要是爲其祖田雯被時人劃入「宋詩」派而抱不平，田同之認爲，
　　　　其祖之詩「原本少陵，以才雄筆大，自三唐以及兩宋，無所不包，
　　　　千變萬化，終自成一家言，亦所謂集大成者。」而時人不察，僅據

「宗唐」一派,並被視爲王、孟詩風的後繼者。此外,朱彝尊也曾對後進張趾肇欲學唐詩作過以下的建議:

> 今戶部尚書澤州陳先生、左都御史新城王先生,其詩未嘗不操唐音,試以質之,當必有所遇也。〔註52〕

考諸《年譜》,可知王士禛官「左都御史」的時間爲康熙三十七年(1698)七月至康熙三十八年(1699)十一月,王士禛時年六十五、六十六歲,已屬桑榆晚景,故論者或許會據此反駁道:王士禛「操唐音」,被目爲「唐詩」派,應是晚年定論,與其中年「祧唐祖宋」的學詩歷程並不衝突。對於這一點,王士禛的友朋與門人紛紛起而爲他辯護。如門人徐乾學即力斥此說之不當,其云:

> (漁洋)雖持論廣大,兼取南北宋、元、明諸家之詩,而選練矜慎,仍墨守唐人之聲格。或乃因先生持論,遂疑先生《續集》,降心下師宋人,此未知先生之詩者也。〔註53〕

門人姜宸英也呼應徐乾學「墨守唐人聲格」的說法,並舉王士禛選《唐賢三昧集》爲例,指出:

> 選《唐賢三昧》者,所以別唐詩於宋、元以後之詩,尤所以別盛唐於三唐之詩也。……今人厭苦唐律者,必曰宋詩,正以新城先生嘗爲之,此知其跡而不知其所以跡也。〔註54〕

姜宸英不滿時人藉口王士禛「嘗爲」宋詩,便粗率地將王士禛引爲宋詩同調,以爲此乃「知其跡而不知其所以跡」。然而王士禛「爲宋詩」之「所以跡」爲何?姜宸英並未詳加說明,但可由其他相關論述推知

其祖的隻言片語就將他劃入「宋派」,無怪田同之要斥之爲「皮相者」,如同汪懋麟謂王士禛「亦宋詩」的說法,都只是皮相之見而已,並沒有反對「王士禛詩宗唐,且近於王、孟」之說的意思。

〔註52〕〈張趾肇詩序〉,《曝書亭集》卷39,頁2。
〔註53〕施閏章〈漁洋山人續集序〉,載於《漁洋山人續集》卷首,《四庫全書存目叢書》集部第226冊。
〔註54〕氏著〈唐賢三昧集序〉,載於《唐賢三昧集箋註》(台北:廣文書局,1968年)卷首。

其要。如施閏章即主張王士禛是因爲「疾夫膚附唐人者了無生氣，故
間有取於子瞻」，但不宜據此認定其詩爲「宋調」〔註 55〕；門人金居
敬在〈漁洋續集序〉中，也轉述王士禛對宋詩的看法，以爲宋詩的音
節、句法「皆本於唐」，故不妨透過宋詩「以窺三唐之竊奧」〔註 56〕。
可見王士禛取法於宋詩，只是詩論中的一個面向而已，其眞正「所以
跡」者，還是在唐詩上面。此外，若將「三昧」的意涵等同於「奧妙」
之意〔註 57〕，則《唐賢三昧集》之選，豈非有「唐詩精華奧妙之選」
的意味？選集中最啓人疑竇的，在於不錄李白、杜甫的詩作，王士禛
雖然在選集卷首的序文中，以「不錄李、杜二公者，仿王介甫百家例
也」來自我開脫，但此說確實有些牽強，難杜悠悠之口，誠如翁方綱
所言：「先生平日極不喜介甫《百家詩選》，以爲好惡拂人之性，焉有
仿其例之理？」〔註 58〕既然在情理上說不通，那麼王士禛《三昧集》
不選李、杜詩的眞正用意爲何？翁方綱接著提出他的見解是：

> 先生於唐賢獨推右丞、少伯以下諸家得三昧之旨，蓋
> 專以沖和淡遠爲主，不欲以雄鷙奧博爲宗。若選李、杜而
> 不取其雄鷙奧博之作可乎？吾窺先生之意，固不得不以

〔註 55〕施閏章〈漁洋山人續集序〉。
〔註 56〕據金居敬〈漁洋山人續集序〉轉述王士禛之言，以爲：「凡名爲唐詩
者，必詆訶宋詩，而訾毀西江尤甚，斥之爲山魈木怪，著薜蘿之體，
實則西江之音節、句法，皆本於唐，其原委不可誣也。蓋有宋詩家
自歐陽文忠公、王文公推揚李、杜，以振楊、劉之衰弱，而靡聲曼
響中，於習尚未能遽移，至黃魯直而後，有以窺三唐之竊奧，力追
古之作者，而與子瞻蘇氏抗行於一時。」
〔註 57〕朱東潤曾列舉王士禛詩論之「三昧」內涵有四，即「得之於內」、「語
中無語」、「偶然欲書」與「在筆墨之外」，見氏著〈王士禛詩論述略〉，
《中國文學批評家與文學批評》頁 387～388。黃景進則認爲此種解
釋方法等同無用，因爲「按照此法，則三昧之意可有無數種，因爲
『三昧』可用在無數場合上，如果每一次出現即給予一個內涵，將
數不勝數。」故歸納各說得出「所謂『詩之三昧』，不過謂詩之『奧
妙』。」此說堪稱簡潔扼要，詳見氏著《王漁洋詩論之研究》，頁 117
～118。
〔註 58〕見翁方綱《七言三昧舉隅》〈丹青引〉後評，載於《清詩話》，頁 256
～257。

> 李、杜爲詩家正軌也，而其沈思獨往者，則獨在沖和淡遠
> 一派。此固右丞之支裔，而非李、杜之嗣音矣。〔註59〕

王士禛雖然承認李、杜爲「詩家正軌」，肯定其在詩歌表現上「集大成」的價值，但這只是由客觀詩史角度上來立論，在個人內在的審美偏嗜上，王士禛還是獨好「沖和淡遠」的王、孟詩派。翁氏之說，透露了王士禛對詩歌的獨特愛好，也揭示了王士禛「專擅神韻」的「名家」眞面目。清人以「神韻」作爲王士禛論詩之標幟者，如《四庫全書總目提要》卷 196〈漁洋詩話提要〉云：「士禛論詩，主於神韻，故所標舉，多流連山水、點染風景之詞。」田同之《西圃詩說》亦云：「前人論詩主格者、主氣者，主聲調者，而漁洋先生獨主神韻。」〔註60〕趙翼《甌北詩話》亦有：「阮亭專以神韻爲主」〔註61〕之言。可見「獨標神韻」，不僅是王士禛論詩的詩色，以神韻「名家」，更是王士禛被評論者廣爲認同、接受的歷史定位。

三、王士禛詩論中「博綜賅洽」者

　　如果僅就上述王士禛詩論中「獨標神韻」的部分來看，宜乎王士禛會有「名家」之稱。然而研究王士禛詩論的複雜性在於，王士禛不僅有廣爲人知的「獨標神韻」之「名家」特質，更有屬於「博綜賅洽」的「大家」風範。

　　先就創作論而言，神韻詩論主張作詩要「佇興而就」、「偶然欲書」，在鑑賞詩歌時，也應興會神到，不可過分指實，以免落入緣木求魚、刻舟求劍的下乘，領略不到古人詩中風韻天然之妙。據此而言，寫詩不過是個人靈感的乍現與情感激盪的結晶，因而一首詩的好壞，先天的「才性」是要比後天的「學問」來得更重要，更何況「賦家之心」是「得之於內，不可得而傳」〔註62〕。在這種濃厚的「唯心」意

〔註59〕同上註。
〔註60〕載於《清詩話續編》，頁 765。
〔註61〕氏著《甌北詩話》卷 10，載於《清詩話續編》，頁 1299。
〔註62〕《漁洋詩話》上卷，王士禛引司馬相如答盛覽曰：「賦家之心，得之

識型態主導下,「學問」似乎只是寫詩的外在工夫,而不是重要的因素。此說固然言之成理,但落實到王士禛詩論中來作考察的話,可謂不然,因為王士禛強調「學問」的作用與重要性的詩論內容,實亦所在多有,試觀以下王士禛示人為詩時所言:

> 論世詩要蘊藉;又要旁引曲喻,使人有諷詠不盡之意。不可將舊事排說。〔註63〕

> 學詩須有根柢。如三百篇、楚詞、漢、魏,細細熟玩,方可入古。〔註64〕

> 為詩須博極群書,如十三經、廿一史,次及唐、宋小說,皆不可不看。所謂取材於選,取法於唐者,未盡善也。〔註65〕

> 為詩須要多讀書,以養其氣;多歷名山大川,以擴其眼界;宜多親名師益友,以充其識見。〔註66〕

論詩要旁引曲喻,要細玩《詩經》、《楚辭》及漢、魏古詩,要博極群書,要多讀書。這些要求,並非只是虛應故事的門面話而已,而是具有「學問為詩之根柢」的深意,由王士禛以下所言可知不誣:

> 夫詩之道,有根柢焉,有興會焉,二者率不可得兼。鏡中之象,水中之月,相中之色,羚羊挂角,無跡可求,此興會也。本之風雅以導其源,沂之楚騷、漢、魏樂府詩以達其流,博之九經、三史、諸子以窮其變,此根柢也。根柢源於學問,興會發於性情,於斯二者兼之,又幹以風骨,潤以丹青,諧以金石,故能銜華佩實,大放厥詞,自名一家。〔註67〕

> 司空表聖云:「不著一字,盡得風流。」此性情之說也。

　　　於內,不可得而傳」來說明「詩家三昧」,載於《清詩話》,頁156。

〔註63〕《然鐙記聞》第10則,《清詩話》頁102。

〔註64〕同上註,第1則,《清詩話》頁101。

〔註65〕同上註,第11則,《清詩話》頁102。

〔註66〕同上註,第16則,《清詩話》頁102。

〔註67〕《帶經堂詩話》卷3〈真訣類〉第5則,頁78。

> 揚子雲云：「讀千賦則能賦。」此學問之説也。二者相輔而
> 行，不可偏廢。若無性情而侈言學問，則昔人有譏點鬼簿、
> 獺祭魚者矣。學力深，始能見性情，此一語是造微破的之
> 論。〔註68〕

詩的根柢既然源於學問，當然要博極群書以充實學問，窮盡詩的源流
通變。至於「學問」與「性情」彼此間的關係爲何？王士禛主張二者
宜「相輔而行，不可偏廢」，因爲「學力深，始能見性情」；另一方面，
「性情」也是點化「學力」的靈丹妙藥，以免詩作淪爲資料的整理彙
編與文字的排列組合，所謂「點鬼簿」、「獺祭魚」者。

　　既然強調「學問」爲詩歌創作的根柢，那麼應用在詩歌的鑒賞批
評時，王士禛對杜甫詩與宋詩的評價立刻成爲注目的焦點。因爲從「神
韻」詩論的立場來看，杜詩的「亂離行役，鋪張敘述」〔註69〕顯然與
「沖和淡遠」的審美典範有段距離；而宋詩的「以文字爲詩，以才學
爲詩，以議論爲詩」〔註70〕，亦迥異於「神韻天然」、「興會超妙」的
詩境。如果王士禛對杜詩與宋詩是持貶抑態度的話，則「學力深始能
見性情」之說，豈非爲浮根不實的空言？故瞭解王士禛對杜詩與宋詩
的態度，當是掌握王士禛論詩是否有「博綜賅洽」性質的重要關鍵。

　　先就王士禛對杜詩的態度來看，《居易錄》卷21有「唐五言詩，
開元、天寶間大匠同時並出。王右丞而下，如孟浩然、王昌齡、岑參、
常建、劉眘虛、李頎、綦毋潛、祖詠、盧象、陶翰之數公者，皆與摩
詰相頡頏。……杜甫沈鬱，多出變調」之言。此外，王士禛既云「亂
離行役、鋪張敘述宜老杜」，宜乎翁方綱不禁要臆測：「然則先生意中，

〔註68〕《師友詩傳錄》第1則，《清詩話》頁105。
〔註69〕見《帶經堂詩話》卷1〈體制類〉第19則：「予嘗論五言，感興宜阮、
　　　　陳，山水閒適宜王、韋，亂離行役、鋪張敘述宜老杜，未可限以一
　　　　格。」頁30。
〔註70〕語見嚴羽《滄浪詩話》之〈詩辨五〉。又，陸鎣《問花樓詩話》卷2
　　　　云：「宋詩好議論，元詩近詞曲，昔賢固有定論。」（《清詩話續編》
　　　　頁2308）可見以「議論」作爲宋詩之主調，儼然成爲被普遍接受的
　　　　「定論」。

豈不竟以變風、變雅視杜矣？」〔註71〕趙執信也有：「阮翁酷不喜少陵」〔註72〕的推論。但就上述的引文來看，王士禎的意思應是：五言詩，應以王維爲正宗而以杜甫爲變調。這並不必然是個人主觀偏好王維所致，毋寧是就「五言著議論不得，用才氣馳騁不得。七言則須波瀾壯闊，頓挫激昂，大開大闔」、「五言以蘊藉爲主，若七言則發揚蹈厲，無所不可」〔註73〕的詩體特質而論。既然五言詩宜「蘊藉」，而嚴羽「以禪喻詩」的美感要求又於「五言尤爲近之」〔註74〕，故五絕有「字字入禪」之目的王維被視爲五言正宗，可謂名正言順。而杜詩既然多敘亂離之象，且運以「沈鬱頓挫」之筆，所以在「以蘊藉爲主」的五言詩體中被判爲「變調」，也是理所當然。值得追究的倒是：杜詩在「波瀾壯闊，頓挫激昂」的七言古體中，是否被王士禎視爲正宗呢？由王士禎以下對杜甫七言古詩的評論來看：

> 詩至杜工部，集古今之大成，百代而下無異詞者，七言大篇，尤爲前所未有，後所莫及。〔註75〕

> 杜七言千古標準。自錢、劉、元、白以來，無能步趨者。貞元、元和間，學杜者唯韓文公一人耳。〔註76〕

> 七言古詩，若李太白、杜子美、韓退之三家，橫絕萬古。後之追風躡景，惟蘇長公一人而已。〔註77〕

> 七言歌行，至子美、子瞻二公，無以加矣。〔註78〕

由「前所未有」、「千古標準」、「橫絕萬古」、「無以加矣」的評語來看，王士禎對杜甫七言古詩的推崇可說是無以復加，絕非虛詞。足見以杜

〔註71〕翁方綱《七言詩三昧舉隅》，《清詩話》頁 257。
〔註72〕趙執信《談龍錄》，《清詩話》頁 277。
〔註73〕二語分見《師友詩傳續錄》第 2 則與第 40 則，《清詩話》頁 127、頁 134。
〔註74〕《帶經堂詩話》卷 3〈微喻類〉第 8 則，頁 83。又，王維輞川絕句有「字字入禪」之目，亦同見於此。
〔註75〕《帶經堂詩話》卷 4〈纂輯類〉第 2 則，頁 95。
〔註76〕同上註。
〔註77〕《師友詩傳錄》第 5 則，《清詩話》頁 110。
〔註78〕《漁洋詩話》卷下第 50 則，《清詩話》頁 188。

甫爲「變調」之說，純粹是由詩歌辨體的角度立論，不宜據此籠統地以爲王士禛「酷不喜」杜詩，否則論者亦可據王士禛以下所說的話，得出王士禛「其推少陵至矣」〔註79〕的結論：

> 祝允明作《罪知錄》，論唐詩人，尊太白爲冠，而力斥子美，謂其「以村野爲蒼古，椎魯爲典雅，粗獷爲豪雄」，而總評之曰：「外道」。李則〈鳳凰臺〉一篇，亦推絕唱。狂誖至於如此，醉人罵坐，令人掩耳不欲聞。〔註80〕

可見王士禛即使偏嗜王、孟詩作，但對於那些「力斥子美」的情緒化批評，則視之爲醉人罵坐的「狂誖」之論，掩耳不欲聞。北大教授張健故云：「其實籠統地談王士禛不喜杜甫是難以正確說明其對杜甫的眞正態度的。我們必須根據王士禛辨體的方法來看其對杜甫的眞正評價。」從而歸納出王士禛於杜甫的五古、五律、排律的評價都不高，對杜甫的七古、七律及樂府則有極高的評價〔註81〕，持論可謂中肯。

此外，由〈七言詩凡例〉〔註82〕中，可知王士禛對宋、元詩的肯定主要集中在「七古」一體上，而〈凡例〉最後一則亦總結道：「七言長句，大旨以杜爲宗，唐、宋以來善學杜者則取之。」因此王士禛的七古乃是一個以杜甫爲宗所建立的詩學體系，所以王士禛對宋、元詩（尤其是宋詩）的評價，也就成了一個值得注意的焦點。由《年譜》所載來看，王士禛在順治十三年（1656）「買舟歸里，始棄帖括，專攻詩。聚漢、魏、六朝、四唐、宋、元諸集，無不窺其堂奧而撮其大凡。」〔註83〕再由《古詩選》中選詩的狀況來看，14 卷的七古詩選中，除卷 3 至卷 6 是選自唐人外，其餘卷 1、卷 2 乃選自漢、魏、南

〔註79〕王士禛學生張宗柟在《帶經堂詩話》卷2〈評駁類〉第3則按語道：「《談龍錄》：『阮亭酷不喜少陵，特不欲顯攻之，每舉楊大年『村夫子』之目以語客。』觀集中所錄，其推少陵至矣。」便是以此而得出王士禛推崇杜甫「至矣」的結論。

〔註80〕《帶經堂詩話》卷2〈評駁類〉第3則，頁60。

〔註81〕張健《王士禛論詩絕句三十二首箋證》，頁15。

〔註82〕王士禛《古詩選》（台北：中華書局集部四部備要本）七言詩卷首。

〔註83〕《年譜》頁13順治十三年丙申（1656）條下。

北朝，卷7至卷14則選自宋、元詩人（其中又以宋詩佔大宗），將這樣的選法視爲是王士禛對歷代詩「窺堂奧」、「撮大凡」的結果，亦無不可，也隱含有王士禛反對論詩「好立門戶，某者爲唐，某者爲宋；李、杜、蘇、黃，強分畛域。」〔註84〕的態度，欲矯正時人「束身中晚，或則哆口初唐，摹擬徒工，意境愈狹矣」〔註85〕的意圖。

　　再者，由於王士禛論詩多由新變的角度，肯定歷代詩歌在體裁的傳承與演變上的存在價值與意義，所謂：「《詩》、《騷》以下，風會遞遷，乃自然之理，必至之勢。」〔註86〕所以在〈唐人萬首絕句選凡例〉〔註87〕中，對王世貞所謂：「七言絕，盛唐主氣，氣完而意不甚工；中、晚唐主意，意工而氣不甚完。然各有至者，未可以時代優劣也。」的說法大表認同，以爲「此論甚確」。這種不以時代論詩體優劣的態度，同樣表現在對宋詩的評論上。以宋詩而論，其議論說理的特色雖然異於唐詩自然興象的風貌，但這正是宋人能夠在前人成就上自出機杼之處，王士禛故有：「宋人詩何可輕議耶？」及「今人耳食，譽者毀者，皆矮人觀場，未之或知也」〔註88〕的慨嘆。在〈鬲津草堂詩集序〉中，也曾針對時人沿襲明代「古體法漢、魏，近體宗盛唐」的復古詩論提出以下的批評：

　　　　唐有詩，不必建安、黃初也。元和以後有詩，不必神龍、開元也。北宋有詩，不必李、杜、高、岑也。〔註89〕

〔註84〕《帶經堂詩話》卷27〈俗砭類〉第1則，頁754。

〔註85〕《帶經堂詩話》卷4〈纂輯類〉第2則後，張宗柟按語中對王士禛七古之選所作的闡發，頁97。

〔註86〕《師友詩傳錄》第20則，《清詩話》頁120。

〔註87〕王士禛《唐人萬首絕句選》（台北：廣文書局，1975年）卷首。

〔註88〕原文爲：「余觀宋景文詩，雖所傳篇什不多，殆無一字無來歷，明諸大家用功之深如此者絕少。宋人詩何可輕議耶？」《古夫于亭雜錄》（北京：中華書局，1997年）卷1〈宋祁詩〉條下，頁19。《帶經堂詩話》卷1〈品藻類〉第19則中，亦有稱宋景文近體「無一字無來歷」的評論，文末並對時人無法理會、欣賞這種以學力見長的詩作而隨人短長的作法，提出了上述的批評，詳見頁30。

〔註89〕原收於《帶經堂集》卷65，又見於《帶經堂詩話》卷3〈要旨類〉第

此即王士禛在〈戲仿元遺山論詩絕句三十二首〉第 16 首中所說的:「耳
食紛紛說開寶,幾人眼見宋元詩」﹝註90﹞之意。凡此種種,讓吳宏一
先生對於王士禛論詩的開放態度頗爲稱許,以爲:「明末清初的論詩
者,其論詩態度,往往因其喜作偏勝的主張而有失公允。錢謙益嘗論
其非,而他卻又犯了同樣的錯誤。王士禛則不然,他立論的態度溫和
而公允,絕對沒有潑辣的霸氣,這和明末以來的論詩態度是截然不同
的。」﹝註91﹞

　　倘若進一步追問王士禛論詩何以能「溫和而公允」,對以學力見
長的宋、元詩,也能有客觀的評價與欣賞,筆者認爲可由以下兩方面
來理解。

　　一方面,王士禛原亦有博縱疏放的性情。據王丹麓《今世說》所
載,王士禛早年(十八歲)曾與其兄王士祿「每遇郵亭野店,輒題詩
壁上。詩既驚人,使筆斗大,龍拿虎攫。」﹝註92﹞事隔十年,在擔任
揚州推官時,王士禛再度因題詩壁上而被目以爲狂。據《年譜》順治
十八年(1661)春,王士禛曾爲賞梅而輕舟入太湖口,夜泊楓橋,過
寒山寺,在「夜已曛黑,風雨雜遝」的天候下,猶自「攝衣著屐,列
炬登岸,徑上寺門,題詩二絕而去。」﹝註93﹞可見王士禛並非只是個
醇謹小心的宦場中人,也有其疏放不羈的文采風流。雖然這種狂放不
羈的性格,隨著王士禛仕宦練達而逐漸被「醇謹稱職」﹝註94﹞的行事

---

10 則,頁 75。
﹝註90﹞原收於《漁洋集》,又見於《漁洋精華錄集註》,頁 247。
﹝註91﹞吳宏一《清代詩學初探》(台北:學生書局,1986 年),頁 168
﹝註92﹞見《年譜》,頁 10 順治八年(1651)所引資料,其時王士禛方十八
　　　　歲,應鄉試中舉。
﹝註93﹞參見《年譜》,頁 18。又,陳維崧〈賀新郎〉「纜繫煙汀尾」詞前序
　　　　文:「舟泊楓橋,同吳廣壁小飲金葦昭齋中,過寒山寺,因憶昔年阮
　　　　亭王先生入吳,夜已曛黑,風雨雜遝,阮亭攝衣著屐,列炬登岸,
　　　　徑上寺門題詩二絕而去,一時以爲狂。」亦稱及此事,《詞集》卷 27,
　　　　頁 5〜6。
﹝註94﹞語見昭槤《嘯亭雜錄》卷 9 云:「漁洋先生入仕三十餘年,以醇謹稱
　　　　職,仁皇帝甚爲優眷。」見《年譜》附錄一,頁 126。

作風所掩蓋，但仍可在論詩時態度上略見一斑。觀王士禛門人陸嘉淑以下所言：

> 竊嘗見先生與宣城施（閏章）先生論詩。宣城持守甚嚴，操繩尺以衡量千載，不欲少有假借。先生則推而廣之，以為姬、姜不必同貌，芝蘭不必同臭，尺寸之瑕不足以疵顙白璧。〔註95〕

論詩主張「姬、姜不必同貌，芝蘭不必同臭」，依稀有早年題詩壁上、倡和香奩詩〔註96〕時灑脫不羈的身影。具體表現在詩論上，則是反對自立門戶、束身唐人，並能客觀地欣賞唐詩以外的歷代詩歌。

再者，王士禛論詩所以能「博綜賅洽，以求兼長」，也得力於「究心內典」、「嗜讀書」、「愛買書」的習好使然。據《年譜》所載，王士禛於康熙四年調離揚州時，「不名一錢，急裝時，惟圖書數十篋。」在康熙三一年至三七年任職戶部期間，「既以廉潔自勵，退食之暇，兼究心內典」、「雖日在錢穀簿書堆中，不啻空山雨雪，燒品字柴說無生話時也。」〔註97〕王士禛晚年時也回憶道：「官都下三十年，俸錢所入，悉以購書」。甚至還有士人因屢次拜謁王士禛不獲，徐乾學得知後，告以每月十五日到慈仁寺書攤等候，必能見到王士禛，後果如其言〔註98〕。由這些嗜書的習性及王士禛現存大量的筆記、詩話論著來看，宋犖在墓誌銘中謂王士禛「無聲色博奕之好，惟嗜讀書，公餘手不釋卷」〔註99〕，堪稱為實錄。

綜合以上兩點來看，可知王士禛除了有疏狂不羈的文人「外放」性情之外，也有手不釋卷的學者「內斂」性格，共同建構了王士禛廣博賅洽、以求兼長的詩論基礎。

〔註95〕氏著〈漁洋山人續集序〉，《漁洋山人續集》卷首。
〔註96〕見《年譜》順治十六年（1659）條下所載，王士禛在是年冬天與其兄及彭孫遹倡和香奩體詩，刻有《彭王倡和集》，頁15。
〔註97〕以上分見《年譜》頁25、頁48。
〔註98〕《年譜》康熙四十年條下所載，頁54。
〔註99〕銘文見《年譜》附錄一，頁110。

四、認同王士禛爲「博綜賅洽」的評論

在論述了王士禛詩論與性情中博綜賅洽的一面後，以下將就時人認同王士禛這方面表現的說法作進一步討論。

王士禛門人張雲章在〈蠶尾詩集序〉中，對其師的詩作有著以下的看法，其云：

> 雲章嘗見向之爲詩者，人盡曰我師盛唐，而規摹聲響，汩喪性靈已甚。自有先生之詩，唐人之眞面目乃出。而又上推漢、魏，下究極於宋、元、明，以博其旨趣而發其固蔽，以迄於今，海內才人輩出，則又往往自放於矩矱，以張皇譎詭爲工，滔滔而莫之返。先生近年遂多爲淡泊之音，以禁其囂囂無益者。〔註100〕

張雲章一方面推崇王士禛的詩能夠剔出「唐人之眞面目」，另一方面，也點出其師爲詩能夠「博其旨趣」，上推漢、魏，下究宋、元、明。值得留意的是「先生近年遂多爲淡泊之音，以禁其囂囂無益者」一句，簡直是俞兆晟〈漁洋詩話序〉中轉錄王士禛自言晚年選詩，欲「以太音希聲，藥淫哇錮習。《唐賢三昧》之選，所謂乃造平淡時也。」的翻版。既然「淡泊之音」是屬於晚年的偏好，郭紹虞遂推論道：

> 可知漁洋早年之爲唐，原不十分偏尙淡泊之音，雖則性分所近，原與王、孟爲合，但至少可看出與晚年所主有些不同。〔註101〕

此外，認同王士禛詩作非僅偏尙淡泊之音者，尙見於陸嘉淑的〈漁洋山人續集序〉，其云：

> 今操觚之家好言少陵者，以先生爲原本拾遺；言二謝、王、韋者，又以爲康樂、宣城、右丞、左司；其欲爲昌黎、

〔註100〕轉引自郭紹虞《中國詩的神韻、格調及性靈說》，頁 52。按：考查《四庫全書存目叢書集部》227 冊《蠶尾集》所收錄的序文中，並未見有此段引文內容，郭紹虞或者別有所見，引錄如上。

〔註101〕同前註引書，頁 52。

長慶及有宋諸家者，則又以爲退之、樂天、坡、谷復出。
而先生之詩，其爲先生者自在也。

換言之，在王士禛詩作中實不難找到各個詩家的影子，論詩者當然可
以各取所需地認定王士禛爲其同道中人，若據此而謂王士禛「詩非一
家之詩」，孰謂不宜？反對此說者，或許會就王士禛擅長七絕一體作
爲攻擊的口實，以爲這是王士禛才力薄弱的表現〔註 102〕，對於這一
點，晚清詩評家林昌彝反駁道：

　　　阮亭詩用力最深，諸體多入漢、魏、唐、宋、金、元
　　人之室。七絕情韻深婉，在劉賓客、李庶子之間，其豐神
　　之蘊藉，神味之淵永，不得謂之薄，所病者，微多妝飾耳。
　　若謂阮亭詩不喜縱橫馳驟者謂之薄，阮亭豈不能縱橫馳驟
　　乎？簡齋（袁枚）之論，阮亭有所不受。〔註 103〕

亦即王士禛並非「不能」寫出縱橫馳驟的作品，而是「不爲」也。在
「究心內典」與「手不釋卷」的學力基礎下，爲詩出入歷代百家，展
現出「縱橫馳驟」的面貌，對王士禛而言絕非難事，關於這一點，可
引王掞在〈王公神道碑銘〉中的陳述作爲佐證，其云：

　　　公於書無所不窺，於學亦無所不貫。生濟南文獻之邦，
　　宦江左山水之地，又嘗奉使南海、西嶽，遍遊秦、晉、洛、
　　蜀、閩、越、江、楚之鄉，凡海內巨川喬嶽，雄關險道，
　　戰場砂壘，古塚殘碣，手摩而足歷，目擊而心賞。所至訪
　　其賢豪，辨其物產，考其風土，旁搜博採，融惲薈萃，而
　　一發之於詩。故其詩，極天地之壯觀，盡古今之奇變，而

〔註 102〕如袁枚《隨園詩話》（北京：人民文學出版社，1998 年）云：「本朝
　　　　古文之有方望溪，猶詩之有阮亭，俱爲一代正宗，而才力自薄。」
　　　　卷 2，頁 48。趙翼《甌北詩話》卷 10 中亦謂王士禛「詩專以神韻勝，
　　　　但可作絕句，……不足八面受敵爲大家。」（載於《清詩話續編》，
　　　　頁 1299）。朱庭珍《筱園詩話》卷 3 亦云：「阮亭先生長於七絕，短
　　　　於七律。以七絕神韻有餘，最饒深味；七律才力不足，多涉空腔也。」
　　　　（載於《清詩話續編》，頁 2385）。
〔註 103〕語見《射鷹樓詩話》卷 7，載於杜松柏主編《清詩話訪佚初編·七》
　　　　（台北：新文豐出版公司，1987 年），頁 273。

　　蔚然成一代風氣之所歸。〔註104〕

對於一個學力雄厚、閱歷豐富的詩人來說，大量鋪排典故、以學力爲
詩，可謂易如反掌，但要在輕薄短小的絕句體中表現出「情韻深婉」
的特色，讓詩作呈現出「豐神之蘊藉，神味之淵永」，才是眞正考驗
詩家功力的難處所在。所以，順著林昌彝的話來作推論，則王士禛雖
以七絕獨步一時，但這並非是其學力淺薄所致，反而更足以證明其詩
力雄厚、才學不凡。因此，儘管時人多謂王士禛爲詩「獨標神韻」，
但又強調「神韻」是在「籠罩百家」的基礎上所致的。由以下的數則
評論〔註105〕來看：

　　　　公之詩，籠蓋百家，囊括千載，自漢、魏、六朝以迄
　　　唐、宋、元、明，無不有以咀其精華，探其堂奧，而尤浸
　　　淫於陶、孟、王、韋諸公，獨得其象外之旨，意外之神。(王
　　　掞〈王公神道碑銘〉)

　　　　其（漁洋）爲詩備諸體，不名一家，自漢、魏以下兼
　　　綜而集其成，大抵以神韻爲標準，以自然爲極則，風味在
　　　陶、韋、王、孟間，正始之遺音也。(宋犖〈王公墓誌銘〉)

　　　　當開國時，人皆厭明代王、李之膚廓，鍾、譚之纖仄，
　　　公以大雅之材，起而振之，獨標神韻，籠蓋百家，…屹然
　　　爲一代大宗。(李元度〈王文簡公事略〉)

　　　　其（漁洋）爲詩籠蓋百氏，囊括千古，而尤浸淫於陶、
　　　孟、王、　韋諸家。獨得其象外之旨，弦外之音。(鄭方坤〈帶
　　　經堂詩鈔小傳〉)

諸家所論內容可謂大同小異，在突出王士禛爲詩「獨標神韻」、「風味
在陶、韋、王、孟間」的專長外，都不忘強調其「籠蓋百家」、「不名
一家」、「屹然爲一代文宗」的博綜功力與大家之風。因此，王士禛雖
以「神韻」名家，但並不妨礙其爲「大家」的身分，所以在詩歌的定
位上，以上諸家遂主張王士禛是以「大家」之身而兼「名家」之長，

──────────────
〔註104〕銘文載於《年譜》〈附錄一〉，頁103。
〔註105〕以下所引王掞、宋犖、李元度、鄭方坤的內容，出處同見本章註1。

在身分的歸屬上，王士禛仍應列席於「大家」之中的。

　　詩歌的評價如此，對王士禛詩論的評價亦然。如王士禛的門人汪懋麟便語抱不平指出：

> 詩不必學唐。吾師之論詩，未嘗不采取宋、元。譬之飲食，唐人詩猶梁肉也，若欲嘗山海之珍錯，非討論眉山、山谷、劍南之遺篇，不足以適志快意。吾師之弟子多矣，凡經指授，斐然成章，不名一格。吾師之學，無所不該，奈何以唐人自比？〔註106〕

汪懋麟認為，既然王士禛論詩未嘗不兼取宋、元，是「無所不該」，是以世人單言其「宗唐」之一面，顯然有不盡完備者。而翁方綱在評論王士禛的詩學傾向時，雖然指出王士禛「沈思獨往者，獨在沖和淡遠一派」，但又不得不讚嘆：「漁洋之識力，無所不包」、「先生之不滯於一見也」、「卓哉！漁洋之識也。」〔註107〕甚且認為王士禛雖然未選杜甫詩入《唐賢三昧集》，「然而杜之神理，亦惟漁洋能識之。」〔註108〕「漁洋評杜之本，於詩理確亦得所津逮，非他家輕易下筆者比矣。」〔註109〕何況從王士禛的詩學體系而言，翁方綱〈漁洋詩髓論〉指出：

> 由漁洋之精詣，可以理性情，可以窮經史，此正是讀書汲古之蘊味。而所謂不涉理路，不落言詮者，乃專對貌為唐賢之滯跡者言之。其鈔五、七言，則《三百篇》之正路也；其選《萬首絕句》，則樂府之息壤也；其《三昧》、《十選》，則《十籤》之發凡也。學者及此時熟復先生言詩之所以然，而加以精密考訂之功，從此充實涵養，適於大道，殆庶幾矣。

既然王士禛的詩論中，具有可以「理性情、窮經史」，「充實涵養，適

〔註106〕徐乾學〈十種唐詩選書後〉中轉述汪懋麟之言，載於《十種唐詩選》卷末，《四庫全書存目叢書集部》第394冊。

〔註107〕以上所引，分見翁方綱《七言詩三昧舉隅》及〈漁洋詩髓論〉，載於《清詩話》頁252、頁255、頁270。

〔註108〕翁方綱〈漁洋詩髓論〉，《清詩話》頁270。

〔註109〕翁方綱《石洲詩話》卷6，《清詩話續編》頁1493。

於大道」的作用，然則神韻詩論中所強調的「不涉理路，不落言詮」，只是其詩學的一部分而已，套用王士禎的話來說，這是爲了矯除詩壇「但知學爲『九天閶闔』、『萬國衣冠』之語，而自命高華，自矜爲壯麗，按之其中，毫無生氣。」〔註 110〕的膚廓之弊，所以欲透過《三昧集》之選以揭示王士禎心目中眞正的盛唐氣象，與「欲人但學盛唐」的論點是有所落差的。

　　綜觀王士禎的詩論，可知「盛唐」詩只是其個人偏愛的「部分」而已，並不能等同於「全部」，如同《三昧集》之選只是王士禎眾多選集中的一部而已，唯有將全部的選集綜合觀之，才能看出王士禎詩論中「博綜賅洽」與不主一格的全貌。

第二節　王士禎在清初詩壇的定位

　　由以上論述來看，王士禎的詩論中，既具有「獨標神韻」的名家特質，也可以從中發掘到「博綜賅洽」的大家風範。究竟在這兩者之間，該如何取得平衡點呢？以下擬由王士禎的詩論及詩作兩方面分別探討，期能對王士禎在詩學上的成就作出客觀的定位。

一、王士禎詩論的定位

　　如前所述，將王士禎定位爲獨偏神韻的名家，或逕以王士禎爲博綜賅洽的大家，其實都是有問題的。因爲若將「神韻」視爲王士禎詩論的全部，不免有「架空」王士禎詩論之嫌，如施閏章以「華嚴樓閣，彈指即現；又如仙人五城十二樓，縹緲俱在天際。」〔註 111〕來譬喻王士禎「言詩大旨」。錢鍾書先生甚至語帶譏誚地將王士禎「以禪喻詩」時所說的「色相俱空」、「無跡可求」等語，視爲「妙手空空」的文飾之辭〔註 112〕。但換個角度來看，倘若過分擴大解釋，將「神韻」

〔註 110〕《然鐙記聞》第 22 則，《清詩話》頁 104。
〔註 111〕漁洋詩話》卷中第 78 則，《清詩話》頁 175。
〔註 112〕錢鍾書《談藝錄》第 27 則，頁 97。

與「博綜」的內容等同觀之，則「神韻」豈非徹上徹下，無所不賅了？如北大教授張健便以爲王士禛所謂的「神韻」乃是「各種藝術樣式都具有的審美特徵，而且就詩歌領域而言，也不局限於唐詩」，甚至神韻也「並非只是王、孟一派審美特徵的概括」，連「李、杜一派也有神韻」〔註113〕。這種擴大神韻的解釋法，顯然是把王士禛「沈著痛快，非惟李、杜、昌黎有之，乃陶、謝、王、孟莫不有之」〔註114〕的詩論倒轉過來講，雖然不至於「不成立」〔註115〕，但卻把「神韻」詩論說得面目模糊，焦點盡失，混同了王士禛對「名家」與「大家」的區別。

　　既然「架空」與「擴大」解釋神韻，都未能適切的勾勒出王士禛詩論全貌，然則是否可以把「性情」與「學力」置於王士禛詩論的天平兩端，將兩者視爲「等同並重，缺一不可」的關係？何況王士禛不也說過「性情」與「學問」二者「相輔相成，不可偏廢」的話，並認爲若「無性情而侈言學問」，則詩作只是是資料的排比、彙整而已；但另一方面，王士禛又說：「學力深，始能見性情，此一語是造微破的之論」〔註116〕。據此而論，似乎「性情」與「學力」在王士禛的詩論中並沒有輕重大小、高下先後之分，但事實果真是如此嗎？答案恐怕未必。

　　由「無性情而侈言學問，則昔人有譏點鬼簿、獺祭魚者矣」及「學力深，始能見性情」這兩句話來作比較，第一句話的重點在強調「無

〔註113〕張健《清代詩學研究》（北京：北京大學出版社，1999年）第9章第2節第2目小標題及內容，頁427。

〔註114〕氏著〈芝廛集序〉，《帶經堂集》卷65，又見於《帶經堂詩話》卷3〈微喻類〉第16則，頁87。

〔註115〕張健將神韻解釋爲「一種縹緲悠遠的情調或境界」（見《清代詩學研究》，頁431），而李、杜、韓的詩中，當然不乏具有縹緲悠遠的情調或境界之作，故云張說「不至於不成立」。

〔註116〕語見《然鐙記聞》第1則：「(性情、學問)二者相輔而行，不可偏廢。若無性情而侈言學問，則昔人有譏點鬼簿、獺祭魚者矣。學力深，始能見性情，此一語是造微破的之論。」《清詩話》頁105。

性情」對詩作所造成的後遺症，第二句話則只是強調「學力」的重要性而已，並不是在「無學力而侈言性情」的前提下立論的。因此，綜合這兩句話來看，則「性情」顯然是詩中的主要成分，而「學力」只是抒發性情的「輔助工具」而已。換言之，多讀書雖然可以提高作者表達性情的功力，但不可據此以爲王士禛倡導「以學問爲詩」。因爲在王士禛的詩學體系中，性情與學力是存在著「輕重主從」的關係的，雖云「不可偏廢」，但也不至於到「無分軒輊」的地位，否則該如何解釋王士禛在二十四歲時，就能寫出「如初寫黃庭，恰到好處」的〈秋柳詩〉〔註117〕？又該如何解釋王士禛在早年擔任揚州推官時，就能有「往往入禪，有得意忘言之妙」的詩作〔註118〕？可見即使學力尚淺，純任性情的發抒，也是可能臻至「神韻」的妙境的。因而「學力」在神韻詩學體系中，只是創作上的「重要」條件，而不是「必要」條件。職是之故，發於性情的「神韻」詩論，與以學問爲根柢爲「博綜賅洽」之說，是不宜放在理論的天平兩端，以等同並重的關係來看待的。

如果將王士禛詩論中「獨標神韻」與「博綜賅洽」大略劃分爲以下兩種系統：

壹、獨標神韻→佇興而就→不著一字→古淡閒遠→偏重先天性分→逸品→名家（如珍泉幽澗）→陶、謝、王、孟、韋諸人。

貳、博綜賅洽→學力深始見性情→縱橫鋪敘→沈著痛快→偏重後天學力→神品→大家（如長江大河）→李、杜、韓、蘇諸人。

〔註117〕參見《年譜》順治十四年（1657）條下，引陳伯璣對〈秋柳詩〉的評語：「元倡（唱）如初寫黃庭，恰到好處。諸名士和作，皆不能及。」頁14。

〔註118〕王士禛於順治十六年至康熙四年期間擔任揚州推官。又，據《帶經堂詩話》卷3〈佇興類〉第5則所載，王士禛謂：「唐人五言絕句，往往入禪，有得意忘言之妙，……予少時在揚州，亦有數作（以下舉其〈青山〉、〈江上〉數詩爲例）皆一時佇興之言，知味外味者當自得之。」頁69。

這兩種系統間的關係，筆者認為，就整體來說，王士禛誠然是在「籠蓋百家」的基礎上而「獨標神韻」的，既然是「籠蓋百家」，則王士禛在詩論上所表現出來的寬廣度，自應歸屬於「大家」之列。話雖如此，但必須強調的是，「神韻」詩論才是王士禛所真正偏嗜愛好的重心所在。

　　此外，由以上「名家」與「大家」的論述中可知，王士禛論詩，顯然突破了歷來學者齗齗於唐宋詩之爭的理論窠臼，轉而直探詩體的本質所在，以尋求詩作的「真精神、真面目」作為理論核心，如以下所云：

> 為詩要窮源溯流，先辨諸家之派。何者為曹、劉，何者為沈、宋，何者為陶、謝，可者為王、孟，何者為高、岑，何者為李、杜，何者為錢、劉，何者為元、白，何者為昌黎，何者為大曆十才子，何者為賈、孟，何者為溫、李，何者為唐，何者為北宋，何者為南宋，析入毫芒，學焉而得其性之所近。不然，胡引亂竄，必入魔道。〔註119〕

為詩窮源溯流，辨別諸家派別，分判唐詩、宋詩，目的不在於評判各詩派的正變優劣，而是在掌握各體各派的精髓之後，選擇「性之所近」者深入發揮，期能走出一條屬於自己的創作道路，這是探討王士禛詩論時所不能不留意的要旨，也是研究明清詩詞正變觀時必須強調的重點之一。

二、王士禛詩作的定位

　　再就王士禛詩作方面的表現來看，如果把焦點擺在那些「往往入禪」的五絕，以及「神韻天然，不可湊泊」的七絕上，則王士禛詩作所給人的印象，也就如紀昀以下所言：

> 漁洋山人詩如名山勝水，奇樹幽花，而無寸土菽五穀；如雕欄曲榭，池館宜人，而無寢室庇風雨；如彝鼎罍洗，

〔註119〕《然鐙記聞》第 17 則，《清詩話》頁 102。

斑斕滿几，而無釜甑供炊爨；如纂組錦繡，巧出仙機，而
無裘葛禦寒暑；如舞衣歌扇，十二金釵，而無主婦司中饋；
如梁園金谷，雅客滿堂，而無良友進規諫。〔註 120〕

說得白話一點，亦即王士禛詩「好看」有餘，「實用」不足；能出塵
超逸卻不能腳踏實地。然而，若把焦點對準王士禛於康熙十一年到四
川主典鄉試時所作的《蜀道集》上，則王士禛詩所予人的印象又恍如
蘇、韓再世。試觀以下評論：

毋論大篇短章，每首具有二十分力量。所謂獅子搏象，
皆用全力也。（葉子吉評）

先生《蜀道》諸詩，高古雄放，觀者驚歎，比於韓、
蘇海外諸篇。（盛符升評）〔註 121〕

「獅子搏象」、「高古雄放」之語，與紀昀之說大相徑庭。要在王士禛
的詩集中找到「奇樹幽花」與「高古雄放」這兩種不同風格的作品，
當然不是難事，問題是：到底何者才更能貼近王士禛詩作的眞精神、
眞面目呢？筆者認爲，既然《蜀道集》是王士禛詩集中最富爭議性的
部分，謂其詩爲「祖宋」或「非宋調」者〔註 122〕都據此引申發揮，
故由《蜀道集》來作考察，當不失爲是解決爭議的關鍵。

翻開《蜀道集》的第一個印象是，詩中所描繪的，已由「吳楚青
蒼分極浦，江山平遠入清秋」〔註 123〕這一類帶有柔性意味及沖澹〔註

〔註 120〕氏著《閱微草堂筆記》（《續修四庫全書》第 1269 冊）卷 3〈灤陽銷
夏錄〉之 3，頁 23。

〔註 121〕所引兩則評語載引自《年譜》，頁 32。

〔註 122〕如施閏章〈漁洋續集序〉云：「客或有謂桃唐而祖宋者，予曰不然。
阮亭蓋疾夫膚附唐人了無生氣，故間有取子瞻，而其所爲《蜀道》
諸詩，非宋調也。」《漁洋續集》（《四庫全書存目叢書》集部第 226
冊）卷首。

〔註 123〕詩句見〈曉雨復登燕子磯絕頂〉，載於《漁洋精華錄集注》(上海：
上海古籍出版社，1999 年)，卷 1，頁 147。又，王士禛在《漁洋詩
話》卷中第 17 則，曾特別舉此詩句作爲「律句有神韻天然，不可湊
泊者」的詩例，《清詩話》頁 162～163。

〔註 124〕徐復觀引述郭熙《林泉高致・山水訓》：「山有三遠，……高遠之勢
突兀，深遠之意重疊，平遠之意沖融而縹縹渺渺。其人物之在三遠

124）色調的「平遠」之景，轉爲帶有剛性意味及突兀、重疊基調的「高遠」、「深遠」景物。試由以下詩句觀之：

> 南徑雀鼠谷，崎嶇殊未休。路隨千嶂轉，峽束一川流。（〈冷泉關道中〉，五律）〔註 125〕
>
> 奔峭洶波濤，大石蹴龍象。造物鬱磊砢，及茲乃一放。急瀑何硍訇，盤石成巨防。渟爲千丈湫，潭潭不流宕。（〈觀音礀〉，五古）〔註 126〕
>
> 斗壁何獰獰，十萬磨大劍。攢羅列交戟，茫昧通一線。亂水般峽中，鮫鼉喜瀾汗。仰眺絕圭景，俯聆競雷拚。（〈五丁峽〉，五古）〔註 127〕
>
> 眾山如連鰲，突兀上龍背。鱗鬣中怒張，風雨畫晦昧。出爪作之而，神奇始何代。波濤勢交匯，萬壑爭一門。雷霆走其內，直跨背上行。（〈龍門閣〉，五古）〔註 128〕
>
> 鳥語不聞深箐黑，馬蹄直上亂雲高。天垂洞壑蛟龍蟄，秋老牙須虎豹豪。（〈雨渡柴關嶺〉，七律）〔註 129〕
>
> 洪濤殷地四山動，百折盤渦嗓難語。前有蝮蛇後豺虎，紅鶴哀號奮毛羽。（〈夜至黃壩驛短歌〉，七古）〔註 130〕

以上所引詩句，分別節錄自五古、五律、七古、七律各種不同詩體，但由詩中描繪的景物來看，不論是浩蕩的江水匯集在某一處峽谷爭流，造成雷霆萬鈞、群山震動的驚人聲勢；或是山勢獰獰磊砢，峭壁直上亂雲，都有令人心驚膽顫之感，彷彿一不小心，就會掉入萬丈深

也，高遠者明瞭，深遠者細碎，平遠者沖澹。」徐氏就此講評道：「『高』與『深』的形相，都帶有剛性的、積極而進取的意味。『平』的形相，則帶有柔性的，消極而放任的意味。……郭熙對平遠的體會是『沖融』、『沖澹』，這正是人的精神，得到自由解脫時的狀態。」《中國藝術精神》（台北：學生書局，1992 年）第八章，頁 347。

〔註 125〕《漁洋精華錄集釋》卷 5，723。
〔註 126〕同上註，頁 792。
〔註 127〕同上註，頁 816。
〔註 128〕同上註，頁 823。
〔註 129〕同上註，頁 783～784。
〔註 130〕同上註，頁 821。

淵一般。加上道路崎嶇，在「前有蝮蛇後豺虎」的惡劣環境下，羈旅行役之感也就特別深刻。反映在詩歌裡的，便是用字上的生僻與詰曲，如深箐黑、競雷拚、牙須、瀾汗等，以及常用一些雄怪凶險的意象，如蛟龍蟄、虎豹豪、鬱磊砢、鱗鬣怒張、雷霆走等，來表現山勢的險峻與江水的湍急。何況王士禛是在「兩喪愛子，宜人病骨支床」〔註131〕的悲痛心情下前往四川典試，所以集中不時流露出思鄉之情與愁苦煩悶之感，試觀以下詩句：

> ……吾生胡爲狎此曹？命輕如毛爭一縷。妻孥飄泊寄京國，欲歸不歸在何所？鄉關回首四千里，縱有苦辛誰告汝？
> （〈夜至黃壩驛短歌〉）〔註132〕
>
> 藥物知何益？愁多老病侵。眼枯兒女淚，心折短長吟。鄉信何時達？秋濤日夜深。巴猿殊造次，悽絕叫楓林。（〈藥物〉）
> 〔註133〕

兩首詩中所流露的情緒，實在不像是個典試大臣，反倒像是出自遷客謫臣之手，尤其是〈藥物〉一詩，更是化用杜甫「多病所須惟藥物」的詩句而來。全詩據惠棟、金榮所注，幾可謂無一字無來歷，無一句非杜詩〔註134〕。因此，葉子吉謂王士禛《蜀道集》中的詩作如「獅子搏象」，而盛符升則比擬爲「韓、蘇海外諸篇」，應是有見於詩中的遣辭用字多奇崛生硬，並以描繪帶有剛性特質的深遠、高遠之景爲主，以及詩中所流露出的仕宦羈旅之感所致。

　　既然確定王士禛詩作中確有「宋調」特色與近於韓、蘇學人詩的成分，是否可以肯定王士禛的詩作不是只有「唐調」，而是「無所不包」，是足以廁身於大家之列的？對於這個問題，筆者擬藉由以下這兩首同樣載於《蜀道集》中、運用不同詩體但描繪對象相同的詩來作

〔註131〕參見《年譜》附錄二王士禛爲其元配張宜人所寫的〈誥封宜人先室張氏行述〉，頁153。
〔註132〕《漁洋精華錄集釋》卷5，頁821。
〔註133〕同上註，頁841。
〔註134〕同上註，頁841。

比較，以試圖找出具體的答按：

> 危棧飛流萬仞山，戌樓遙指暮雲間。西風忽送瀟瀟雨，滿
> 路槐花出故關。(〈雨中度故關〉)〔註135〕

> ……天公一夜送寒雨，千疊萬疊雲錦張。丹崖翠壁窈萬狀，
> 瑰奇娟妙難具詳。綠蘿蕭蕭冒巾角，石瀨颯颯漸衣裳。峰
> 回徑絕不知數，窞岈倏見開中央。戌樓旌竿滿雲直，橫亙
> 長城環巨防。冠山子城瞰窮漠，噴壑巨瀑聞雷硠。登樓顧
> 盼豁胸臆，四山雲氣爭飛揚。蛟龍鬱律起眼底，散爲霖雨
> 周八荒。……(〈井陘關歌〉)〔註136〕

據惠棟與金榮兩人注解所言，第一首七絕中所寫的「故關」爲「井陘故關」〔註137〕。由兩首詩的內容來看，寫作時間與描繪的景物應該十分接近，詩人的所見所感也應相去不遠，但因爲使用的詩體不同，在藝術技巧上也有所差別。第一首七絕體，前兩句以簡省的筆墨，概括了井陘關危棧臨溪、山勢聳立的特色，後兩句則宕開一筆，轉寫西風細雨、滿路槐花的景色，而作者出關的心情，也就在細雨、槐花之中，悠悠不盡，餘韻裊裊。全詩如同一邊以濃墨重筆揮灑出危棧、高山之景，另一邊則以疏淡寫意的筆墨，畫出槐花、細雨的空靈之美，在兩者相互對比之下，讓畫面的空間更具可看性與延展性，故本詩可說是王士禎七絕的傑作之一。至於第二首〈井陘關歌〉，爲了表現出七言古體「波瀾壯闊，頓挫激昂，大開大闔」〔註138〕的特色，是以詩中多見「千」、「萬」、「巨」、「滿」、「窮」等重分量的字眼，並運用「窞岈」、「雷硠」、「鬱律」等較生硬的詞彙，使詩句能有頓挫起伏的變化。然而，就詩中的內容來看，本詩不過是「具體詳盡」的寫出井陘關的瑰奇娟妙罷了，與七絕體的前密後疏、前高後平、前濃後淡的章法變化相較，委實遜色不少，何況全詩內容若以七絕的〈雨中度故

〔註135〕同上註，頁710。
〔註136〕同上註，頁711～712。
〔註137〕同上註，頁710。
〔註138〕《師友詩傳續錄》第2則王士禎論「七古章法」，《清詩話》，頁127。

關〉的前三句來概括，也並無不可。

由上所論，可知王士禛對「七絕」體的掌握確實要比「七古」更
爲得心應手，清代詩評家所以多稱許王士禛「七絕」之作，可謂其來
有自。如趙翼謂王士禛：「專以神韻勝，但可作絕句，……終不足八
面受敵爲大家。」〔註139〕朱庭珍也說：「七絕阮亭最爲擅長，時推絕
技，集中名作如林，較各體獨多佳製。」〔註140〕而其所舉的四則「集
中最上乘」的絕句詩例中，〈楊妃墓〉一首：

> 巴山夜雨卻歸秦，金粟堆邊草不春。一種傾城好顏色，茂
> 陵終傍李夫人。〔註141〕

即是選自《蜀道集》。此外，楊際昌也認爲王士禛的七絕「藝林競賞」，
其所舉數首足以代表王士禛「天然有興會、有情寄」〔註142〕，堪爲
上乘之作的詩例中，如〈雨中度故關〉、〈望見華山〉、〈灞橋寄內〉、〈荊
山口待渡〉、〈嘉陵江上憶家〉數首，也都是典試四川途中所作。除〈雨
中度故關〉已舉例於前外，由其他各詩內容觀之：

> 蒲坂南來問釣船，風陵堆上隔風煙。黃河一曲流千里，太
> 華居然落眼前。(〈望見華山〉)
> 太華終南萬里遙，西來無處不魂銷。閨中若問金錢卜，秋
> 風秋雨過灞橋。(〈灞橋寄內〉)
> 溼螢幾點粘修竹，昏黃月映蒼煙綠。金床玉几不歸來，空
> 唱人間可哀曲。(〈故宮曲〉2首之1)
> 蠻雲漏日影淒淒，夾岸蕭條紅樹低。好在峨眉半輪月，伴
> 人今夜宿清溪。(〈清溪〉) 〔註143〕

以上數詩，除了點染眼前所見景物，也寄寓了王士禛的興會情思，無

〔註139〕《甌北詩話》卷10〈查初白詩〉條下，《清詩話續編》頁1299。

〔註140〕朱庭珍《筱園詩話》卷3，《清詩話續編》頁2386。

〔註141〕原詩在《蜀道集》題爲〈馬嵬懷古〉2首之2，又見於《漁洋精華錄
集釋》卷5，頁763。

〔註142〕楊際昌《國朝詩話》卷1，《清詩話續編》頁1666～1667。

〔註143〕以上引詩，依序見於《漁洋精華錄集釋》卷5，頁732、頁755、頁
803；卷6，頁902。

怪乎「時推絕技」、「藝林競賞」。可見即使在時染宋調的《蜀道集》中，王士禛所爲人推賞的，還是以具有神韻特質的七絕體爲主，而不是那些近於杜、蘇、韓等大家之作，因爲這並非王士禛所擅長，且王士禛在表現時也未能自出機杼，反倒不時流露出刻意模仿的痕跡。

　　職是之故，即使王士禛爲詩曾「聚漢、魏、六朝、四唐、宋、元諸集，無不窺其堂奧而撮其大凡。」〔註144〕除神韻詩外，也寫過「流麗俳側」的秦淮雜詩，以及「盡態極妍」的小詞〔註145〕，甚至早年還曾寫過「風格晉魏、時露橫槊摌鼓」的「古風絕律」與「縱橫變化，在漢、魏、（天）寶、（大）曆間，別搆一體。」〔註146〕的詩作，但這些作品如同《蜀道集》中的「宋調」，都是一時、一地之作，是王士禛在某一時期到某處遊歷，受當地山川風物及文友唱和影響所致。所以乍看之下，王士禛的詩作似乎洋洋灑灑，無所不包，但惟有神韻詩作才是得其性情之眞，且是其創作屢變過程中「不變」的本質部分。至於王士禛那些「屢變」的創作，實驗性質恐怕要高過於「當行本色」的價值。因此，由詩作來定位的話，則王士禛當爲「獨標神韻」的「名家」，誠如王士禛所言，其詩只是「鑑湖一曲」，而非不擇地而出，行止自如的「萬斛泉源」的。

　　綜合以上所論，筆者認爲王士禛的詩論是在「博綜賅洽」的基礎上「獨標神韻」的，由其論詩的開放性與廣博度來說，譽之爲「大家」，孰謂不宜？至於王士禛的詩作，雖然各體皆備，但究其實，還是「以七絕神韻有餘，最饒深味。」〔註147〕由這點來說，王士禛在詩作上

〔註144〕《年譜》順治十三年條下，頁13。
〔註145〕《年譜》順治十八年條下，王士禛自云在金陵時，嘗賦秦淮雜詩，「詩益流麗俳側，可詠可誦」，此外，「復成小詞八闋，摹畫坊曲瑣事，盡態極妍。」頁18。
〔註146〕《阮亭詩餘》（台北：商務印書館，1965年）卷首收錄邱石常與丁宏誨二人序文。由於《阮亭詩餘》爲王士禛22至24歲時的作品，故邱序中所謂「風格晉魏」與丁序中的「縱橫變化」者，應指此時的詩風而言。
〔註147〕朱庭珍《筱園詩話》卷3，《清詩話續編》頁2385。

自我定位爲「名家」而非「大家」，堪稱是不亢不卑、有自知之明者。

第三節　王士禛詞作中的名家與大家之爭

　　由於王士禛填詞的時間集中在早年，康熙四年秋天離開揚州後，也就不再填詞，故目前僅有《衍波詞》〔註148〕一集存世；詞論方面，也僅有《花草蒙拾》一卷（同樣成於早年）及零星序文、筆記資料可供參考。由於創作與理論提出的時間相近，所以王士禛的詞論與詞作的問題，大體上要比詩論及詩作單純，故以下擬先由王士禛詞作中的名家與大家之爭談起，再以王士禛的詞論及詞作爲判斷的基礎，藉以對王士禛在詞壇上的表現有清楚的認識。此外，筆者感興趣的問題是：王士禛何以在總持廣陵詞壇後，卻又選擇了「捨詞就詩」的路線？甚至到晚年編定作品時，都不肯將詞作著錄其中〔註149〕，究竟王士禛「捨詞就詩」的背後心態爲何？是爲了仕途顯達所作的割捨？還是基於創作上「自名一家」的心態使然？以上是筆者在王士禛詞學方面所欲探討的問題重點。

一、詞中的「大家」與「名家」的界定

　　關於「大家」與「名家」之異，王士禛曾舉「長江大河」與「珍泉幽澗」爲譬說解。換言之，凡是在創作上專擅一長，表現出如珍

〔註148〕王士禛詞集原有兩種版本，一爲《阮亭詩餘》，一爲《衍波詞》。《阮亭詩餘》是光緒六年趙之謙刻印行世的，僅有一卷收詞30首，另附「和李清照漱玉詞」37首。據吳宏一先生考證，這些詞作寫於順治十二年至順治十四年間，王士禛時年22～24歲，爲少年之作。《衍波詞》初刻於康熙三年，出於王士禛手授，凡二卷120餘首，除〈怨王孫〉（碧天雲晚）一首外，《阮亭詩餘》所收作品，皆在其中。至於《阮亭詩餘》以外的詞作，則多作順治十八年和康熙元年，參見吳宏一〈王士禛的詞集與詞論〉，《清代詞學四論》（台北：聯經出版事業公司，1990年），頁20。

〔註149〕參見譚獻〈校刻衍波詞序〉云：「嘗讀《帶經堂全集》，尚書撰述備具，而《衍波詞》未嘗著錄，殆以少歲綺靡之習棄之。」載於《衍波詞》（台北：商務印書館，1965年）卷首。

泉幽澗般的獨特之處者，即可稱之爲「名家」；而那些在創作上縱橫
馳騁，表現出如長江大河般無所不包者，即可歸屬於「大家」之列。
由於詞體以要眇宜修爲尚，以婉約爲本色，所以嚴格來說，詞中多
爲「名家」而少有「大家」，由龍榆生先生選詞題名爲《近三百年名
家詞選》，即可概知其要。然而，以「大家」之號稱譽詞人，並非絕
無僅有，如劉體仁《七頌堂詞繹》中，便以「大家」稱北宋周、張、
柳、康諸詞人〔註 150〕；而王國維在《人間詞話》中也主張：「大家
之作，其言情也必沁人心脾，其寫景也必豁人耳目。其辭脫口而出，
無矯揉妝束之態。以其所見者眞，所知者深也。詩詞皆然。」〔註 151〕
可見理論上，「大家」並非僅存在於詩學領域，詞中亦可以有「大家」
者在。

　　因此，若將王士禛對於詩中的「大家」與「名家」之分擴展到詞
人領域的話，則填詞創作時若能婉約、豪放一身兼並，言情、詠物無
所不擅，展現出「美非一族」的寬廣度者，當可視之爲詞中的「大家」；
反之，若僅以某種詞風見長，或是專擅某種題材者，則當歸爲詞中的
「名家」之類。而王士禛在清初詞壇上的評價，恰好有「大家」與「名
家」的不同論斷，以下分別概述其要。

二、認同王士禛的詞作有大家之風者

　　顧貞觀〈答秋田求詞序〉對清初詞壇的發展有以下的概述：

　　　　自國初輦轂諸公，尊前酒邊，借長短句以吐其胸中。
　　始而微有寄託，久則務爲諧暢。香岩、倦圃，領袖一時。
　　唯時戴笠故交，擔簦才子，並與燕遊之席，各傳酬和之篇，
　　而吳越操觚家聞風競起，選者、作者妍媸雜陳。漁洋之數
　　載廣陵，始爲斯道總持。〔註 152〕

若與李漁〈耐歌詞自序〉對照來看，對顧貞觀序文中「操觚家聞風競

〔註 150〕《詞話叢編》冊 1，頁 618。
〔註 151〕同上註，冊 5，頁 4252。
〔註 152〕謝章鋌《賭棋山莊詞話續編》卷 3，見《詞話叢編》冊 4，頁 3530。

起」、「作者、選者妍媸雜陳」的現象有更清楚的了解：

> 三十年以前，讀書力學之士，皆殫心制舉業，作詩、
> 賦、古文詞者，每州郡不過一、二家，多則數人而止矣，
> 餘盡埋頭八股，爲干祿計，是當日之世界，帖括時文之世
> 界也。此後則詩教大行，家誦三唐，人工四始，凡士有不
> 能詩者，輒爲通才所鄙，是帖括時文之世界，變而爲詩賦
> 古文之世界矣。……乃今十年以來，因詩人太繁，不覺其
> 貴，好勝之家，又不重詩而重詩之餘矣。一唱百和，未幾
> 成風，無論一切詩人皆變詞客，即閨人稚子、估客村農，
> 凡能讀數卷書，識里巷歌謠之體者，盡解作長短句，更有
> 不識詞爲何物，信口成腔，若牛背兒童之笛，乃自詞家聽
> 之，盡爲格調所有，豈非文字中一咄咄事哉？〔註153〕

李漁此序作於康熙十七年（1678）。「三十年前」則爲崇禎末、順治
初年之際，李漁稱此時爲「帖括時文之世界」。爾後詩教大行，一變
爲「詩賦古文之世界」，後又因詩人太繁，遂又「不重詩而重詩之餘」，
「一切詩人皆變詞客」，甚至連那些能讀書識字的閨人、稚子、估客、
村農，也都能搖筆填詞。這段話或許說得誇大了些，但由序文中「今
十年以來」之言，可大概推算清初詞風開始蓬勃發展，應是在康熙
七年（1668）前後。大陸學者蔣寅遂將清初詞學中興的契機歸結到
「王士禛在廣陵的詞學活動」，認爲「正是王漁洋直接扇起的填詞風
氣，引發了以陳維崧爲首的陽羨詞派的群體創作，並同時在藝術精
神上啓迪了以朱彝尊爲首的浙派的審美傾向。」〔註154〕據《年譜》
所載，王士禛於順治十二年（1655）五月買舟歸里，「始棄帖括，專
攻詩」，順治十四年，王士禛以〈秋柳詩〉名動大江南北，對他在順
治十八年（1661）至康熙四年司理揚州期間，廣結布衣詩人有很大
的助益。王士禛晚年曾回憶道：「庚子之官揚州，揚州衣冠幅輳，論

〔註153〕《李漁全集》（杭州：浙江古籍出版社，1992年）第2卷《笠翁一
　　　　家言詩詞集》之詞集卷首。
〔註154〕語見蔣寅〈王漁洋與清詞之發軔〉，《文學遺產》，1996.2，頁92～93。

交遍四方，又數之金陵、姑蘇、毘陵，所至多文章之友，從遊者亦
眾。」〔註155〕在「論交遍四方」、「從遊者亦眾」的推波助瀾下，王
士禛以詩壇新貴兼總詞壇，也就水到渠成般的自然而然，其詞作也
聲價益廣，甚至有近於「大家」之目，試觀以下所言：

> 阮亭年少才豐，無所不擅。千古文義書詞，直欲一時
> 將去。即如詩餘一事，於阮亭直雕蟲耳。……同里諸子，
> 好工小詞，如文友之儇艷，其年之矯麗，雲孫之雅逸，初
> 子之清揚，無不盡東南之瑰寶，以視阮亭並驅中原，猶恐
> 不免為黃沛耳。〔註156〕

> 汪蛟門曰：阮亭嘗稱易安、幼安俱濟南人物，各擅詞
> 家之勝。《衍波》一集，既和漱玉，復仿稼軒，千古風流，
> 遂欲一身兼並耶？〔註157〕

以上評語，或者稱王士禛的創作技巧「無所不擅」，較諸他人的專擅
一長，猶如「黃河」與蓄水池（沛）般不可同日而語。或者稱王士
禛在創作風格上婉約、豪放「一身兼並」。而王士禛的詞友彭孫遹更
舉王士禛詞作為例，證明《衍波詞》中，既有「稼軒之託興」，復有
「坡公之弔古」，亦有「梅溪、白石之賦物」，「清真、淮海之言情」，
其云：

> 金粟（彭孫遹）云：阮亭《衍波》一集，體備唐宋，
> 珍逾琳琅，美非一族，目不給賞。如春去秋來二闋，以及
> 「射生歸晚，雪暗盤雕，屈子離騷，史公貨殖」等語，非
> 稼軒之託興乎？揚子江上之「風高雁斷」，蜀岡眺望之「亂
> 柳棲鴉」，非坡公之弔古乎？詠鏡之「一泓春水碧如煙」，
> 贈雁之「水碧沙明，參橫月落，遠向瀟江去」，非梅溪、白
> 石之賦物乎？「楚簟涼生，孤睡何曾著？借錦水桃花箋色，
> 合鮫淚入緘縢，小字重封。」非清真、淮海之言情乎？約
> 而言之，其工緻而綺靡者，花間之致語也。其婉變而流動

〔註155〕氏著《居易錄》卷5，《景印文淵閣四庫全書》第869冊。
〔註156〕鄒祇謨〈衍波詞序〉，載於《衍波詞》卷首。
〔註157〕《古今詞話》詞評下卷，《詞話叢編》冊1，頁1042。

者，草堂之麗字也。洵乎排黃軼秦，凌周駕柳，盡態窮姿，
色飛魂斷矣。〔註158〕

王士禛的詞作既然是「體備唐宋，珍逾琳琅；美非一族，目不給賞」，
較諸其他人的專擅一長，王士禛的「無所不擅」不僅凌駕當時，更足
與和歷代詞家並肩齊美。可見王士禛在清初詞壇上，確實曾有如長江
大河般無所不包的「大家」之目的。

三、主張王士禛的詞作僅足以名家者

丁紹儀曾說道：「山左王阮亭尙書，詩爲國初冠。顧身後尊之者
與詆之者各半。所著《衍波詞》，頗沾沾自喜，幸無異說。」〔註159〕
丁紹儀的說法與現實略有出入的是：王士禛的詞作最終還是免不了與
其詩作同樣的命運──尊之者與詆之者各半。與王士禛唱和的詞人雖
然譽美王士禛爲「無所不擅」的大家，但在拉開一段時間距離後，清
代後期的詞評家，對王士禛的詞作顯然有著不同的評價，如謝章鋌《賭
棋山莊詞話》有言：

> 阮亭沿鳳洲（王世貞）、大樽（陳子龍）餘緒，心摹手
> 追，半在花間。雖未盡倚聲之變，而敷辭選字，極費推
> 敲。……其「郎似桐花，妾似桐花鳳」之句，最爲擅名。
> 然起結少味，殊非完璧。〔註160〕

謝章鋌雖然肯定王士禛「敷辭選字，極費推敲」的表現，卻也同時
點出其「心摹手追，半在花間」，「未盡倚聲之變」及「起結少味」
等缺失。這種寓褒於貶的批評方式，也出現在陳廷焯對王士禛的評
論中。對於王士禛的「小令」之作，陳廷焯大體是持肯定態度的，
其云：

> 王漁洋詞，風流閒雅。小令之妙，空絕古今。〔註161〕

〔註158〕鄒祇謨《遠志齋詞衷》，《詞話叢編》冊1，頁661。
〔註159〕《聽秋聲館詞話》卷4，載於《詞話叢編》冊3，頁2622。
〔註160〕《賭棋山莊詞話》卷8，《詞話叢編》冊4，頁3426。
〔註161〕《詞壇叢話》，《詞話叢編》冊4，頁3729。

漁洋小令，每以詩爲詞，雖非本色，然自是詞壇中一
幟。〔註162〕

漁洋小令，能以風韻勝。〔註163〕

但另一方面，陳廷焯亦指出王士禎詞作不足之處爲：「但少沈鬱頓挫之致」、「含蓄有味但不能沈厚。蓋含蓄之意境淺，沈厚之根柢深也。彼力量薄者，每以含蓄爲深厚，遂自謂效法北宋，亦吾所不取。」〔註164〕因此，即使王士禎的小令之作「能以風韻勝」，但究其實，不過是「以詩爲詞」，將詩中擅長的「七絕」慣技移到詞裡面，藉詞牌名來改頭換面、重新包裝罷了。此一評論影響深遠，幾被等同爲王士禎詞作之「定論」，如《續修四庫全書提要》即謂：

士禎之詞，令曲時有佳篇，同其詩之七絕，蓋清雅有
餘，渾厚不足。五代之詞，重厚而大，故敢爲艷語。士禎
力不足而驅之，而喜學《花間》，往往入於淫邪。〔註165〕

近代詞學家龍榆生對王士禎詞作的看法，與《續修四庫全書提要》所言相近，其云：「士禎詩主神韻，尤工絕句，以餘力塡詞，特長小令，蓋與絕句同一機杼也。」〔註166〕吳梅先生也認爲王士禎詞所以「長調殊不見佳」，是出於「惟能含蓄而不能深厚」〔註167〕所致。上述諸說所以主張王士禎不足以爲詞壇之「大家」，都有見於王士禎詞作以小令居多，並多近於詩中「七絕」，雖含蓄有餘而渾厚不足。

以上所論令人不免有疑的問題是：「擅長小令」、「長調殊不見佳」爲何會成爲諸詞評家反對以王士禎爲詞壇「大家」的理由？對於這一點，可引用鄭騫先生論詞中「小令」與「長調」性質之異來作說解：

〔註162〕同上註。
〔註163〕《白雨齋詞話》卷3，載於《詞話叢編》冊4，頁3827。
〔註164〕同上註。
〔註165〕《續修四庫全書提要》之〈阮亭詩餘提要〉，頁729。
〔註166〕龍榆生《近三百年名家詞選》（上海：上海古籍出版社，1979年）
　　　　王士禎部分，頁59。
〔註167〕氏著《詞學通論》第9章，頁157。

> 小令每調多者十句左右，少者四、五句，……但無論
> 兩句或三句一段，總是整齊勻稱的；長調則錯綜變化，幾
> 乎每調各是一樣組織。可以説，小令不脱詩的形式，如〈玉
> 樓春〉、〈虞美人〉，……長調則段落不齊，句法不一，全是
> 詞的形式。也可以説長調才是詞的本格。小令只是句法變，
> 長調則整個組織也變了。〔註168〕

既然「小令不脱詩的形式」、「長調才是詞的本格」，而王士禛詞作中
又以小令居多，長調則寥寥可數，在兩卷《衍波詞》所收錄的 128 首
詞作中，長調僅佔 16 首，且每調都僅有一首或兩首，可見「試作」
的性質是很大的。因此，王士禛那些出於「七絕慣技」、「能以風韻勝」
的小令之作，當然只能算是「詞壇中一幟」，是足以爲「名家」而不
足以副「大家」之譽的。

第四節　王士禛在清初詞壇的定位

　　由以上論述可見，對於王士禛在詞壇上究爲「大家」或「名家」，
持論的角度不同，結論自然也不一樣。因此，落實到王士禛的詞作與
詞論來作考察，應較能客觀地看出王士禛在詞壇上的眞正面貌與特色
所在。

一、王士禛詞作的評價

　　鄒祗謨《遠志齋詞衷》曾引王士禛之言，將詞大略別爲「詩人之
詞」與「詞人之詞」。兩者的差別在於詩人之詞「自然勝引，託寄高
曠」，而詞人之詞則「纏綿蕩往，窮纖極隱」〔註169〕。筆者認爲，以
王士禛所謂的「詞人之詞」與「詩人之詞」來概括其少作《阮亭詩餘》
與成於司理揚州時期之《衍波詞》特色，倒是頗爲貼切。據王士禛〈阮
亭詩餘自序〉所云：

〔註168〕鄭騫〈再論詞調〉，載於《景午叢編》上編，頁 96。
〔註169〕載於《詞話叢編》冊 1，頁 656。

　　　　向十許歲，學作長短句，不工，輒棄去。今夏樓居，效
　　　　比邱休夏自恣。桐花苔影，綠入巾舄；墨卿毛子，兼省應酬。
　　　　偶讀《嘯餘譜》，輒拈筆填詞，次第得三十首，易安《漱玉》
　　　　一卷，藏之文笥，珍惜逾恆，乃依其原韻盡和之，大抵涪翁
　　　　所謂空中語耳。……余落魄之餘，聊以寄興，無心與秦七、
　　　　黃九較工拙，文衣（按：指喬缽）之許我過矣。〔註170〕

由序文可知王士禎十餘歲時就已開始學習填詞，但因「不工」而棄
去未收。而《阮亭詩餘》所以能夠匯為一集，乃因「落魄之餘，聊
以寄興」，在偶然的機會下得到明人程明善的《嘯餘譜》，故拈筆填
了30首詞，又因對李清照的《漱玉詞》有獨特的偏好，故又依原韻
和詞37首。因此，《阮亭詩餘》可說是王士禎的第一本詞集，此時
的詞風當時籠罩在雲間詞派的影響下，試由時人對詞集的評價來看：

　　　　王子貽上，文宗兩漢，詩儷初盛。束其鴻博淹雅之才，
　　　　作為花間雋語，極哀艷之深情，窮倩盼之逸趣。其旖旎而
　　　　穠麗者，則景、煜、清照之遺也；其芊綿而俊爽者，則淮
　　　　海、屯田之匹也。（唐允甲序）

　　　　宋廣平鐵心石腸，乃〈梅花〉一賦，艷情如許。貽上
　　　　制藝，為學者宗師，而古風絕律，風格晉魏，時露橫槊撾
　　　　鼓，不受紲羈。……若此詞，則甚似宋廣平之不可測矣。（邱
　　　　石常序）〔註171〕

唐序中的「文宗兩漢，詩儷初盛」之說，與邱序文中將王士禎詩、詞
風格兩截，比擬為唐代開元名相宋璟的人格與文風互異。綜合這兩段
序文內容，恰好是沈雄《古今詞話・詞評》下卷引《蘭皋集》對明末
雲間詞人陳子龍譽揚之辭的綜合體，所謂：

　　　　有讚大樽，文高兩漢，詩軼三唐，蒼勁之色，與節義
　　　　相符者，乃《湘眞》一集，風流婉麗如此。傳稱「河南亮
　　　　節，作字不勝綺羅；廣平鐵心，梅賦偏工清艷。」吾於大

〔註170〕序文收錄於台灣商務版《阮亭詩餘》卷首。
〔註171〕所引唐、邱二人之序文，俱載於《阮亭詩餘》卷首。

樽益信。〔註172〕

此外，唐允甲序文中對王士禛詞風的稱美之詞，也正是由陳子龍的〈幽蘭草詞序〉中：「自金陵二主以至靖康，代有作者。或穠纖婉麗，極哀艷之情；或流暢淡逸，窮盼倩之趣」〔註173〕這段文字概括而來。由唐、邱兩篇詞序中，除了可看出陳子龍在順治初期詞人心目中的典範意義外，當時詞壇的審美風尚，亦可概知一、二。在雲間詞風的籠罩下，《阮亭詩餘》所現出來的，便是「詞人之詞」纏綿蕩往，窮纖極隱的特色，試由王士禛以下的和韻詞觀之：

> 杜鵑聲裡春將老，斷送花多少。幾層楊柳幾層風，總付銀屏金屋夢魂中。　合歡枕上香猶在，好夢依稀改。迴環錦字寫離愁，恰似瀟波不斷入湘流。（〈虞美人〉和李後主）
>
> 夢殘鬒棗垂香枕，芙蓉髻墜蒲桃錦。翠幄碧如煙，小星將曙天。　起來雙黛淺，繡閣拋金剪。憔悴鼠姑紅，玉階三月風。（〈菩薩蠻〉和飛卿）
>
> 啼碎春光鶯燕語，一片花飛，又是天將暮。欲乞放晴春不許，黃昏更下廉纖雨。　春去應知郎去處，好囑春光、共向郎邊去。畢竟春歸人獨住，淡煙芳草千重路。（〈蝶戀花〉和少游〉）
>
> 香閨小院閒清晝，屈戍交銅獸。幾日怯輕寒，簫局香濃，不覺春光透。　韶光轉眼梅花後，又催裁羅袖。最怕日初長，生受鶯花，打疊人消瘦。（〈醉花陰〉和漱玉詞）

和韻詞除了每句的最後一個字都與原作相同外，在遣辭用字上，也與原作相去不遠，不外乎春愁、落花、春雨、暮雨、春寒之類的意象，主題也不離「春閨愁怨」的內容。但與原作的精神相較，和韻詞卻如複製品一般，有其形而無其神，彼此高下立見。以和李後主詞爲例，在後主原詞中，以「春花秋月」、「小樓東風」、「雕欄玉砌」的永恆常存，對比於「往事」、「故國」、「朱顏」的短暫無常，在三度對比之後，

〔註172〕載於《詞話叢編》冊1，頁1032～1033。
〔註173〕氏著《安雅堂稿》卷3，頁13。

再以「恰似一江春水向東流」的長句，來表達心中綿綿無盡的哀思〔註
174〕。相形之下，王士禛的和韻詞則顯得泛泛無力，原創性不足。而
和韻詞所以很難超越原作，李佳《左庵詞話》卷下的這段話，提供了
解答的關鍵，其云：

> 凡前人名作，無論詠古、詠物，既經膾炙人口，便不
> 宜作和韻，適落窠臼。必須用翻案法，獨出新意，方足以
> 爭奇制勝；否則縱極工穩，亦不過拾人牙慧。〔註175〕

和前人名作易入窠臼，引來拾人牙慧之譏，箇中緣由，王士禛當亦有
深刻的體會。觀《漁洋詩話》卷上，王士禛引蕭子顯「有來斯應」及
王士源「佇興而就」的創作論，並謂：「余生平服膺此言，故未嘗爲
人強作，亦不耐爲和韻詩也。」〔註176〕因爲「和韻」之作既然不是
出於內在的真性情、真感動，難免會被原作牽著鼻子走。既然如此，
王士禛何以要多作和韻詞，甚至遍和李清照的《漱玉詞》呢？筆者以
爲，這些和韻詞作應該只是王士禛早年學詞的「習作」罷了，誠如徐
夜所云：「貽上弱齡，性近騷怨。流連極致，爰有是編。」〔註177〕何
況順治初年填詞風氣未盛，誠如李漁所言，尚爲「詩賦古文之世界」，
能依原作寫得有聲有色，也就足以傲視同儕、令人驚艷了。但在後人
眼中，這些詞作「縱極工穩」，卻不免有「拾人牙慧」之譏。王士禛
晚年編定《帶經堂集》時，所以不把詞集收錄其中，想必也是這個緣
故吧！

　　再就《衍波詞》中屬於「詩人之詞」的部分作品來看，這些詞作
多寫於王士禛官揚州時，與諸名士讌遊倡和而成，由詞作所附的小題
中可略窺端倪：

> 北郭清溪一帶流，紅橋風物眼中秋，綠楊城郭是揚州。　西

〔註174〕説解內容，參考葉嘉瑩《唐宋詞十七講》（台北：桂冠圖書股份有限
　　　　公司，1994年），頁232～233。
〔註175〕載於《詞話叢編》冊4，頁3163。
〔註176〕《漁洋詩話》卷上第92則，《清詩話》頁158。
〔註177〕徐夜〈阮亭詩餘〉序，載於《阮亭詩餘》卷首。

望雷塘何處是？香魂零落使人愁。澹煙芳草舊迷樓。(〈浣溪沙〉紅橋同撑菴、茶村、伯璣、其年、秋巖賦)

燕鶯時，風景地，往日清溪佳麗。珠戶裡，畫屏中，花枝相映紅。　燭花殘，更漏咽，舊事不堪重說。波瀲瀲，雨瀟瀟，西風長板橋。(〈更漏子〉與秦淮友人夜話舊院遺事)

海燕紅襟語畫梁，似惜韶光。紅牙一曲舞山香，辛夷花落銀床。　良媒卻借烏衣燕，曲江往事堪傷。人間何限鬱金堂，憑遠恨，與喞將。(〈燕歸梁〉吳水部園亭觀演燕子箋劇，時玉蘭盛開)

平山堂外又清明，春蕪初蘸青。梨花燕子滿江城，人家聞賣餳。　邀伴去，踏莎行，竹西歌吹聲。酒旗一片颭前汀，青絲何處停？(〈阮郎歸〉清明)

由前三首詞作所附的小題中，可清楚看出是王士禛與友人同遊、話舊、觀劇時所作，至於第四首「清明」，題面上雖然看不出讌遊之跡，但如果結合王士禛的〈冶春絕句十二首〉之六來看：

東風花事到江城，早有人家喚賣餳。他日相思忘不得，平山堂下五清明。〔註178〕

詩、詞的寫作時間與場景顯然是相同的，故〈冶春絕句〉下所附的小題：「同林茂之前輩，杜于皇、孫豹人、張祖望、程穆倩、孫無言、許力臣師六，修禊紅橋，酒間賦冶春詩。」實可視爲詞中「邀伴去，踏莎行」之註腳。此外，以上詞作的另一個共通點是：都具有詩人之詞「自然勝引，託寄高曠」的性質，與神韻詩有相通之處。如第一首〈浣溪沙〉「綠楊城郭是揚州」一句，爲王士禛生平得意之作，晚年猶且念念不已〔註179〕；而〈阮郎歸〉一詞亦與〈冶春絕句〉之六頗有雷同之處。其他如「澹煙芳草舊迷樓」、「波瀲瀲、雨瀟瀟，

〔註178〕原收於《漁洋集》，又見《漁洋精華錄集釋》卷3，頁388。

〔註179〕除《年譜》「康熙元年」條下所載的〈紅橋遊記〉外（頁20），王士禛在《帶經堂詩話》卷8〈自述類下〉第14則、《居易錄》及《香祖筆記》卷12，都有提及紅橋唱遊之事與「綠楊城郭是揚州」一句。

西風長板橋」、「紅牙一曲舞山香，辛夷花落銀床」諸句，都富有神韻詩「興會超妙」的藝術性。亦即鬱結心中的懷舊之情與今昔盛衰之感，並不直接明白的表達出來，反而是以「芳草迷離」、「風雨瀟瀟」、「花落銀床」這些景象，渲染出獨特的美境，並將所見所感沖淡爲某種欲語還休、餘韻裊裊的情懷，與王士禛「而今明月空如水，不見青溪長板橋」、「青蕪不見隋宮殿，一種垂楊萬古情」、「平台賓客今何處？零落小山叢桂花」〔註180〕等七絕詩句的意境十分神似。詞評家所以多謂其小令之作「風流閒雅」，同於詩之「七絕」，當亦有見於此。

　　綜合以上所言，王士禛的詞作中屬於「詞人之詞」的部分，雖云「極哀艷之深情，窮倩盼之逸趣」，但因多和韻之作，實不免有「拾人牙慧」之譏。至於「詩人之詞」的部分，雖然具有「自然勝引，託寄高曠」的特色，但究其實，又如同詩之「七絕」，亦不免招致「以詩爲詞」、非詞家「當行本色」的批評。而其他〈念奴嬌〉、〈水龍吟〉、〈沁園春〉、〈南浦〉等長調之作，則又僅有一、兩首而已，在詞集中所佔的比例並不大，欲據此以之爲「大家」的論證，實難以令人信服。故大體而言，王士禛的詞作僅能視爲「獨樹一幟」的名家，尚不足廁身「博綜賅洽，無所不擅」的大家之列的。

二、王士禛詞論的評價

　　既然王士禛的詞作僅足列身名家，然則鄒祇謨、彭孫遹、汪懋麟等人謂王士禛「無所不擅」、「體備唐宋」、「婉約豪放兼並一身」的譽美之辭，豈非成了吹噓瞎捧的「溢美」之辭了？筆者認爲，這些視王士禛爲「大家」的讚譽之辭，用來形容王士禛的詞作固然有不當之嫌，但若用來稱許王士禛論詞的態度，倒是頗爲貼切的。

　　先就詞體的定位來看，王士禛曾謂詞爲「詩之餘而樂府之變也」

〔註180〕所引詩句分見〈秦淮雜詩〉之 10，《漁洋精華錄集註》卷 2，頁 2321；〈冶春絕句〉之 4，卷 3，頁 387。〈故宮曲〉之 2，卷 5，頁 803。

〔註 181〕，乍看之下，似乎與前人將詞視爲「詩餘、小道」的說法相
去不遠，但深究其實，可謂「差之毫釐，謬以千里」，因爲王士禛雖
亦云詞爲「詩之餘」，但其所謂的「餘」，並非如明末陳子龍所說的：
「宋人不知詩而強作詩，其爲詩也，言理而不言情，故終宋之世無詩
焉。然宋人亦不免於有情也，故凡其歡愉愁怨之致，動於中而不能抑
者，類發於詩餘。」〔註182〕將「詩餘」等同於「詩亡之後的餘緒」，
以及文人在「詩言志」之外，用以抒發兒女私情之「餘」的輔助工具。
王士禛謂詞爲「詩之餘」，是從正面上肯定詞體有補充詩體在「音節
不可歌」方面的特長，試觀〈倚聲集序〉所云：

> 善讀詩者，由聲以考義，而與聖人之志庶幾其不遠矣。
> 唐詩號稱極備，……要其音節皆不可歌。詩之爲功既窮，
> 而聲音之秘勢不能無所寄，於是溫、韋生而《花間》作：
> 李、晏出而《草堂》興，此詩之餘而樂府之變也。

序文一開始，王士禛便強調「聲音之道，詎不大哉！」並以「師曠
覘風而識盛衰，季札觀樂而知興廢」，以論證「詩」與「樂」是可以
互相觀照、影響的。而唐詩雖然號稱極備，卻多爲「不可歌」者。
在「聲音之秘勢不能無所寄」的情況下，爲了補充詩體「不可歌」
之失，詞體遂應運而生。因此，王士禛雖然把詞稱爲「詩餘」，但此
一「餘」字並非「餘贅」的意思，而應解作「贏餘」，如同清末況周
頤所說的：「詞之情文節奏，並皆有餘於詩，故曰詩餘。」〔註 183〕
亦即詞有勝於詩體的特長之處。而王士禛所以與鄒祇謨共同編選《倚
聲集》，「網羅五十年來薦紳、隱逸、宮閨之製，彙爲一書。」也是
爲了能「續《花間》、《草堂》之後，使夫聲音之道不至湮沒而無傳。」
〔註184〕足見其用心。

〔註 181〕氏著〈倚聲集序〉，《漁洋山人文略》卷 3，載於《四庫全書存目叢
書》集部第 227 冊。
〔註182〕氏著〈王介人詩餘序〉，《陳子龍文集》之《安雅堂稿》卷 2，頁 11。
〔註 183〕語見《蕙風詞話》卷 1，《詞話叢編》冊 5，頁 4406。
〔註184〕氏著〈倚聲集序〉，載於《漁洋山人文略》(《四庫全書存目叢書》集

　　至於詞體的發展演變，王士禛的看法如下：

　　　　語其正，則南唐二主爲之祖，至漱玉、淮海而極盛，
　　高、史其嗣響也。語其變，則眉山導其源，至稼軒、放翁
　　而盡變，陳、劉其餘波也。有詩人之詞，唐、蜀、五代諸
　　人是也。有文人之詞，晏、歐、秦、李諸君子是也。有詞
　　人之詞，柳永、周美成、康與之之屬是也。有英雄之詞，
　　蘇、陸、辛、劉是也。至是聲音之道乃臻極致，而詩之爲
　　功，雖百變而不窮。〔註185〕

序文中的「正變」之分，極易令人有「王士禛論詞，重北宋輕南宋；
重婉約輕豪放」的誤解，然而王士禛的正、變之分，是僅就詞體的發
展先後立論，並不包含「以正變定工拙」的價值判斷在裡面，這可由
《香祖筆記》卷9所謂：「詞家綺麗、豪放二派，往往分左右祖。予
謂第當分正變，不當分優劣。」得到印證。何況〈倚聲集序〉雖然將
詞大略分爲「詩人之詞」、「文人之詞」、「詞人之詞」與「英雄之詞」，
但並未刻意就南、北宋作區隔，甚且主張因爲有了這些不同面向的詞
作，才使得聲音之道更臻於極致。準此而言，無怪乎王士禛會對明末
雲間詞人狹隘的詞學觀提出批駁，其云：

　　　　雲間數公論詩拘格律，崇神韻。然拘於方幅，泥於時
　　代，不免爲識者所少。其於詞，亦不欲涉南宋一筆，佳處
　　在此，短處亦坐此。〔註186〕

　　　　近日雲間作者論詞有云：「五季猶有唐風，入宋便開元
　　曲，故專意小令，冀復古音，屏去宋調，庶防流失。」僕謂
　　此論雖高，殊屬孟浪。廢宋詞而宗唐，廢唐詩而宗漢、魏，
　　廢唐、宋大家之文而宗秦、漢，然則古今文章，一畫足矣，
　　不必三墳、八索至六經、三史，不幾幾贅疣乎？〔註187〕

　　部第227冊），卷3，頁16～18。
〔註185〕同上註。
〔註186〕氏著《花草蒙拾》，《詞話叢編》冊1，頁685。
〔註187〕同上註，頁686。引文中，王士禛所謂「近日雲間作者論詞」內容，
　　　　乃出自雲間詞人蔣平階、周積賢、沈億年等人合編的《支機集‧凡

雲間詞人蔣平階、周積賢、沈億年在極端的復古意識主導下，不但廢南宋詞不觀，甚且意欲將北宋詞一併廢除，主張以晚唐五代詞爲詞中真正的古音、原貌。這種偏頗的主張落實在創作上，便是「不欲涉南宋一筆」，結果是「佳處在此，短處亦坐此。」而王士禛所謂的「佳處」與「短處」所指爲何？由以下這段話來看：

> 宋南渡後，梅溪、白石、竹屋、夢窗諸子，極妍盡態，
> 反有秦、李未到者。雖神韻天然處或減，要自令人有觀止
> 之歎。〔註188〕

南宋諸家「極妍盡態」處，雖有「神韻天然」不足之嫌，但仍有北宋諸家所無法取代的長處。既然南、北宋詞各有偏勝之處，故宜合二者之長而不應專取一方。王士禛詞論的開放性與客觀性由此可見。

在具體評論詞作時，王士禛開放而客觀的態度表現得更爲明顯。以東坡在黃州所作的〈卜算子〉詠孤鴻一詞爲例，王士禛認同山谷「不喫煙火食人語」的客觀評論，但反對如鮦陽居士般，以「缺月，刺明微也。漏斷，暗時也。幽人，不得志也。獨往來，無助也。驚鴻，賢人不安也。此與考槃詩相似。」這種逐句比附的主觀說解方式，並以強烈的語氣指出，此乃「村夫子強作解事，令人欲嘔。」〔註189〕然則王士禛又是從什麼角度來欣賞東坡詞呢？試觀以下所言：

> 名家當行，固有二派。蘇公自云：「吾醉後作草書，覺
> 酒氣拂拂，從十指間出。」黃魯（直）亦云：「東坡書挾海
> 上風濤之氣。」讀坡詞當作如是觀。瑣瑣與柳七較錙銖，
> 無乃爲髯公所笑。〔註190〕

既然東坡的真精神是「挾海上風濤之氣」，又如醉後酒氣自然湧出，所表現的詞作風貌，也就與柳永的緣情綺靡大不相同。何況詞的「名

例》第 1 則內容，收錄於趙尊嶽編輯之《明詞彙刊》（上海：上海古籍出版社，1992 年），上冊，頁 556。
〔註188〕氏著《花草蒙拾》，《詞話叢編》冊 1，頁 682。
〔註189〕同上註，頁 678。
〔註190〕同上註，頁 681。

家當行，固有二派」，只要從其性之所近，表現出個人的「生香真色」，便有人所不能及、不能學之處〔註191〕。東坡詞如此，稼軒詞復然，其云：

> 石勒云：「大丈夫磊磊落落，終不學曹孟德、司馬仲達狐媚。」讀稼軒詞，當作如是觀。〔註192〕

稼軒詞中磊落的丈夫氣，乃是其獨到之處。無此性情者，僅在字面上故作豪壯態，反墮惡趣矣。既然豪放詞宜欣賞其「生香真色」處，那麼王士禎對婉約詞的欣賞重點又擺在哪裡呢？由其論《花間》、《草堂》之妙的用語來看：

> 或問《花間》之妙，曰：「蹙金結繡而無痕跡。」或問《草堂》之妙，曰：「采采流水，蓬蓬遠春。」〔註193〕

「采采流水，蓬蓬遠春」一詞，乃出自司空圖《廿四詩品》之三的「纖穠」一品，前人註云：「此言纖秀穠華，仍有真骨，乃非俗艷。」〔註194〕亦即蹙金結繡之餘，能不著痕跡；纖秀穠華之外，中有真骨。這不僅適用於形容《花間》、《草堂》之妙，也可以擴大為概括婉約詞作的佳妙之處，如《漱玉詞》中的「綠肥紅瘦」、「寵柳嬌花」等詞，便被王士禎視為「雕組而不失天然」〔註195〕之作，既是「人工」，也是「天巧」〔註196〕。

　　此外，王士禎論詞或曰「婉約、豪放二派」，或者稱「綺麗、豪

〔註191〕《花草蒙拾》云：「『生香真色人難學』，為『丹青女易描，真色人難學』所從出，千古詩文之訣，盡此七字。」《詞話叢編》冊1，頁676。
〔註192〕同上註，頁681。
〔註193〕同上註。
〔註194〕陳國球導讀之《二十四詩品》（台北：金楓出版社，1987年）〈纖穠〉一品中引《皋解》之言，頁51。
〔註195〕王士禎的詞友彭孫遹也主張：「詞以自然為宗，但自然不從追琢中來，便率易無味。如所云絢爛之極，乃造平淡耳。若使語意淡遠者，稍加刻畫，鏤金錯繡者，漸近天然，則駸駸乎絕唱矣。」（《金粟詞話》，載於《詞話叢編》冊1，頁721），其說與王士禎論詞主張「雕組而不失天然」的看法相近。
〔註196〕氏著《花草蒙拾》，《詞話叢編》冊1，頁683。

放二派」〔註197〕，隱然有將「婉約」等同於「綺麗」之意。由於王士禛論詩頗受司空圖影響，故「綺麗」一詞的內涵，或可由司空圖《廿四詩品》之九「綺麗」一品的特徵看出端倪。

　　司空圖以「神存富貴，始輕黃金；濃盡必枯，淡者屢深。」來概括「綺麗」一品，因爲眞正的富貴氣，不是來自於外在黃金多寡，而是源於精神上的得意自足；而眞能作無窮的變化者，也不是得力於濃厚深重，反而是以淡自持者，更能細水長流，令人玩味不盡。歸納以上資料，其共通處都指向「眞」字，匯集在「自然」之處。可見「生香眞色」爲王士禛論詞所著眼的焦點。只要能表現出作者內在的眞性情、眞感動，則婉約與豪放都只是抒情時的兩種不同態度罷了，既然是性之所近，便無謂高下、優劣之分。足證王士禛論詞確實是「婉約、豪放只分正變，不分優劣」，是採取博綜賅洽、兼容並蓄的立場，而非如大陸學者嚴迪昌所言，具有「排斥豪健之風」〔註198〕的傾向的。

　　要之，由王士禛對詞體的定位與發展演變的看法，以及在評論婉約、豪放詞的開放態度上來看，王士禛在詞論上的表現，實具有「博綜賅洽，以求兼長」的大家之風，與其在詞作上「以七絕爲詞」的獨樹一幟有很大的落差。因此，若就詞作上的表現來論斷的話，王士禛或許僅足以列爲「名家」，但如果由詞論上的貢獻與建樹而言，以王士禛爲「大家」，誠可謂實至名歸，並非虛言、諛詞的。相較於陳子龍論詞以南唐、北宋爲正，以南宋爲變，並以正變定工拙的作法，王士禛論詞雖然有正變之分，卻不以正變作爲工拙的標準，這種開放的態度，與其論詩「且無計工拙，先辨雅俗」〔註199〕是一致的，而王士禛詞論之正變觀所以有別於前人者，也據此可見。

────────────────

〔註197〕《花草蒙拾》引張南湖（張綖）論詞派分爲「婉約」與「豪放」，王士禛更謂：「婉約以易安爲宗，豪放惟幼安稱首。」（見《詞話叢編》冊1，頁685）。至於論詞以「綺麗、豪放」區分詞派者，見《香祖筆記》（《景印文淵閣四庫全書》第870冊）卷9，頁4～5。

〔註198〕氏著《清詞史》，頁63。

〔註199〕《然鐙記聞》第3則，《清詩話》頁101。

第五節　由名家意識論王士禎「捨詞不作」的抉擇

一、「捨詞不作」是否為宦途顯達作打算？

　　如前所云，王士禎在詞作表現上雖然不足為「當行本色」，但對詞體的定位與發展演變，卻有著客觀而中肯的看法。因此，若由王士禎論詞的開放態度來說，其在詞壇上應仍大有作為，何以在現實生活中，王士禎離開揚州後，卻選擇了「捨詞不作」的創作路線，轉而專力言詩呢？

　　對於這一點，歷來學者多引顧貞觀〈答秋田求詞序書〉中所謂：「漁洋復位高望重，絕口不談」〔註200〕來解釋王士禎所以「捨詞」不作的原因。變本加厲者，甚且將王士禎捨詞不作與熱衷權勢聯結起來，如嚴迪昌先生即言：

　　　　除了藝術觀念上仍持有詞乃「小道」這一層原因外，以其擅於審時度勢而又力圖騁雄文壇有所建樹的為人心性特點和才智來說，他不會不感覺到詞的創作面臨著一個矛盾棘手的事實：如一味沿承「花間」至「雲間」的路子走去，雖糾正了明詞淫哇和雜攬俚曲的弊病，但「雅正」之後也會陷於滯塞而迂，雕琢而僵，餖飣而酸等歧途，而且曼聲輕語的情韻又常與實際心態難相協調，生氣不充，前景不會樂觀。然而，如果發「變」聲，引吭高唱，壯詞慷慨，王士禎是深知此中潛在的危險性的。對一個還企想在宦途有大發展的才官來說，他各方面機緣條件都不錯，何必冒此風險？〔註201〕

換句話說，填詞對王士禎而言，不過如雕蟲小技般，並不值得重視。何況以王士禎創作上的條件，不論是寫婉約詞或是豪放詞，都可能有損仕途的發展。至於為何會「有損」？嚴迪昌先生並未清楚說明。然則是不是選擇「神韻詩」的創作路線就能對仕途有所幫助呢？對此嚴

〔註200〕謝章鋌《賭棋山莊詞話續編》卷3，《詞話叢編》冊4，頁3530。
〔註201〕氏著《清詞史》，頁60。

迪昌先生的答案是肯定的，其認爲：「漁洋山人的詩學學術交遊或唱和酬應活動，實在是多與權術心機相輔而行的」、「正因爲他（指王士禛）是心雄於『千仞翔鳳』，棲身在權力中樞，翱翔宮牆內外，『羚羊掛角』式的神韻說及其詩貌實是最佳選擇。」〔註202〕嚴迪昌先生並在其《清詩史》一書中，花很大的篇幅闡發王士禛熱衷權勢的一面，更加坐實了王士禛「捨詞就詩」根本就是爲了宦途顯達所致。

這種說法容易引起的誤解是：王士禛在離開揚州後，便以詩雄視當世，並因此得到皇帝的賞識，以致宦途顯達，從而更擴大了他在詩壇的影響力。但就王士禛的生平遭際來看，早在康熙四年，王士禛便已離開揚州，而其主盟詩壇的時間，據嚴迪昌先生所言，當是在康熙十九年（1680）升遷爲國子祭酒時〔註203〕。從離開揚州後到康熙十七年這段期間，王士禛都只是擔任郎官之職，並未特別得到康熙的關愛，當然也稱不上是「位高望重」或仕途「顯達」。直到康熙十七年王士禛以侍讀值南書房，才算開始接觸權力核心。在清代「漢人由部曹改詞臣」，王士禛算是第一例，可說是當時的「異數」〔註204〕，既然是「異數」，可見在王士禛之前並無先例，然則王士禛又怎能在離開揚州時，便決定「捨詞不作」，好爲一個連自己都設想不到的職位預先作規劃呢？何況主盟詩壇，「國子祭酒」一職只能算是「助力」而非「主力」，誠如王士禛門人曹禾所說的：「先生之詩，不係乎官位也。」〔註205〕亦即能否主盟詩壇，讓學者仰之如「泰山北斗」，自身的實力還是要比政治上的名位來得更重要的。再者，要判定一個人是

〔註202〕兩段引文，分見氏著《清詩史》頁 430、頁 457。
〔註203〕參見嚴迪昌《清詩史》第 2 編第 2 章第 3 節〈王士禛主盟詩界的時間考辨〉，頁 436。
〔註204〕見《年譜》〈附錄一〉所附宋犖〈墓誌銘〉（頁 108）及李元度〈王文簡公事略〉（頁 121），皆有「本朝由部曹改詞臣，自公始，實異數也」的相關記載。
〔註205〕見曹禾〈漁洋山人續集序〉，載於《漁洋山人續集》卷首，《四庫全書存目叢書》集部第 226 冊。

否熱衷仕宦，不宜以所居官位大小爲準，而應以其在官場上的出處進退的原則爲據。以王士禛爲例，據王應奎《柳南隨筆》所載：

> 新城王阮亭先生自重其詩，不輕爲人下筆。內大臣明
> 珠之稱壽也，崑山徐司寇先期以金箋一幅請於先生，欲得
> 一詩以侑觴。先生念曲筆以媚權貴，君子不爲，遂力辭之。
> 先生歿後，門人私諡爲文介。〔註206〕

除了不以曲筆媚權貴之外，由《年譜》資料來看，不論是康熙八年任職船廠，康熙二十年主持秋試，康熙三十四年爲官戶部，王士禛都力求清白皭然，秉持公道。康熙四十三年，王士禛因事罷官，人勸以：「此事自有本末，公當辯明。」王士禛卻認爲：「吾年已遲暮，今得返初服，足矣。」遂巾車就道，圖書數簏而已〔註207〕。從上述資料可知，王士禛居官堪稱有爲有守，進退有則，絕非熱衷仕宦者可比。

明乎此，對於顧貞觀謂王士禛「位高望重，絕口不談」塡詞一說，必須釐清的兩個重點是：第一，王士禛在康熙四年離開揚州後，便已逐漸減少塡詞創作，而不是等到「位高望重」以後才捨詞不作的，所以不宜將王士禛的「捨詞」之舉與熱衷權勢劃上等號的。第二，由王士禛在官場上有爲有守的表現來說，迥非不擇手段的熱衷權勢者，因此，由創作上「自名一家」的心態來看待王士禛「捨詞不作」之舉，應比「熱衷權勢」說，更能貼近王士禛捨詞就詩的創作傾向，從而減少一些穿鑿附會之跡。故筆者認爲，王士禛離開揚州後所以捨詞而就詩，並不必然是爲了宦途著想，主要還是出於創作上「自名一家」的意識使然。

二、王士禛在創作上「自名一家」的意識

創作上「自名一家」的意識，在王士禛的詩話與相關筆記資料中不時可見，如云：「工於五言，不必工於七言；工於古體，不必工於

〔註206〕氏著《柳南隨筆》（北京：中華書局，1997年）卷2，頁34。
〔註207〕《年譜》頁56。

近體。觀鴻山及唐孟襄陽集可悟。」〔註208〕「詩有必不能廢者，雖眾體未備，而獨擅一家之長，如孟浩然洮洮易盡，只以五言雋永，千載並稱『王孟』。」〔註209〕而王士禛在指導學生寫詩時，也主張學者只要「從其性之所近，伐毛洗髓，務得其神而不襲其貌，則無論初、盛、中、晚皆可名家。」〔註210〕並不主張學生一定要以盛唐詩作爲學習的標竿，「性之所近」才是成爲「名家」的關鍵所在。何況王士禛也是把自己的詩作定位在「如鑑湖一曲」的名家之列。可見如何表現出一己的特長，一直是王士禛自我追求的目標，也是其指導學生爲詩的重點所在。

三、「詞損詩格」與王士禛捨詞不作、以詩名家的抉擇

值得注意的是，上述「自名一家」的意識，並不是王士禛晚年眼見無法成爲「大家」，遂以之爲自我安慰的說詞。早在擔任揚州推官時，王士禛便已針對這個問題深思熟慮過，試觀以下所言：

> 溫、李齊名，然溫實不及李。李不作詞，而溫爲花間鼻祖，豈亦同能不如獨勝之意耶？古人學書不勝，去而學畫；學畫不勝，去而學塑，其善於用長如此。〔註211〕

「同能不如獨勝」正是「自名一家」的意識展現。書畫如此，詩詞亦然。溫庭筠所以在詩作表現上不及李商隱，不正是「詞損詩格」的最好例證嗎？何況「詞損詩格」之說，在清初頗爲盛行，如陽羨詞人陳維崧在〈詞選序〉中曾云：「又見世之作者，輒薄詞不爲，曰：『爲輒損詩格。』」〔註212〕而在鄒祇謨《遠志齋詞衷》也記載：李長文學士年輕時原塡詞極多，因人勸以弗多作，「以崇詩格」，乃遂擱筆〔註

〔註208〕《帶經堂詩話》卷3〈要旨類〉第11則，頁75。
〔註209〕同上註，卷1〈品藻類〉第26則，頁48。
〔註210〕《然鐙記聞》第22則，《清詩話》頁104。
〔註211〕氏著《花草蒙拾》，《詞話叢編》冊1，頁674。
〔註212〕《陳迦陵文集》之《文集》卷2，頁14。
〔註213〕鄒祇謨《遠志齋詞衷》，《詞話叢編》冊1，頁657。又，「詞損詩格」之說在清代造成的迴響，詳細可見「陳維崧」一章註1部分。

213〕。有趣的是，王士禛的詞友在爲《阮亭詩餘》寫序時，也不時出現「詞損詩格」的說法，但他們的目的並不是要藉此勸王士禛「捨詞不作」，反而是以讚賞的口氣，稱許王士禛能夠作到詩、詞「異曲同工若此」，足見其「兼才不可及矣」（丁宏誨序）；「以見文人馳騁文囿，其無所不宜類如此。」（唐允甲序）；「斯固擅場之餘事，又何恨於詩人哉？」（徐夜序）〔註214〕。可見王士禛在創作《阮亭詩餘》期間，「詩詞兼工」是被文友們視爲美事的。而在擔任揚州推官期間，王士禛不但有豐富的填詞活動，也與鄒祗謨共同編選《倚聲》詞集，還寫了《花草蒙拾》以表明自己對詞學的看法及批評態度。弔詭的是，「詞損詩格」之說卻在此時成爲左右王士禛「捨詞就詩」的主要因素。在詩詞兼工的創作過程中，王士禛似乎逐漸意識到詩詞之間存在著互相扞格衝突之處，故而有著「同能不如獨勝」的慨嘆。接下來所必須思考的問題是：「寫詩」與「填詞」，何者才是其「獨勝」於眾人之上、足以讓自己名家稱世的創作長才？從王士禛離開揚州後「捨詞」的創作傾向來看，答案已經呼之欲出了。而王士禛既然選擇了以「詩」作爲自己專擅的領域，是否也隱含有認同「詞損詩格」的意向呢？答案應該是肯定的。然則填詞何以會損及詩格？詩、詞在創作時，究竟存在著哪些互相衝突之處呢？明乎此，相信也就不難掌握王士禛所以捨詞就詩的緣由了。

　　首先，就詩、詞創作上的地域條件而言，清初尤侗在爲彭孫遹所寫的〈延露詞序〉序文中曾謂：「維揚（即揚州）固詩餘之地，而彭子乃詩餘之人也。有其地，有其人；有其人，有其詞。」〔註215〕由於王士禛填詞創作的高峰是在司理揚州期間，調離揚州後，王士禛也選擇了「捨詞不作」的創作路線，因而耐人尋味的是，究竟揚州對於王士禛填詞所造成的影響爲何？是否真如尤侗序文中所謂的「維揚固詩餘之地」且「有其地，有其詞」呢？如果把《衍波詞》中的南方風

〔註214〕所引序文内容，皆載於《阮亭詩餘》卷首。
〔註215〕序文載於《清詞別集百三十四種》第3冊之《延露詞》卷首。

物或地域性色彩抽離掉的話，那麼《衍波詞》的內容將剩下些什麼？

檢閱《衍波詞》內容，在剔除掉南方風物與地域性色彩後，詞集中所剩的內容之一當爲「閨情艷詞」，試由以下所引的詞作來看：

> 涼夜沈沈花漏凍，欹枕無眠，漸聽荒雞動。此際閒愁郎不共，月移窗罅春寒重。　　憶共錦裯無半縫，郎似桐花，妾似桐花鳳。往事迢迢徒入夢，銀箏斷絕連珠弄。（〈蝶戀花‧和漱玉詞〉）

本詞是王士禛早年家居濟南時和漱玉詞之作，其中「郎似桐花，妾似桐花鳳」一句，讓王士禛在當時贏得了「王桐花」之名〔註216〕。但清末詞評家謝章鋌卻認爲本詞雖「最爲擅名，然起結少味，殊非完璧」，反倒是那些描寫江南風物的〈憶江南〉，或是在詞中注入南方色彩的〈浣溪沙〉「雨後蟲絲罥碧紗」及〈菩薩蠻〉「玉蘭花發清明近」等詞，還更能表現出詞中「極哀艷之深情，窮倩盼之逸趣者」〔註217〕。可見抽離了江南色彩與水鄉風物之後，即便是閨情艷情，也總不免有「少味」之憾。

除了閨情艷情外，王士禛詞集中不以描繪江南風光爲主題的，便是這首寫於順治十三年，省兄王士祿於東萊（今山東掖縣）時所作的〈滿江紅‧同家兄西樵觀海〉一詞：

> 蕭瑟泓崢，臨高臺、居然萬里。正雲瀾泱溔，黏天無壁。日月縱橫三島外，星河爛熳洪波裡。把一鉤、直下俯滄溟，憑鮫室。　　長嘯處，天風急。新賦就，秋濤沸。覺帝座非遙，去天僅尺。笑指扶桑凌九點，下看蟻垤分諸國。問何時、乘屩訪安期，鼇身黑。〔註218〕

吳宏一先生將本詞與〈蠡勺亭觀海〉一詩互相對照，發現彼此間不但

〔註216〕據王士禛《香祖筆記》卷10所云：「予少年和李清照《漱玉詞》云：『郎似桐花，妾似桐花鳳。』劉公□體仁戲呼『王桐花』。」此事在徐釚《詞苑叢談》卷5、李佳《左庵詞詞》卷上、張德瀛《詞徵》中都有記載，足見「王桐花」之稱流傳極廣。

〔註217〕《賭棋山莊詞話》卷8，《詞話叢編》冊4，3426。

〔註218〕《衍波詞》卷下，頁6。

寫景同，所抒之情亦同，故應為同時之作〔註219〕。因此本詞可說是
道地的「以（古）詩為詞」，是詩人之詞，而非詞人之詞。此外，王
士禛的零星詠史或感懷之作，也是詞集中少數不具江南背景者，如〈踏
莎行‧醉後作〉一首，

> 屈子〈離騷〉，史公〈貨殖〉，直須一石懵騰醉。胸中五嶽
> 不能平，何人解識狂奴意。　修竹彈文，綠章封事，聊將
> 筆墨供遊戲。茂陵若問馬卿才，飄飄大有凌雲氣。〔註220〕

謝章鋌曾譽本詞為「酒杯睥睨，目無餘子」〔註221〕。再就另一首〈西
江月‧詠史〉詞來看：

> 漢武史稱大略，隴西家世名流。次公已作岸頭侯，飛將數
> 奇不偶。　昔日人奴笞罵，長安甲第雲浮。龍鱗鶴尾鐵兜
> 鍪，笑謂鉗徒有口。〔註222〕

本詞與稼軒的詠史託興之作頗為神似。這些作品，如果依「詞體以婉
約為正，以豪放為變」的標準作區分的話，自應屬於豪放一類的變體
之作。雖然「變體」不必然就等同於「劣」作，但總是較難取巧。何
況這一類的詞作或以學力見長，或以大手筆取勝，與神韻詩所走的創
作路線是兩截、歧出的，如果專力於詞，必然豐茲吝彼而無法兩全，
從這個角度來說的話，填詞確實是會「損及詩格」的。而王士禛在離
開揚州後，一方面不復見江南風物，另一方面，也不再有機會與江南
名士酬唱讌遊，昔日淹留的「窈娘堤畔」與難忘的「軟語空篋」，都
已逐漸成為往事而不堪重說；而年少的「艷情綺思」也在案牘勞形中
消磨殆盡〔註223〕。即使要憑著過去在揚州所留下的吉光片羽來填
詞，又因為王士禛的故鄉並非江南，很難像李後主一般，即使被俘北
上，還能憑著內心深處所積澱的記憶，不斷地吟哦出「船上管弦江面

〔註219〕參見吳宏一〈王士禛的詞集與詞論〉，《清代詞學四論》頁14。
〔註220〕《衍波詞》卷上，頁27。
〔註221〕《賭棋山莊詞話》卷8，《詞話叢編》冊4，3426。
〔註222〕《衍波詞》卷上，頁21。
〔註223〕此處說解引《衍波詞》卷上〈眼兒媚〉「感舊」及「堂堂」二詞內容。

綠，滿城飛絮混輕塵」〔註224〕的江南風光；加上王士禛並未在江南久住，因而「小楫輕舟，夢入芙蓉浦」〔註225〕的生活經驗，對王士禛來說，也難免有隔了一層之感。可見王士禛在離開揚州後的「捨詞就詩」，即使不是出於主觀意識所致，也是外在人事已非、時空變遷下所不得不然的選擇。

　　論者對此或許不免有疑的問題是：詞雖具有濃厚的江南色彩，難道神韻詩中的「吳楚青蒼分極浦，江山平遠入清秋」〔註226〕之景，不也是多取自江南風光嗎？的確，王士禛那些常爲人稱道的〈秦淮雜詩〉、〈眞州絕句〉、〈冶春絕句〉、〈秦郵雜詩〉等詩作，都是任職揚州時寫就，然而神韻詩的精髓既然是「意在筆墨之外」〔註227〕，是「羚羊挂角，無跡可求」〔註228〕，那麼江南的雨絲風片、濃春煙景之類的「色相」，只是爲神韻詩提供了有利的創作條件，而非不可或缺的必要條件。所以即使不是身處揚州，王士禛還是可以寫出具有韻味淡遠的詩作，試觀以下詩例：

> 微雨過青山，漠漠寒煙織。不見秣陵城，坐愛秋江色。（〈青
> 山〉）〔註229〕
> 凌晨出西郭，招提過微雨。日出不逢人，滿院風鈴語。（〈雨
> 後至天寧寺〉）〔註230〕

第一首詩爲王士禛官揚州時所作，第二首則作於京師，地點雖然不

〔註224〕此爲李後主〈望江南〉「閒夢遠，南國正芳春」之詞句。

〔註225〕此爲周邦彥〈蘇幕遮〉「燎沈香，消溽暑」之詞句。

〔註226〕錄自〈曉雨復登燕子磯絕頂〉一詩，見《漁洋精華錄集釋》卷1，頁147。又，在《漁洋詩話》卷中第17則，王士禛曾特別舉此詩句作爲「律句有神韻天然，不可湊泊者」的詩例。《清詩話》頁162～163。

〔註227〕《帶經堂詩話》卷3〈微喻類〉第15則，頁85～86。

〔註228〕《師友詩傳續錄》第5則，《清詩話》頁127～128。

〔註229〕《漁洋精華錄集釋》卷1，頁139。原詩收於《漁洋集》，成於順治十七年。

〔註230〕同上註，卷10，頁1513。原詩收於《漁洋續集》，寫於康熙廿一年。

同，但「皆爲一時佇興之言」〔註231〕。再就七絕之作來看：

> 青溪水木最清華，王謝烏衣六代夸。不奈更尋江總宅，寒
> 煙已失段侯家。（〈秦淮雜詩〉14之6）〔註232〕
> 往日朱門帝子家，柴車一去即天涯。平台賓客今何在？零
> 落小山叢桂花。（〈故宮曲〉2首之2）〔註233〕

第一首〈秦淮雜詩〉寫於揚州時期，第二首則載於《蜀道集》中，是
康熙十一年（1672）典試四川途中所作。但由兩詩對古今盛衰的感嘆
與使用手法來看，彼此間並沒有多大的差別，可見「佇興而就」的神
韻詩並不必然要以江南風物爲寫作溫床，而王士禛倘若堅持「以詩爲
詞」的方式來填詞，當然也可以沖淡一些詞中的地域性色彩，但如此
一來，詞作在邏輯上又陷入了「非當行本色」的困境，從而降低了王
士禛的整體創作成就。因此，以創作上的地域性條件而言，填詞所受
的限制顯然要比工詩來得大的。

　　再由詩、詞創作技巧上的困難度來看，南宋沈義父在《樂府指迷》
中所以認爲「詞之作難於詩」，持論的理由之一即是填詞「音律欲其
協，不協則成長短之詩。」宋元之際的仇遠在〈玉田詞題辭〉中，對
於填詞「協音」的重要性，有著更詳細的說明：

> 　世謂詞者詩之餘，然詞尤難於詩。詞失腔猶詩落韻，詩
> 不過四五七言而止，詞乃有四聲五音，均拍重輕清濁之別。
> 若言順律舛、律協言謬，俱非本色。或一字未合，一句皆廢；
> 一句未妥，一闋皆不光采。信乎夐乎其難。〔註234〕

可見詞要填得道地，詞中音律性是不可不留意的。而在填詞的過程
中，王士禛必然對這一點有過深刻的體會，故於《花草蒙拾》中曾有
感而發道：

〔註231〕《帶經堂詩話》卷3〈佇興類〉第5則，頁69。
〔註232〕《漁洋精華錄集釋》卷2，頁229。原詩收於《漁洋集》，寫於順治
　　　　十八年。
〔註233〕同上註，卷5，頁803。
〔註234〕引文載於《彊村叢書》本《山中白雲詞》卷首。

詞、曲雖不同，要亦不可盡作文字觀，此詞與樂府所
以同源也。

唐無詞，所歌皆詩也。宋無曲，所歌皆詞也。宋諸名
家，要皆妙解絲肉，精於抑揚抗墜之間，故能意在筆先，
聲協字表。今人不解音律，勿論不能創調，即按譜徵詞，
亦格格有心手不相赴之病，欲與古人較工拙於毫釐，難矣。
〔註235〕

一方面，王士禛意識到「詞不可盡作文字觀」的難處，另一方面，又
深知在「不解音律」的情況下填詞，難免「格格有心手不相赴之病」，
無法與古人一較短長。相形之下，詩在這方面的問題就簡單多了，反
正詩不以「音節可歌」見長，所以不妨盡作文字觀。既然音律對於詩
所造成的障礙較小，卻是詞作能否當行本色的一道重要門檻，因此，
如果不擬以填詞作爲稱世名家的特長的話，詩詞之間「趨易避難」的
選擇，當然是捨詞而就詩了。

此外，結合王士禛的性情與其生平遭際來看，友人陳維崧在〈王
阮亭詩集序〉中曾云：

新城王阮亭先生，性情柔淡，被服典茂，其爲詩歌也，
溫而能麗，嫻雅而多則。覽其義者，沖融懿美，如在成周
極盛之時焉。〔註236〕

對「性情柔淡」的人來說，溫而能麗、沖融懿美的詩體，實要比悽迷
悵惘、纏綿悱惻的詞體，更適合其內在的性情。何況在王士禛的生平
遭際中，既沒有幽隱波折的戀情，也未經崎嶇不平的宦途，更不必在
易代之際面臨出處兩難的抉擇，故若由「性之所近」的角度來作抉擇
的話，「神出古異，淡不可收」的神韻詩，確實是要比「以道賢人君
子幽約怨悱不能自言之情」〔註237〕與「尤不得志於時者所宜寄情」〔註

〔註235〕二則引文載於《詞話叢編》冊1，頁684。
〔註236〕《陳迦陵文集》之《文集》卷1，頁4。
〔註237〕張惠言〈詞選序〉，《詞話叢編》冊2，頁1617～1618。
〔註238〕見朱彝尊〈陳緯雲紅鹽詞序〉，《曝書亭集》卷40，頁1～2。

238）的詞體，更能契合王士禎的性情與遭際。因此，即使雅正典則的
神韻詩容易招致「獺祭魚」〔註239〕之譏，但總比「無病呻吟」地填
寫一些與自己心性不符的詞作，還更能眞實地呈現出一己的精神面貌
吧！

　　綜合以上所言，筆者認爲王士禎所以在創作上選擇了「捨詞就詩」
的路線，與王士禎「自名一家」的意識有關。因爲詞體不僅富有南方
地域性色彩，還有音律上的困難度，故倘若要在詩、詞之間擇一作爲
名世、獨擅的專長，趨易避難的選擇，自然是捨詞而就詩了。何況就
神韻詩與詞體之間的性質來看，前者屬於「雅正典則」的大雅、正聲，
後者則因「幽約怨悱」而被劃入變風、變雅之列。若由「性之所近」
的角度而言，「性情柔淡，被服典茂」的王士禎，在創作上選擇了捨
詞不作，並以神韻詩獨步當世，自名一家，也不失爲是明智而正確的
抉擇吧！

小　結

　　在分項探討王士禎的詩、詞理論重點之後，以下再就王士禎詩、
詞之正變觀作歸納、整理。

　　首先，在詩論與詞論的正變觀上，王士禎論詩是在「且無計工拙，
先辨雅俗」前提下，無論是名家或大家之作，也不論是唐詩或宋詩，
只要是有其眞精神、眞面目，能表現出詩歌「神韻天然」的本質，都
有可取之處。論詩如此，論詞亦然，其以「論正變而不分優劣」的態
度，客觀地對待詞中的婉約、豪放之異，並由「生香眞色」的角度擷
取南、北宋詞各自的精華、長處。可見王士禎論詩與論詞，同樣具有

〔註239〕見沈德潛《清詩別裁集》卷4〈王士禎〉條下小序：「或謂漁洋獺祭
　　　　之工太多，性靈反爲書卷所掩，故爾雅有餘，而芬蒼之氣、遒折之
　　　　力，往往不及古人。老杜之悲壯沈鬱，每在亂頭粗服中也。應之曰：
　　　　『是則然矣，然獨不曰歡娛難工，愁苦易好，安能使處太平之盛者，
　　　　強作無病呻吟乎？』」頁125。

「博綜賅洽，以求兼長」的大家之風，在詩詞的正變觀上，其區別正變而不分工拙的作法，也突破了「以正變定工拙」的傳統。這是探討明清之際詩詞正變觀時，值得注意的理論環結之一。

其次，在詩詞創作的評價上，王士禛的詩作雖然各體兼備，其典試四川時所寫就的《蜀道集》，更被擬爲「韓、蘇海外諸篇」，具有宋詩的特色。但整體上來說，王士禛的詩作確實是「專以神韻勝」，以「七絕」最爲擅長，「神韻」詩才是其創作屢變過程中「不變」的本質部分。從這點來說，王士禛的詩作只能視爲「鑑湖一曲」的名家，而非「萬斛泉源」的大家。再以詞作而言，王士禛的詞作以小令居多，風格亦「逼近南唐二主」〔註240〕，與明末的陳子龍及清初的納蘭性德相去不遠〔註241〕。在清代詞學的發展史上，王士禛的詞作可說是「承先」有餘，「啓後」不足。故由詞作的深度與廣度而言，王士禛僅能視爲「獨樹一幟」的名家，尚未足與和「博綜賅洽」的大家比肩並列。

第三，王士禛在順治十七年至康熙四年司理揚州期間，稱得上是詩、詞兼攝並行，但離開揚州後，在「自名一家」的創作意識主導下，王士禛選擇了「捨詞就詩」的創作路線，從而以「獨標神韻」自出機杼，成爲清初詩壇的正宗。相形之下，其在廣陵詞壇的成就猶如曇花一現，不復榮景。因而在整體創作表現上，王士禛是以詩作爲主導重心，而以詞爲附庸、小國，反映出其以詩爲「正」，以詞爲「變」的價值傾向。

〔註240〕語見徐珂《近詞叢話》：「（漁洋）尤工小令，逼近南唐二主。」《詞話叢編》冊5，頁4222。

〔註241〕陳子龍與納蘭性德的詞作也以小令爲工，在詞風的評價上，兩人也都有「近南唐二主」之譽。如陳廷焯《白雨齋詞話》卷3以「淒麗近南唐二主，詞意亦哀以思」評〈山花子〉一詞，《詞話叢編》冊4，頁3824。馮金伯《詞苑萃編》卷8也引陳維崧所言曰：「《飲水詞》（按：納蘭詞集名），哀感頑艷，得南唐二主之遺。」《詞話叢編》冊2，頁1937。

第六章　由醇雅詩論與雅正詞論探討朱彝尊的詩詞正變觀

前　言

　　朱彝尊（1629～1709），字錫鬯，號竹垞，晚號小長蘆釣魚師，又號金風亭長。浙江秀水人。在清初詩壇上，朱彝尊是唯一有足夠份量與王士禛相提並論的人物〔註1〕；而在清初詞壇上，朱彝尊填詞起步雖然晚於陽羨詞宗陳維崧〔註2〕，卻逐漸與之並駕齊驅，日後甚且凌駕其上，由「朱、陳並稱」演變爲「揚朱抑陳」的局面〔註3〕，而

〔註1〕趙執信《談龍錄》第30則、趙翼《甌北詩話》卷10、梁章鉅《退庵隨筆》「學詩二」及楊際昌《國朝詩話》中皆有「王朱並稱」的相關記載，詳細引述見本章第2節。

〔註2〕據朱彝尊〈陳緯雲紅鹽詞序〉云：「方予與其年（陳維崧字）定交日，予未解作詞，其年亦未以詞鳴。」（《曝書亭集》卷40，頁1～2）。序文中所提到的「定交日」，嚴迪昌考證指出，當爲順治十年（1653）在吳門虎丘與嘉興鴛湖所舉行的「十郡社集」大會，參見《陽羨詞派研究》，頁89。由序文內容來看，當時陳維崧雖然「未以詞鳴」，但顯然要比「未解作詞」的朱彝尊起步來得早一點。

〔註3〕《續修四庫全書提要》（台北：商務印書館，1972年）集部〈江湖載酒集提要〉云：「（朱）詞清雅可詠，瀟落有致，當時與陳維崧並稱，號曰『朱陳』。然世多揚朱而抑陳，蓋以彝尊得其正，維崧得其偏也。」頁736。

朱彝尊所倡導的浙西詞派，也在康熙十八年左右取代了陽羨詞派，成爲清代前中期最有勢力的詞派。朱彝尊在清初詩壇與詞壇上的地位及重要性，由此可見。嚴迪昌先生在考察清初文學發展史之後，曾提出以下令人玩味的事實：「世稱『南朱北王』的朱彝尊、王士禛二位大詩人，朱彝尊以詩鳴於前，轉而卻以『浙西』一派宗師稱盟主於詞壇；王士禛以詞早著聲名，建壇立站，盛極一時，可又轉去專力爲詩，創『神韻』之宗而揚名天下。」〔註4〕要解釋何以朱彝尊在詩壇上的地位不如王士禛，卻在詞壇上的影響力大過於王、陳兩人，除了結合三人共同的時代背景因素外，深入理解朱彝尊的詩論與詞論的精髓，應是掌握問題的核心關鍵。

由朱彝尊論詩的特色來看，其雖力詆宋詩，卻又同時主張以「博學」入詩，推尊杜甫、韓愈〔註5〕，凡此種種，似與宋詩特色爲近，宜乎歷來學者在研究朱彝尊之詩論時，多將焦點集中在其對唐、宋詩的態度上。然而，繾綣在「朱彝尊論詩究竟是宗唐或禰宋」的論辯中所產生的後遺症，誠如日本學者谷口匡所言：

> 關於朱彝尊的詩論，確實常常見到對他尊重唐詩、否定宋詩的評論。唐詩也罷，宋詩也罷，久滯於這樣的觀點中難道不會迷失其詩論的本質？〔註6〕

筆者認同以上的論點，因爲朱彝尊的詩論核心並非爲唐、宋詩作歷史定位與評價，反倒是由其論詩屢稱「醇雅」，可知「醇雅」才是其詩論

〔註4〕嚴迪昌《清詞史》，頁60。

〔註5〕朱彝尊〈汪司城詩序〉稱周季青爲詩「掭韓、杜韻語以爲詩材，正正奇奇，各得其所宜，其詩之日進於格也。」《曝書亭集》卷39，頁8。此說實亦可用以稱朱彝尊之詩，如查慎行〈曝書亭集序〉（載於《曝書亭集》卷首）即稱朱彝尊爲詩「以少陵爲宗，上追漢魏而汎濫於昌黎、樊川。」大陸學者劉世南《清詩流派史》所以主張朱氏晚年宗宋之說，並非無根游談，主要的根據便是朱彝尊論詩推崇杜、韓，而「北宋大家正由杜、韓變化而來。」頁190～191。

〔註6〕語見谷口匡〈關於朱彝尊詩論的一個考察〉，《中國古代近代文學研究》，1995.1，頁314。

的總綱。本文選擇由「醇雅」作爲朱彝尊詩論的研究切入點，理即在此。值得深入探討的是，對於在創作上如何達到「醇雅」的境界時，朱彝尊或云：「詩篇雖小技，其源本經史。」〔註7〕或言：「惟本乎自得者，其詩乃可傳焉。」〔註8〕究竟創作時該「源本」經史呢？還是「本乎」自得？如果「經史」所代表的是得之於外的「學問」，則「自得」顯然是求諸於內的「性情」，在朱彝尊的詩論中，這兩者間的關係爲何？其與王士禎對性情與學力的看法有何不同？明乎此，相信對於朱彝尊詩論中的正變觀，及其與王士禎詩論上的差異，當可隨之豁然開朗。

　　再就朱彝尊的詞論來看，其論詞「一以雅正爲宗」〔註9〕，究竟「雅正」的詞論內容爲何？其與「醇雅」詩論內容有何異同？再者，朱彝尊對詞體功能的看法，由早期的「寄情傳恨」轉爲後期的「宴嬉逸樂，歌詠太平」〔註10〕，這種轉變對於朱彝尊的詞作產生了什麼樣的影響？是否連帶影響到他對南、北宋詞的看法？以上都是「雅正」詞論中所欲探討的重點。此外，朱彝尊在清初詞壇一度與陽羨詞宗陳維崧並稱，但在推尊詞體的努力上，陳維崧不僅一度「棄詩弗作」，專力填詞，並推崇詞體的價值具有與詩歌、經、史等量齊觀的地位，凡此種種，都要比朱彝尊以餘力填詞，並以「詩餘」、「小道」稱詞體〔註11〕更具正面意義。但清初詞壇最後卻演變成「揚朱抑陳」的局面，當朱彝尊所領導的浙西詞派成爲詞壇主流後，「正宗」的頭銜也就順理成章地落在朱彝尊身上，專力填詞的陽羨詞宗陳維崧反倒成了「偏詣」〔註

〔註7〕氏著〈齋中讀書12首〉之11，《曝書亭集》卷21，頁6。

〔註8〕氏著〈錢舍人詩序〉，同上註，卷37，頁2。

〔註9〕陳廷焯《詞壇叢話》，《詞話叢編》冊4，頁3730。又，《續修四庫全書提要》集部之〈江湖載酒集提要〉，亦有「彝尊……一以雅正爲歸，尊重姜、張」之言，頁736。陳匪石《聲執》卷1，亦云朱彝尊《詞綜》中所錄之詞，自唐迄元，「一以雅正爲鵠」，《詞話叢編》冊5，頁4962。

〔註10〕詳細出處及內容，將於本章第3節第2目論述，此先不贅。

〔註11〕詳細出處及內容，參見本章第3節第1目〈以雅正論詞〉。

〔註12〕《續修四庫全書提要》集部〈迦陵詞提要〉云：「其年與朱彝尊同舉

12），箇中道理何在？深入理解清初的時代背景與朱彝尊的詩、詞理論後，對於「雅正」詞論在清初的影響力何以大過於陽羨詞派，相信也就可迎刃而解了。

第一節　朱彝尊的醇雅詩論內容與正變觀

一、朱彝尊詩論中「醇雅」之意涵

翻開朱彝尊爲時人詩集所寫的序文，由言必稱「醇雅」的情況來看，可知「醇雅」確實是朱彝尊詩論的核心。試觀以下引文：

> （鍾廣漢）所爲詩文，橫絕時人，其論駁援據古昔，雖老儒鉅公，莫能難。……後有作者，取廣漢之詩誦之，其和平醇雅，可想見其爲人。〔註13〕

> （錢芳標）於學無不博，尤工於詩，其辭雅以醇，其志廉以潔，其言情也，綺麗而不佻，信夫情之摯而一本乎自得者歟。〔註14〕

> （鵲華山人）所抄書比予更富，其取材也愈博，宜其詩之雅以醇，閎而不肆，合宋、元來作者之長，仍無戾於漢、魏、六朝、三唐人之作也。〔註15〕

> （龐任丘）閒居集平生詩爲《叢碧山房稿》，凡若干卷，誦其詩，雅而醇，奇而不肆，合乎唐開元、天寶之風格。〔註16〕

鴻博，交又最深，其爲詞，亦工力悉敵，故當時號曰『朱陳』，朱詞雅正，陳詞激壯，後人多揚朱而抑陳，盡以陳爲偏詣，朱爲正宗也。」鴻博，交又最深，其爲詞，亦工力悉敵，故當時號曰『朱陳』，朱詞雅正，陳詞激壯，後人多揚朱而抑陳，盡以陳爲偏詣，朱爲正宗也。」頁731。《續修四庫全書提要》集部〈江湖載酒集提要〉，亦有類似的論點。
〔註13〕〈鍾廣漢遺詩序〉，《曝書亭集》卷38，頁15。
〔註14〕〈錢舍人詩序〉，同上註，卷37，頁2。
〔註15〕〈鵲華山人詩集序〉，同上註，卷39，頁5～6。
〔註16〕〈叢碧山房詩序〉，同上註，卷37，頁9。

上述引文中，朱彝尊或言「雅醇」，或言「雅以醇」，究竟「雅」與「醇」的意涵爲何？先就「雅」字來看：

> （徐渤）藏書甚富……好學若是，故其詩典雅清穩，屏去牐浮淺俚之習。〔註17〕

> 學士西征之作，春容和雅，一以唐爲師，而無隻字流於鄙俚詼笑嬉褻之習。〔註18〕

> 予誦其詩，獨操唐人之音，不蹈宋、元粗厲軟熟之習，可謂媲群雅之長者也。〔註19〕

引文中，朱彝尊以「典雅清穩」稱徐渤詩，以「春容和雅」稱王學士之作，可見「雅」字可等同於「典雅」、「和雅」之意，而張趾肇則是「媲群雅之長」者。但這種定義仍嫌過於抽象，反倒是從「雅」所抨擊的負面之意——牐浮淺俚、鄙俚詼笑嬉褻、粗厲軟熟，可概知朱彝尊所謂的「雅」，應是指詩作的內容與格調不流於淺鄙庸俗之意。

再就「醇」字的意涵來看，若將〈李武曾論文書〉中「經術最純，故其文最爾雅」〔註20〕一句，對照於〈書絕妙好詞後〉所謂：

> 周公謹《絕妙好詞》選本，雖未全醇，然中多俊語，方諸《草堂》所錄，雅、俗殊分。〔註21〕

跋文謂周密的選本雖然不全「醇」，但比起南宋書商爲市井選歌說唱需要所編輯的《草堂詩餘》〔註22〕，《絕妙好詞》在內容與格調上顯得「雅」多了。在「醇」、「雅」意涵相通，而「雅」、「俗」又互相對立的情況下，使得「醇」字也取得與「俗」對立之意。印證朱彝尊〈贈

〔註17〕《靜志居詩話》（北京：人民文學出版社，1998年）卷18，頁549。
〔註18〕〈王學士西征草序〉，《曝書亭集》卷37，頁7。
〔註19〕〈張趾肇詩序〉，同上註，卷39，頁2。
〔註20〕〈與李武曾論文書〉，同上註，卷31，頁1。
〔註21〕同上註，卷43，頁5。
〔註22〕關於《草堂詩餘》的性質與編選過程，詳細可參考蕭鵬《群體的選擇》（台北：文津出版社，1992年）第4章第1節〈選歌變體《草堂詩餘》〉部分。

繆篆顧生〉一詩所言：

> 一藝期至工，必也醇乎醇。請君薄流俗，專一師古人。〔註23〕

學習技藝要達到「至工」的境地，就必須「醇乎醇」，不要跟隨世俗潮流的腳步走，而要取法乎上，以古人爲效法對象。可見「醇」確實具有與「俗」對立的涵意。再由朱彝尊論詩，如〈錢舍人詩序〉與〈鵲華山人詩集序〉所稱之「雅以醇」，足證「醇」與「雅」的意涵實有相通之處。

朱彝尊論詩言「醇雅」，除了要求「不俗」之外，由「綺麗而不佻」、「閎而不肆」、「奇而不肆」〔註24〕等語詞觀之，可知「醇雅」還包含有「綺麗」、「閎」、「奇」的特質在裡面，只是表現時須合乎中道，以免因綺麗、閎奇太過而流於「佻」、「肆」的弊病。

二、醇雅詩論的內容

理解了「醇」「雅」的意義後，若進而追問「如何才能使詩作達到醇雅」的問題，答案可在朱彝尊以下引文找到端倪，其云：

> 西京之文，惟董仲舒、劉向經術最純，故其文最爾雅。……南宋之文，惟朱文晦以窮理盡性之學出之，故其文在諸家中最醇。〔註25〕

同文中，朱彝尊並將魏晉「文運之厄數百年」的弊端推究於魏晉士人「不本經術，惟浮夸是務」。及至韓愈出而「倡聖賢之學」，北宋諸大家如歐陽修、王安石、曾鞏、三蘇等人羽翼之，古文遂於唐宋「橫絕一時」，朱彝尊特別強調此乃古文諸大家「莫不原本經術」使然，因而「文章之壞，至唐始反其正，至宋而始醇。」爲文須本乎經術，爲詩亦然，朱彝尊晚年閒居，示其孫以詩文之道時，乃再三強調：

> 凡學詩、文，須根本經史，方能深入古人奧。未有

〔註23〕《曝書亭集》卷17，頁8。
〔註24〕三語詳細分見之前所引之〈錢舍人詩序〉、〈鵲華山人詩集序〉及〈叢碧山房詩序〉。
〔註25〕〈與李武曾論文書〉，《曝書亭集》卷31，頁1。

空疏淺陋、抄襲陳言而可以稱作者。〔註26〕

印證於查慎行〈騰笑集序〉稱朱彝尊：

> 於書無所不窺，搜羅遺佚，爬梳考辨，深得古人之意，
> 而後發而爲文，粹然一澤於大雅，固非今之稱文者所敢望
> 矣。〔註27〕

引文中的「深得古人之意」，也就是朱彝尊示其孫爲詩文之道時所說的「根本經史，方能深入古人窔奧」之意。可見「根本經史」乃是詩文「粹然一澤於大雅」的不二法門。

　　值得注意的是，朱彝尊在〈與李武曾論文書〉中推崇朱熹古文在南宋最「醇」，理由是其能出之以「窮理盡性之學」所致。就朱彝尊而言，「經術」並不是外在於人心的學問，而是聖賢心血智慧的結晶，所謂「聖賢以其精蘊而形諸辭」〔註28〕，因而「足以盡天下之情、之辭、之政、之心，不入於虛僞而歸於有用。」〔註29〕所以詩文「根本經史」的最終目的，是要能從中汲取聖賢的「精蘊」，藉以提昇學識、涵泳情志。因此，朱彝尊論詩稱「醇雅」，並屢屢強調要「根本經史」，並非只在修辭方面下工夫，還包含有重視個人情志的作用。如稱鍾廣

〔註26〕陳廷敬〈竹垞朱公墓誌〉引朱彝尊謂其孫稻孫所言。載於《曝書亭集》卷首。

〔註27〕載於《曝書亭集》卷首。又，《曝書亭集》卷首收錄兩篇查慎行的序文，第一篇題爲「原序」，第二篇序文中查氏曾回顧朱彝尊生平纂著，「曾兩付開雕，未仕以前曰《竹垞詩類文類》，…通籍後曰《騰笑集》，先生自爲序，並屬余附綴數言者也。晚歸梅會里，乃合前後所作，手自刪定，總80卷，更名《曝書亭集》，…余里居無事，既分任校勘，稼翁復來乞序」云云，可知第二篇序文才是〈曝書亭集序〉，而題名「原序」者當爲〈騰笑集序〉。

〔註28〕見《靜志居詩話》卷11「鄧黻」條下，頁302。朱彝尊引鄧黻與客論文謂：「文章粹於經。聖賢以其精蘊而形諸辭；辭可以已，聖賢必無事於作，作焉者，不得已也。」朱彝尊並於文後稱此論乃明嘉靖「詩古文交失其眞」後，足以「力挽元氣者」，可見鄧黻之說深得朱彝尊之意。

〔註29〕〈答胡司臬書〉，《曝書亭集》卷33，頁4～5。

漢詩「和平醇雅，可見想其爲人。」〔註30〕論錢芳標之詩，在「於學無不博」、「其辭雅以醇」之外，也推崇其詩能夠表現出「其志廉以潔」「信夫情之摯而一本乎自得」〔註31〕的內在特質。此外，由以下這段文字來看：

> 武陵胡子，好學博聞，其爲詩，不專師一家，用己法神明之，兼綜乎天寶、元和、長慶諸體，下及蘇、梅、黃、范、陸、虞、楊，離之而愈合，可謂能得師者也。〔註32〕

序文中，朱彝尊一方面稱許南湖居士「好學博聞」，同時也推崇其爲詩，能夠「不專師一家，用己法神明之」。可見朱彝尊論詩是同時兼顧「好學博聞」與「發乎性情」這兩方面的。翁方綱故云：「詩至竹垞，性情與學問合。」〔註33〕堪稱的論。但若分別觀之，則朱彝尊有時或云：「詩篇雖小技，其源本經史。必也萬卷足，始足供驅使。」〔註34〕有時又言：「惟本乎自得者，其詩乃可傳焉。」〔註35〕究竟爲詩是該「源本經史」，或是宜「本乎自得」？而朱彝尊又是如何匯通二者使之成爲詩論的完整內容？要回答這個問題，就必須就朱彝尊爲詩「源本經史」與「本乎自得」之說作深入的了解。

1、源本經史

朱彝尊自憶其年幼時於外舅家遇王廷宰，時朱彝尊尚未學詩，王乃藉由「對句」的方式來測試朱彝尊是否有學詩的天分。因見朱彝尊應對不窮，左右逢源，王廷宰遂預言朱彝尊將來「必以詩名世」，理由是朱彝尊能夠「取材博矣」〔註36〕。王廷宰的先見之明後來果然應驗了，朱彝尊不但如其所言「以詩名世」，而其詩所爲人稱道者，也

〔註30〕〈鍾廣漢遺詩序〉，同上註，卷38，頁15。
〔註31〕〈錢舍人詩序〉，同上註，卷37，頁2。
〔註32〕〈南湖居士詩序〉，同上註，卷39，頁4。
〔註33〕引自梁章鉅《退庵隨筆》〈學詩〉二，載於《清詩話續編》，頁，1983。
〔註34〕氏著〈齋中讀書12首〉之11，《曝書亭集》卷21，頁6。
〔註35〕氏著〈錢舍人詩序〉，同上註，卷37，頁2。
〔註36〕《靜志居詩話》卷19〈王廷宰〉，頁594。

在於取材廣博方面。如王士禛〈竹垞文類序〉便特別強調朱彝尊在「古學」方面所下的功夫，其云：

> （竹垞）少逢喪亂，棄制舉，自放於山巔水涯之間，獨肆力古學，研究六藝之旨，於漢、唐諸儒注疏，皆務窮其指歸。〔註37〕

參照以下資料所載：

> 先君好博覽，經史之外，諸子百家，靡不兼綜。……古文辭源本六藝，韻語不屑蹈襲前人。〔註38〕

同卷〈朱茂暉〉條下也記載，崇禎末年，朱彝尊叔父朱茂暉以天下將亂，「何以時文爲？」勸朱彝尊「不如捨之學古」，於是改授朱彝尊以《周官》、《禮》、《春秋》、《左氏傳》、《楚辭》、《文選》、《丹元子步天歌》等書籍〔註39〕。可見朱彝尊後來論詩「必以取材博者爲尚」〔註40〕，並認爲詩乃源本經史，「天下豈有捨學言詩之理」〔註41〕，可說是家學淵源，其來有自。其所以能和王士禛在詩壇上匹敵並美，所憑恃的也是「博學」的功力勝於王士禛〔註42〕使然。

　　由於朱彝尊的醇雅詩論是以「取材博者」爲尚，因而對於嚴羽《滄浪詩話》中：「詩有別材，非關書也」〔註43〕一語痛加撻伐，並將「今

〔註37〕 載於《曝書亭集》卷首題名「原序」，由序文中「錫鬯過別予，以所著《竹垞集》屬序。」對照於王士禛《漁洋山人文略》（載於《四庫全書存目叢書》集部第227冊）卷2之〈竹垞文類序〉，可知此序原名爲〈竹垞文類序〉。

〔註38〕 《靜志居詩話》卷22〈朱茂暉〉，頁670。

〔註39〕 《靜志居詩話》卷22〈朱茂暉〉，頁715～716。

〔註40〕 〈鵲華山人詩集序〉，《曝書亭集》卷39，頁5～6。

〔註41〕 〈棟亭詩序〉，同上註，卷39，頁10。

〔註42〕 趙執信《談龍錄》第30則評論朱、王二人之異時曾云：「王才美於朱，而學足以濟之；朱學博於王，而才足以舉之，是眞敵國矣。」（《清詩話》頁280）。響所及，《四庫全書總目提要》卷173別集類〈曝書亭集提要〉亦引用趙執信這段評論，並謂之爲「公論」，頁11。足見「博學」確實是朱彝尊光耀詩壇所憑藉的雄厚實力。

〔註43〕 語見嚴羽《滄浪詩話·詩辨五》，又，「詩有別材，非關書也」一句，據郭紹虞校釋云：「『書』字，後人稱引或誤作『學』，非。」參見《滄

之詩家，空疏淺薄」的弊病歸咎於嚴羽此說所致，其云：

> 今之詩家，空疏淺薄，皆由嚴儀卿「詩有別才匪關學」
> 一語啓之，天下豈有捨學言詩之理？〔註44〕

> 詩篇雖小技，其源本經史。必也萬卷足，始足供驅使。
> 「別材非關學」，嚴叟不曉事。復令空疏人，著錄多弟子。
> 開口效楊、陸，唐音總不齒。〔註45〕

> 嚴儀卿論詩，謂「詩有別才，非關學也。」其言似是
> 而實非，不學牆面，焉能作詩？自公安、竟陵派行，空疏
> 者得以藉口，果爾，則少陵何苦讀書破萬卷？〔註46〕

在上述引文中，朱彞尊直是將嚴羽視爲空疏淺薄者的始作俑者〔註
47〕，而其所指責的「空疏者」，爲宋代的楊萬里、陸游，以及明末的
公安、竟陵派諸人。朱彞尊所以對「空疏淺薄」者力詆痛斥，持論的
理由是：

> 今之詩家，不事博覽，專以宋楊、陸爲師，庸熟之語，
> 令人作惡。〔註48〕

> 自明萬曆以來，公安袁無學兄弟，矯嘉靖七子之弊，意
> 主香山、眉山，降而楊、陸，其辭與志未大有害也。景陵鍾
> 氏、譚氏從而甚之，專以空疏淺薄詭譎是尚，便於新學小生
> 操奇觚者，不必讀書識字，斯害有不可言者已。〔註49〕

　　浪詩話校釋》（台北：里仁書局，1987年），頁26。
〔註44〕〈棟亭詩序〉，《曝書亭集》卷39，頁10。
〔註45〕〈齋中讀書12首〉之11，同上註，卷21，頁6。
〔註46〕《靜志居詩話》卷18〈徐渤〉條下，頁549～550。
〔註47〕朱庭珍對於朱彞尊「執片語以詆古人，而不統觀全文」的作法頗不以
　　　　爲然，因爲嚴羽之說「未嘗教人廢學也」，與朱彞尊「必儲萬卷於胸，
　　　　始足以供驅使」之說可相互參照。《筱園詩話》卷1，載於《清詩話
　　　　續編》，頁2328。而錢鍾書先生也對朱彞尊以嚴羽「別材非書」之說
　　　　而譏其空疏不曉事，提出以下批評，其云：「滄浪詩說，正對西江派
　　　　之掉書袋，好議論而發。朱彞尊乃以滄浪與山谷、誠齋等類，……
　　　　亦悠謬之至矣。」《談藝錄》第30則，頁108。
〔註48〕〈汪司城詩序〉，《曝書亭集》卷39，頁8。
〔註49〕〈胡永叔詩序〉，同上註，卷39，頁7。

朱彝尊認為，寫詩如果不以「博覽」為基礎，卻僅以南宋楊萬里、陸游等人為師法對象的話，筆下的詩作便是一些令人作嘔的「庸熟之語」。然而，師法楊、陸即使有語多「庸熟」之弊，至少在「辭」與「志」這兩方面，還不至於悖離醇雅詩論太甚，師法鍾、譚則不然。由於鍾、譚「專以空疏淺薄為尚」，讓不事博覽的「新學小生」有了取法的對象與藉口，甚且誤以為學詩可以不必讀書，可率意而至。朱彝尊在指責「今之詩家」所存在的弊病時，還依據自身的學詩經驗，以「好學博聞，源本經史」作為除弊良方。

　　歸納朱彝尊為友朋親故所寫的詩序，「空疏淺薄」彷彿成為瑕疵劣貨，藉以映襯出所序對象因「博綜好學」所展現的卓越不凡。如在〈棟亭詩序〉中，朱彝尊謂棟亭詩能「日進不已」，所憑藉的便是「於學博綜，練習掌故」，並瀏覽全唐詩派，故胸中如一座武庫般，應有盡有。而在〈汪司城詩序〉中，也以汪季青「聚書萬卷」、「摭韓、杜韻語以為詩材，正正奇奇，各得其所宜。」來與那些「不事博覽，專以宋楊、陸為師」的淺薄之人作對比，以見高下優劣之分。同樣的，在《靜志居詩話》卷18「徐渤」條下，朱彝尊亦云徐渤「藏書甚富，……好學若是，故其詩典雅清穩，屏去觕浮淺俚之習。」可見「博學」確實是詩歌臻「雅」去「淺」的光明大道。

　　朱彝尊論詩既然崇尚「博學」，按理說，所謂「博學」指的應該是「經史之外」的諸子百家也都兼容並蓄才是，誠如〈鵲華山人詩集序〉中所云：

> 匠氏營國，必先庀其材，匪直倚桐、梓、漆、松、柏而已。雖癭腫魁瘣勾曲之木，亦莫廢焉，第相其宜以為之用，取材之貴夫博也。〔註50〕

以工匠營造房舍為例，必先準備各種木材，除了桐、梓、松、柏之類的良材外，即使是癭腫魁瘣勾曲之木，也應該根據木質的特性作最妥善的運用安排，可見「博學」是不必特意區分取材良窳與否的。何況

〔註50〕《曝書亭集》卷39，頁5～6。

序文中，朱彝尊也自稱中年後「好鈔書」，及至歸田還鄉後，「鈔書愈力，暇輒瀏覽，恆資以為詩材，於是緣情體物，不復若少時之隘。」所以朱彝尊在「詩篇雖小技，其源本經史」、「凡學詩文，須根本經史」〔註51〕之外，於〈橡村詩序〉中，也稱許橡村為詩「取材必良，鍊句必極精緻，陳言務去而夕秀啟焉。」〔註52〕〈鵲華山人詩集序〉則以工匠營建房舍為例，以為要蓋好一棟堅固結實的房舍，非得以桐、梓、松、柏之類的良材為棟樑不可，至於其他的裝飾擺設，或較不重要的細節部分，則無妨採用那些瘦瘣之木，以達到巧妙的效果。寫詩為文也是如此。「經史」在詩文中便如同松、柏之類的棟樑支柱，是不可或缺的；至於其他諸子百家之說，則如同竹板之類的輔助建材，若運用得當，也能化腐朽為神奇，發揮靈活生動的效果。因此，朱彝尊論詩雖以取材博者為尚，但又主張必須以經、史為本源；相對的，在取法六經之際，也無妨博取歷代諸子百家之長，多師以為師，擴大眼界。可見為詩能「源本經史」，更益以「博綜多學」，才能達到「奇而不肆」、「綺麗而不佻」的醇雅境地。

2、本乎自得

在朱彝尊的醇雅詩論中，足以和「源本經史」在份量與比重上相提並論的，當為「本乎自得」說。一方面，「源本經史」與「本乎自得」在字面上，都具有詩的「根本」之意；另一方面，朱彝尊固然主張「天下豈有捨學言詩之理」〔註53〕，但又認為詩歌是內在性情的抒發，所以在〈馮君詩序〉中，對於馮君所謂：「吾何學？吾特言吾性情焉爾。」〔註54〕大表認同，以為是「可與言詩也」。然則朱彝尊主張作詩宜「本乎自得」時，是否可視為是「捨學言詩」的另一套詩論

〔註51〕以上二語，分見〈齋中讀書12首〉之11，同上註，卷21，頁6；陳廷敬〈竹垞朱公墓誌〉引朱彝尊晚年示其孫所言，載於《曝書亭集》卷首。

〔註52〕《曝書亭集》卷39，頁11。

〔註53〕氏著〈棟亭詩序〉，同上註，卷39，頁10。

〔註54〕同上註，卷38，頁12。

呢？

　　就「本乎自得」的詩論而言，朱彝尊在〈錢舍人詩序〉強調「緣情以爲詩」〔註55〕的概念，主張詩作乃是出於「情之不容已者」，因此，「情之摯者，詩未有不工者也」、「惟本乎自得者，其詩乃可傳」之類的觀點，也就不斷重複的出現在朱彝尊的詩序中，試觀以下所言：

　　　　古之君子，其歡愉悲憤之思感於中，發之爲詩。今所存三百五篇，有美有刺，皆詩之不可已者也。〔註56〕

　　　　詩三百有五，爲嘉爲美，爲規爲刺，爲誨爲戒，皆出乎人心有不容已於言者，言之非有強之者而後言也。……夫作詩，必先纏綿悱惻於中，然後寄之吟詠，以宣其心志。〔註57〕

　　　　夫子（按：指朱熹）之文，原本乎道。其闢二氏，崇經術、正人心，皆非得已。孟子曰：予豈好辯哉？予不得已也。夫惟不得已而爲文，斯天下之至文矣。〔註58〕

朱彝尊認爲，《詩經》所以被列入經典，是因爲其中表達了「人心不容已」之情。而聖賢之文所以是「天下之至文」，乃因文中寄託了聖賢爲正人心而有的「不得已」之情。因此，朱彝尊在爲他人詩集作序時，「博學」之外的另一個關注點，即是詩中是否寄寓了詩人的情志。如〈尙書魏公刻集序〉稱魏詩：「吟詠情性，悉本自然，與世之極貌窮力雕繪字句，相去遠矣。」〔註59〕〈高舍人詩序〉也稱高舍人之詩：「未嘗蹈襲古人，發諸性情而諧於律呂。」〔註60〕而〈王先生言遠詩序〉亦云王言遠之詩：「不傍古人，不下古手，不爲格律聲調所縛，纇發乎心性所得，而絕剽賊之患，蓋卓然可傳者也。」〔註61〕

〔註55〕同上註，卷37，頁2。
〔註56〕〈與高念祖論詩書〉，《曝書亭集》卷31，頁3。
〔註57〕〈陳叟詩集序〉，同上註，卷38，頁11。
〔註58〕〈朱文公文鈔序〉，同上註，卷36，頁2。
〔註59〕同上註，卷38，頁2。
〔註60〕同上註，卷38，頁6。
〔註61〕同上註，卷38，頁3。

如果說詩歌「本乎自得」，足以表達一己情性，是朱彝尊推崇時
人的正面評價用詞，則「蹈襲古人」或「爲格律聲調所縛」也就成了
與「本乎自得」對比的負面評價。如朱彝尊對於《詩經》采錄了邶、
鄘、曹、檜等小國的詩，其他疆域較大的國家反倒不見著錄，提出了：
「彼其國人，豈無感於心而宣於言，永歌嗟嘆以賦其事，然皆置而不
陳，何也？」的疑問，其對此事的看法是：「殆或所操類鄰國之音，
所沿者前人體製，則言不由中，膠固而不知變，變而不能成方，斯則
可以無取。」〔註62〕詩歌的體製與內容如果缺乏獨創性，也就降低了
流傳後世的價值。以古鑒今，同理可證。同序中，朱彝尊故而對當時
詩家沿襲明代復古詩論的風尚大爲反感，以爲「三十年來，海內談詩
者每過於規仿古人，又或隨聲逐影，趨當世之好，於是己之性情汨焉
不出。」在〈錢舍人詩序〉中，朱彝尊也有類似的看法，其云：

> 華亭自陳先生子龍倡爲華縟之體，海內稱焉，二十年
> 來，鄉曲效之者，往往模其形而遺其神明，善言詩者從而
> 厭薄之，以爲不足傳，由其言之無情，非自得者也。〔註63〕

明末陳子龍論詩雖然主張「以範古爲美」，但又同時強調「情以獨至
爲眞」〔註64〕，可見陳子龍論詩並不僅是「倡爲華縟之體」而已。只
是外在形式上「以範古爲美」易至，但在「範古」之餘，還要注入一
己獨至的眞情在裡面，則可謂難能，無怪乎「鄉曲效之者，往往模其
形而遺其神明。」只能在形式上下功夫，反而汨沒了一己的眞性情。
在〈報李天生書〉一文中，朱彝尊對自己少時爲文「好規倣古人字句，
頗類于鱗（李攀龍）之體。」也有著深切的體悟與反省，以爲：

> 文章之作，期盡我所欲言而已。我言之不工，必取古
> 人之字句，始可無憾，則字句工拙，古人任之，我何預焉？
> 〔註65〕

〔註62〕同上註，卷37，頁3～4。
〔註63〕同上註，卷37，頁2。
〔註64〕氏著〈佩月堂詩稿序〉，《陳忠裕全集》卷25，頁28。
〔註65〕《曝書亭集》卷31，頁4。

基於這樣的體認，無怪乎朱彝尊要力倡詩歌應「本乎自得」，反對因規仿古人而使詩作淪爲「無情之言」。

而一己的眞性情除了可能因「蹈襲古人」而被掩埋之外，還可能受到「格律聲調」的束縛而消失不見。在〈沈明府不羈集序〉中，朱彝尊就對於唐代以詩賦取士，以致衍生出種種「詩格」、「式例」、「密旨」、「祕術」、「主客圖」等教導學子如何應試的著作，大表反感，因爲作詩如果只是斤斤計較於格律聲調的高下，以迎取有司之所好，則「無異揣摹捭闔之學」，又怎能稱得上是「言志」之詩呢〔註 66〕？因此，對於詩友殷伯子以下論詩所言：

> 詩言夫志也。自唐人以之取士，而格而律，抽黃儷白，
> 專尚比偶之工，言志之旨微矣。〔註67〕

朱彝尊不免要視之爲同調知音者。同序中，朱彝尊根據其抄錄明代三百年間四千部以上詩集的心得：「集中凡古風多者，其詩必工；開卷即七言律者，其詩必下。」由於近體中的「七律」多格律聲調上的要求，朱彝尊遂以集中「七律」數量的多寡，作爲衡量詩歌品質優劣的標準。以此爲標準，宋代蘇軾、陸游、楊萬里等人詩作所以不受朱彝尊青睞，就在於諸人詩集中「多以斯體見長」所致；而元、明以後所選錄的詩集，更因爲多收七律之作，在朱彝尊看來，可說是「古風漸衰，詩教日下」的表徵。

要之，朱彝尊基於「詩言志」的觀點，主張詩宜「本乎自得」，而不應過於規仿古人的字句，或受限於聲調格律之中，從而汩沒了一己的眞性情。可見〈馮君詩序〉（《全集》卷 38）中「吾何學？吾特言吾性情焉爾」〔註68〕之言，並非捨學論詩、束書不讀之意〔註69〕，

〔註66〕同上註，卷38，頁 13。

〔註67〕同上註，卷39，頁 3。

〔註68〕同上註，卷38，頁 12。

〔註 69〕證諸朱彝尊〈王先生言遠詩序〉反對言詩者「斤斤權格律聲調之高下」及「以唐人之心爲心」後，緊接著又強調：「至謂唐以後事不必使，唐以後書不必讀，則惑人之甚者矣。」可見論詩強調「不傍古

而是強調爲詩「無取乎人之言派」，應以抒發一己的性情爲主，才不會混淆了詩歌的眞正價值與意義。

3、源本經史與本乎自得之間的關係

如上所述，朱彝尊的醇雅詩論中，包含有「源本經史」與「本乎自得」兩種成份，這兩者之間，朱彝尊是如何取得平衡而使之成爲有機的整體呢？

朱彝尊曾回顧一己學詩歷程，其云：

> 予年二十，始學爲詩，起居飲食夢寐，惟詩是務。六經諸史，百氏之說，惟詩材是資。席研之所施，友朋之所講習，未嘗須臾去詩也。〔註70〕

這段文字如果對照〈鵲華山人詩集序〉來看，則「六經諸史」便如同桐、梓、松、柏等與棟樑之木一般，可以堅實挺立詩歌的結構。諸子百家的學說雖如「癭腫魁瘣勾曲之木」，但若運用得當，亦可發揮畫龍點睛之效。而朱彝尊既然將六經諸史百氏之說視爲「詩材」，宜乎其論詩主張不能「捨學言詩」且「必以取材博者爲尚」。再者，要蓋好一棟房子，除了使用的材料要堅實穩固外，也要加入工匠的巧思妙意，才能使人從中看出工匠的獨特與不凡。以寫詩而言，詩人內在的眞性情便如同工匠營造房屋時的創意一般，賦予作品有獨特的精神與存在的價值，避免詩作成爲千篇一律的廢物或剽賊摹仿的贗品。

以《中庸》第 27 章「致廣大而盡精微」的邏輯來類推的話，欲「盡精微」必先有「盡廣大」的工夫；相對的，也惟有從「精微」處才能表現出道體的奧妙所在。詩道亦然，「源本經史」是「精微」境界的樑柱，而「博綜多學」則有類於達到「精微」境界前所需的「致廣大」工夫。另一方面，要使詩作具有流傳後世的價值，則需「本乎自得」，表現出一己的眞性情與眞感動，因爲這才是詩作「精微」奧妙處。

人」，並無束書不讀之意。《曝書亭集》卷 38，頁 3。

〔註70〕〈高戶部詩序〉，同上註，卷 38，頁 12。

　　無獨有偶的是，清初葉燮也曾以建造房屋譬喻為詩之道，其云：

　　　　乃作室者，既有其基矣，必將取材。而材非培塿之木，
　　拱把之桐梓，取之近地輮闥村市之間而能勝也。當不憚遠
　　且勞，求荊、湘之梗楠，江、漢之豫章。若者可以為棟為
　　榱，若者可以為楹為柱，方勝任而愉快，乃免支離屈曲之
　　病。〔註71〕

葉燮認為，建屋要取材精良，視其所宜而施之，詩道亦然。「夫作詩
者，既有胸襟，必取材於古人，原本於《三百篇》、《楚騷》，浸淫於
漢、魏、六朝、唐、宋諸大家，皆能會其指歸，得其神理。」既有材
料之後，就必須善加運用，否則「宜方者圓，宜圓者方；柱棟之材而
為桷，枉柱之材而為楹。」雖有良材而無匠心，不免有大材小用之憾。
為詩亦然，如果缺乏獨到的眼光與識見（即朱彝尊所謂的「自得」之
情），即使誦詩數萬、博涉經史，落筆的時候還是免不了有「俚俗庸
腐、窠板拘牽、隘小膚冗」等種種諸惡習。因此，葉燮認為詩作固然
要以取材精良，「徐以古人之學識神理充之」，但在下筆時，則必須善
加運用，「去古人之面目，然後匠心而出，我未嘗摹擬古人，而古人
且為我役。」〔註72〕明乎此，也就不難理解朱彝尊詩論中「源本經史」
與「本乎自得」的關係了。

　　再就「源本經史」與「本乎自得」這兩個語彙來看，「經史」與
「自得」既然都是詩之「本」，是否隱含「經史」與「自得」具有相
互作用、水乳交融的可能？此說應該是可以成立的。因為在閱讀經史
的過程中，吾人的心識也同時在前人的智慧精華中涵融、成長；而吾
人的識見與悟力愈高，所能掌握的經史內容也愈深。在〈高戶部詩序〉
中，朱彝尊將經史視為「詩材」，又表明自己不論是起居、飲食、夢
寐，或是席研所施、友朋講習，都「未嘗須臾去詩」〔註73〕，心心念

〔註71〕氏著《原詩》卷1〈內篇上〉，《清詩話》，頁519。
〔註72〕同上註。
〔註73〕《曝書亭集》，卷38，頁12。

念於詩道之上，「詩材」與專心詩道之間，似乎看不出有何密切關聯，但參照朱庭珍以下所言內容，當有豁然開朗之感，其云：

> 詩人上下古今，讀破萬卷，非但以博覽廣見聞也。……而又隨時隨地，無不留心，身所閱歷之世故人情，物理事變，莫不洞鑒所當然之故，與所讀之書義，冰釋乳合，交契會悟，約萬殊而豁然貫通，則耳目所及，一游一玩，皆理境也。〔註74〕

的確，「讀破萬卷書」如果不能靈活運用，不過是四腳書櫥而已。而要使所讀之書在寫詩時能觸類引伸，鑄成偉詞，就必須隨時隨地留心留意，將我所閱歷的人情世理與古人的說法相互印證，交契會悟，所謂「耳目所及，一游一玩，皆理境也。」一旦下筆為詩，便能滔滔湧赴，有如神助。可見外在的「經史」與內在的「自得」之情，並不是扞格不通，互不關涉，而是相互作用，彼此貫通的。朱彝尊自言在學詩時，起居、飲食、夢寐，都「惟詩是務」，將所有的心念投注於詩道上，宜乎其日後能於詩壇上佔有一席之地，並以博學雄峙當時，而其論詩，將「經史」與「自得」皆視為詩之「本原」，即此之謂也。

比較朱彝尊與王士禛對「性情」、「學問」的看法，當更可清楚看出朱彝尊的詩論特色。王士禛論詩雖云「學問」與「性情」是相輔而行，不可偏廢，但又進一步指出：「若無性情而侈言學問，則昔人有譏點鬼簿、獺祭魚者矣。」〔註75〕可見在王士禛的「神韻」詩學體系中，「性情」與「學問」雖是相輔而行，但對學問的重視程度，王士禛「學力深始能見性情」之說，顯然不及朱彝尊的「天下豈有捨學言詩之理」來得深厚。何況神韻詩在實際創作時，是可以純任性情的發抒而不必然要仰賴學力為基礎，由王士禛在二十四歲時，就能寫出「如初寫黃庭，恰到好處」的〈秋柳詩〉〔註76〕；在而立之年擔任揚州推

〔註74〕《筱園詩話》卷1，載於《清詩話續編》頁2331。
〔註75〕《師友詩傳錄》第1則，《清詩話》頁105。
〔註76〕《王士禛年譜》順治十四年條下所載。《年譜》中並引陳伯璣對〈秋柳詩〉的評語：「元倡（唱）如初寫黃庭，恰到好處。諸名士和作，

官時，也有「往往入禪，有得意忘言之妙」的詩作〔註77〕，足證以上
所言不誣。相形之下，朱彝尊的詩論走的是另一條「博綜賅洽」的大
家路數，「學力」成爲其詩論的立足基礎，是不可能「捨學而言詩」
的。由朱彝尊對明代的公安、竟陵等人「空疏淺薄」的批判，也可見
其對「無學力而侈言性情」所造成的詩弊是更爲關注的。因此，「無
性情而侈言學問」與「無學力而侈言性情」，實可視爲是王士禛與朱
彝尊詩論關注點的主要差異。至於兩人詩論在影響層面上所造成的差
異，以下將另闢專節進行討論，此先不贅。

三、朱彝尊醇雅詩論中的正變觀

　　如前所言，朱彝尊論詩固然以「取材博者」爲尚，但在廣博之餘，
也要求以聖賢的心血結晶──「經史」作爲主要材料與精神依歸。此
外，博學固然可以避免詩歌內容空疏淺薄，但爲了預防詩作成爲規仿
古人的贗品，所以朱彝尊在博學的基礎上又強調「本乎自得」的重要
性。足見在取材廣博、本乎經史與本乎自得之間，是有層次漸進的次
序的。而朱彝尊對於唐、宋詩的看法亦有類於此。表面上，朱彝尊似
乎極力詆毀宋詩，將宋詩與「空疏淺薄」劃上等號，如云：

> 　　宋之作者不過學唐人而變之爾，非能軼出唐人之上，
> 若楊廷秀、鄭德源之流，鄙俚以爲文，詼笑嬉褻以爲尚，
> 斯爲不善變矣。顧今之言詩，或效之，何與？〔註78〕
>
> 　　今之言詩者，每厭棄唐音，轉入宋人之流派，高者師
> 法蘇、黃，下乃效及楊廷秀之體，叫囂以爲奇，俚鄙以爲

皆不能及。」頁14。

〔註77〕王士禛於順治十六年至康熙四年期間擔任揚州推官。又，據《帶經
堂詩話》卷3〈佇興類〉第5則所載，王士禛曾謂：「唐人五言絕句，
往往入禪，有得意忘言之妙，……予少時在揚州，亦有數作（以下
舉其〈青山〉、〈江上〉數詩爲例）皆一時佇興之言，知味外味者當
自得之。」（頁69）可見王士禛擔任揚州推官時，即有「味外味」的
神韻詩作。

〔註78〕〈王學士西征草序〉，《曝書亭集》卷37，頁7。

正，譬之於樂，其變而不成方者與？〔註79〕

今之詩家，不事博覽，專以宋楊、陸為師，庸熟之語，令人作惡。〔註80〕

今之言詩者多主於宋，黃魯直吾見其太生；陸務觀吾見其太縟；范致能吾見其弱；九僧、四靈吾見其拘；楊廷秀、鄭德源吾見其俚；劉潛夫、方巨山、萬里，吾見其意之無餘而言之太盡，此皆不成乎鵠者也。〔註81〕

唐人之作，中正而和平，其變者率能成方。迨宋而粗屬噍殺之音起，好濫者其志淫，燕女者其志溺，趨數者其志煩，敎辟者其志喬，由是被之於聲，……斯未可以道古也。〔註82〕

在上述引文中，凡是言及宋詩，不是嫌其「鄙俚」、「庸熟」，便是責其「詼笑嬉褻」、「粗屬噍殺」，都不合乎詩家的正軌，是「皆不成乎鵠者」、「未可以道古」也。在〈橡村詩序〉中，朱彝尊還針對宋代詩家進行點名式的批評，由「生」、「縟」、「弱」、「拘」、「俚」、「意無餘而言太盡」等評語，在在顯示了有宋詩家是不足以為學詩者典範的。相較之下，「唐人之作，中正而和平」，此所以朱彝尊主張學詩要取徑唐人，因為這才是一條「遵道而周行」的正途，宋詩則不過是「學唐人而變之爾」，其以唐詩為「正」、為「優」，而以宋人為「變」、為「劣」的價值傾向是明確肯定的。其勸人為詩，也屢誡人「勿墮宋人流派」〔註83〕，「未有師宋元而翻合群雅者」〔註84〕。

〔註79〕〈葉李二使君合刻詩序〉，同上註，卷38，頁5。
〔註80〕〈汪司城詩序〉，同上註，卷39，頁8。
〔註81〕〈橡村詩序〉，同上註，卷39，頁11。
〔註82〕〈劉介于詩集序〉，同上註，卷39，頁6。
〔註83〕氏著〈李上舍瓦缶集序〉，序文中朱彝尊期勉李秦川「務以漢魏六代三唐為師，勿墮宋人流派，優游涵泳，日進不已。」同上註，卷39，頁8～9。
〔註84〕朱彝尊在〈胡永叔詩序〉中勉勵胡氏學詩宜「進於古。師《三百篇》，庶近於漢；師魏晉，乃幾於唐。未有師宋元而翻合乎群雅者。」同上註，卷39，頁7。

　　然而，論詩無取於宋，照理來說，朱彝尊不免要如明代復古詩論者一般，主張「詩自天寶而下，俱無足觀」〔註 85〕、「詩必盛唐，大曆以後書勿讀」〔註 86〕，如是，則以下的內容是不應該出現在朱彝尊的詩論當中的：

　　　　吾言其志，將以唐人之志爲志；吾持其心，乃以唐人
　　之心爲心，其於吾心性何與焉？至謂唐以後事不必使，唐
　　以後書不必讀，則惑人之甚者矣。〔註 87〕

　　　　每怪世之稱詩者，習乎唐，則謂唐以後書不必讀；習
　　乎宋，則謂唐人不足師。一心專事規摹，則發乎性情也淺。
　　〔註 88〕

以上兩篇詩序，朱彝尊明顯反對「唐以後事不必使，唐以後書不必讀」的作法，故以「合宋、元來作者之長，仍無戾於漢、魏、六朝、三唐人之作也。」以譽揚鵲華山人之詩取材廣博；而在〈南湖居士詩序〉中，朱彝尊甚且以「不專師一家，用己法神明之，兼綜乎天寶、元和、長慶諸體，下及蘇、梅、黃、陳、范、陸、虞、楊，離之而愈合，可謂能得師者也。」〔註 89〕來稱許南湖居士的詩風不拘一格，多師以爲師，甚至連朱彝尊一向鄙棄的陸游、楊萬里及范成大，也都名列其中，如是，則朱彝尊在以唐詩爲正，以宋詩爲變的「正變觀」及「論詩以取材博者爲尚」之間，是如何取得平衡點的呢？

　　筆者認爲，朱彝尊論詩要求取材廣博，如同人的衣食住行等基本需求一般，是不可或缺的。故在求「博」的階段，朱彝尊論詩可說是「不受某一時代限制，以自由形式爲好的人。」〔註 90〕唐以外

〔註 85〕見《明史‧文苑》〈李攀龍本傳〉：「持論謂文自西京，詩自天寶而下，俱無足觀。」

〔註 86〕見《明史‧文苑》〈王世貞本傳〉：「其持論文必西漢，詩必盛唐，大曆以後書勿讀。」

〔註 87〕〈王先生言遠詩序〉，《曝書亭集》卷 38，頁 3。

〔註 88〕〈憶雪樓詩集序〉，同上註，卷 39，頁 2。

〔註 89〕同上註，卷 39，頁 4。

〔註 90〕日人谷口匡〈關於朱彝尊詩論的一個考察〉，《中國古代近代文學研

的「書」與「事」，朱彝尊都採兼容並蓄的立場，欣賞其可師法之處。
然而，人在「衣食足」之後，便需進一步「知榮辱」，詩歌亦然。在
取材「廣博」之後，還須進一步別「正變」。而在「別正變」階段，
唐詩由於傳達了「中正和平」的詩情，合乎詩之「正道」，宋詩則因
「粗厲噍殺」而被斥之為「變體」。因此，一旦涉及詩中較高層次的
「正變、優劣」之價值判斷時，朱彝尊便明顯流露出「崇唐抑宋」
的傾向，不再以「多師以為師」的角度來兼取唐、宋詩。所以在朱
彝尊詩論中，學唐與學宋是有先後高下的層次之分的，此誠如朱彝
尊所謂：

> 夫惟博觀漢、魏、六代之詩，然後可以言唐：學唐人
> 而具體，然後可以言宋。彼目不睹全唐人之詩，輒隨響附
> 影，未知正而先言變，高詡宋人，詆唐為不足師，必曰離
> 之始工，吾未信其持論之平也。〔註91〕

可見宋詩並不是一無可取，但必須在「學唐人而具體」之後，才能進
一步汲取宋詩之長，以免未知「正」而先言「變」，使詩作陷入了「逸
其軌」、「近粗鄙」〔註92〕的歧途。由此可見，其論詩主張取材廣博，
與標舉唐詩為正體之間，雖有先後、層次上的差異，卻不是鑿枘難容
的。此外，其「以唐詩為正體」的價值觀雖然與明代復古詩論相同，
但要求詩歌須立足於「博學」這一點，則是朱彝尊與主張「（唐）大
曆以後書勿讀」的復古論者之最大差異所在。此正如錢鍾書先生在《談
藝錄》中所說的：

> 竹垞自作詩，早年與七子同聲，特以腹笥彌富，故語
> 少重複；意匠益細，故詞加妥貼。論詩亦如七子之祖唐祧
> 宋，然而貌同心異者，風格雖以唐為歸，而取材則不以唐
> 為限。旁搜遠紹，取精用宏，與二李之不讀唐後書，謝四

究》，1995.1，頁311。
〔註91〕〈丁武選詩集序〉，《曝書亭集》卷37，頁4。
〔註92〕〈齋中讀書12首〉之11：「吾觀趙宋來，諸家匯一體。東都導其源，
南渡逸其軌。紛紛流派別，往往近粗鄙。」同上註，卷21，頁6。

　　溟之高談作詩「如煮無米粥」，區以別矣。〔註93〕

　　再者，朱彝尊論詩雖以唐人為正宗，卻又特別標舉杜甫作為唐代詩家的典範，理由是：

　　　　唐之世二百年，詩稱極盛。然其間作者，類多長於賦
　　　　景而略於言志，其狀草木鳥獸甚工，顧於事父事君之際，
　　　　或闕焉不講。惟杜子美之詩，其出之也有本，無一不關乎
　　　　綱常倫紀之旨，而寫時狀景之妙，自有不期工而工者。然
　　　　則善學詩者，捨子美其誰師歟？〔註94〕

由於杜甫「讀書破萬卷」〔註95〕，其詩可謂「出之有本」，無一字無來歷；另一方面，杜詩的內容又能與君臣父子等倫常綱紀相關，合乎「緣情以為言，而可通之於政者也。」〔註96〕的詩教要求，絕非泛泛賦景之作可相比擬。故朱彝尊以杜甫為詩家的正則典範，可說是在區別「正變」之後，對詩中「言志」內容所作的進一步規範。

　　綜合以上所言，可知朱彝尊對唐宋詩的看法，是依詩論的不同層次而有所區隔的。在要求「取材廣博」的基本階段，「唐」以外的書及詩，也都在取材的範圍。但若涉及「正變」、「優劣」的價值判斷時，則「唐正宋變」、「唐優宋劣」的價值取向是不容置疑的。且在唐宋詩家中，杜甫因兼顧了「博學」與「言志」的雙重要求，在創作中力求「詩材」與「詩情」水乳交溶，合乎醇雅詩論中對「辭」與「志」的雙重要求，故能榮膺朱彝尊詩論中「正者」之「極」〔註97〕的詩家桂冠。

〔註93〕錢鍾書《談藝錄》第30則，頁108。
〔註94〕〈與高念祖論詩書〉，《曝書亭集》，卷31，頁3～4。
〔註95〕朱彝尊謂：「自公安、竟陵派行，空疏者得以藉口，果爾，則少陵何苦讀書破萬卷乎？」《靜志居詩話》卷18〈徐渤〉，頁549～550。朱彝尊顯然以杜甫的博覽群書與公安、竟陵派等空疏者作對比。
〔註96〕〈憶雪樓詩集序〉，《曝書亭集》卷39，頁1～2。
〔註97〕氏著〈王學士西征草序〉：「唐之有杜甫，其猶九達之逵乎？……（唐人）正者極於杜，奇者極於韓。」同上註卷37，頁7。

第二節　醇雅詩論及詩作何以未能成爲一代正宗

在清初詩壇上，朱彝尊是唯一能與王士禛匹敵、並稱者，觀清初趙執信所言：

> 或問於余曰：「阮翁（按：指王士禛）即大家乎？」曰：「然」、「孰匹之？」余曰：「其朱竹垞乎。王才美於朱，而學足以濟之；朱學博於王，而才足以舉之，是眞敵國矣。他人高自位置，強顏耳。」〔註98〕

而趙翼《甌北詩話》卷 10 亦云：

> 竹垞亦負海內重名，至今猶朱、王並稱，莫敢軒輊。〔註99〕

清代其他相關詩話中提及「朱、王並稱」者，亦所在多有。如梁章鉅即謂：「國朝詩，以王漁洋、朱竹垞並稱，自係公論，百餘年來，未之有改也。」〔註100〕鄭方坤《本朝名家詩鈔小傳》也指出：「新城、長水屹然爲南北二大宗師，比於唐之李、杜，宋之蘇、黃，更千百年而勿之有改也。」〔註101〕又如杭世駿《詞科掌錄》所云：「自新城、長水盛行時，海內操奇觚者，莫不乞靈於兩家。」〔註102〕楊際昌《國朝詩話》也說：「秀水朱檢討竹垞與王阮亭齊名，世稱南朱北王。王專擅風神，朱兼騁才藻，以云作家，皆非妄有名也。」〔註103〕朱彝尊與王士禛在清初詩壇上的地位，由此可見。

如果就兩人詩論的取向來看，朱彝尊主杜、韓，王士禛主王、孟，大致上仍以「宗唐」爲主，但何以最後卻演變成「一代正宗，必以新城王公稱首」〔註104〕的局面呢？要回答這個問題，就必須對王士禛

〔註98〕《談龍錄》第 30 則，《清詩話》頁 280。
〔註99〕載於《清詩話續編》，頁 1299。
〔註100〕氏著《退庵隨筆》〈學詩二〉，《清詩話編續》頁 1982。
〔註101〕氏著《本朝名家詩鈔小傳》卷 1〈曝書亭詩鈔小傳〉，頁 4。
〔註102〕轉引自錢仲聯主編《清詩紀事》第 5 冊，頁 2699。
〔註103〕載於《清詩話續編》頁 1664。
〔註104〕語見李元度〈王文簡公事略〉，引自《王士禛年譜》〈附錄一〉，頁 121。此外，趙翼《甌北詩話》卷 10，也主張清初詩壇「其名位聲望爲一時山斗者，莫如王阮亭。」（《清詩話續編》頁 1299）。鄭方坤《本

與朱彝尊的詩論與詩作的特點作進一步的比較與探討。

一、由標舉典範人物論朱、王詩論的時代接受性

　　首先，在典範人物的標舉上，朱彝尊論詩標舉杜、韓，王士禛標舉王、孟。兩者間的差異，筆者在探討王士禛詩論一章中，曾大略歸納如下：

　　　　壹、獨標神韻→佇興而就→不著一字→古淡閒遠→偏重先天性分→逸品→名家（如珍泉幽澗）→陶、謝、王、孟、韋諸人

　　　　貳、博綜賅洽→學力深始見性情→縱橫鋪敘→沈著痛快→偏重後天學力→神品→大家（如長江大河）→李、杜、韓、蘇諸人

宋犖稱王士禛的《十種唐詩選》與《唐賢三昧集》，能「力挽尊宋祧唐之習，良於風雅有裨。」但卻於「杜之海涵地負，韓之驚擲鯨呿，尚有所未逮。」〔註105〕袁枚亦云王士禛：「才本清雅，氣少排奡，爲王、孟、韋、柳則有餘，爲李、杜、韓、蘇則不足也。」〔註106〕相形之下，朱彝尊論詩則多推舉杜、韓，其筆下詩作亦如錢鍾書先生所謂：「近體多學杜陵拗體」、「古體……明是昌黎、玉川之遺」〔註107〕，可說是學杜、韓而有成者。兩人在詩論上雖然互有短長〔註108〕，但

　　朝名家詩鈔小傳》卷2〈帶經堂詩鈔小傳〉也說：「先生出而始斷然爲一代之宗，天下之士尊之如泰山北斗。」（廣文書局，台北，1971年版）。黃晟〈帶經堂全集序〉亦有：「詩學正宗，微新城王阮亭先生則莫與歸也。」的論斷（轉引自錢仲聯主編《清詩紀事》第4冊，頁1985）。

〔註105〕宋犖《漫堂說詩》第3則，《清詩話》頁373。

〔註106〕氏著《隨園詩話》卷2第38則，頁48。

〔註107〕語見錢鍾書《談藝錄》第30則，頁108。

〔註108〕趙執信《談龍錄》第30則以「朱貪多，王愛好」來評論兩人詩作的缺失，若據此以言朱彝尊「醇雅」詩論與王士禛「神韻」詩論的弊端，亦無不可，因爲「醇雅」詩論以取材廣博爲尚，雖可避免詩作空疏淺薄之弊，卻難免因缺乏剪裁而略顯蕪雜；而神韻詩論雖然興會超妙，高雅不俗，但也免不了有空中樓閣，格局不廣之譏。

在時代的接受性上，王士禛的「神韻」詩論所標舉的王、孟，顯然要比「醇雅」詩論所標舉的杜、韓更勝一籌。

就王士禛而言，其所以「沈思獨往者，獨在沖和淡遠一派」，而不欲以杜甫的「雄鷙奧博」爲宗，應與其視杜詩爲「變風、變雅」之作的心態有關〔註 109〕。而杜詩既然是屬於「變風、變雅」之類的作品，然則「安能使處太平之盛者，強作無病呻吟乎？」〔註 110〕換言之，在天下底定、時局逐漸步入太平之際，如果還繼續創作：「感時花濺淚，恨別鳥驚心。烽火連三月，家書抵萬金。」這一類反映亂離動蕩的詩歌，不但顯得扞格突兀，也免不了有「無病呻吟」之譏。相形之下，論詩標舉王、孟爲宗，其不善學者，雖不免淪爲「空殼子、大帽子話」〔註 111〕，但仍不失爲太平之音。因此，王士禛論詩標舉王、孟，實契合了時局的發展與需求。相反的，杜、韓詩中所傳達的「沈雄悲壯」之慨，難免因不符合盛世元音的標準而被劃歸於「離騷、變雅」之作，朱彝尊對此當然也有著深切的體認與省察。在〈王禮部詩序〉中，朱彝尊對於他所交往的那些「幽憂失志之士」的詩歌所以不傳，提出了以下的看法：

> 誦其歌詩，往往憤時嫉俗，多離騷、變雅之體。則其辭雖工，世莫或傳焉。〔註 112〕

此外，在〈葉指揮詩序〉中，朱彝尊也對其鄉里中工於詩者，「類多山澤憔悴之士」，以致詩作「或不能盡傳，又或傳之不遠」，深表遺憾

〔註 109〕參見翁方綱《七言詩三昧舉隅》評〈丹青引〉一詩後云：「（漁洋）論某體格當用某家也，曰：『亂離敘述，宜用老杜。』然則先生意中，豈不竟以變風、變雅視杜矣？」《清詩話》頁 257。據王士禛《居易錄》卷 21 所言：「杜甫沈鬱，多出變調。」足見翁方綱的推論應是合理的。

〔註 110〕沈德潛《清詩別裁集》卷 4〈王士禛〉條下引王士禛所言，頁 125。

〔註 111〕《然鐙記聞》第 22 則，王士禛謂其所以選《唐賢三昧集》，是爲了要「剔出盛唐眞面目與世人看，以見盛唐之詩，原非空殼子、大帽子話。」《清詩話》頁 104。

〔註 112〕《曝書亭集》卷 37，頁 1。

之意〔註113〕。可見朱彝尊確實清楚地意識到「變騷、變雅」之作是難以在當代被認同、獎掖的。儘管如此，朱彝尊卻還是主張「詩際兵戈俶擾、流離瑣尾，而作者愈工。」〔註114〕，此說恰與王士禛論詩所主張的太平元音相反。因此，時局愈趨穩定、清平，以「歡娛為工」的詩論，顯然是要比「窮而後工」的主張，更能契合時勢的發展；而平淡高遠的王、孟詩風，也要比沈鬱悲壯的韓、杜詩更能鼓吹元音。話雖如此，但是「少逢喪亂，棄制舉，自放於山巔水涯之間，獨肆力古學，研究六藝之旨。」〔註115〕的學、經歷，使得朱彝尊即使明知杜、韓之詩與變騷、變雅為近，不利於太平時期推衍流傳，但在個人情感上，卻仍是與杜、韓為近而與王、孟有隔的。觀朱彝尊為時人詩集所寫的序文，其稱周季青為詩，能「摭韓、杜韻語以為詩材」〔註116〕，故於詩格日進不已；對於沈明府、劉德章、曹棟亭諸人為詩「好盤硬語」、「體必生澀」，並欲以此成一家之言，即使「眾非之而不顧」，則是大表讚賞之意，認為這些人「可謂有志者也」〔註117〕。問題是，當朱彝尊愈是強調詩歌「澀體」、「硬語」之類的特點時，其抨擊宋詩的立場也就愈顯得薄弱，試觀以下兩則詩論內容的轉變：

> 邇來詩格乖正始，學宋體制嗤唐風。江西宗派各流別，吾先無取黃涪翁。比聞王郎意亦爾，助我張目振凡聾。〔註118〕

〔註113〕同上註，卷37，頁4。

〔註114〕氏著〈紫雲詞序〉，同上註，卷40，頁3～4。

〔註115〕王士禛〈竹垞文類序〉，載於《曝書亭集》卷首。

〔註116〕朱彝尊於〈汪司城詩序〉謂周季青之詩能「摭韓、杜韻詩以為詩材，正正奇奇，各得其所宜，其詩之日進於格也已。」《曝書亭集》卷39，頁8。

〔註117〕朱彝尊〈沈明府不羈集序〉謂沈詩：「好盤硬語」、「獨以澀體孤行其間，雖眾非之而不顧，可謂有志者也。」（《曝書亭集》卷38，頁13）。在〈劉德章詩序〉中，亦稱劉詩「好排硬語，不為格律所縛，欲成一家之言，可謂有志者也。」（卷38，頁14）；於〈棟亭詩序〉中，則謂棟亭詩「體必生澀，語必斬新」、「當其稱意，不顧時人之大怪也。」卷39，頁10。

〔註118〕〈題王給事又旦過嶺詩集〉，同上註，卷13，頁3。

自晉以降，代有作者。至宋涪翁黃氏，厭格詩近體之平熟，務去陳言，力盤硬語，於是呂居仁輩，演爲詩派，同調二十五人，斯云盛矣。〔註119〕

第一則引文中，朱彝尊明確宣示了「無取」山谷的詩論立場，並將「學宋」者斥之爲「凡聲」。但在第二則引文中，山谷爲詩「務去陳言，力盤硬語」的特長，顯然又在朱彝尊論詩取法之列。宜乎宋犖〈跋朱竹垞和論畫絕句〉不禁有：「先生平日論詩，頗不滿涪翁，今諸什大段學杜，而高老生硬之致，正得涪翁三昧。」〔註120〕之疑。據此亦可見洪亮吉謂朱彝尊爲詩「始學初唐，晚宗北宋」〔註121〕，並非無根游談，因爲朱彝尊雖然力尊唐詩爲「正」格，詆斥宋詩爲「變」體，但是「博學經史」的詩論，卻使得他在創作的道路上，不自覺的向「以文字爲詩，以才學爲詩，以議論爲詩」的宋詩靠攏。而爲了反蹈襲陳言，轉以「硬語」、「澀體」爲尚，也與北宋江西詩派的詩風相去不遠，恰好應驗了梁章鉅所說的：「江西宗派，實變化於杜、韓之間。」〔註122〕可見論詩標舉杜、韓，稍一不愼，便可能使創作步入「變體」之路，相形之下，標舉王、孟則是一條「絕世風流潤太平」〔註123〕的詩家正途。所以在時代的接受性上，王士禛的詩論確實是要比朱彝尊更適合「一代正宗」的需求。

二、由「名家」與「大家」論朱、王之異

再者，由「名家」與「大家」的角度來看，王士禛的神韻詩雖如「鑑湖一曲」或「珍泉幽澗」〔註124〕，僅足以「名家」而不足以稱

〔註119〕〈石園集序〉，同上註，卷38，頁1。

〔註120〕載於錢仲聯主編之《清詩紀事》第5冊，頁2698。

〔註121〕洪亮吉《北江詩話》（台北：廣文書局，1971年）卷1，頁40。

〔註122〕《退庵隨筆》〈學詩二〉，《清詩話續編》頁1977。

〔註123〕語見于祉《澹園詩選·論國朝山左詩人絕句》12首之6論「王士禛」云：「一代騷壇此主盟，胸羅萬卷又神清。詩成味在酸鹹外，絕世風流潤太平。」轉引自嚴迪昌《清詩史》，頁479。

〔註124〕所引二語，分別見王士禛《分甘餘話》（北京：中華書局，1997年）

「大家」，但在其「同能不如獨勝」〔註125〕的創作意識主導下，透過神韻詩作來表現其創作上的菁華，即使眾體未備而獨擅一家之長，也足以使詩作具有「必不能廢」、「必無絕響」的存在價值〔註126〕。反觀朱彝尊在創作上，不但「經術湛深，考據淹博」，甚且「詩、古文，皆成一家言，兼精填詞。」譽之為「通才」，可說是當之無愧〔註127〕。然而「專力則精，雜學則粗」〔註128〕，詩詞皆然。朱彝尊的詩作雖然具有取材廣博的特長，卻也同時免不了「貪多務博，散漫馳騖，無歸宿處，有類游騎矣。」〔註129〕的指責，以致有「不能鎔鑄，自成一家」〔註130〕、「通集中格調未能一律」〔註131〕之弊。對於這一點，朱彝尊似乎頗有自知之明，觀其所云：

> 予舟車南北，奕不暇黔，於游歷之地，覽觀風尚，往往情為所移。一變為騷誦，再變為關塞之音，三變而吳儂相雜，四變而為應制之體，五變而成放歌，六變而作漁師、田父之語，訖未成一家言。〔註132〕

在〈葉李二使君合刻詩序〉中，朱彝尊也自稱學詩四十年，「自少壯迄今，體製數變，未臻古人之域。」〔註133〕可見取材廣博、多師以為師，固然可以使詩作如萬斛泉源般，不擇地而出，展現出「大家」

卷3，頁63；《帶經堂詩話》卷1〈品藻類〉第21則，頁45。

〔註125〕王士禛《花草蒙拾》，載於《詞話叢編》冊1，頁674。

〔註126〕王士禛《帶經堂詩話》卷1〈品藻類〉第26則，頁48。

〔註127〕朱庭珍《筱園詩話》卷2，載於《清詩話續編》頁2351。此外，《清史稿‧朱彝尊本傳》中亦云：「當時王士禛工詩，汪琬工文，毛奇齡工考據，獨彝尊兼有眾長。」

〔註128〕丁紹儀《聽秋聲館詞話》卷15中，記載桐城派古文大家姚鼐，因莊光祿勸以「專力則精，雜學則粗」二語，遂「輟詞不作」（載於《詞話叢編》冊3，頁2768），此事並見於謝章鋌《賭棋山莊詞話》卷7（《詞話叢編》冊4，頁3413）。

〔註129〕朱庭珍《筱園詩話》卷2，《清詩話續編》頁2358。

〔註130〕洪亮吉《北江詩話》卷1，頁40。

〔註131〕梁章鉅《退庵隨筆》〈學詩二〉，《清詩話續編》頁1983。

〔註132〕〈荇谿詩集序〉，《曝書亭集》卷36，頁16。

〔註133〕同上註，卷38，頁5。

風範，但如果分寸拿捏不當，取材廣博也可能成爲散漫蕪雜的弊端；
「多師以爲師」也就成爲體製數變，不能自成一家的禍源。在〈荇谿
詩集序〉中，朱彝尊雖然自稱其詩「往往情爲所移」，隨著生平遊歷
與遭際的不同，以致詩格有「六變」之多。但歷來詩評家在評論朱彝
尊的詩作時，卻多將其詩集大略劃分爲前、後兩期〔註134〕，並以康
熙十八年（1679）朱彝尊入仕清廷作爲分水嶺〔註135〕。爲論述方便
起見，以下遂由朱彝尊前、後兩期詩作的特色，來探究其詩作無法「自
成一家」的說法是否成立。

　　朱彝尊前期詩作以學初唐、盛唐爲主〔註136〕，其中「七律」之
作更與復古詩派的雄渾高厚有相近之處〔註137〕，宜乎有「與七子同
聲」〔註138〕的評價。試觀朱彝尊以下詩句：

〔註134〕如洪亮吉即云：「朱檢討彝尊《曝書亭集》，始學初唐，晚宗北宋。」
　　　　《北江詩話》卷1，頁40。沈德潛《清詩別裁集》選朱彝尊〈送曹
　　　　侍郎溶備兵大同〉，詩下註云：「此章以下俱近李北地，應是中年之
　　　　作。晚歲俱歸流易矣。」亦將朱彝尊詩作大略劃分爲前、後兩期。
　　　　卷12，頁465。此外，如朱庭珍、錢鍾書、錢仲聯等人評論朱彝尊
　　　　詩集時，也是大略將其詩作劃爲前後兩期，諸家所言內容，詳見以
　　　　下註文所引。
〔註135〕如朱庭珍《筱園詩話》卷2云朱彝尊詩之精華「多在未仕以前，通
　　　　籍後近體每流入平易。」（《清詩話續編》頁 2703）。此外，林昌彝
　　　　《射鷹樓詩話》（台北：新文豐出版公司，1987年）卷3也認爲：「作
　　　　詩最忌太甚。每見詩家名甚之後，多率意爲之。朱彝尊、袁簡齋應
　　　　鴻詞科後，詩格一變……學者當戒之。」（頁 105），同樣以朱彝尊
　　　　應試後作爲詩格轉變關鍵。二說與沈德潛前註所引謂朱彝尊詩「晚
　　　　歲俱歸流易」者，有相通之處，本文故以「朱彝尊仕清」作爲詩集
　　　　前後期風格的劃分界限。
〔註136〕洪亮吉《北江詩話》卷1即謂朱彝尊詩「始學初唐」（頁40）；而趙
　　　　翼《甌北詩話》卷10則謂朱彝尊詩「初學盛唐」（載於《清詩話續
　　　　編》，頁1299）。
〔註137〕錢仲聯《夢苕盦詩話》稱朱彝尊詩：「七律雄厚處，上掩明七子。」
　　　　見《清詩紀事》第5冊，頁2709。
〔註138〕語見錢鍾書《談藝錄》第30則，頁108。錢鍾書先生並舉朱彝尊的
　　　　七律之作如〈題南昌鐵柱觀〉、〈留別董三〉、〈送曹侍郎備兵大同〉、
　　　　〈宣府鎮〉、〈雲中至日〉等詩爲例，說明這些詩作「皆七子體」，見
　　　　頁109。

萬里星霜沙塞雁，五更風雨掖門松。長江鐵鎖空千尺，大道
朱樓定幾重？（〈秣陵〉）〔註139〕

蒼梧風起愁雲暮，高峽晴開落照多。（〈崧臺晚眺〉）〔註140〕

遼海月明霜滿野，陰山風動草連天。（〈夢中送祁六出關〉）〔註141〕

黃河天上三城戍，畫角霜前萬里風。（〈送曹侍郎備兵大同〉二首
之二）〔註142〕

城晚角聲通塞雁，關寒馬色上龍堆。（〈雲中至日〉）〔註143〕

以上詩句除了對仗工穩流麗外，且多以「萬里星霜」、「長江鐵鎖」、「大
道朱樓」、「蒼梧風起」、「高峽晴開」、「遼海月明」、「陰山風動」、「黃
河天上」、「城晚關寒」等遼闊壯麗的景色，並運用「滿野」、「連天」、
「萬里」、「千里」等高大的字面，來表現雄厚高渾的境界，此其七律
所以有近於「七子體」〔註144〕的緣由。再者，由於朱彝尊前期的詩
作是在「家苦貧，依人遠遊，南踰五嶺，北出雲朔，東泛滄海」〔註
145〕的情境下寫就，因而詩中充斥著「處賤無奇策，因人遠禍樞。」、
「男兒不肯學干時，終當餓死填溝壑。」、「妻兒空待米，風雨獨還家。
自斷無長策，何勞感歲華。」〔註146〕之類的潦倒牢騷語；或者是「可
憐至日長爲客，何意天涯數舉杯。」、「鄉國不堪重佇望，亂山落日滿
長途。」、「作客蕭條官舍下，逢君歌哭酒壚旁。」等羈旅之感與思鄉
之情〔註147〕。若由朱彝尊所謂：「情之摯者，詩未有不工者也」〔註

〔註139〕《曝書亭集》卷3，頁10。
〔註140〕同上註，卷3，頁17。
〔註141〕同上註，卷6，頁1。
〔註142〕同上註，卷5，頁10。
〔註143〕同上註，卷6，頁12。
〔註144〕關於明復古詩派七律之作「冠冕雄壯」的特色與具體詩例，可參
見許學夷的《詩源辯體》〈後集纂要〉卷2第61則，頁415。
〔註145〕王士禛〈竹垞文類序〉，載於《曝書亭集》卷首。
〔註146〕以上三詩，分別引自〈永嘉除日述懷〉，《曝書亭集》卷5，頁15；〈寂
寞行〉，卷3，頁4；〈歸〉，卷3，頁8。
〔註147〕以上三詩，分別引自〈雲中至日〉，《曝書亭集》卷6，頁12；〈度大
庾嶺〉，卷3，頁12；〈留別董三〉，卷4，頁11。
〔註148〕氏著〈錢舍人詩序〉，同上註，卷37，頁2。

148）的詩論推之，前期的詩作可說是符合了醇雅詩論對於「辭」與「志」的雙重要求。尚鎔《三家詩話》所以認定：「竹垞詩，以遊晉所作爲最。」〔註149〕朱庭珍也主張朱彝尊詩作「精華多在未仕以前」〔註150〕，當是有鑑於此。

康熙十八年（1679），朱彝尊應清廷博學鴻詞之試，被授予翰林院檢討一職，隨後又改充日講官，入值南書房。這不僅是朱彝尊生涯上的一大轉變，也是其詩風轉折的重要關鍵。昔日的故國之思與反清之志，在入仕清廷，接受新朝所提供的爵祿後，也就沒有立場再提及；依人幕府的羈旅行役之感，也隨著仕途生涯的轉變而淡薄。外在環境的改變以致「情爲所移」，因而後期詩作大量充斥著題畫詩、和韻詩與聯句詩。以題畫詩而言，鄧之誠主張朱彝尊仕清後《騰笑集》所收錄的詩，「有改題目而存者，既無當於事實，且何足以見性情乎？」〔註151〕鄧之誠所謂的「改題目而存者」，大陸學者朱則杰進一步補充道：「如原作〈爲喬侍讀題畫二首〉，其一即改題〈爲徐征君題畫〉。可見除了題畫本身以外，無論贈誰，都無所謂。」〔註152〕至於和韻詩與聯句詩，由於多屬文人間的應酬、遊戲之作，恃才炫學的性質遠大於抒情言志的成分，嚴羽故云：「和韻最害人詩。」〔註153〕所以然者，由以下陳廷焯、夏敬觀所言可概知一、二：

> 詩詞和韻，不免強己就人，戕賊性情，莫此爲甚。〔註154〕

> 和韻因韻成句，聯句因人成章，但務爲名章俊語而已。〔註155〕

在「強己就人」、「因人成章」的過程中，作者的眞性情難免會被壓抑、牽制。由朱彝尊後期爲詩多題畫、和韻、聯句之作，透露了作者內在

〔註149〕載於《清詩話續編》頁1922。

〔註150〕朱庭珍《筱園詩話》卷2，《清詩話續編》頁2357。

〔註151〕氏著《清詩紀事初編》卷7〈朱彝尊〉條下，頁748。

〔註152〕朱則杰《清詩史》（南京：江蘇古籍出版社，2000年），頁164。

〔註153〕見《滄浪詩話》之〈詩評〉第41則。

〔註154〕陳廷焯《白雨齋詞話》卷8，《詞話叢編》冊4，頁3970。

〔註155〕夏敬觀《蕙風詞話詮評》，《詞話叢編》冊5，頁4594。

眞性情日益淡化的訊息。清人湯大奎所以認定朱彝尊詩藝「一著朝衫底事差」〔註156〕，理即在此。而詩中的眞性情一旦薄弱、淡化之後，「源本經史」與「博綜多學」也就成了詩作的主要成分。觀《全集》卷 20 所收錄的〈雜詩 20 首〉，及卷 21 的〈齋中讀書 12 首〉，便有類於朱彝尊的讀史、讀書心得筆記。又如卷 22 之〈五言賦鴨餛飩〉，朱彝尊在詩中除了解釋「鴨餛飩」爲受精成形、尙未孵化即已壞死的鴨蛋外，還在「他邦盡棄擲，吾黨獨見喜」句下注明：「鄉人目日喜彈」，接著詳細敘述該鄉人士如何調理「鴨餛飩」的方法，並對「鴨餛飩」一詞的由來提出以下的疑惑：「既免治刀砧，兼弗礎牙齒。以之號餛飩，莫審所自始？」直是以詩爲鄉土風物志了。此外，〈斑魚〉30 韻與〈江瑤柱〉二詩，也都近似於「食譜」之作，由以下摘句可概見其要：

> 排泥剔其羽，起肝淘以麴。法使甘不喂，瑩白類新沐。和之以蟹胥，其汁轉濃郁。(〈斑魚〉)

> 探腸先去甲，刮膜止存丁。淨洗膏猶沃，新烹火莫停。冰櫨初挂鐸，雪菌乍抽釘。白嚼河豚乳，紅餐荔子廳。誰言分鼎足，試倚灶舸聽。(〈江瑤柱〉) 〔註157〕

至於〈甘泉漢瓦歌爲侯官林侗賦〉，更是一首朱彝尊將考據之長盡情揮灑的作品，詩云：

> 吾聞甘泉本是祖龍之所遺，武帝因而恢拓之。並無益壽、延壽字，今已蕩盡躅錙鏊。金銅仙人去渭水，椽栭自毀化作龍鱗而。當知瓦定有鬼神護，不然安得團圈如錫勿使纖毫虧。伊誰擅此隸法古，毋乃史逸丞相斯。〔註158〕

詩中的「祖龍」爲秦始皇，「益壽、延壽」爲漢武帝在甘泉宮增建的

〔註156〕語見湯大奎《炙硯瑣談》云：「余題《曝書亭集》，有「杜陵詩格沈雄響，一著朝衫底事差」句。甌北觀察謂此論未的，朱彝尊登朝及歸田後詩始佳，從前但作假詩耳。不知朱彝尊佳處，全在氣格，初刻《文類》一編，不過以料新調肥，炫人目睛，風格頹然放矣。」引自錢仲聯主編《清詩紀事》第 5 冊，頁 2703。

〔註157〕二詩分見《曝書亭集》卷 17，頁 3；卷 18，頁 13～14。

〔註158〕同上註，卷 18，頁 12。

二館,「龍鱗而」則指龍的鱗片與鬚毛。據《三輔黃圖》所載,武帝所建的通天台頹倒後,「椽桷皆化爲龍鳳從風雨飛去」。這種字字有來歷,語語有出處的詩,即便是參考註解、詳查出處,還是令人讀後有隔而難入之感。比較朱彝尊前、後期的詩作特色,洪亮吉謂朱彝尊:「始學初唐,晚宗北宋,卒不能鎔鑄,自成一家。」〔註159〕可謂信而有徵。相形之下,王士禛的神韻詩雖然未足以副「大家」之實,但至少沒有不成家數的問題;其格局雖僅足爲「名家」,卻因專精工巧而得以在清初詩壇雄視一時,就這點來說,王士禛的表現確實是要比朱彝尊更爲圓滿自足的。

三、由對宋詩的看法論朱、王詩論的寬廣度

再就王士禛與朱彝尊對宋詩的看法而論。王士禛與朱彝尊論詩雖然都以唐人爲宗,但不可據此籠統地推論出朱、王對宋詩的態度也是等而無別的。因爲王士禛論詩雖然以唐爲「正」體而以宋爲「變」調,但「正、變」之分並不等同於「優、劣」之別,而朱彝尊的「唐正宋變」之分,卻是寓有「唐優宋劣」的價值判斷在內。

以王士禛論詩的開放性而言,其於〈唐人萬首絕句選凡例〉對明人王世貞所謂:「七言絕,盛唐主氣,氣完而意不甚工;中、晚唐主意,意工而氣不甚完。然各有至者,未可以時代優劣也。」大表認同,以爲「此論甚確」〔註160〕。王士禛於《香祖筆記》卷9也主張:「詞家綺麗、豪放二派,往往分左右祖。予謂第當分正變,不當分優劣。」這種不以時代論詩體、詞體優劣的態度,同樣表現在對宋詩的評論上。以宋詩而論,其議論說理的特色雖然異於唐詩自然興象,但這正是宋人能夠在前人成就上自出機杼之處,何況宋詩「無一字無來歷,且對仗精確」的成就,也的確是「非讀萬卷者不能」〔註161〕,王士

〔註159〕《北江詩話》卷1,頁40。

〔註160〕王士禛《唐人萬首絕句選》(台北:廣文書局,1975年)卷首。

〔註161〕《帶經堂詩話》卷1〈品藻類〉第19則,頁43。必須說明的是,此則雖是針對「宋景文(祁)近體」而發,但「無一字無來歷,且對

禛故有：「宋人詩何可輕議耶？」、「今人耳食，譽者毀者，皆矮人觀場，未之或知也。」〔註162〕的慨嘆。在〈鬲津草堂詩集序〉中，也曾針對時人沿襲明代「古體法漢、魏，近體宗盛唐」的復古詩論提出以下的批評：

> 唐有詩，不必建安、黃初也。元和以後有詩，不必神
> 龍、開元也。北宋有詩，不必李、杜、高、岑也。〔註163〕

此即王士禛在〈戲仿元遺山論詩絕句32首〉第16首中所謂：「耳食紛紛說開寶，幾人眼見宋元詩」〔註164〕之意。王士禛論詩的開放性與包容性，據此可見一斑。

再就朱彝尊而論。朱彝尊論詩雖然反對「唐以後事不必使，唐以後書不必讀」〔註165〕的作法，並主張爲詩宜「合宋、元來作者之長」〔註166〕，但這只是爲詩要求取材廣博時的立論，一旦涉及詩歌的「正變」之分時，朱彝尊便明顯流露出「唐正宋變」、「崇唐抑宋」的理論傾向。對於時人「學宋詩」的風尚，朱彝尊的抨擊更是不遺餘力，如在《全集》卷13〈題王給事又旦過嶺詩集〉，朱彝尊對於王又旦的論詩宗尚與其相近大表欣慰，故云：「比聞王郎意亦爾，助我張目振凡聾。」似乎把當時「學宋體制嗤唐風」者都視爲「凡聾」了。又如《全集》卷21〈齋中讀書12首〉之11，朱彝尊對於當時「開口效楊陸，唐音總不齒」之人，作出了：「云何今也愚，唯踐形跡似？譬諸荔蔗

<hr>

仗精確，非讀萬卷者不能」之說用來評論以學力爲重的詩，卻是放諸古今而皆準，應非僅限於一人或一時。

〔註162〕王士禛《古夫于亭雜錄》卷1云：「余觀宋景文詩，雖所傳篇什不多，殆無一字無來歷，明諸大家用功之深如此者絕少。宋人詩何可輕議耶？」頁19。此外，《帶經堂詩話》卷1〈品藻類〉第19則，亦稱宋景文近體「無一字無來歷」的評論，文末並對時人無法理會、欣賞這種以學力見長的詩作而隨人短長的作法，提出了以上批評。

〔註163〕原收於《帶經堂集》卷65，又見於《帶經堂詩話》卷3〈要旨類〉第10則，頁74～75。

〔註164〕原收於《漁洋集》，又見於《漁洋精華錄集註》卷2，頁247。

〔註165〕〈王先生言遠詩序〉，《曝書亭集》卷38，頁3。

〔註166〕〈鵲華山人詩集序〉，同上註，卷39，頁5～6。

甘，捨漿噉渣滓。」的批評。在朱彝尊心目中，「捨唐學宋」，無異於去菁存蕪、捨漿噉渣一般愚不可及。以上這一類「唐優宋劣」的絕對化、甚至帶有情緒化的批評，同時也限制了朱彝尊詩論的寬廣面與包容度。因此，就王士禎與朱彝尊論詩的開放性而言，王士禎顯然是要比朱彝尊更具有「容納百川」的包容度的，翁方綱故言：

> 朱竹垞學最博，全以博學入詩，宜其愛山谷矣，然竹
> 垞卻最不嗜山谷，而漁洋乃最嗜之，此其故何也？漁洋先
> 生與山谷絕不相類，而能知山谷之妙，此所謂滿院木犀香，
> 吾無隱乎爾。〔註167〕

王士禎的神韻詩論雖與黃山谷的詩學旨趣不合，但對於「山谷之妙」，王士禎還是秉持客觀的論詩態度加以欣賞、肯定。反之，朱彝尊論詩雖然強調取材廣博，在詩學旨趣上，「宜其愛山谷矣」，但在「唐正宋變」的論詩前提下，卻讓朱彝尊得出了：「江西宗派各流別，吾先無取黃涪翁。」的結論。關於這一點，文廷式《純常子枝語》認爲：

> 余謂學宋體制，未可遽以爲乖正始也。竹垞七古平冗
> 少味，正坐不參用涪翁之排宕兀傲耳。王阮亭論詩，識高
> 於朱，恰在此等。〔註168〕

因此，就論詩的開放性與包容性來說，王士禎確實是要比朱彝尊更具有詩壇盟主的氣度與涵養的。

　　歸納以上所論，朱彝尊與王士禎雖然在清初詩壇上堪稱敵國，但由時代的接受性、詩作能否自成一家與論詩的寬廣度來說，王士禎的表現實在是要比朱彝尊更勝一籌，宜乎清初詩壇「正宗」的桂冠是要由王士禎居之了。

〔註167〕語見翁方綱《評漁洋精華錄》，轉引自錢仲聯主編之《清詩紀事》第4冊，頁2000。至於「朱彝尊不嗜山谷，而漁洋乃最嗜之」的說解，錢鍾書《談藝錄》第30則（頁108）有其獨到的看法，可供參考。
〔註168〕載引自錢仲聯主編之《清詩紀事》第5冊，頁2706。

第三節　朱彝尊的雅正詞論內容與正變觀

一、以「雅正」論詞

在探討朱彝尊的詞論之前，首先要釐清的問題是：朱彝尊論詩，幾可謂言必稱「醇雅」，但在以下詞集的序、跋文當中，卻只言「雅」而未明確標舉「醇」一詞。如云：

> 念倚聲雖小道，當其爲之，必崇爾雅，斥淫哇。〔註169〕
>
> 言情之作，易流於穢，此宋人選詞，多以雅爲目。〔註170〕
>
> 蓋昔賢論詞，必出於雅正，是故曾慥錄《雅詞》，銅陽
>
> 居士輯《復雅》也。〔註171〕
>
> 詞以雅爲尚。〔註172〕

朱彝尊論詞或曰「雅」，或曰「爾雅」、「雅正」，卻從未以「醇雅」稱詞。晚清詞評家陳廷焯在評述朱彝尊所選的《詞綜》時，亦云此書「一以雅正爲宗，誠千古詞壇之圭臬也。」〔註173〕而《續修四庫全書提要・江湖載酒集》也謂朱彝尊論詞，「一以雅正爲歸，尊重姜、張」，並未以「醇雅」稱其詞。這是否意味著朱彝尊的「醇雅」詩論與「雅正」詞論是不同的理論體系呢？

二、「雅正」與「醇雅」之別

近代學者在研究朱彝尊的詞論時，多援引朱彝尊以「醇雅」論詩、

〔註169〕〈靜惕堂詞序〉，載於《清詞別集百三十四種》第 1 冊《靜惕堂詞》卷首。

〔註170〕〈詞綜發凡〉，載於《詞綜》（台北：中華書局集部四部備要本）卷首。

〔註171〕〈群雅集序〉，《曝書亭集》卷 40，頁 7。

〔註172〕〈樂府雅詞跋〉，同上註，卷 43，頁 4。

〔註173〕語見陳廷焯《詞壇叢話》，載於《詞話叢編》冊 4，頁 3729。陳氏之外，如蔡嵩雲《柯亭詞論》亦謂朱彝尊「崇尚姜、張，以雅正爲歸。」見《詞話叢編》冊 5，頁 4908；陳匪石《聲執》卷下評朱彝尊所選《詞綜》，亦云：「所錄之詞，自唐迄元，一以雅正爲鵠。」見《詞話叢編》冊 5，頁 4962。

文的相關論點，並擴大解釋爲：「醇雅是朱氏對詩、文、詞等各種文
學樣式提出的一個一以貫之的審美要求。」〔註 174〕這種說法所可能
引發的理論盲是，其一、如果「醇雅」確實是詩、詞一貫的審美要求，
何以朱彝尊論詞僅言「雅」或「雅正」，卻從未標舉「醇雅」一詞？
其二、朱彝尊的「醇雅」詩論以「源本經史」及「本乎自得」爲主要
內容，但在論詞時，卻從未強調過這兩項要素，反倒是在言及詞體時，
「小道、小技」〔註 175〕與「詩餘」〔註 176〕之說不斷重複著，可見朱
彝尊並不是將詞體與詩體等量齊觀，如是，又怎能援引詩論以論詞
呢？

　　以上論點，疑者或許會舉朱彝尊以下這段同時出現「醇」與「雅」
的文字來作反駁，證明朱彝尊確實是以「醇雅」論詞：

　　　　周公謹《絕妙好詞》選本，雖未全醇，然中多俊語，
　　方諸《草堂》所錄，雅俗殊分。〔註 177〕

引文中，朱彝尊雖然認爲《絕妙好詞》所選的詞作不盡合乎「醇」的
標準，但比起《草堂詩餘》所收的「俗」詞，還是要顯得「雅」多了。
因此，如果依照「醇、雅相通」、「雅俗對立」的關係來類推的話，則
「醇」與「雅」是站在同一陣線，共同對抗負面之「俗」。然而，引
文僅能解釋「雅正」之「雅」，卻無法充分涵蓋「正」字的內容。即
便是引用與朱彝尊共同編選《詞綜》之汪森所謂：

〔註 174〕語見鄔國平、王鎮遠編著的《清代文學批評史》（上海：上海古籍出
　　　　版社，1995 年），頁 306。此外，高建中〈浙西詞派的理論〉一文中，
　　　　亦謂「醇雅，是朱彝尊論詞、論詩文的一貫主張。」其持論的依據
　　　　亦是由詩論、文論來擴大解釋詞論的。載於《詞學》第 3 輯，頁 16。
　　　　曹保合〈談朱彝尊的醇雅詞論〉，《中國古代近代文學研究》，1993
　　　　年第 11 期，甚且援引「醇雅」作爲朱彝尊詞論的核心。
〔註 175〕如《曝書亭集》卷 40 之〈陳緯雲紅鹽詞序〉，頁 1～2；〈孟彥林詞
　　　　序〉，頁 5，及載於《靜惕堂詞》卷首之〈靜惕堂詞序〉，都有「詞
　　　　雖小技」、「詞雖小道」、「倚聲雖小道」之言。
〔註 176〕〈紫雲詞序〉云：「詞者，詩之餘」，《曝書亭集》卷 40，頁 3。
〔註 177〕〈書絕妙好詞後〉，同上註，卷 43，頁 5。

鄱陽姜夔出，句琢字煉，歸於醇雅。〔註178〕

此此混淆「雅正」與「醇雅」之別，則又不免會面臨到兩個難題，其一，此言並非出自朱彝尊之口，實不能據此以為朱彝尊本意如此。其二，論詞言「醇雅」，如果只是在「句琢字煉」方面下工夫的話，明顯有窄化朱彝尊詞論內容之嫌。宜乎陳廷焯會不客氣地指出：「此四字（按：即「句琢字煉」）甚淺陋，不知本原之言。」〔註179〕

　　筆者認為，要確切掌握朱彝尊論詩之「醇雅」與論詞之「雅正」有何差別，可由以下表列朱彝尊論詩與論詞時的用語之異得見其要。

表一：朱彝尊論詩之雅與相對的批評用語

出　處／篇　名	肯定用語	否定用語
《靜志居詩話》卷18「徐渤」條下	典雅清穩	觕浮淺俚
《全集》卷37〈王學士西征草序〉	春容和雅	鄙俚詼笑嬉褻
《全集》卷39〈張趾肇詩序〉	媲群雅之長	粗厲軟熟

表二：朱彝尊對當代詩風的批評用語

出　處／篇　名	朱彝尊對當代詩風的批評
《全集》卷39〈憶雪樓詩集序〉	一心專事規摹，發乎性情也淺。
《全集》卷39〈棟亭詩序〉	空疏淺薄
《全集》卷39〈汪司城詩序〉	不事博覽，專以宋楊、陸為師，庸熟之語，令人作惡。
《全集》卷37〈王學士西征草序〉	鄙俚以為文，詼笑嬉褻以為尚。
《全集》卷38〈葉李二使君合刻詩序〉	叫囂以為奇，俚鄙以為正。
《全集》卷38〈沈明府不羈集序〉	纖縟滑利
《全集》卷39〈胡永叔詩序〉	空疏淺薄詭譎
《全集》卷74〈王處士墓誌銘〉	卑靡淺俚

〔註178〕〈詞綜序〉，載於《詞綜》卷首。
〔註179〕參見《白雨齋詞話》卷8，載於《詞話叢編》冊4，頁3962。

表三：朱彝尊與南宋雅正詞論者論詞之雅與相對的批評用語

出處／篇名	肯定用語	否定用語
朱彝尊〈靜惕堂詞序〉	爾雅／舂容大雅	淫哇
朱彝尊〈詞綜發凡〉	雅〔註180〕	陳言穢語 與樂章未諧〔註181〕
朱彝尊《全集》卷四十〈水村琴趣序〉		排硬語、與調乖 竄新腔、難合譜
鮦陽居士〈復雅歌詞序〉	韞騷雅之趣	淫艷猥褻
曾慥〈樂府雅詞引〉		諧謔／艷曲
張炎《詞源》卷下	清空騷雅 雅而正	爲情所役

倘若僅就〈表一〉、〈表三〉的肯定用語部分來看，詩之「典雅」、「舂容和雅」，與詞的「爾雅」、「舂容大雅」、「騷雅」之間，實在很難看出有什麼差別。但如果就詩論與詞論所使用的否定與批評用語來看，詩論的負面評語使用次數多寡依次爲：「鄙俚」（或「俚鄙」）3 次，「淺薄」、「詼笑嬉褻」、「淺俚」各 2 次，而且這些詞彙可說是不斷地以「淺」、「俚」、「鄙」、「俗」這四字交集重組，可知論詩言「雅」的主要目的是爲了反擊「淺俚鄙俗」的詩風。再就〈表三〉朱彝尊與南宋曾慥、鮦陽居士、張炎等以雅正論詞者所使用的否定語來看，「淫哇」、「穢語」、「淫艷猥褻」、「諧謔」、「艷曲」，都可視爲是詞人「爲情所役」所導致的弊病。至於「與樂章未諧」、「與調乖」、「難合譜」之失，則與詞句未能符合音律的要求有關。可見論詞主雅正，與論詩主醇雅

〔註180〕〈詞綜發凡〉原文爲：「言情之作，易流於穢，此宋人選詞，多以雅爲目。」又云：「塡詞最雅無過石帚。」載於《詞綜》（台北：中華書局四部備要本）卷首。

〔註181〕〈詞綜發凡〉原文批評明詞「至錢唐馬浩瀾以詞名東南，陳言穢語，俗氣薰入骨髓，殆不可醫；周白川、夏公謹諸老，間有硬語；楊用修、王元美則強作解事，均與樂章未諧。」

相較，顯然詞較諸詩體，更須強調「正」的必然性與重要性，浙派後起領袖厲鶚〈群雅集序〉故言：

> 詞之爲體，委曲嘽緩，非緯之以雅，鮮有不與波俱靡
> 而失其正者矣。〔註182〕

因此，「雅正」詞論之「正」，由朱彝尊多強調「正言」與「正音」〔註183〕這兩項要素，當可概知其旨。

　　由以上比較可見，朱彝尊論詩言「醇雅」，乃是爲矯正詩的淺、俚、鄙、俗之弊而發。至於論詞主「雅正」，則是針對詞在內容上的「淫穢」之弊及音律不合的缺失而論。明顯可見朱彝尊論詩言「醇」與論詞言「正」，其背後所欲矯治的弊病是有所不同的。倘若藉由「醇雅」來溝通朱彝尊的詩論與詞論，並勉強找出詩論與詞論之間的共同處來作論證，則必然要「以流爲源」，藉由朱彝尊後期詞作《茶煙閣體物集》中「學問化」的傾向，來論證朱彝尊的「醇雅詞」是以學問爲梯航的〔註184〕。爲了正本清源，並避免陷入以上所述的理論盲點，筆者遂以「雅正」爲朱彝尊詞論的核心，並藉此釐清朱彝尊詞論與詩論的差別。

三、雅正詞論的內容

　　朱彝尊曾自言其詞風：「不師秦七，不師黃九，倚新聲，玉田差近。」〔註185〕姑且不論朱彝尊塡詞是否眞與「玉田差近」〔註186〕，

〔註182〕《樊榭山房文集》（台北：中華書局四部備要本）卷4，頁3～4。

〔註183〕有關詞的「正言」與「正音」，將詳述於本章「雅正詞論的內容」部分。

〔註184〕如高建中在〈浙西詞派的理論〉一文中主張：「既然欲求詩之醇雅，必求諸學問，而詩與詞『其術則一』，欲求詞之醇雅，當然亦須以學問爲梯航了。」（載於《詞學》第三輯，頁17）。然而朱彝尊論詞既未云「醇雅」，也未強調求諸「學問」，故除非以朱彝尊後期「以學問爲詞」的詠物詞來作爲論證依據，否則，謂朱彝尊論詞曰「醇雅」、強調「學問」是站不住腳的。但完全以作品來作推論，又不免有「以流爲源」之失，畢竟作品所衍生的流弊，與理論本身並不全然劃上等號的。

〔註185〕〈解珮令・自題詞集〉，《曝書亭集》卷25，頁12。

〔註186〕吳衡照《蓮子居詞話》卷2，對朱彝尊「倚新聲，玉田差近」的說

但朱彝尊論詞崇尚「雅正」，確實是與張炎《詞源》卷下所言：「古之樂章、樂府、樂歌、樂曲，皆出於雅正。」、「詞欲雅而正，志之所之，一爲情所役，則失其雅正之音。」〔註187〕有相近之處。葉嘉瑩先生〈談浙西詞派創始人朱彝尊之詞與詞論及其影響〉一文，也主張朱彝尊以「雅正」論詞的緣由，是與「推尊姜、張」脫離不了關係的，其云：

> 朱氏在早年學詞時，自然並沒有什麼成說立派的想法，所以朱氏方能以其精勤，獲致了風格多樣不主一家的成就。朱氏之有了成說立派的想法，應該乃是由於他既曾致力於詞籍之整理，編訂了《詞綜》一書，又發現了南宋遺民所作的一卷詠物詞集《樂府補題》，……在這種搜集整理和編輯的過程中，朱氏才逐漸有了「慢詞宜師南宋」，且產生了推尊姜、張並以「雅正」爲美的反思。〔註188〕

由於朱彝尊對「雅正」所論不多，故以下擬溯本追源，先探討張炎「雅正」詞論的內容，再與朱彝尊之說互觀，應可確切掌握「雅正」詞論的要旨。

「雅正」一詞的本意，蘇淑芬《朱彝尊之詞與詞學》一書中，據《論語・述而》篇云：「子所雅言，詩、書、執禮，皆雅言也。」、〈詩大序〉云：「雅者，正也。」、《說文》：「正，是也。」鄭玄註「雅」：「先王典法，必正言其音，然後義全。」及朱熹訓雅爲「常」，謂雅言爲常言，《荀子・王制》：「使夷俗、邪音，不敢亂雅。」等相關資料，推論出「雅」字可作「正言、正音」解〔註189〕。而「正言」與

法頗不以爲然，因爲「玉田詞疏，竹垞謹嚴；玉田詞淡，竹垞精緻，殊不相類。」（《詞話叢編》冊3，頁2426）。此外，錢斐仲《雨華盦詞話》中，也對朱彝尊「倚新聲、玉田差近」之言不以爲然，理由是：「玉田詞清高靈變，先生富於典籍，未免堆砌。詠物之作，尤覺故實多而旨趣少。」（《詞話叢編》冊4，頁3013）。

〔註187〕所引二語，分別載於《詞話叢編》冊1，頁255，頁266。
〔註188〕載於氏著《清詞叢論》（石家莊：河北教育出版社，1998年），頁124。
〔註189〕參見蘇淑芬《朱彝尊之詞與詞學研究》（台北：文史哲，1986年），

「正音」，也確實是張炎《詞源》論詞的兩大重點。

　　所謂「正音」，主要是指詞牌與詞韻的配合，以及詞中用字的四聲安排〔註190〕等相關內容。《詞源》卷下所謂「詞以協音爲先」、「詞之作必須合律」〔註191〕，可視爲是對「正音」方面所作的要求。至於所謂的「正言」，除了要求詞中「生硬字用不得」，虛字要「用之得其所」之外〔註192〕，還包括在「用事」上，要能「體認著題，融化不澀」，並且「不蹈襲前人語意」〔註193〕；在詠物時，則須「收縱聯密，用事合題」，避免「體認稍眞，則拘而不暢；模寫差遠，則晦而不明。」〔註194〕在賦情時，則只宜「稍近乎情」，倘若「鄰乎鄭衛」或「一爲情所役」，即失雅正之旨。再者，由於詞婉於詩，所以像辛、劉等人在「文章餘暇，戲弄筆墨」下所寫的豪放詞，只能算是「長短句之詩」，是稱不上「雅詞」〔註195〕的。

　　再就「正言」與「正音」兩者間的先後關係而言，張炎的看法是：
　　　　作慢詞，看是甚題目，先擇曲名，然後命意。命意既了，思量頭如何起，尾如何結，方始選韻，而後述曲。〔註196〕
　　　　詞之作必須合律。然律非易學，得之指授方可。若詞

頁 58～59。
〔註190〕所謂「詞牌與詞韻」的配合，如〈六州歌頭〉因「繁音促節」，適合表達激昂慷慨的壯烈情緒，在詞韻的配合上，宜選用音色洪亮的「東鍾」韻，如果搭配的是「萎而不振」的「支思」和「齊微」兩部韻，則與原詞牌所要表達的聲情是不合的。(詳細內容，參見龍沐勛《倚聲學——詞學十講》第三講「選調和選韻」部分，里仁書局，台北，1996 年版)至於詞中用字的四聲安排，則是針對平聲中的陰陽與仄聲中的上、去、入作搭配安排，以求達到「高下抑揚、參差相錯」的美聽效果。(詳細可參考《倚聲學》第八講「論四聲陰陽」部分)。
〔註191〕以上二語，分見於《詞源》卷下〈音譜〉及〈雜論〉二則，《詞話叢編》冊 1，頁 255、頁 265。
〔註192〕參見〈字面〉與〈虛字〉，同上註，頁 259。
〔註193〕見〈用事〉及〈意趣〉，同上註，頁 260～261。
〔註194〕見〈詠物〉，同上註，頁 261～262。
〔註195〕見〈賦情〉與〈雜論〉，同上註，頁 263～267。
〔註196〕見〈製曲〉，同上註，頁 258。

> 人方始作詞，必欲合律，恐無是理，所謂千里之程，起於
> 足下，當漸而進可也。……音律所當參究，詞章先宜精思，
> 俟語句妥溜，然後正之音譜，二者得兼，則可造極玄之域。
> 〔註 197〕

總之，塡詞之前要先對歌詠對象有具體概念，再據此選定適合的詞牌
（張炎稱之爲曲名）及詞韻，待全詞的章法結構安排妥當後，再「正
之音譜」，務使詞中用字的四聲能具有和諧抑揚的美聽效果。張炎並
舉其父張樞〈惜花春起早〉一詞爲例，原作「瑣窗深」，因深字不協，
改爲「幽」字；又不協，改爲「明」字，歌之始協〔註 198〕。足見詞
章雖然「先宜精思」以求其雅，但最後還是要正之以「音譜」，以求
聲調的諧和。既然「音譜」是雅正詞的最後一道關卡，因此必要時，
甚至不惜改「言」以求協「音」。如張樞改詞，由「深」而「幽」而
「明」，便是最好的例子。近代詞論家繆鉞先生曾爲文批評：「『明』
字與『深』字『幽』字意正相反，此則拘牽音律，而不惜犧牲原意，
音樂之價值雖存，而文學之價值則失，蓋志在應歌，非所以言情寄興
矣。」〔註 199〕而張炎在實際品評詞人時，北宋詞家周邦彥雖負一代
詞名，但因爲「於音譜且間有未諧」〔註 200〕，且詞作內容如「爲伊
淚落」、「最苦夢魂，今宵不到伊行」、「天便教人，霎時得見何妨」、「又
恐伊，尋消問息，瘦損容光」、「許多煩惱，只爲當時，一晌留情」，
都不免因「爲情所役」而失卻雅正之音〔註 201〕，所以不是張炎論詞
的最佳典範。其最推崇的詞家，非姜夔（白石）莫屬。由《詞源》卷
下論詞的製曲、意趣、用事、詠物、抒寫離情各方面，都以白石爲範
例，可見張炎的詞學，確實是「與白石老仙相鼓吹」的〔註 202〕。

〔註 197〕見〈雜論〉，同上註，頁 265。
〔註 198〕見《詞源》卷下〈音譜〉，同上註，頁 256。
〔註 199〕氏著〈姜白石之文學批評〉，《詩詞散論》（台北：台灣開明書店，1966
　　　　年），頁 101。
〔註 200〕見《詞源》卷下前序，《詞話叢編》冊 1，頁 255。
〔註 201〕參見〈雜論〉「詞欲雅而正」一條，同上註，頁 266。
〔註 202〕見馮金伯《詞苑萃編》卷五引仇遠所言：「山中白雲詞意度超元，律

　　上述張炎詞論的重點，不難在朱彝尊的雅正詞論中找到相通之處。如朱彝尊認爲「詞雖小技」，但通儒鉅公所以往往爲之，乃因詞「委曲倚之於聲」且「其辭愈微而其旨益遠」，突出了詞在「聲音」〔註203〕與「用辭」方面異於詩體之處。此外，觀其批評明詞所言：

　　　　錢唐馬浩瀾以詞名東南，陳言穢語，俗氣薰入骨髓，

　　殆不可醫；周白川、夏公謹諸老，間有硬語，楊用修、王

　　元美則強作解事，均與樂章未諧。〔註204〕

其既指責明詞在「辭」的表現上，簡直是「陳言穢語」，俗不可醫；另一方面，也指出明詞在「音律」方面「間有硬語」〔註205〕、「與樂章未諧」的弊病。朱彝尊之所以主張「詞莫善於姜夔」、「姜堯章氏最爲傑出」〔註206〕，主要也是著眼於眾詞家中「姜夔審音尤精」〔註207〕，且詞在言情時，「易流於穢」，但姜詞卻能一掃俗穢之習，所以「塡詞最雅無過石帚」〔註208〕。其推崇白石，顯然也是針對詞的「正音」與「正言」這兩方面而發。至於其論詞獨尊姜、張，卻不肯提出姜、張所本原的周邦彥爲楷模，葉嘉瑩先生據朱彝尊「崇爾雅，斥淫哇」的主張，推論朱彝尊「雖體會了南宋慢詞要以思致安排鋪敘的美感特

　　　　呂協洽，當與白石老仙相鼓吹。」《詞話叢編》冊 2，頁 1884。

〔註203〕朱彝尊〈紫雲詞序〉雖主張詩與詞「要其術則一而已」，並謂唐以後，
　　　　「工詩者每兼工於詞」，且舉「理學若朱仲晦、眞希元，亦皆爲之」
　　　　以作例證（《曝書亭集》卷40，頁3～4），但與〈群雅集序〉云：「洎
　　　　乎南渡，家各有詞，雖道學如朱仲晦、眞希元，亦能倚聲中律呂。」
　　　　（卷40，頁7）。兩相對照下，詩、詞即使「其術則一」，但「倚聲
　　　　中律呂」仍是朱彝尊所強調的詞體特色所在。

〔註204〕〈詞綜發凡〉，載於《詞綜》卷前。

〔註205〕由〈水村琴趣序〉云：「明三百年，無擅場者。排之以硬語，每與調
　　　　乖；寘之以新腔，難與譜合。」《曝書亭集》卷40，頁6。可見朱彝
　　　　尊對「硬語」的指斥，與乖離詞調有關，乃針對詞須「正音」而立
　　　　論的。

〔註206〕二語分見〈黑蝶齋詩餘序〉，同上註，卷40，頁2；〈詞綜發凡〉，載
　　　　於《詞綜》卷首。

〔註207〕〈群雅集序〉，《曝書亭集》卷40，頁7。

〔註208〕語見〈詞綜發凡〉，載於《詞綜》卷首。

質」，卻不以美成爲尊，應與「清眞詞中不免仍有俚俗淫褻之作」有
關〔註209〕。

　　至於雅正詞論在「正言」與「正音」的先後關係上，朱彝尊雖未
如張炎般詳加論述，但由其選錄蘇軾〈念奴嬌‧赤壁懷古〉一詞後所
加的按語來看：

　　　　按：他本「浪聲沈」作「浪淘盡」，與調未協。「孫吳」
　　作「周郎」，犯下「公瑾」字。「崩雲」作「穿空」；「掠岸」
　　作「拍岸」。又「多情應是，笑我生華髮」，作「多情應笑
　　我，早生華髮」，益非。今從《容齋隨筆》所載黃魯直手書
　　本更正。至於「小喬初嫁」宜句絕，「了」屬下句，乃合。
　　〔註210〕

爲求「正音」，不免要牽制於詞調、聲律之中，以致有論「調」而不
論「意」之弊。先著、程洪於所撰的《詞潔輯評》卷4中，便對朱彝
尊上述的改動頗不以爲然，因爲：「『浪淘』字雖粗，然『聲沈』之下
不能接『千古風流人物』六字。蓋此句之意全屬『盡』字，不在『淘』、
『沈』二字分別。至於赤壁之役，應屬『周郎』，『孫吳』二字反失之
泛。」〔註211〕毛先舒也認爲，東坡本詞在「調」與「意」上的句斷
雖有不同，然而，「文自爲文，歌自爲歌，然歌不礙文，文不礙歌，
是坡公雄才自放處。他家間亦有之，亦詞家一法。」〔註212〕所以實
在不必過於拘執詞調，以免「調」得而「意」失，猶如買櫝還珠般，

〔註209〕氏著〈浙西詞派創始人朱彝尊之詞與詞論及其影響〉，《清詞叢論》
　　　　頁127。
〔註210〕《詞綜》卷6，頁3。
〔註211〕載於《詞話叢編》冊2，頁1363。
〔註212〕如本詞「故壘西邊人道是三國周郎赤壁」一句，論調當斷句爲「故
　　　　壘西邊人道是，三國周郎赤壁」，論意則斷句爲「故壘西邊，人道是，
　　　　三國周郎赤壁」；至於「小喬初嫁了雄姿英發」一句，論調則斷句爲
　　　　「小喬初嫁，了雄姿英發」，論意則「了」字當與「小喬初嫁」合爲
　　　　上句；「多情應笑我早生華髮」一句，論意則當斷爲「多情應笑我，
　　　　早生華髮」，論調則「我」字屬下句。見清人王又華《古今詞論》所
　　　　引，載於《詞話叢編》冊1，頁608。

輕重倒置。

　　必須說明的是，朱彝尊雅正詞論中對「正言」的所作的要求——「崇爾雅、斥淫哇」，並非在填詞之初即已因緣具足、立場分明，而是隨其生平際遇而有所變化、調整的。轉變的關鍵，當爲康熙十八年朱彝尊應博學鴻儒之試，以布衣入選，授翰林院檢討一職。在此之前，朱彝尊因家境苦貧，不得不屈居幕府之職，在「二十年來，幾度在鄉國？南粵、東甌、西晉，而今漂泊，漫索長安杯炙。」〔註213〕的流落歷程中，其時的遭際與心境，以下兩首詞作有傳神的描繪：

> 菰蘆深處，歎斯人枯槁，豈非窮士？賸有虛名身後策，小技文章而已。四十無聞，一丘欲臥，漂泊今如此。田園何在？白頭亂髮垂耳。　空自南走羊城，西窮雁塞，更東浮淄水，一刺懷中磨滅盡。回首風塵燕市，草屬撈蝦，短衣射虎，足了平生事。滔滔天下，不知知己誰是？〔註214〕

> 十年磨劍，五陵結客，把平生涕淚都飄盡。老去填詞，一半是、空中傳恨，幾曾圍燕釵蟬鬢。　不師秦七，不師黃九，倚新聲、玉田差近。落拓江湖，且分付、歌筵紅粉。料封侯，白頭無分。〔註215〕

長年東飄西蕩，「一刺懷中磨滅盡」的流落歷程，當然足以使人「把平生涕淚都飄盡」；在「落拓江湖」、「料封侯、白頭無分」的滿腹牢騷與懷才不遇的心境下，詞體也就成了「空中傳恨」、「不得志於時者所宜寄情」的最佳載體〔註216〕。問題是，當詞中的內容充塞著覊旅愁恨、失志牢騷時，則詞體僅能「通之於離騷、變雅之義」，是無法

〔註213〕語見朱彝尊〈八歸・丁未燕京除夕同表兄舟石、家兄夏士守歲作〉，載於《曝書亭集》卷24，頁16。

〔註214〕〈百字令・自題畫像〉，《曝書亭集》卷25，頁8。

〔註215〕〈解珮令・自題詞集〉，同上註，卷25，頁12。

〔註216〕二語分見〈解珮令・自題詞集〉（卷25，頁12）及〈陳緯雲紅鹽詞序〉（卷40，頁2）。又，〈解珮令〉一詞，載於《江湖載酒集》中，此詞集編於康熙十一年。而朱彝尊爲陳緯雲的《紅鹽詞》所作的序，約於康熙十二年左右（參見嚴迪昌《清詞史》頁271考證），皆寫朱彝尊應「鴻博」之試前。

躋升於「大雅、正聲」的詩歌殿堂的。所以，一旦朱彝尊採取與朝廷合作的態度，於康熙十八年應「鴻博」之試，出任翰林檢討一職時，隨著外在物質環境的安定與豐裕，昔日落拓江湖、封侯無分之類的窮愁牢騷，當然是不能、也不宜再出現於作品當中，釜底抽薪之道，便是將詞體改頭換面，使詞由「寄情傳恨」的載體一變為「宣昭六義，鼓吹元音」〔註217〕的工具。此一轉變，可在〈紫雲詞序〉中得到印證，其云：

> 昌黎子曰：「歡愉之言難工，愁苦之言易好。」斯亦善言詩矣。至於詞或不然，大都歡愉之辭工者十九，而言愁苦者十一焉耳。故詩際兵戈俶擾、流離瑣尾，而作者愈工；詞則宜於宴嬉逸樂，以歌詠太平，此學士大夫並存焉而不廢也。……曩時兵戈未息，士之棲於山澤者，見之吟卷，每多幽憂悽戾之音，海內言詩者稱焉。今則兵戈盡偃，又得君撫循而煦育之，誦其樂章，有歌詠太平之樂，孰謂詞之可偏廢與？〔註218〕

引文中，朱彝尊明顯將詩體與詞體劃分開來，詩「窮」而後工，「詞」體則是宜於「宴嬉逸樂，歌詠太平」，由「變騷、變雅」一變為鼓吹盛世元音的工具。而朱彝尊依《樂府補題》原調原題的唱和之作，便是具體例證。大陸學者張宏生曾就朱彝尊的《茶煙閣體物集》〔註219〕中的五首唱和之作，與《樂府補題》作比較，並舉王沂孫及朱彝尊的〈齊天樂〉詠蟬之作為例：

> 一襟餘恨宮魂斷，年年翠陰庭樹。乍咽涼柯，還移暗葉，重把離愁深訴。西窗過雨，怪瑤珮流空，玉箏調柱。鏡暗

〔註217〕語見〈靜惕堂詞序〉，載於《靜惕堂詞》卷首。又，曹溶的《靜惕堂詞》據嚴迪昌《清詞史》頁 256 考證，乃刻於康熙三十年以後，序文寫作年限當為此時。

〔註218〕《曝書亭集》卷 40，頁 3。

〔註219〕兩卷詞分別載於《曝書亭集》卷 28、卷 29，集中詞作以慢詞詠物為主，風格一致，與《靜志居琴趣》及《江湖載酒集》明顯不同，應是朱彝尊入仕翰林，論詞獨標南宋，以歌詠太平為旨之後的產物。

妝殘，爲誰嬌鬢尚如許？　銅仙鉛淚似洗，嘆移盤去遠，難貯零露。病翼驚秋，枯形閱世，消得斜陽幾度？餘音更苦，甚獨抱清高，頓成淒楚？謾想薰風，柳絲千萬縷。（王沂孫〈齊天樂・蟬〉）

芩根化就初無力，溫風便聞淒調。藕葉侵塘，槐花糝徑，吟得井梧秋到。一枝潛抱，任吹過鄰牆，餘音猶嫋。驀地驚飛，金梭爲避栗留小。　長堤翠陰十里，冠緌都不見，只喚遮了。斷柳亭邊，空山雨後，愁裡幾番斜照。昏黃暫悄，讓弔月啼蛄，號寒迷鳥。飲露方殘，曉涼嘶恁早。（朱彝尊〈臺城路・蟬〉按：〈臺城路〉與〈齊天樂〉同調異名）

兩首作品互相比較之下，張宏生認爲：「就本體描寫而言，朱詞從不同側面鋪敘，寫得具體細緻，形象豐滿，或有所寓，也似被淹沒在對物象的刻劃之中。而王詞則虛筆擲挪，重在寫意，字裡行間，寄託遙深。相形之下，二者一實一虛，對比鮮明，顯然反映了不同的創作追求。」〔註220〕如果說王沂孫是藉由詠蟬來寄託其「家國之恨」與「黍離之悲」〔註221〕，那麼朱彝尊的詞作誠如嚴迪昌所謂，空有《樂府補題》的外殼，但「在實際續補吟唱中則不斷淡化其時尚存有的家國之恨、身世之感的情思。這種『淡化』……無疑是順應特定的政治要求，也符合時代演變的正常秩序，王朝統治勢力對此自然容許存在的。」〔註222〕換言之，填詞以歌詠太平，不僅可以迎合時勢發展，還能讓詞體得以冠冕堂皇的成爲「大雅、正聲」，從這點來說，朱彝尊推廣填詞之風與推尊詞體的「地位」，確實是功不可沒的。儘管朱彝尊將「數十年來，浙西填詞者，家白石而戶玉田，春容大雅。」〔註

〔註220〕參見張宏生《清代詞學的建構》（南京：江蘇古籍出版社，1998年）第2章第2節「《樂府補題》與《茶煙閣體物集》的比較」，頁38。

〔註221〕周濟《宋四家詞選眉批》謂王沂孫此詞爲「家國之恨」，《詞話叢編》冊2，頁1656；而端木埰《詞選批注》則謂此詞爲「碧山黍離之悲也。」《詞話叢編》冊2，頁1621。

〔註222〕嚴迪昌《清詞史》，頁253。

〔註223〕〈靜惕堂詞序〉，載於《靜惕堂詞》卷首。

．

223）歸功於曹溶的開風氣之先，但考諸曹溶《靜惕堂詞》的內容，集中仍然充塞著「酒社飄零詩友散，高臥元龍百尺」﹝註 224﹞的感慨與牢騷，實在稱不上是「舂容大雅」與「鼓吹元音」，只能算是朱彝尊爲了印證其說之合理性所作的曲解罷了。因此，詞體在清初由「寄情傳恨」的「變」風轉趨於「歌詠太平」的大雅「正」聲，眞正的關鍵樞鈕並不是曹溶，而是要落在朱彝尊身上的。

三、雅正詞論中的正變觀

如前所言，朱彝尊對於詞體功能的看法，是隨其生平際遇而有前、後期之分的。在前期落拓江湖的生涯中，主張詞宜於「寄情傳恨」；後期入仕翰林之後，詞體則相應地成了「鼓吹元音」的工具。這種前後期的轉變，也反應在朱彝尊對南、北宋詞的看法上。以下遂由朱彝尊前、後兩期來探討其對南、北宋詞看法之異。

1、前期的南、北宋詞兼收並采

就朱彝尊以下的詞序內容來看：

> 曩予與同里李十九武曾論詞於京師之南泉僧舍，謂小令宜師北宋，慢詞宜師南宋，武曾深然予言。﹝註225﹞

> 予嘗持論，謂小令當法汴京以前，慢詞則取諸南渡。﹝註226﹞

> 予少日不喜作詞，中年始爲之，爲之不已且好之，因而瀏覽宋元詞集幾二百家。竊謂南唐北宋惟小令爲工，若慢詞至南宋始 極其變。﹝註227﹞

三則引文中，朱彝尊都強調了「小令取法北宋（包括南唐），慢詞取法南宋」的立場。此外，朱彝尊自言其初學填詞之際，經常與陳維崧

﹝註224﹞《靜惕堂詞》〈念奴嬌‧將赴雲中留別胡彥遠兼戲其賣藥〉，收錄於鼎文書局版《清詞別集百三十四種》第一冊，《靜惕堂詞》，頁47。
﹝註225﹞〈魚計莊詞序〉，《曝書亭集》卷40，頁5。
﹝註226﹞〈水村琴趣序〉，同上註，卷40，頁6。
﹝註227﹞〈書東田詞卷後〉，同上註，卷53，頁8。

兄弟互相唱和〔註 228〕，論詞「小令以南唐北宋爲工，慢詞則取法南宋」的審美取向上，也「獨宜興陳其年謂爲篤論」〔註 229〕。故知朱彝尊前期的詞論，與陳維崧肯定多種詞風，兼取南、北宋諸家之長〔註 230〕的態度是相近的。

論詞如此，實際塡詞創作亦然。在成集於康熙六年（1667）的《靜志居琴趣》及編定於康熙十一年（1672）的《江湖載酒集》中，既有「小令之工，兼唐宋金元諸家而奄有眾長」，且「長調之妙，尤爲沈鬱頓挫，獨往獨來，取法南宋而不泥於南宋。」〔註 231〕以下各舉一首以概見其要。

> 殘夢繞屏山，小篆消香霧。鎮日簾櫳一片垂，燕語人無語。
> 庭草已含煙，門柳將飄絮。聽遍梨花昨夜風，今夜黃昏雨。
> （〈卜算子〉）〔註 232〕
> 崇墉積翠，望關門一線，似懸檐溜。瘦馬登登愁徑滑，何
> 況新霜時候。畫鼓無聲，朱旗盡卷，惟剩蕭蕭柳。薄寒漸
> 甚，征袍明日添又。　誰放十萬黃巾，丸泥不閉，直入車
> 箱口。十二園陵風雨暗，響遍哀鴻離歌。舊事驚心，長塗
> 望眼，寂寞閒亭堠。當年鎖鑰，董龍眞是雞狗。（〈百字令‧
> 度居庸關〉）〔註 233〕

〔註 228〕〈陳緯雲紅鹽詞序〉云：「方予與其年定交日，予未解作詞，其年亦未以詞鳴。不數年而《烏絲詞》出，遲之又久，予所作亦漸多，然世無好之者，獨其年兄弟稱善。」《曝書亭集》卷40，頁2。

〔註 229〕〈書東田詞卷後〉云：「竊謂南唐北宋，惟小令爲工，若慢詞，至南宋始極其變。以是語人，人輒非笑，獨宜興陳其年謂爲篤論。信夫同調之難也。」同上註，卷53，頁8。

〔註 230〕陳維崧〈今詞選序〉云：「至若詞場，辛、陸、周、秦，詎必疾徐之一致？要其不窕而不槬，仍是有倫而有脊，終難左袒，略可參觀。……諸家既異曲同工，總製亦造車合轍，聊存徵尚，詎価前型。」《陳迦陵文集》之《儷文集》卷7，頁30。足見其年論詞，是兼取南、北宋及婉約、豪放諸家之長的。

〔註 231〕語見陳廷焯《雲韶集》卷15，載引自尤振中，尤以丁編著《清詞紀事會評》，頁189、191。

〔註 232〕載於《曝書亭集》卷27，頁1。

〔註 233〕同上註，卷24，頁8。

清人厲鶚特別稱許第一首〈卜算子〉之「燕語人無語」一句，爲朱彝尊集中令人「心折」之作〔註234〕。至於長調〈百字令·度居庸關〉，郭麐則許之爲朱彝尊詞中「直欲平視辛、劉」〔註235〕的代表作之一。可見朱彝尊前期的詞作確實是小令、長調兼擅，婉約、豪放並長，奄有南、北宋諸家之長，而未泥於一時一家的。丁紹儀故謂朱彝尊「於南北宋詞兼收並采，蔚爲一代詞宗。」〔註236〕曹爾堪亦以「無所不有」來析評朱彝尊前期詞作的特色：

> 芊綿溫麗，爲周、柳擅場；時復雜以悲壯，殆與秦缶燕筑相摩盪。其爲閨中之逸調邪？爲塞上之羽音邪？盛年綺筆，造而益深，固宜其無所不有也。〔註237〕

「無所不有」之說，與郭麐謂朱彝尊爲詞「兼收眾體」，甚至時有「激昂慷慨」之作，直可「平視辛、劉」〔註238〕者，實有相通之處。

此外，朱彝尊雖於〈解珮令·自題詞集〉中，宣稱自己塡詞是「不師秦七，不師黃九」，但〈百字令·酬陳緯雲〉一詞，卻又以「新詞贈我，居然黃九秦七」〔註239〕來概括陳緯雲的詞風。如果「黃九（庭堅）、秦七（觀）」在朱彝尊心目中委實低劣到不堪「師」法地步，那麼以「黃九秦七」稱揚友人詞作，實有違情理。何況朱彝尊的詞作在當時亦有

〔註234〕氏著〈論詞絕句〉12 首之 10：「寂寞湖山爾許時，近來傳唱《六家詞》。偶然燕語人無語，心折小長蘆釣師。」載於《樊榭山房詩集》卷 7，頁 3。

〔註235〕郭麐《靈芬館詞話》卷 2，載於《詞話叢編》冊 2，頁 1535。

〔註236〕丁紹儀《聽秋聲館詞話》卷 2，載於《詞話叢編》冊 3，頁 2590。

〔註237〕語見曹爾堪〈江湖載酒序〉，載於《曝書亭集》卷首，原僅題名爲〈詞序〉，但據序文中「往壬寅夏日，與錫鬯聚首湖上……倏忽已十年矣」，「壬寅」爲康熙元年（1662），十年後，當爲康熙十一年左右，恰爲《江湖載酒集》成書之時，故應是爲此詞集的序文。

〔註238〕二語分別參見郭麐《靈芬館詞話》卷 1，《詞話叢編》冊 2，頁 1509；卷 2，頁 1535。至於郭麐所指的「平視辛、劉」之作者，如《曝書亭集》卷 24 之《江湖載酒集·上》〈百字令·度居庸關〉與〈滿庭芳·李晉王墓下作〉，皆如此類。

〔註239〕《曝書亭集》卷 25，頁 11。

「塡詞與柳七、黃九爭勝」之目〔註240〕；近代詞學家夏承燾也認爲朱彝尊前期的詞風是：「閒情、贈妓之作，則是黃九、秦七；體物詞，則學梅溪、龍洲。」〔註241〕綜合以上所述，並對照、印證朱彝尊《靜志居琴趣》、《江湖載酒集》等詞集內容，不難概括出：朱彝尊前期論詞與實際塡詞，是兼取南、北宋之長，婉約、豪放亦並存不廢的。

2、後期獨標南宋為正宗

朱彝尊對於詩派的末流所以與倡始者面目不一，作了以下的譬喻：「河出乎崑崙虛（墟），本白也；所渠並千七百一川，斯黃矣。」〔註242〕就黃河本身而言，不論是源頭的清澈，或是末流的黃濁，其實都是整體的一部，由於觀者僅把焦點擺在源頭或末流，難免會得出「清」、「濁」不同的結論。同樣的，如果把評論的重心放在朱彝尊後期的詞作與詞論上，宜乎會得出朱彝尊論詞是「獨標南宋」的結論。試觀以下諸家所言：

> 彝尊詞一尊姜、張，其弟子李良年、李符輔佐之，而其傳彌廣。〔註243〕

> 朱氏當有明之後，爲詞專宗玉田，一洗明代纖巧靡曼之習，遂開浙西一派。〔註244〕

> 竊謂小長蘆撮有南宋人之勝，而其圓轉瀏亮，應得力於樂笑翁耳。〔註245〕

> 浙派詞，竹垞開其端，樊榭振其緒，頻伽暢其風，皆奉石帚、玉田爲圭臬，不肯進北宋人一步，況唐人乎？〔註246〕

〔註240〕見馮金伯《詞苑萃編》卷5引徐菊莊（釚）之言，《詞話叢編》冊2，頁，1941。

〔註241〕參見夏承燾《天風閣學詞日記》1936年9月20日，載引自尤振中、尤以丁所編《清詞紀事會評》頁191。

〔註242〕〈馮君詩序〉，《曝書亭集》卷38，頁11～12。

〔註243〕徐珂《近詞叢話》，《詞話叢編》冊5，頁4222。

〔註244〕陳匪石《聲執》卷下，同上註，冊5，頁4962。

〔註245〕吳衡照《蓮子居詞話》卷2，同上註，冊3，頁2426。

〔註246〕蔣敦復《芬陀利室詞話》卷1，同上註，冊4，頁3636。

在上述引文中,徐珂將浙派詞所以流傳彌廣,甚至得以成派,歸因於朱彝尊「一尊姜、張」;陳匪石更縮小範圍,認爲是朱彝尊「爲詞專宗玉田」所致。吳衡照在評析朱彝尊的詞作時,則是把焦點擺在其「撮有南宋人之勝」上面。蔣敦復更是集合以上諸說之大成,把推尊姜、張,獨標南宋(不肯進北宋人一步)視爲浙派塡詞宗旨。近代詞學家吳梅先生也有類似的看法,其云:「朱彝尊不學秦,而學玉田,蓋獨標南宋之幟耳。然而朱彝尊論詞託體之不能高,即坐此病。」〔註247〕孫克寬〈朱竹垞詞與詩略論〉一文也主張:「竹垞之提倡南宋體,由浙西而風行於各處,傳到屬樊榭更奠定了浙派的門廡,仍然是姜、張之體。……有清一代之詞,幾成南宋的『應聲蟲』,這不能說是竹垞的開山之功了。」〔註248〕大陸學者蕭鵬甚且認爲朱彝尊是「在徹底拋棄晚唐五代和北宋、宗法南宋的基礎上凝聚形成浙西詞派。」〔註249〕綜合以上諸家所論,則朱彝尊所以能成爲一代詞宗,應是得力於「推尊姜、張」、「獨標南宋」所致,甚至連朱彝尊在清初詞壇上的貢獻也得力於斯,觀以下諸家所論:

> 國初多宗北宋,竹垞獨取南宋,分虎、符曾佐之,而風氣一變。〔註250〕

> 有明一代,詞曲混淆,等乎詩亡。清初諸公,猶不免守《花間》、《草堂》之陋,小令競趨側艷,慢詞多效蘇、辛。竹垞大雅閎達,辭而闢之,詞體爲之一正。〔註251〕

由清初詞壇發展的角度來看,朱彝尊所倡導的浙西詞派,確實具有轉變風氣的意義與貢獻。就朱彝尊而言,其對南、北宋詞看法由兼重並采轉而「獨標南宋」,應是在與汪森合編《詞綜》,於整理前人詞集的過程中,逐漸使其觀念有所轉移、偏重。康熙十七年(1678),《詞綜》

〔註247〕吳梅《詞學通論》,頁164。
〔註248〕載於《大陸雜誌》第63卷第2期,頁96。
〔註249〕蕭鵬《群體的選擇》,頁276。
〔註250〕陳廷焯《白雨齋詞話》卷3,《詞話叢編》冊4,頁3825。
〔註251〕蔣兆蘭《詞說》,《詞話叢編》冊5,頁4637。

終於付梓刊行，朱彝尊也在卷首的〈詞綜發凡〉中明確宣稱：

> 世人言詞，必稱北宋。然詞至南宋始極其工，至宋季
> 而始極其變。

此說一改往昔小令、慢詞「南北分工」的論調，成爲朱彝尊論詞「獨標南宋」的宣言。而與朱彝尊同編《詞綜》的汪森，也在〈詞綜序〉中概述詞體的發展，認爲詞從西蜀、南唐以後，作者日盛，曲調愈多，各流派雖短長互見，但都不盡理想，因爲「言情者或失之俚，使事者或失之伉。」直到南宋姜夔一出，「句琢字煉，歸於醇雅」。同時既有史達祖、高觀國羽翼之，又有吳文英、周密、王沂孫、張炎等詞人前後呼應，詞體發展至此，才稱得上是「能事畢矣」。可見朱彝尊與汪森所稱極工、極變的「南宋」詞，是限定於姜、張一派的詞人身上，並不包含以豪放詞風見長的詞人在內。序文末了，汪森更謂《詞綜》成書後，「庶幾可一洗《草堂》之陋，而倚聲者知所宗矣。」欲以《詞綜》來取代流行於明末清初的《草堂詩餘》選本，用意是很明顯的。民初鄧之誠故謂《詞綜》三十卷的成書意義在於「獨標正始，別擇甚嚴，轉移之功，遂成有清塡詞之盛。」〔註252〕爾後，「獨標南宋」的意識與主張，在朱彝尊的詞論中也愈來愈清楚、明顯。

　　康熙十八年，朱彝尊赴京試博學鴻詞，並將失傳已久的南宋遺民詞《樂府補題》抄本攜至京師，並在當時造成很大的迴響。往後長達十數年之中，擬《樂府補題》而相酬唱者近百家之多，是清初詞風轉變的重要關鍵，誠如蔣景祁所謂：「得《樂府補題》而輦下諸公之詞體一變。繼此復擬作《後補題》，益見洞筋擢髓之力。」〔註253〕嚴迪昌先生更據此斷言：「《樂府補題》的重出，與浙西詞風的盛熾有著命脈相通的重大關係」、「《樂府補題》與《浙西六家詞》同一年刻成之

〔註252〕鄧之誠《清詩紀事初編》卷7〈朱彝尊〉，頁747。
〔註253〕語見蔣景祁〈刻瑤華集述〉，載於《瑤華集》卷首，《四庫禁毀書叢刊》集部第37冊。

際，始是浙西稱派之時。」〔註254〕隨後，《樂府雅詞》、《典雅詞》、《絕妙好詞》等南宋人詞選也陸續在清代重刊問世。朱彝尊〈樂府雅詞跋〉極力倡言：「詞以雅爲尚。得是編，《草堂詩餘》可廢矣。」〔註255〕在〈書絕妙好詞後〉，也把南宋周密所選的《絕妙好詞》與《草堂詩餘》作對比，以見二書「雅俗殊分」〔註256〕。由於《草堂詩餘》是一部以北宋詞爲主體選域的詞選〔註257〕，而朱彝尊不論是編選《詞綜》，或是爲《樂府雅詞》、《絕妙好詞》等南宋詞選爲序，都賦予這些書有著與《草堂詩餘》抗衡或取而代之的意義。因此，從詞學發展史的角度來說，浙西詞派可說是在《草堂詩餘》的污泥中滋長、茁壯的。誠如清末儲國鈞所云：

> 自《花間》、《草堂》之集盛行，而詞之弊已極，明三百年直謂之無詞可也。我朝諸前輩起而振興之，眞面目始出。顧或者恐後生復蹈故轍，於是標白石爲第一，以刻削峭潔爲貴。不善學之，競爲澀體，務安難字，卒之鈔撮堆砌，其音節頓挫之妙，蕩然欲洗。《草堂》陋習，反墮浙西成派。〔註258〕

既然浙西詞派是爲了矯治《草堂詩餘》的弊病應運而生，宜乎朱彝尊後期的詞論會建立在宗法南宋、標舉雅正、推尊姜、張的理論基礎上了。

考察朱彝尊後期詞作風格，兩卷《茶煙閣體物集》（《全集》卷28-29）共收詞作114首，可說是專以「詠物」爲能事。如卷上以〈沁園春〉分別就美人的額、鼻、耳、齒、肩、臂、掌、乳、膽、腸、背、膝作爲詠物對象，其他尙有詠「雲母燈」、「金指環」、「藏鉤」、「釵」

〔註254〕二語分見嚴迪昌《清詞史》，頁247、頁249。
〔註255〕《曝書亭集》卷43，頁4。
〔註256〕同上註，卷43，頁5。
〔註257〕關於《草堂詩餘》的選本特色，可參見蕭鵬《群體的選擇》第4章，頁140～148。
〔註258〕《賭棋山莊詞話》續編卷3載引，《詞話叢編》冊4，頁3528。

等瑣碎細小之物，以及「河豚」、「纖蛤」、「蛤蜊」、「西施舌」、「龍蝨」這一類雖無關風雅，卻足以藉由臚列故實，鋪張諺語來恃才炫學的事物爲題。至於卷下〈雪獅兒〉詠貓３首，更可說是把與貓有關的典故一網打盡，甚至爲了避免讀者不明白這些詞句的來歷，還在句末以「自注」的方式標明出處。以下舉三首詞之一以概其要：

> 吳鹽幾兩，聘取狸奴（自注：吳俗以鹽易貓，故陸務觀詩有「裹鹽迎得小狸奴」之句。）浴罷時候，錦帶無痕（自注：錦帶，貓名，見《妝樓志》。）搦絮堆綿生就（自注：李璜送貓詩：銜蟬毛色白勝酥，搦絮堆綿亦不如。）詩人黃九，也不惜、買魚穿柳（自注：黃庭堅乞貓詩：聞道狸奴將數子，買魚穿柳聘銜蟬。）偏愛住、戎葵石畔，牡丹花後（自注：何尊師有戎葵太湖石貓圖，趙昌、黃荃、徐熙、崔白有牡丹戲貓圖。）　午夢初迴晴晝，歛雙睛乍竪，因眠還又，驚起藤墊，子母相持良久（自注：易元吉有藤墊戲貓圖，又子母貓圖，唐宋畫家多有之。）鸚哥來否，惹幾度、春閨停繡，重簾逗、便請爐邊叉手（自注：李璜詩：家家入雪白於霜，更有歈鞍似鬧裝，便請爐邊叉手坐，從教鼠子自跳梁。）〔註259〕

本詞儘管用典繁富，非博綜多學者不能爲，卻使人有「讀之悶悶，不知其意何在」、「詠味之，究嫌無甚意致」〔註260〕之感。甚至爲了提高詠物詞的困難度，有時還指定禁用與所詠對象相關的某些典故，如《茶烟閣體物集》卷上〈金縷曲〉，題下即注明「水仙花，禁用湘妃、漢女、洛神事」，這種寫作方式，顯然是援引詩中的「白戰體」〔註261〕

〔註259〕《茶烟閣體物集》卷下，《曝書亭集》卷29，頁10。按：詞中所題「自注」，爲朱彝尊原注。

〔註260〕以上二語，分別引用李佳《左庵詞話》卷上（《詞話叢編》冊4，頁3103）卷下（《詞話叢編》冊4，頁3146）對於浙派與《詞綜》所選錄清人詞作的批評。因與筆者閱讀朱彝尊〈雪獅兒〉「詠貓」詞後所感頗爲接近，故援引爲評。

〔註261〕所謂「白戰體」，當是由「赤手空拳對戰」之意延伸而來，全篇禁止使用體物相關語，在創作上造成一定的困難度與局限性，但也同時

手法入詞，在禁止使用與所描繪事物相關之典故或語彙的條件限制下，以表現出文人才力縱橫，不可拘礙的特點。本調朱彝尊前後共填四首，足見其以「學」爲詞、樂此不疲之態。此外，詞集中尚有五首與《樂府補題》原調原題唱和之作，則被晚清詞評家譚獻評爲：「巧構形似之言，漸忘古意。」〔註 262〕至於詠物詞的「古意」爲何？觀蔣敦復《芬陀利室詞話》卷 3 所言：

> 詞原於詩，即小小詠物，亦貴得風人比興之旨。唐、
> 五代、北宋人之詞，不甚詠物，南渡諸公有之，皆有寄託。
> 白石、石湖詠梅，暗指南北議和事。及碧山、草窗、玉潛、
> 仁近諸遺民，樂府補遺中，龍涎香、白蓮、蓴、蟹、蟬諸
> 詠，皆寓其家國無窮之感，非區區賦物而已。〔註 263〕

但朱彝尊後期的詞作卻專以揣摩南宋詠物爲能事，徒於字句修潔、聲韻圓轉方面下工夫，卻置立意於不講，喪失了詠物詞中所寄託的「比興之旨」，宜乎謝章鋌有「方物略」、「群芳譜」〔註 264〕之譏。由此也就不難理解何以朱彝尊在康熙三十一年（1692）罷官歸田後，會將全副精力放在「考經義存亡」上，而「不復倚聲按譜」〔註 265〕。因爲詞作如果只是用來臚列典故、記載舊聞的話，則不但有字數上限制，還須受詞律與詞調的束縛，無法暢所欲言，反不如以古文或古詩爲之，更能揮灑自如、淋漓盡致。再者，詞體如果只是作爲鼓吹元音、

考驗了文人才力的雄厚與學力的深廣。關於「白戰體」的性質，詳細可參見程千帆、張宏生〈火與雪：從體物到禁體物──論白戰體及杜、韓對它的先導作用〉，收錄於程千帆等著《被開拓的詩世界》（上海：上海古籍出版社，1990 年）。

〔註 262〕語見《復堂詞話》，《詞話叢編》冊 4，頁 4008。

〔註 263〕載於《詞話叢編》冊 4，頁 3675。

〔註 264〕賭棋山莊詞話》卷 7，《詞話叢編》冊 4，頁 3415。

〔註 265〕朱彝尊〈水村琴趣序〉，《曝書亭集》卷 40，頁 6。按：朱彝尊在序文中所謂歸田（康熙三十一年）後，「不復倚聲按譜」，應理解爲「逐漸減少」填詞創作，而不是「完全」不作，因爲至少在《曝書亭集》卷 26《江湖載酒集・下》所收錄的〈滿江紅・錢塘觀潮追和曹侍郎韻〉，詞前附註云此詞作於「康熙丙子秋」，即康熙三十五年（1696），可見朱彝尊歸田後仍有零星詞作。

歌詠太平的政治性工具的話，在遠離官場、歸田還鄉後，官場上的酬酢唱和的工具也就失去作用與價值，被棄之如敝屣，不欲重提了。

　　要言之，朱彝尊對於南北宋詞的看法，是有前、後期之別的。前期論詞頗受陽羨詞宗陳維崧的影響，故主張「小令師北宋，慢詞取法南宋」，兼取南、北宋詞之長，筆下的詞作也同樣反映了南北兼長並擅的特點。而後期在編選《詞綜》、整理詞集的過程中，「獨標南宋」的詞派意識愈來愈清楚，詞作也轉爲專以揣摩南宋詠物長篇爲能事，並在抽離了姜、張諸人詞作中的身世之感與故國之思後，朱彝尊所謂的「雅正」詞，也就成了臚列故實、鋪張諛語的標準「學人詞」，而不復前期般奄有芊綿溫麗與沈鬱悲壯的眾家之長了。

第四節　雅正詞論與詞作何以能爲一代正宗

　　如果依照「專力則精，雜學則粗」〔註266〕的邏輯類推，陽羨詞宗陳維崧棄詩弗作、專力塡詞的創作成就，在「質」與「量」方面，應該都要比朱彝尊來得出色才是。以「量」而言，陳維崧現存的詞集中共收錄詞作 1629 首，可說是唐、宋、元、明以來從事倚聲者所無〔註267〕，較之朱彝尊詞集中的 654 首〔註268〕，多出近一千首。在「質」的方面，陳廷焯一反清初「揚朱抑陳」的態度，主張：「國初詞家，斷以陳維崧爲巨擘，後人每好揚朱而抑陳，以爲朱彝尊獨得南宋眞脈。嗚呼，彼豈眞知有南宋哉，庸耳俗目，不值一笑也。」〔註269〕然而陳廷焯上述的這番話，或許能印證陳維崧詞作的「質」要比朱彝

〔註266〕參見丁紹儀《聽秋聲館詞話》卷 15 所載，清代桐城古文大家姚鼐原本亦熱衷塡詞，後因莊光祿勸以「專力則精，雜學則粗」，遂「輟詞不作」。《詞話叢編》冊 3，頁 2768。

〔註267〕陳宗石（陳維崧五弟）〈迦陵詞跋〉中，統計陳維崧詞集中共收詞 16029 首，並言「自唐、宋、元、明以來，從事倚聲者，未有如吾伯兄之富且工也。」跋文載於《陳迦陵文集》之《詞集》卷後。

〔註268〕詞作數目統計，參考張宏生《清代詞學的建構》，頁 34。

〔註269〕《白雨齋詞話》卷 3，《詞話叢編》冊 4，頁 3837。

尊來得高，卻改變不了清初詞壇揚朱抑陳的事實。所以然者，時代風尚與政治環境變遷應爲主要的關鍵因素。

歷來學者在研究浙西詞派堀起於清初詞壇的問題時，常多就時代因素這一點上著墨、發揮。如嚴迪昌先生認爲：「『浙派』的興起正是清康熙王朝已穩固、大一統局面已形成之際。由重『志意』演化爲求『韻趣』，從講氣勢筆力一變爲倡導雅醇章法。……這一由『實』返『虛』的詞風大變遷，實係王朝統治思想和文人詞家複雜心態在新的時勢背景下微妙默契的結果。浙西詞派就是順應這種詞風變遷的產物。」〔註270〕蘇淑芬也指出：「陳其年和朱彝尊所處時代，爲清極盛時期，社會安定，百姓豐裕，所需乃朱氏之典雅渾成，非陽羨派之慷慨激昂。因此陽羨派無論那方面看，都較浙派遊也。」〔註271〕可見任何一種文學體裁或派別的興盛，都與時局的發展脫離不了關係。而朱彝尊所以將詞體由「通之於離騷、變雅之義」改爲「宜於宴嬉逸樂，以歌詠太平」，可說是針對「曩時兵戈未息」、「今則兵戈盡偃，又得君撫循而煦育之。」〔註272〕的時局演變所作的調整與修正。相形之下，陳維崧的「磊砢抑塞之意，一發之於詞」〔註273〕，不免要顯得不合時宜了。陽羨詞人蔣景祁以下所言，恰可爲「陽羨衰而浙派興」〔註274〕的史實發展作註腳：

> 古之作者，大抵皆憂傷怨悱不得志於時，則託爲倚聲頓節，寫其無聊不平之意。今生際盛代，讀書好古之儒，方當銳意向榮，出其懷抱，作爲雅頌，以黼黻治平，則吾

〔註270〕氏著《清詞史》，頁 243。

〔註271〕氏著《朱彝尊之詞與詞學研究》，頁 19。

〔註272〕〈紫雲詞序〉，《曝書亭集》卷 40，頁 3～4。

〔註273〕語見蔣景祁〈陳檢討詞鈔序〉，收錄於鼎文書局版之《清詞別集百三十四種》第 2 冊《湖海樓詞》卷首。

〔註274〕據嚴迪昌《陽羨詞派研究》指出：「浙西是緊接陽羨而興起的詞派。正當陽羨詞派於康熙十八年起轉入衰落期之際，浙西詞派恰好進爲鼎盛階段。」頁 91。關於浙西、陽羨的興衰發展，詳細可參見該書第 3 章第 3 節「陽羨、浙西時序辨」。

荊溪之人之文不更可傳矣乎？而詞之選不亦可以已乎？
〔註275〕

如果詞體只是用來抒發文人的「無聊不平」之意，一旦時際太平，躬逢盛代，當然也就「可以已乎」，不必作矣。故朱彝尊的雅正詞論所以能在清初詞壇被普遍接受，能「與時變化」當是其中重要的因素之一。

　　再者，朱彝尊後期論詞「獨標南宋」，不但藉此與明末雲間詞派的「不欲涉南宋一筆」〔註276〕劃清界限，在清初詞壇彌漫著「南、北宋詞兼工並擅、各有所長」〔註277〕的聲浪中，不啻為一道劃時代的霹靂，宣示著清詞從此進入了新世紀。而朱彝尊揭櫫南宋「雅」詞作為排詆《草堂詩餘》的大纛，也讓清初詞壇耳目一新，得以徹底擺脫迷戀《花間》、《草堂》的舊習。如郭麐《靈芬館詞話》即謂：

　　　　《草堂詩餘》玉石雜揉，蕪陋特甚，近皆知厭棄之矣。
　　　然竹垞之論未出以前，諸家頗沿其習，故其《詞綜》刻成，
　　　喜而作詞曰：「從今不按，舊日《草堂》句。」〔註278〕

清人陳對鷗也對朱彝尊在清初詞壇上的開創意義提出了以下的看法：

　　　　國初以來，江左言詞者，無不以陳維崧（陳維崧）為
　　　宗，家嫻戶習，一時稱盛，然猶有《草堂》之餘。自《浙

〔註275〕見蔣景祁〈荊溪詞初集序〉，轉引自陳良運主編《中國歷代詞學論著選》，頁447。
〔註276〕王士禛《花草蒙拾》云：「雲間數公……於詞，亦不欲涉南宋一筆，佳處在此，短處亦坐此。」《詞話叢編》冊1，頁685。
〔註277〕舉其犖犖大者，如廣陵詞宗王士禛及陽羨詞宗陳維崧論詞，便是立足在「南、北宋詞互有短長，宜兼工並取」的立場。王士禛部分，詳見「王士禛」一章第四節第二目〈漁洋詞論的特色〉。陳維崧部分，除可參見《陳迦陵文集》之《儷文集》卷7〈今詞選序〉一文外，在朱彝尊〈書東田詞卷後〉（《曝書亭集》卷53）中，朱彝尊亦云其始學填詞之際，曾因瀏覽宋元詞集幾兩百家，進而提出：「南唐北宋，惟小令為工，若慢詞至南宋始極其變」的主張，此語一出，「人輒非笑，獨宜興陳其年謂為篤論。」亦可見陳維崧對南、北宋詞兼取的態度。
〔註278〕氏著《靈芬館詞話》卷1，《詞話叢編》冊2，頁1505。

西六家詞》出，辮香南宋，另開生面，於是四方承學之士，
從風附響，知所指歸。〔註279〕

而論詞「獨標南宋」，並以姜、張一派的「雅」詞爲尚，意味著填詞
開始進入了「文人化」、「學問化」的紀元。謝章鋌《賭棋山莊詞話》
謂清人學朱彝尊者，「置《靜志居琴趣》、《江湖載酒集》於不講，而
心摹手追，獨在《茶煙閣體物集》中」，以致詞作變相成了「方物略」、
「群芳譜」〔註280〕，正是清代詞壇「文人化」與「學問化」的具體
表現。影響所及，清代詞壇遂忒多「不曰箏語，則曰雅琴。不曰梅邊
吹笛，即曰月底修簫」之類的詞集名稱，翻開內容，則是「開卷必有
詠物之篇，亦必和《樂府補題》數闋，若以此示人，使知吾詞宗南宋，
吾固朱、厲之嫡冢也。」〔註281〕因此，由時代意義與詞派意識來說，
朱彝尊的雅正詞論顯然是要比當時的其他詞家更具有開創性及自覺
性，宜乎能能在清初「（流）傳彌廣」〔註282〕，並被目爲當代詞人之
「至」〔註283〕，成爲詞家爭相唱和、仿效的對象。據此而譽揚朱彝
尊爲一代詞宗，可說是實至名歸，毫不爲過。

以上的論述難免啓人疑竇的問題是：如果清初詞壇是以「文人
化」、「學問化」作爲新貌，然則稼軒詞亦具有「經子百家，行間筆下，
驅策如意」〔註284〕；「《論》、《孟》、〈詩小序〉，《左氏春秋》、《南華》、

〔註279〕馮金伯《詞苑萃編》卷8，《詞話叢編》冊2，頁1951。

〔註280〕氏著《賭棋山莊詞話》卷7，《詞話叢編》冊4，頁3415。又，謝氏
同書卷9中亦云：「國朝小長蘆出，始創爲徵典之作，繼之者樊榭山
房。長蘆腹笥浩博，樊榭又熟於說部，無處展布，借此以抒其叢雜。」
卻造成後人「群然效之」的盛況（《詞話叢編》冊4，頁3443），更
可印證浙派盛行後，詞壇「學問化」的傾向。

〔註281〕謝章鋌《賭棋山莊詞話》續編卷3，《詞話叢編》冊4，頁3569。

〔註282〕徐珂《近詞叢話》云：「彝尊詞一尊姜、張，其弟子李良年、李符輔
佐之，而其傳彌廣。」《詞話叢編》冊5，頁4222。

〔註283〕郭麐《靈芬館詞話》卷1云：「本朝詞人，以朱彝尊爲至，一廢《草
堂》之陋，首闡白石之風。《詞綜》一書，鑑別精審，殆無遺憾。」
（《詞話叢編》冊2，頁1503）其推朱彝尊爲詞人之至，便是著眼於
其廢《草堂詩餘》、一新詞壇面貌而言。

〔註284〕馮金伯《詞苑萃編》卷5〈品藻〉引徐釚《詞苑叢談》之言。（《詞

《離騷》、《史》、《漢》、《世說》、《選》學、李、杜詩，拉雜運用，彌見其筆力之峭」〔註285〕的特色，何以爲詞「效法蘇、辛，以才氣是尙」〔註286〕的陳維崧，反而僅爲「偏詣」而不能成爲詞壇正宗？對此必須分辨的是，稼軒雖有「以學爲詞」的傾向，但稼軒詞同時也極具個人性情，況周頤故云：「性情少，勿學稼軒。」〔註287〕謝章鋌也主張：「稼軒是極有性情人，學稼軒者，胸中須先具一段眞氣奇氣，否則雖紙上奔騰，其中俄空焉，亦蕭蕭索索如牖下風耳。」〔註288〕可見鬱勃情深、縱橫才大，的確是稼軒詞爲人所不及之處，但如果以「詩莊詞媚」〔註289〕的分體特色而言，辛詞歷年來之所以被歸之於「詞家別調」〔註290〕，無法置於詞體「正宗」之列，理即在此。何況稼軒詞中的鬱勃情深，亦僅可通之於離騷、變雅之義，是不符合宴嬉逸樂、歌詠太平的「大雅、正聲」之求的。張炎《詞源》卷下即云：「辛稼軒、劉改之作豪氣詞，非雅詞也。」辛詞既然不合於「雅」，當然也就不在「正聲」之列，連帶的，爲詞「效法蘇、辛」的陳維崧，自亦不足以爲詞壇的正宗。相形之下，朱彝尊論詞標舉白石，不但合乎「雅正」的詞旨，且白石詞的「有格而無情」，「以詩法入詞」，似乎更便於後人模仿、學習〔註291〕。因此，論詞推尊姜、張，是要比

話叢編》冊2，頁1870）。又，沈祥龍《論詞隨筆》亦云：「稼軒能合經史子而用之，自其才力絕人處，他人不宜輕效。」（《詞話叢編》冊5，頁4059）。
〔註285〕吳衡照《蓮子居詞話》卷1，《詞話叢編》冊3，頁2408。
〔註286〕蔡嵩雲《柯亭詞論》，《詞話叢編》冊5，頁4908。
〔註287〕《蕙風詞話》卷1，《詞話叢編》冊5，頁4418。
〔註288〕《賭棋山莊詞話》卷1，《詞話叢編》冊4，頁3330。
〔註289〕語見王又華《古今詞論》引李東琪論詞云：「詩莊詞媚，其體元別。然不得因媚輒寫入淫褻一路。媚中仍存莊意，風雅庶幾不墜。」載於《詞話叢編》冊1，頁606。
〔註290〕如李佳《左庵詞話》卷上即謂：「辛稼軒詞，慷慨豪放，一時無兩，爲詞家別調。」《詞話叢編》冊4，頁3107。
〔註291〕如王國維《人間詞話》云：「南宋詞人，白石有格而無情……學南宋者，不祖白石，則祖夢窗，以白石、夢窗可學，幼安不可學也。」（《詞話叢編》冊5，頁4249）此外，周濟《介存齋論詞雜著》亦云：

崇尙蘇、辛更能在詞壇上發揮號召力及影響力的，清初詞壇所以以朱
爲「正」而以陳爲「偏」，由兩人論詞所推舉的典範人物中，實亦透
露了箇中緣由所在。

第五節　朱彞尊詩詞正變觀之比較

　　在分項探討了朱彞尊的詩、詞理論重點之後，以下將再就朱彞尊
對詩、詞體性的看法，詩、詞理論所標舉的時代正宗與典範人物作歸
納整理，期能對朱彞尊的詩、詞正變觀有更清楚的掌握。

一、對詩、詞體性的看法

　　如前所云，朱彞尊對於詞體的特質與功能，是隨其生平遭際而有
所轉變、調整的。在入仕清廷之前，朱彞尊因爲人幕府，故而南走羊
城、西窮塞雁、東浮淄水，在懷才不遇、載酒江湖的黯然心境下，詞
體也就成了「空中傳恨」、「不得志於時者所宜寄情」的最佳載體。康
熙十八年，朱彞尊應清廷「鴻博」之試，任職翰林院檢討一職後，隨
著仕途與心境的變遷，對詞體的看法也隨之轉移，由「寄情傳恨」的
載體一變爲「宣昭六義，鼓吹元音」的工具。詞不再是「窮」而後工，
反而是「宜於宴嬉逸樂，以歌詠太平。」但這種順應外在時勢所作的
調整，並未相應地出現在詩論當中。由以下引文可清楚看到朱彞尊對
詩、詞體性是有著不同的論斷的：

> 　　昌黎子曰：「歡愉之言難工，愁苦之言易好。」斯亦善
> 言詩矣。至於詞或不然，大都歡愉之辭工者十九，而言愁
> 苦者十一焉耳。故詩際兵戈儌擾、流離瑣尾，而作者愈工；
> 詞則宜於宴嬉逸樂，以歌詠太平，此學士大夫並存焉而不
> 廢也。〔註292〕

　　「白石以詩法入詞，門徑淺狹，如孫過庭書，但便後人模仿。」《詞
　　話叢編》冊2，頁1634。
〔註292〕氏著〈紫雲詞序〉，《曝書亭集》卷40，頁3。

也就是說，入仕清廷後，朱彝尊並沒有轉換「詩窮而後工」的概念，
反倒是在詞體上作出了相應的妥協與改變。由朱彝尊論詞仍不離「小
道、小技」以及「詩餘」之說，在晚年罷官歸田後，也選擇了「不復
倚聲按譜」〔註293〕的創作路線，可見朱彝尊內心深處，仍存有詩為大
國，詞則是詩之餘緒、附庸的傳統觀念。因此，朱彝尊的雅正詞論，
在清初詞壇雖然具有掃除《花間》、《草堂》之陋、一洗明詞纖巧靡曼
之習，使詞體為之一「正」的轉移之功，但就詞的體性而言，朱彝尊
並未能突破傳統「詩餘」、「小道」的觀念牢籠，故詞體之「尊」，還有
待繼之而起的常州詞派來推動、完成，誠如陳匪石《聲執》卷下所云：

> 張惠言《詞選》……蓋所取在比興。比興之義，上通
> 詩騷，此前所未有者，張氏實創之。詞體既因之而尊，開
> 後人之門徑亦復不少。常州派之善於浙西派者以此。〔註284〕

陳匪石上述的說法有待澄清的一點是：將詞體上通於詩、騷，並非首
創自張惠言，因為朱彝尊早期言詞，也曾主張：「善言詞者，假閨房
兒女子之言，通之於離騷、變雅之義。」〔註295〕只是隨著外在遭際
的變化，以致棄而不講罷了。

　　然而，朱彝尊的詩論雖未隨著入仕清廷而作出相應的調整，但考
察朱彝尊後期的詩作，將可發現一個有趣的現象：朱彝尊後期的詩作
也與詞作一樣，因逐漸抽離性情、擺脫現實而呈現出「學問化」的傾
向。以〈羅浮蝴蝶歌〉為例：

> 《爾雅》釋蟲名，蝴蝶置不錄。之蟲豈無知？大小各
> 有族。小者攕末產江東，大者乃在朱明曜真之天巖洞中。
> 當其物化初，天與形不同。蠻雲華首紫，海日榑桑紅。游
> 禽五色詎敢啄？滿身香霧花濛濛。……或云葛翁衣，或云
> 麻姑裙，二者傳說徒紛紛。〔註296〕

〔註293〕〈水村琴趣序〉，同上註，卷40，頁6。
〔註284〕載於《詞話叢編》冊5，頁4964。
〔註295〕〈陳緯雲紅鹽詞序〉，《曝書亭集》卷40，頁2。
〔註296〕同上註，卷1，頁1。

這種「以學問爲詩」的例子，尚見於〈䖮〉一詩：

> 化益作將軍，百蟲各率職。周官去蠅蠅，庶蠱攻必力。
> 苟或害田功，惡其傷稼穡。食苗心曰螟，食苗葉曰䖮，食
> 苗根曰蟊，食苗節曰賊。〔註297〕

所引二詩，不但無關乎倫常綱紀，甚至連寫時狀景之妙都談不上，所以然者，應與朱彝尊入仕清廷的抉擇脫離不了關係。因爲在接受新朝所提供的爵祿之後，也就不再有立場表達對前朝的君國之思，當然更不宜在作品中流露出黍離之悲與遺民之情。此種心態，不僅表現在塡詞上，寫詩亦然。在入仕新朝後，既然做不到「焚棄筆硯，勿復爲（詩）」〔註298〕，那麼，「以學爲詩」不失爲是自我掩飾、保護的好方法。所以，儘管朱彝尊論詩標舉杜甫，但在後期的詩作表現上，朱彝尊其實是悖離了醇雅詩論中「辭」、「志」並重的原則，令人僅可由詩中觀其博綜之「辭」，而無法感受到發自內在的眞情。此所以後期詩作內容大多爲恃才炫學，而無關乎「事君事父之際」與「倫常綱紀之目」的緣由所在。

二、對唐宋詩與對南北宋詞的看法

在探討朱彝尊的醇雅詩論時，筆者指出：朱彝尊論詩是有著「致廣大而盡精微」的先後次序的。在「致廣大」階段，朱彝尊主張取材廣博、唐宋兼收的，其所以有「唐正宋變」、「唐優宋劣」之分，則是「盡精微」階段時的觀點。但考察朱彝尊實際創作情形，朱彝尊在〈鵲華山人詩集序〉自稱早期爲詩，「非漢、魏、六朝、三唐人語勿道」，在選材上可說是「良以精」，甚至「稍不中繩墨，則屛而遠之。」但

〔註297〕同上註，卷23，頁4。
〔註298〕氏著〈騰笑集序〉，同上註，卷39，頁12。朱彝尊所以把仕清以後的詩集題名爲《騰笑集》，是取孔稚圭〈北山移文〉「於是南嶽獻嘲，北壟騰笑，列壑爭譏，攢峰竦誚」之義，文中並謂「時人方齒冷，宜其焚筆棄硯勿爲，顧仍爲之不已，則笑之者亦不已也。」可見入仕清廷，朱彝尊是於心有愧的。

晚年歸田以後，卻「鈔書愈力」，取材的範圍不但不限於「唐」代以前，甚且還擴大到唐以後宋、元間的作者。據此而言，朱彝尊的醇雅詩論可說是歷經了由「博」（唐、宋詩兼取）返「約」（以唐詩爲正體）的發展過程。但在實際創作上，朱彝尊卻是反其道而行，由取材「精良」（約）轉爲取材「廣博」，這應與其晚年「以學問爲詩」的創作傾向脫離不了關係。

再就朱彝尊詞論中對南、北宋詞的看法而言。朱彝尊前期論詞主張「小令宜師北宋，慢詞以南宋爲工」，可說是南、北宋詞「兼工、並擅」的。而後在編輯《詞綜》、整理詞集的過程中，逐漸改以「獨標南宋」爲主流。論詞如此，實際創作亦然。前期的《靜志居琴趣》與《江湖載酒集》不乏苦戀哀情與侘傺失意，具有「通於離騷、變雅之義」的作品。但在朱彝尊後期的《茶煙閣體物集》中，則改以慢詞長調的詠物詞爲大宗，且在「歌詠太平」的詞旨要求下，朱彝尊的詠物長篇可說徒有姜、張詞「清空」的外形，卻罕有姜、張詞中的身世之感與家國之思〔註299〕。何況朱彝尊後期論詞即使「獨標南宋」，也不是指所有的南宋詞人，而是縮小到南宋以詠物詞爲工的姜、張等詞人而已。故由取材的角度來說，朱彝尊的詞論與詞作，都處於一種「由博返約」，甚至「由約而狹」的發展歷程。

綜合上述所言，可知朱彝尊後期的詩作與詞作即使都有向「學問化」靠攏的傾向，但在取材上，詩作歷經了「以唐爲正」到「唐宋兼取」這種「由約而博」的轉變，詞作則是由「南、北宋詞兼擅」，轉變成「獨標南宋」，可說是另一種「由博而狹」的演化過程。

三、詩詞理論中所標舉的典範人物

朱彝尊論詩標舉杜甫爲詩家典範，論詞則推尊白石〔註300〕。乍

〔註299〕朱彝尊《茶煙閣體物集》中當然也有形神兼備的佳制名篇，如〈長亭怨慢〉詠雁之作即是，但這類作品一來罕見，二來「大抵均係較早的作品」，當是成於入仕之前，參見嚴迪昌《清詞史》，頁272。
〔註300〕朱彝尊論詩在標舉杜甫之外，還兼及韓愈，論詞則在姜夔之外，也

看之下，杜甫的「沈鬱頓挫」與白石的「清空雅正」，似乎是兩個截然不同的類型，難有交集。實則不然。歷來詞評家中，不乏有將白石與杜甫相提並論者，試觀以下所云：

> 詞家之有白石，猶詩家之有杜少陵。繼往開來，文中關鍵。其流落江湖，不忘君國，皆借託比興，於長短句寄之。如〈齊天樂〉，傷二帝北狩也。〈揚州慢〉，惜無意恢復也。〈暗香〉、〈疏影〉，恨偏安也。蓋意愈切，則辭愈微，屈宋之心，誰能見之？乃長短句中，復有白石道人也。〔註301〕

> 詞家之有白石，猶書家之有逸少，詩家之有浣花。蓋緣識趣既高，興象自別。其時臨安半壁，相率恬熙，白石往來江淮，緣情觸緒，託意哀絲，故舞席歌場，時有擊碎唾壺之意。〔註302〕

陳廷焯雖未將白石與杜甫並稱，但對於白石詞中「不忘君國」之思，則是持以肯定的。其云：

> 南渡以後，國勢日非，白石目擊心傷，多於詞中寄慨。不獨〈暗香〉、〈疏影〉二章，發二帝之幽憤，傷在位之無人也。特感慨全在虛處，無跡可尋，人自不察耳。〔註303〕

以上諸詞家都肯定白石詞中確實寓有身世之感與家國之思，只因「感慨全在虛處」，以致爲人忽略罷了。朱彝尊論詩，特別稱許杜詩「無一不關乎綱常倫紀之目」，能把詩歌的重心擺在「事父事君」之際〔註

推尊張炎爲典範，但由〈與高念祖論詩書〉中所謂：「善學詩者，捨子美其誰師也歟？」及〈黑蝶齋詩集序〉中所稱：「詞莫善於姜夔，宗之者張輯、盧祖皋、史達祖、吳文英、蔣捷、王沂孫、張炎、周密、陳允平、張翥、楊基，皆具夔之一體。」可見杜甫與姜夔才是朱彝尊詩論、詞論的首席至尊，韓愈與張炎僅能算是配享而已。

〔註301〕宋翔鳳《樂府餘論》，《詞話叢編》冊3，頁2503。

〔註302〕鄧廷楨《雙硯齋詞話》，《詞話叢編》冊3，頁2530。

〔註303〕《白雨齋詞話》卷2，《詞話叢編》冊4，頁3797。

〔註304〕氏著〈與高念祖論詩書〉，其中朱彝尊批評唐代詩人「類多長於賦景而略於言志，其狀草木鳥獸甚工，顧於事父事君之際，或闕焉不講。」相形之下，杜甫詩則是「其出之也有本，無一不關乎綱常倫紀之目，而寫時狀景之妙，自有不期工而工者。」《曝書亭集》卷31，頁3

304），然則朱彝尊論詞推舉白石，是否隱然有以白石爲「詞中杜甫」之意呢？以朱彝尊早期爲人幕府、四處漂泊遠遊的歷程來說，實與白石有相近之處，故其所以「最愛姜、史」〔註 305〕，除與姜、史的詞風相近之外，應與生命情調類似有關。然而檢閱朱彝尊的詞論，其推舉白石不是強調「姜夔審音尤精」〔註 306〕，就是泛稱「塡詞最雅無過石帚」、「詞莫善於姜夔」〔註 307〕，都未特別提及白石詞中所暗寓的身世之感與家國之思。其實，若聯繫〈紫雲詞序〉所云之詩、詞分工定律：「詩際兵戈俶擾、流離瑣尾，而作者愈工；詞則宜於宴嬉逸樂，以歌詠太平。」可見詞作即使寓有身世之感與家國之思，也因與「宴嬉逸樂、歌詠太平」的詞旨不合，而必須剗除、抽離，剩下的，當然也就是「審音尤精」這類無關乎立意的評語，或者是「最雅」、「最善」等不著邊際的論斷〔註 308〕。而詩既然是窮而後工，所以愈是反映「兵戈俶擾、流離瑣尾」的不平之狀，愈能表現出作者醇厚的內在與不凡的寫作功力。故論詩強調「緣情以爲言，而可通之於政者也。」〔註 309〕其所以推舉杜甫，則是凸顯杜詩在寫時狀景之外，還能關乎

〜4。

〔註 305〕氏著《江湖載酒集》卷中〈水調歌頭・送鈕玉樵宰項城〉，同上註，卷 25，頁 7。

〔註 306〕氏著〈群雅集序〉，同上註，卷 40，頁 7。

〔註 307〕二語分見〈詞綜發凡〉，載於《詞綜》卷前；〈黑蝶齋詩餘序〉《曝書亭集》卷 40，頁 2。

〔註 308〕朱彝尊〈樂府補題序〉謂《樂府補題》的作者「大率皆宋末隱君子也，誦詞可以觀志意所存，雖有山林友朋之娛，而身世之感別有淒然言外者，其騷人〈橘頌〉之遺音乎？」（《曝書亭集》卷 36，頁 4）。對於朱彝尊序文中的說法，嚴迪昌指出：「整個評論未出『意內言外』四字之義，純屬『虛』行之筆，既不關涉『國破山河在』這類實質性問題，也不流露感情於筆端，『〈橘頌〉之遺音』一句著眼點在詠物體格，略高其位置品格而已。」（《清詞史》頁 250）；相形之下，陳維崧〈樂府補題序〉直言《樂府補題》作者「皆趙宋遺民」（《儷文集》卷 7，頁 33），顯然較能契合《樂府補題》抒發易代之感的情韻。

〔註 309〕氏著〈憶雪樓詩集序〉，《曝書亭集》卷 39，頁 2。

倫常綱紀。由朱彝尊對杜甫與白石的評價，亦可概略探知朱彝尊詩論與詞論的核心差異。

如果把朱彝尊的詩詞正變觀與陳子龍作對比的話，將可發現陳子龍與朱彝尊都有以詩爲正、以詞爲變，論詩以唐爲正、以宋爲變，並以正變定工拙的理論傾向。兩人最大的差異則在於：朱彝尊論詞以「南宋」爲極變、極工，突破了陳子龍論詞以南唐、北宋爲正、爲盛，以南宋爲變、爲邈的正變觀，並推尊姜、張的「清空雅正」作爲詞論核心。以詞派意識而言，其說實要比王士禛與陳維崧在理論上兼取南、北宋之長，更具有鮮明的派別色彩；在時代接受性上，「雅正」詞論也因能反映清初趨雅的審美新風尙〔註 310〕，而成爲當時詞壇主流。朱彝尊所以能彪炳清初詞壇，理即在此；而其對明清之際詩詞正變觀所作的突破與貢獻，也應由「標舉南宋詞」這點來作論斷。

〔註 310〕參見鄔國平、王鎭遠合著的《清代文學批評史》第 1 章言及清初文學批評新變時指出，不論是王士禛的神韻詩論，或是代表散創作正宗的簡潔雅正文風，以及隨之而產生的桐城派古文，或是以雅正爲歸的浙西詞派，都反映出「趨雅」爲清初創作的大勢所向。頁 5～8。

第七章　結　論

一、研究心得

綜合以上各章節的討論，本書之研究心得可概述如下：

其一　二陳、王、朱四家詩詞正變觀之發展演變

探討明清之際詩詞正變觀的發展演變時，筆者以明末詩詞皆有佳評的陳子龍作爲明代復古理論的代表，並與清初在詩詞領域俱有所長陳維崧、王士禛、朱彝尊三大家共同作爲觀察對象，指出明清之際四家詩詞正變觀之特質與演變情況。首先，在詩詞體性上，陳子龍以詩爲大國、以詞爲附庸；以婉約爲詞體本色，以豪放爲詞體變調的觀念，反映了詩詞正變觀的傳統習見。陳維崧則以「爲經爲史，曰詩曰詞」的詞論與「捨詩就詞」的創作成就，突破了以詩爲正、以詞爲變的傳統，賦予詞體亦具有詩體般的言志內容與社會價值取向；並由人的「性情」原本不一爲著眼點，扭轉詞體以婉約爲正宗、以豪放爲別調的成見。再者，對於陳子龍論詩以唐爲正、以宋爲變，並以正變定工拙的理論傾向，王士禛乃以「分正變不分優劣」的開放態度，汲取詩歌的眞精神、眞面目作爲其詩論的要旨，突破了論詩「以正變定工拙」的絕對化與狹隘性。至於陳子龍論詞以南唐、北宋爲正，以南宋爲變的觀念，在朱彝尊的詞論中，則轉而標榜「南宋」詞爲極變、極工，令

人一新耳目，展現出清人與明人有別的審美面向。

其二　陳子龍之詩詞正變觀特質

由陳子龍的詩詞正變觀之研究中，吾人可知陳子龍是以唐詩爲正、以宋詩爲變；以南唐、北宋詞爲正，以南宋詞爲變，並以正變定工拙。在上述的正變觀念主導下，宜乎陳子龍的詩學詞論會呈現出忽視南宋的傾向。再者，由於陳子龍是以正變觀作爲創作準繩，所以即使意識到復古理論可能產生「摹擬之功多而天然之資少」的弊病，卻無法擺脫以「範古」爲美的論點，只好在內容上以「獨至」的眞情作爲補強。這種要求結合「文以範古爲美」與「情以獨至爲眞」的理論，在實際創作時，難免因情志不足而有「喪我擬物」之弊，陳子龍前期的詩作正好證實了這一點。但後期在時衰世變的刺激下，作品中的憂時託憤之志與忠愛惻隱之旨，與形式上的「範古」之美作了完美的結合，風格也一變爲深邃蒼勁，端麗有骨。其詩、詞所以能在後世取得很高的評價，理即在此。然而，如果只取陳子龍詩論中「以範古爲美」的一面，並舉其前期「喪我而擬物」的作品爲例，不免會對陳子龍作出「膚廓」的評論，嚴重忽略了其詩論中「以獨至爲眞」的另一面與後期詩作的成就。而這也是在論述明代復古七子與公安派之間的理論差異時，所宜特別留意的地方，以免對復古詩論作出「既乏性靈，又拘格套」的誤解。

其三　陳維崧之詩詞正變觀特質

在探討陳維崧的詩詞正變觀時，筆者將重點放在其「捨詩就詞」的因素與專力塡詞的成就上。在陳維崧「捨詩就詞」的背後因素中，「以詞避禍」固然是其特殊的家世背景在易代之際所作的選擇，但如果不是對詞體有著高度且正面評價的話，陳維崧是不可能突破清初「詞損詩格」的既定成見，而在詞壇上展現出波瀾壯闊的大氣象的。此外，結合陳維崧的詩詞理論與創作特色，明顯可見其在詩論與詩作上，仍未能擺脫師承的影響與傳統觀念的束縛，難以自出機杼；相形

之下，其「爲經爲史，曰詩曰詞」的詞論，則突破了歷來以詩爲正、以詞爲變的正變觀，其詞作也如同詩體一般，具有言志的內容與社會價值取向，在明清之際的詞壇，可說是獨闢門徑，旗鼓另張。其論詞主張與所領導的陽羨詞派，雖然未能蔚爲清詞正宗、主流，但在清初詞壇仍有其不可掩滅的成就與貢獻。

其四　王士禛之詩詞正變觀特質

由於王士禛的詩論既有其「獨標神韻」，屬於「名家」特質的部分，也有「博綜賅洽」，能展現出「大家」無所不包的兼容性，因而若僅執「神韻」以論王士禛，難免有窄化之嫌；但如果過分誇大其「博綜賅洽」的特質，則又不免會模糊「神韻」的焦點，無法掌握「神韻」之說的精髓。筆者遂以其詩、詞理論中的「名家」與「大家」之爭作爲論述的切入點，藉以釐清王士禛詩、詞理論中屬於「名家」與「大家」的不同層次，並在論述過程中，掌握其對於唐、宋詩與南、北宋詞的正變觀。筆者認爲：王士禛在「辨體」的理論前提下，論詩以唐爲正、以宋爲變，論詞則以北宋爲正、以南宋爲變，但其「正、變」之分並不必然爲高下優劣的價值判斷，而是藉此掌握各家、各派的精髓，並從中選出一條與自己「性之所近」的創作路線，習染獨詣，自能以「名家」稱世。此外，對於王士禛在創作上由「詩詞並行」到「捨詞就詩」的轉變，筆者並不認同「熱衷權勢」說，而改由詩、詞之間所存在的體性差異，並結合王士禛的「名家意識」來解釋其捨詞就詩的轉變緣由與關鍵。

其五　朱彝尊之詩詞正變觀特質

在論述朱彝尊的詩詞正變觀時，讓筆者躊躇再三的問題是：「醇雅」是否爲朱彝尊詩、詞理論中的一貫之道？如果答案是肯定的話，該如何對朱彝尊的詩、詞理論偏重點之異作出圓融的解釋？如果答案爲非，又該如何釐清其詩論與詞論之間的同異處？而其在清初詩壇與王士禛並稱，還一度與陳維崧比肩詞壇，何以最後卻未能在詩壇取得

「一代正宗」的地位？轉而光耀詞壇，成為清初詞壇的主流。在深入了解朱彝尊的詩詞理論與創作之後，筆者認為，朱彝尊的「醇雅」詩論與「雅正」詞論，確實是兩套不同的理論系統。在「醇雅」詩論中，朱彝尊所強調的重點是「源本經史」與「本乎自得」，藉以矯治前代空疏淺俗之弊。至於其論詞主「雅正」，則是欲以「正言」、「正音」來清除詞壇上因言情太過所導致的「淫穢」之失。然而詩、詞理論的偏重點雖然不同，但復歸於「雅」的目標則是一致的。此外，其論詩以唐為正，以宋為變，並以正變作為優劣的標準，這種論詩的傾向雖然至老不變，但其筆下的詩作，卻隨其入仕清廷而有著「始學初唐，晚宗北宋」的轉變。其詩論中的局限性與詩作風格屢遷、無法自成一家，當是其未能主盟清初詩壇的主要理由。至於其論詞要點，則有前期兼取南、北宋，後期獨標南宋的轉變，筆下的詞作也同步呈現出這種前、後期的差異。在清初詞壇仍瀰漫在《花間》、《草堂》的前代餘習中，朱彝尊的詞論不但展現了時代新風貌，其以詞「歌詠太平」的主張，也迎合了政局的發展與需求，這是其能主盟詞壇，成為一代正宗的主要緣由。

其六　二陳、王、朱四家詩詞中的辯證命題

在二陳、王、朱四家的詩詞理論中，大量充斥著互相辯證的命題，如「正體」與「變體」；「唐詩」與「宋詩」；「北宋詞」與「南宋詞」；「名家」與「大家」；「性情」與「學力」；「婉約」與「豪放」等等。在辨析這些命題時，必須深入毫芒，分別其間的差異，同時也要由整體上掌握理論的層次性與相同點，才不致失之毫釐，謬以千里。如以「遺民」背景而謂陳子龍未忽視南宋詩學詞論；以陳維崧詞作的英思壯采、飛揚跋扈，而謂「閒情」之作非其所長；以王士禛的詞作多毗於婉約的小令之作，而遽謂其論詞排斥「豪放」詞風，以其「捨詞不作」之舉比附為熱衷權勢的表現；以朱彝尊論詩多言「醇雅」，遂不加分別地以之為詩詞一貫之道。此外，又如王士禛與朱彝尊的詩論中，雖然都有重視「學力」與「性情」的成分，但因彼此詩論的核心

不同，如果說王士禎所欲矯治的，是「無性情而侈言學力」所產生的
詩病，朱彝尊顯然更關注於「無學力而侈言性情」所衍生的流弊。再
者，陳子龍與王士禎論詩雖然都有正、變之分，卻有著「是否以正變
定優劣」的差異。因而在處理上述辯證性的問題時，深入分析其中差
異，並由整體上掌握兩者之間的重疊性或層次性，才能儘量避免作出
錯誤的推論。

二、後續研究議題與方向

　　在以二陳、王、朱爲對象，考察了明末清初的詩詞正變觀之後，
尚有幾個衍生的議題，值得進一步探究。

　　首先，晚清陳衍《石遺室詩話》卷 14 主張：「明人皆爲唐詩，清
人多爲宋詩。」此說雖嫌過分武斷，但不能不承認的一點是：宗尚「宋
詩」確實是清代詩論的重要議題之一。但考察明末清初二陳、王、朱
四家，儘管陳維崧與朱彝尊後期詩作風格有逐漸向宋詩靠攏的傾向，
王士禎中期的創作也曾一度沾染宋調，但四家論詩的要旨，仍是以「宗
唐」作爲主流。可見明清之際，詩壇並未盡如陳衍所言的「明爲唐」、
「清爲宋」的分別，究竟清代詩壇是由何時改以「宋調」作爲主流？
背後的發展因素又是如何？是後續研究值得探討的問題。

　　其次，清代的唐、宋詩之爭，按理說，應可大略分爲「申唐而黜
宋」、「申宋而黜唐」、「申唐而不廢宋」、「申宋而未必黜唐」四種情形。
然而，「尊唐者」並不必然認同明七子復古理論，如同「宗宋者」也
未必對公安詩論抱持肯定的態度一般。這種詩論之間的交錯、縱橫，
是有必要仔細釐清的。此外，詩壇的唐宋詩之爭，與詞壇的南北宋之
爭，彼此間是否有理論上的交集或必然關係（如論詩宗唐，論詞則主
北宋；論詩宗宋，論詞則主南宋）？上述種種理論上的糾葛、纏繞，
也有待作進一步的區別、辨析。

　　第三，在文學發展史上，任何文學流派所主張的「特點」，往往
成爲下一個學派所欲矯治的「缺點」。以明末清初詩壇而言，「公安、

竟陵」的空疏淺薄，幾乎成爲各家（如陳子龍、錢謙益、朱彝尊、陳維崧等）攻擊的標靶，尤其是竟陵詩派，不但與「亡國之音」劃上等號，甚且還是「亡國之因」的罪魁禍首〔註1〕。但這種在前人理論的缺點上建立學說特點的作法，其間的發展演變關係與背後蘊藏的時代意義，是很值得深入研究的，誠如清初董以寧〈與倪闇公〉中所說的：

> 今日談詩者，邪説漸説，無不知攻竟陵者，而其弊即在於攻竟陵。知其俚鄙而學爲華靡，知其纖曲而學爲率直，聯篇累牘，詡詡然自號能詩。卑者忘格調而競風華，高者離性情而言格調，是學竟陵而詩亡，攻竟陵而詩愈亡也！〔註2〕

「學竟陵而詩亡，攻竟陵而詩愈亡」的論斷，用以觀察明末清初詩壇各派之間的消長演化時，當可發現不少後續衍生的問題面向。如清初鄧漢儀即認爲詩壇上攻擊竟陵詩派者，不過是「面目稍換，而胎氣逼眞，是仍鍾、譚之嫡派眞傳也。」〔註3〕這種因攻擊前一派理論缺失，卻又不自覺地掉入另一個理論泥淖的現象，詩壇如此，詞壇何獨不然。如朱彝尊論詞標舉雅正，推尊姜、張，以清除明代纖巧靡曼之習，但最後卻陷入了投贈膚詞、詠物浮艷、謬蹋滿紙的創作困境。清初王夫之論詩反對立門庭，以爲「立門庭者必餖飣，非餖飣不可以立門庭」、「建立門庭，已絕望風雅。」〔註4〕當亦有見於各詩派之間相互短長攻詰的惡習所致。因而深入探討明清兩代各詩派、詞派的消長、演化，當亦有助於掌握詩壇、詞壇的發展動向。

第四，大陸學者嚴迪昌先生在研究清詩發展與政治關係時指出：

〔註1〕以竟陵爲「亡國之因」的論斷，嚴迪昌分析錢謙益與朱彝尊的詩論指出：「當朱彝尊和錢謙益等將『亡國之音』與『國運從之』（錢氏語）、「詩亡而國亦隨之」（朱氏語）聯構一氣，就成了國以詩亡、詩亡其國。」氏著《清詩史》，頁48。

〔註2〕載於周亮工輯《賴古堂尺牘新鈔》（台北：中華書局，1972年）之《藏弆集》卷6，頁9～10。

〔註3〕氏著〈與孫豹人〉，輯於周亮工輯《藏弆集》卷7，頁4。

〔註4〕分見王夫之《薑齋詩話》卷下第34則及第41則，《清詩話》頁15、頁17。

「在中國詩史上從未有像清王朝那樣，以皇權之力全面介入對詩歌領域的熱衷和制控的！」〔註5〕業師廖美玉教授之博士論文《錢牧齋及其文學》也分析指出，清初順、康兩朝「以開國雄主，胸襟氣宇，自異凡流，亦以開國之初，諸方未附，而思懷故國，人之常情，故明示寬容，使朝野遺臣得寄其孤憤，宣其抑鬱之氣，亦使人心稍得其平也。」雍正立朝之後，雖撰《大義覺迷錄》，以消漢滿畛域，但仍未禁絕違逆言論。及至高宗之際，因「清之得國，且及百年，基業不虞有變，其心胸又較狹仄」，因而「於諸違礙言論，本已悻悻，一旦有事，固當極力摧殘。」〔註6〕由於本論文的研究重心是放在明清之際詩、詞正變觀的發展上，較少著墨於政治如何介入文學領域，因此，若將研究面向由「詩詞體性之正變」轉為「政治勢力對文學發展所造成的影響」，相信對於掌握清代文學風尚的發展、演變，定有莫大的助益。

　　第五，明末清初的詩論者與詞論者在論述其主張時，經常出現「吾虞」、「吾浙」、「吾吳」、「吾濟南」等字眼，且「雲間」、「陽羨」、「廣陵」、「浙西」、「桐城」等各派名稱，也都是以「地域」作為派別旗幟。以上這種強烈的「地域性觀念」及其背後所衍生的文化現象，是個值得關注的研究重點。如張仲謀在《清代文化與浙派詩》中，就特別關注浙江人「生當南宋故都與六陵所在之地」的背景，從而分析得出浙人對於宋代文化所具有的特殊感情〔註7〕。這種由「地域性」的角度，來觀察同一地的詩派與詞派（如浙西詩派與浙西詞派；常州詩派〔註8〕與常州詞派）之間的交集、互動，或是彼此間攻詰、論難的情形，相信定能從中發掘不少值得關注的議題與文化現象。

〔註5〕氏著《清詩史》，頁16。
〔註6〕引文見台大中文所民國72年博士論文《錢牧齋及其文學》，頁103。
〔註7〕參見《清代文化與浙派詩》（北京：東方出版社，1997年）第2章〈浙派崛起的文化觀照〉部分。
〔註8〕歷來多以為「常州」只有詞派而沒有詩派，劉世南《清詩流派史》第16章〈常州詩派〉，特別提出常州詩派加以討論，並以洪亮吉作為詩派代表。

參考書目

依作者姓氏筆劃排序，同一作者再依書籍筆劃排序

一、四家年譜與論著

1. 王士禛：《十種唐詩選》（《四庫全書存目叢書》集部第 394 冊）。
2. 王士禛：《分甘餘話》（《景印文淵閣四庫全書》第 870 冊）。
3. 王士禛：《王士禛年譜》（中華書局，北京，1992 年）。
4. 王士禛：《古夫于亭雜錄》（《景印文淵閣四庫全書》第 870 冊）。
5. 王士禛：《古詩選》（中華書局四部備要本，台北，1981 年）。
6. 王士禛：《池北偶談》（《景印文淵閣四庫全書》第 870 冊）。
7. 王士禛：《阮亭詩餘》（台灣商務印書館，台北，1965 年）。
8. 王士禛：《居易錄》，（景印文淵閣四庫全書第 869 冊，商務印書館，台北，1983 年）。
9. 王士禛：《南海集》，（《四庫全書存目叢書》集部別集第 227 冊）。
10. 王士禛：《衍波詞》（台灣商務印書館，台北，1965 年）。
11. 王士禛：《香祖筆記》，（《景印文淵閣四庫全書》第 870 冊）。
12. 王士禛：《唐人萬首絕句選》（廣文書局，台北，1975 年）。
13. 王士禛：《唐賢三昧集箋註》（廣文書局，台北，1968 年）。
14. 王士禛：《帶經堂詩話》（人民文學出版社，北京，1998 年）。
15. 王士禛：《雍益集》（《四庫全書存目叢書》集部別集第 227 冊）。
16. 王士禛：《漁洋山人文略》（《四庫全書存目叢書》集部別集第 227 冊）。
17. 王士禛：《漁洋山人續集》（《四庫全書存目叢書》集部別集第 226 冊）。
18. 王士禛：《漁洋詩集》（《四庫全書存目叢書》集部別集第 226 冊）。

19. 王士禛：《蠶尾後集》(《四庫全書存目叢書》集部別集第 227 冊)

20. 王士禛：《蠶尾集》(《四庫全書存目叢書》集部別集第 227 冊)。

21. 王士禛：《蠶尾續集》(《四庫全書存目叢書》集部別集第 227 冊)

22. 惠棟、金榮注：《漁洋精華錄集釋》(上海：上海古籍出版社，1999 年)。

23. 朱桂孫、朱稻孫撰：《竹垞府君行述》(藝文印書館叢書集成三編，出版年月不詳)。

24. 朱彝尊：《竹垞文類》(《四庫全書存目叢書》集部別集第 248 冊)

25. 朱彝尊：《明詩綜》(世界書局，台北，1970 年)。

26. 朱彝尊、汪森輯：《詞綜》(中華書局四部備要本，台北，1981 年)。

27. 朱彝尊：《靜志居詩話》(人民文學出版社，北京，1998 年)。

28. 朱彝尊：《曝書亭集》(中華書局四部備要本，台北，1981 年)。

29. 朱彝尊著、李富孫注：《曝書亭集詞注》(廣文書局，台北，1978 年)。

30. 陳子龍：《皇明詩選》(華東師範大學出版社，上海，1991 年)。

31. 陳子龍：《陳子龍年譜》(收錄於《陳子龍詩集》下冊附錄二，上海古籍出版社，上海，1983 年版)。

32. 陳子龍：《陳子龍集》(華東師範大學出版社，上海，1988 年)。

33. 陳子龍：《陳子龍詩集》(上海古籍出版社，上海，1983 年)。

34. 陳維崧：《烏絲詞》(台灣商務印書館，台北，1973 年)。

35. 陳維崧：《陳迦陵文集》(台灣商務印書館四部叢刊本，台北，出版年代不詳。

二、詩話、詞話、詩選、詞選及相關著述

1. 丁紹儀輯：《清詞綜補》(中華書局，北京，1986 年)。

2. 丁福保編：《清詩話》(西南書局，台北，1979 年)。

3. 丁福保編：《歷代詩話續編》(中華書局，北京，2001 年)。

4. 王世貞：《明詩評》(藝文印書館，台北，1966 年)。

5. 王世貞：《弇州山人四部稿》(偉文圖書公司，台北，1976 年)。

6. 王世貞：《弇州續稿》(《景印文淵閣四庫全書》第 1279～1284 冊)。

7. 王昶：《國朝詞綜》(中華書局四部備要本，台北，1981 年)。

8. 王雲五編：《續修四庫全書提要》，(台灣商務印書館，台北，1972 年)。

9. 司空圖著　陳國球導讀：《二十四詩品》(金楓出版社，台北，1987

年）。

10. 永瑢：《四庫全書總目提要》（台灣商務印書館，台北，1968 年）。

11. 何文煥編：《歷代詩話》（木鐸出版社，台北，1982 年）。

12. 何景明著：《大復集》（《景印文淵閣四庫全書》第 1267 冊）。

13. 吳文治主編：《明詩話全編》（江蘇古籍出版社，南京，1998 年）。

14. 吳國倫《甔甀洞稿》（《續修四庫全書》第 1350～1351 冊）。

15. 吳相洲、王志遠編：《歷代詞人品鑒辭典》（北京大學出版社，北京，1996 年）。

16. 吳訥：《文章辨體序說》（人民文學出版社，北京，1998 年）。

17. 李夢陽：《空同集》（《景印文淵閣四庫全書》第 1262 冊）。

18. 李攀龍：《滄溟先生集》（上海古籍出版社，上海，1992 年）。

19. 李培等修撰：《浙江省秀水縣志》（成文書局，台北，1970 年）。

20. 杜松柏主編：《清詩話訪佚初編》（新文豐出版公司，台北，1987 年）。

21. 沈德潛：《明詩別裁集》（上海古籍出版社，上海，1979 年）。

22. 沈德潛：《清詩別裁集》（上海古籍出版社，上海，1981 年）。

23. 沈德潛：《說詩晬語》（人民文學出版社，北京，1998 年）。

24. 阮元手訂、楊蟠編錄：《竹垞小志》（廣文書局，台北，1971 年）。

25. 阮升基：《宜興縣志》（成文書局，台北，1983 年）。

26. 孟森：《心史叢刊》（華文書局，台北，1969 年）。

27. 林昌彝：《射鷹樓詩話》（新文豐出版公司，台北，1987 年）。

28. 金啓華等編：《唐宋詞集序跋匯編》（台灣商務印書館，台北，1993 年）。

29. 洪亮吉：《北江詩話》（收錄於《古今詩話叢編》，廣文書局，台北，1971 年）。

30. 胡震亨：《唐音癸籤》（木鐸出版社，台北，1982 年）。

31. 胡應麟：《詩藪》（廣文書局，台北，1973 年）。

32. 唐圭璋：《唐宋詞簡釋》（上海古籍出版社，上海，1981 年）。

33. 唐圭璋主編：《金元明清詞鑑賞辭典》（江蘇古籍，南京，1989 年）。

34. 唐圭璋編：《詞話叢編》（中華書局，北京，1996 年）。

35. 孫克強：《唐宋人詞話》（河南文藝出版社，鄭州，1999 年）。

36. 徐釚：《詞苑叢談》（仁愛書局，台北，1985 年）。

37. 徐師曾：《文體明辨序說》（人民文學出版社，北京，1998 年）。

38. 袁宏道著，錢伯誠箋校：《袁宏道集箋校》（上海古籍出版社，上海，1981 年）。

39. 袁枚《隨園詩話》，（人民文學出版社，北京，1998 年）。

40. 高步瀛：《唐宋詩舉要》（學海出版社，台北，1986 年）。

41. 張宗橚編、楊寶霖補正：《詞林紀事詞林紀事補正合編》（上海古籍出版社，上海，1988 年）。

42. 張廷玉等撰：《明史》（中華書局，北京，1984 年）。

43. 張維屏：《國朝詩人徵略》（清代傳記叢刊，明文書局，台北，1985 年）。

44. 許學夷：《詩源辨體》（人民文學出版社，北京，1998 年）。

45. 郭紹虞校釋：《滄浪詩話校釋》（里仁書局，台北，1983 年）。

46. 郭紹虞編：《清詩話續編》（藝文印書館，台北，1985 年）。

47. 陳伯海主編：《唐詩論評類編》（山東教育出版社，濟南，1993 年）。

48. 陳濟生：《啓禎兩朝遺詩小傳》（明文書局，台北，1991 年）。

49. 賀新輝主編：《全清詞鑑賞辭典》（北京中國婦女出版社，北京 1996 年）。

50. 黃宗羲：《黃宗羲全集》（浙江古籍出版社，杭州，1981 年）。

51. 楊家駱主編：《清詞別集百三十四種》（鼎文書局，台北，1976 年）。

52. 葉恭綽編：《全清詞鈔》（中華書局，北京，1982 年）。

53. 葉恭綽：《廣篋中詞》（鼎文書局，台北，1971 年）。

54. 葉燮：《原詩》（人民文學出版社，北京，1998 年）。

55. 馮鼎高：《華亭縣志》（成文書局，台北，1983 年）。

56. 廖棟樑撰述　鍾嶸原著：《詩品》（金楓出版社，台北，1986 年）。

57. 臺靜農編：《百種詩話類編》（藝文印書館，台北，1974 年）。

58. 趙尊嶽編輯：《明詞彙刊》（上海古籍出版社，上海，1992 年）。

59. 齊治平：《唐宋詩之爭概述》，（岳麓書社，長沙，1983 年）。

60. 劉昌嶽、鄧家祺：《山東省新城縣志》（江蘇古籍，1996 年）。

61. 蔣景祁編：《瑤華集》（《四庫禁毀書叢刊》集部第 37 冊，北京出版社，北京，2000 年）。

62. 鄭方坤：《本朝名家詩鈔小傳》（廣文書局，台北，1971 年）。

63. 鄭騫：《詞選》（中國文化大學，台北，1982 年）。

64. 鄭騫：《續詞選》（中國文化大學，台北，1982 年）。

65. 鄧之誠：《清詩紀事初編》（明文書局，台北，1991 年）。

66. 錢仲聯主編《清詩紀事》（南京：江蘇古籍出版社，1987 年）

66. 錢仲聯選注：《清詞三百首》（岳麓書社，長沙，1992 年）。

67. 錢謙益輯：《列朝詩集小傳》（世界書局，台北，1961 年）。

68. 龍振中、尤以丁編著：《明詞紀事會評》（黃山書社，合肥，1995 年）。

69. 龍振中、尤以丁編著：《清詞紀事會評》（黃山書社，合肥，1995 年）。

70. 龍榆生選：《近三百年名家詞選》（上海古籍出版社，上海，1979 年）。

71. 蘇軾：《蘇東坡全集》（河洛圖書公司，台北，1975 年）。

三、近人詩詞相關研究論述

1. 丁放：《金元明清詩詞理論史》（安徽大學出版社，合肥，2000 年）。

2. 中央研究院中國文哲研究所編：《第一屆詞學國際研討會論文集》台北，1994 年）。

3. 方智範、鄧喬彬、周聖偉、高建中：《中國詞學批評史》（中國社會科學出版社，北京，1994 年）。

4. 王易：《詞曲史》（東方出版社，北京 1996 年）。

5. 王三慶：《詞話叢編》資料庫檢索系統。

6. 王雲五編：《續修四庫全書提要》（台灣商務印書館，台北，1972 年）。

7. 王鎮遠、鄔國平編選：《清代文論選》（人民文學出版社，北京，1999 年）。

8. 王鎮遠選注：《朱彝尊詩詞選注》（上海古籍出版社，上海，1988 年）。

9. 吉川幸次郎：《元明詩概說》（幼獅出版社，台北，1986 年）。

10. 朱東潤：《陳子龍及其時代》（上海古籍出版社，上海，1984 年）。

11. 朱則杰：《清詩史》（江蘇古籍出版社，南京，2000 年）。

12. 朱崇才：《詞話學》（文津出版社，台北，1995 年）。

13. 艾治平：《清詞論說》（學林出版社，上海，1999 年）。

14. 吳世昌：《詞林新話》（北京出版社，北京，1991 年）。

15. 吳宏一：《清代文學批評論集》（聯經出版事業公司，台北，1998 年）。

16. 吳宏一：《清代詞學四論》（聯經出版事業公司，台北，1990 年）。

17. 吳宏一：《清代詩學初探》（學生書局，台北，1986 年）。

18. 吳梅：《詞學通論》（台灣商務印書館，台北，1988 年）。

19. 吳熊和：《唐宋詞通論》（浙江古籍出版社，杭州，1995 年）。

20. 呂正惠：《唐詩論文選集》（長安出版社，台北，1985。

21. 李浩：《唐詩的美學詮釋》（文津出版社，台北，2000 年）。

22. 汪中：《清詞金荃》（文史哲出版社，台北，1965 年）。

23. 周偉民：《明清詩歌史論》（吉林教育出版社，吉林，1995 年）。

24. 林玫儀：《詞學考詮》（聯經出版事業公司，台北，1987 年）。

25. 紀昀：《閱微草堂筆記》（《續修四庫全書》第 1269 冊）。

26. 胡幼峰：《清初虞山派詩論》（國立編譯館，台北，1994 年）。

27. 夏承燾：《唐宋詞論叢》（中華書局，香港，1985 年）。

28. 孫康宜：《陳子龍與柳如是詩詞情緣》（允晨文化出版社，台北，1992 年）。

29. 徐珂：《清代詞學概論》（廣文書局，台北，1979 年）。

30. 徐珂選輯：《清詞選集評》（中國書店，北京，1988 年）。

31. 徐復觀：《中國藝術精神》（學生書局，台北，1992 年）。

32. 袁行霈：《中國詩歌藝術研究》（五南圖書出版公司，台北，1994 年）。

33. 袁震宇、劉明今：《明代文學批評史》（上海古籍出版社，上海，1996 年）。

34. 馬美信：《晚明文學新探》（聖環圖書有限公司，台北，1994 年）。

35. 國史館編：《清史稿校註》（國史館印行，台北，1991 年）。

36. 崔海正：《宋詞研究述略》（洪葉文化事業有限公司，台北，1999 年）。

37. 張仲謀：《清代文化與浙派詩》（東方出版社，北京，1997 年）。

38. 張宏生：《清代詞學的建構》（江蘇古籍出版社，南京，1998 年）。

39. 張高評：《宋詩之新變與代雄》（洪葉文化事業有限公司，台北，1995 年）。

40. 張高評：《宋詩綜論叢編》（麗文文化事業股份有限公司，高雄，1993 年）。

41. 張高評：《會通化成與宋代詩學》（國立成功大學出版組，台南，2000 年）。

42. 張健（台大教授）：《中國文學批評》（五南圖書出版公司，台北，1984 年）。

43. 張健（台大教授）：《明清文學批評》（國家出版社，台北，1983 年）。

44. 張健（台大教授）：《隨園詩話精選》（文史哲出版社，台北，1983 年）。

45. 張健（北大教授）：《王士禎論詩絕句三十二首箋證》（文史哲出版社，台北，1997 年）。

46. 張健（北大教授）：《清代詩學研究》（北京大學，北京，1999 年）。

47. 張惠民:《宋代詞學審美理想》(人民文學出版社,北京,1995 年)。

48. 張夢機:《唐宋詩髓》(明文書局,台北,1986 年)。

49. 張雙英:《中國文學批評的理論與實踐》,(萬卷樓圖書公司,台北,1993 年)。

50. 梁啓超:《清代學術概論》(上海古籍出版社,上海,1998 年)。

51. 梁榮基:《詞學理論綜考》(北京大學出版社,北京,1991 年)。

52. 許總:《唐詩史》(江蘇教育出版社,南京,1994 年)。

53. 許總:《唐詩體派論》(文津出版社,台北,1994 年)。

54. 郭紹虞:《中國詩的神韻、格調及性靈說》,(華正書局,台北,1981 年)。

55. 陳水雲:《清代前中期詞學思想研究》(武漢大學出版社,武漢,1999 年)。

56. 陳良運:《中國詩學批評史》(江西人民出版社,南昌,1995 年)。

57. 陳良運主編:《中國歷代詞學論著選》(百花洲文藝出版社,南昌,1998 年)。

58. 陳書錄:《明代詩文的演變》(江蘇教育出版社,南京,1996 年)。

59. 陳國球:《唐詩的傳承——明代復古詩論研究》(學生書局,台北,1990 年)。

60. 陳滿銘:《稼軒詞研究》(文津出版社,台北,1980 年)。

61. 陳滿銘:《蘇辛詞比較研究》(文津出版社,台北,1980 年)。

62. 程千帆等著:《被開拓的詩世界》(上海古籍出版社,上海,1990 年版。

63. 嵇哲:《中國詩詞演進史》(莊嚴出版社,台北,1978 年)。

64. 曾大興:《中國歷代文學家之地理分布》(湖北教育出版社,漢口,1995 年)。

65. 黃文吉編:《詞學研究書目　1912～1992》(文津出版社,台北,1993 年)。

66. 黃永武:《中國詩學·鑑賞篇》(巨流圖書公司,台北,1992 年)。

67. 黃保真等:《中國文學理論史》(北京出版社,北京,1987 年)。

68. 黃景進:《王漁洋詩論之研究》(文史哲出版社,台北,1980 年)。

69. 黃維樑:《中國詩學縱橫論》(洪範書店,台北,1982 年)。

70. 楊松年:《中國文學評論史編寫問題論析:晚明至盛清詩論之考察》(文史哲出版社,台北,1988 年)。

71. 楊海明：《唐宋詞主題探索》（麗文化事業股份有限公司，高雄，1995 年）。

72. 楊海明：《唐宋詞史》（麗文化事業股份有限公司，高雄，1996 年）。

73. 楊海明：《唐宋詞美學》（江蘇教育出版社，丹陽，1998 年）。

74. 葉嘉瑩：《古典詩詞講演集》（河北教育出版社，石家莊，1998 年）。

75. 葉嘉瑩：《迦陵論詞叢稿》（河北教育出版社，石家莊，1997 年）。

76. 葉嘉瑩：《唐宋詞十七講》（桂冠圖書股份有限公司，台北，1994 年）。

77. 葉嘉瑩：《唐宋詞名家論稿》，河北教育出版社，石家莊，1997 年）。

78. 葉嘉瑩：《清詞選講》（三民書局，台北，1996 年）。

79. 葉嘉瑩：《清詞叢論》（河北教育出版社，石家莊，1997 年）。

80. 葉嘉瑩：《詞學古今談》（萬卷樓圖書有限公司，台北，1992 年）。

81. 葉維廉：《比較詩學》（東大圖書公司，台北，1983 年）。

82. 葛曉音：《詩國高潮與盛唐文化》（北京大學出版社，北京，1998 年）。

83. 鄔國平、王鎮遠：《清代文學批評史》（上海古籍出版社，上海，1995 年）。

84. 廖可斌：《明代文學復古運動研究》（上海古籍出版社，上海，1994 年）。

85. 劉世南：《清詩流派史》（文津出版社，台北，1995 年）。

86. 劉慶雲：《詞話十論》（岳麓書社，長沙，1990 年）。

87. 鄭騫：《景午叢編》（中華書局，台北，1972 年）。

88. 鄧仕樑：《唐宋詩風詩歌的傳統與新變》（台灣書店，台北，1998 年）。

89. 鄧喬彬：《唐宋詞美學》（齊魯書社，濟南，1993 年）。

90. 蕭華榮：《中國詩學思想史》（華東師範大學出版社，上海，1996 年）。

91. 蕭馳：《中國詩歌美學》（北京大學，北京，1986 年）。

92. 蕭鵬：《群體的選擇——唐宋人選詞與詞選通論》（文津出版社，台北，1992 年）。

93. 錢鍾書：《談藝錄》（中華書局，北京，1993 年）。

94. 霍有明：《清代詩歌發展史》（文津出版社，台北，1994 年）。

95. 霍有明：《論唐詩繁榮與清詩演變》（中國社會科學出版社，北京，1997 年）。

96. 龍沐勛：《倚聲學——詞學十講》（里仁書局，台北，1996 年）。

97. 龍沐勛：《龍榆生詞學論文集》（上海古籍出版社，上海，1997 年）。

98. 鍾慧玲：《清代女詩人研究》（里仁書局，台北，2000 年）。

99. 戴文和：《唐詩宋詩之爭研究》（文史哲出版社，台北，1990 年）。

100. 繆鉞、張志烈主編：《唐詩精華》，巴蜀書社，成都，1995 年）。

101. 繆鉞、葉嘉瑩：《靈谿詞說》（國文天地雜誌社，台北，1989 年）。

102. 繆鉞：《詩詞散論》（台灣開明書店，台北，1966 年）。

103. 謝桃坊：《中國詞學史》（巴蜀書社，成都，1993 年）。

104. 謝桃坊：《宋詞概論》（四川文藝出版社，成都，1992 年）。

105. 簡錦松：《明代文學批評研究》（學生書局，台北 1989 年）。

106. 羅鳳珠：唐宋文史資料庫檢索系統。

107. 嚴迪昌：《清詞史》（江蘇古籍出版社，南京，1999 年）。

108. 嚴迪昌：《清詩史》（五南圖書出版公司，台北，1998 年）。

109. 嚴迪昌：《陽羨詞派研究》（齊魯書社，濟南，1993。

110. 蘇淑芬：《朱彝尊之詞與詞學研究》（文史哲出版社，台北，1986 年）。

111. 顧隨：《顧羨季先生詩詞講記》（桂冠圖書股份有限公司，台北，1994 年）。

四、四家相關研究期刊論文

（一）陳子龍

1. 王英志：〈陳子龍詞學觀初論〉（《齊魯學刊》，1984 年第 3 期）。

2. 王英志：〈穠纖婉麗，寄興深微——論陳子龍詞〉（《中州學刊》，1990 年第 2 期）。

3. 涂茂齡　費臻懿：〈明代陳子龍詞學觀析論〉（《建國學報》18 卷，1999 年 6 月。

4. 陳美：〈「文武並懋，忠義兼資」的明末詞人——陳子龍：論陳子龍的詩歌理論及其詞作〉（《嶺東學報》7 卷，1996 年 2 月。

5. 葉嘉瑩：〈論陳子龍詞〉，收錄於《詞學古今談》，萬卷樓圖書有限公司，台北，1992 年）。

6. 趙山林：〈陳子龍的詞和詞論〉（《詞學》第七輯，華東師範大學出版社，上海，1988 年）。

7. 劉揚忠：〈論陳子龍在詞史上的貢獻及其地位〉（《第一屆詞學國際研討會論文集》，中央研究院文哲研究所，台北，1994 年）。

（二）陳維崧

1. 丁惠英：〈陳維崧詞淺析〉（《文藻學報》2 卷，1987 年 12 月。

2. 艾治平：〈論陽羨詞宗師陳維崧〉(《中國古代近代文學研究》1998
   年第 7 期)。

3. 吳曉亮：〈論陳維崧詞對稼軒詞的繼承與創新〉(《文學遺產》，1998
   年第 3 期)。

4. 周絢隆：〈論迦陵詞的多樣化風格及其形成〉(《西北師範大學學報》，
   1999 年第 4 期)。

5. 馬祖熙：〈論《迦陵詞》〉(《詞學》第三輯，華東師範大學出版社，
   上海，1985 年)。

6. 孫克寬：〈陳迦陵詩詞小論〉(《書目季刊》14 卷 3 期，1980 年 12 月。

7. 蘇淑芬：〈陳維崧社會詞研究〉(《東吳中文學報》5 卷，88 年 5 月。

8. 蘇淑芬：〈陳維崧懷古詞初探〉(《大陸雜誌》90 卷 3 期，1995 年 3
   月。

(三) 王士禎

1. 大平桂一著、清風譯：〈揚州時代的王漁洋——從汪懋麟的作品談起〉
   (《杭州師範學院學報》社科版，1995 年 2 期)。

2. 孔正毅：〈王士禎神韻內涵新探〉(《安徽大學學報》2000 年第 3 期)。

3. 朱東潤：〈王士禎詩論述略〉(《中國文學批評家與文學批評》下冊，
   (學生書局，台北，1984 年)。

4. 余煥棟：〈王漁洋神韻說之分析〉(《中國文學批評家與文學批評》下
   冊，學生書局，台北，1984 年)。

5. 吳宏一：〈論王士禎的「花草蒙拾」〉(《中外文學》第九卷第九期，
   1981 年 2 月。

6. 吳明益：〈從詩史觀到理想典律——王漁洋擇定選集所映現的詩歌觀
   點與意涵〉(《中國古典文學研究》第 1 期，1999 年 6 月。

7. 吳調公：〈論王漁洋的神韻說與創作個性〉(《文學遺產》，1984 年第
   2 期)。

8. 李士金：〈略論王士禎的神韻說〉(《淮陰師範學院學報》哲社版，1998
   年第 2 期)。

9. 沈金浩：〈一代正宗才力薄新論〉(《廣州師範學院學報》，1994 年第
   4 期)。

10. 張宇聲：〈王漁洋揚州文學活動評述〉(《中國古代近代文學研究》，
    1998 年第 5 期)。

11. 張綱：〈王士禎的詞論主張及其創作實踐〉(《南京師範大學學報》，
    1994 年第 1 期)。

12. 黃景進：〈王漁洋「神韻說」重探〉，第一屆清代學術研討會論文集，中山大學，高雄，1989 年）。

13. 劉世南：〈論王士禎的創作與詩論〉（《文學評論》，1982 年第 1 期）。

14. 蔣寅：〈王漁洋與清詞之發軔〉（《文學遺產》，1996 年第 2 期）。

15. 蔣寅：〈王漁洋與清初宋詩風之興替〉（《文學遺產》，1999 年第 3 期）。

16. 蘇仲翔：〈論王漁洋的神韻說及其風格——兼評其代表作〈秋柳〉四章〉（《文學遺產》，1984 年第 2 期）。

（四）朱彝尊

1. 王英志：〈朱彝尊山水詩初探〉（《暨南學報》哲社版，1996 年第 4 期）。

2. 谷口匡：〈關於朱彝尊詩論的一個考察〉（《中國古代近代文學研究》，1995 年第 1 期）。

3. 束忱：〈朱彝尊「揚唐抑宋」說〉（《文學遺產》，1995 年第 2 期）。

4. 屈興國、袁李來：〈朱彝尊詞學平議〉（《南京大學學報》哲社版，1989 年第 1 期）。

5. 孫克寬：〈朱竹垞詞與詩略論〉（《大陸雜誌》第六十三卷第二期，1981 年 8 月。

6. 高建中：〈朱彝尊的詞論及其創作〉（《文學遺產》，1981 年第 4 期）。

7. 高建中：〈浙西詞派的理論〉（《詞學》第三輯，華東師範大學出版社，上海，1985 年）。

8. 張宏生：〈朱彝尊的詠物詞及其對清詞中興的開創作用〉（《文學遺產》，1994 年第 6 期）。

9. 曹保合：〈談朱彝尊的醇雅詞論〉（《中國古代近代文學研究》，1993 年第 11 期）。

10. 黃天驥：〈朱彝尊、陳維崧詞風的比較〉（《文學遺產》，1991 年第 1 期）。

11. 葉嘉瑩：〈浙西詞派創始人朱彝尊之詞與詞論及其影響〉，收錄於《清詞叢論》，河北教育，石家莊，1998 年）。

12. 葉嘉瑩：〈從艷詞發展之歷史看朱彝尊愛情詞之美學特質〉，收錄於《清詞叢論》，河北教育，石家莊，1998 年）。

13. 曾聖益：〈朱彝尊的詩文理論〉（《中國文化月刊》195 卷，1996 年 1 月。

14. 蘇淑芬：〈朱彝尊的詠物詞〉（《中華文化復興月刊》，20 卷 8 期，1987 年 8 月。

五、其他相關論文

1. 于興漢：〈李夢陽詩學思想辨析〉(《山西師範大學學報》社科版，1994年第 1 期)。

2. 王力堅：〈清初「本位尊體」詞論辨析〉(《文學評論》，1998 年第 4 期)。

3. 王策宇：〈葉燮《原詩》正變觀試析〉(《古典文學》10 卷，77 年 12 月。

4. 史小軍：〈明代七子派復古運動新探〉(《中國古代近代文學研究》，1993 年第 7 期)。

5. 史小軍：〈試論明代七子派的詩歌格調理論〉(《陝西師範大學學報》哲社版，1999 年第 2 期)。

6. 朱征驊：〈宜興清代詞學簡說〉(《蘇州大學學報》哲社版，1995 年第 1 期)。

7. 艾治平：〈論清詞的流派〉(《中國古代近代文學研究》，1997 年第 9 期)。

8. 余國欽：〈正宗與別體辨析〉(《內蒙古師大學報》哲社版，2000 年 6 月。

9. 李世英：〈論清初詩歌思想的特點〉(《蘭州大學學報》社科版，2000 年第 4 期)。

10. 李康化：〈從清曠到清空——蘇軾、姜夔審美理想的歷史考察〉(《文學評論》，1997 年第 6 期)。

11. 周秦、范健明：〈論清詩的學古趨向及其得失借鑒〉(《文學遺產》，1984 年第 2 期)。

12. 岳繼東：〈花間詞對「詞爲艷科」觀念的影響及其意義〉(《河南師範大學學報》哲社版，1997 年第 6 期)。

13. 邱美瓊、胡建次：〈明代詩學批評中的唐宋之論〉(《江西教育學院學報》，2000 年第 2 期)。

14. 施議對：〈詞體結構論簡說〉(《中國文哲研究通訊》第三卷第二期，1993 年 6 月)。

15. 胡明：〈一百年來的詞學研究：詮釋與思考〉(《中國古代近代文學研究》，1998 年第 7 期)。

16. 胡建次、周逸樹：〈清代詞學批評視野中的正變論〉(《贛南師範學院學報》，1999 年第 4 期)。

17. 范嘉晨：〈論前後七子對公安派的啓迪〉(《中國古代近代文學研究》，

1993 年第 7 期）。

18. 孫立：〈論詠史詩的寄託〉（《中山大學學報》社科版，1997 年第 1 期）。

19. 孫克強：〈草堂詩餘的盛衰和清初詞風的轉變〉（《中國文哲研究通訊》第二卷第一期，1992 年 3 月。

20. 孫克強：〈清代詞學的南北宋之爭〉（《文學評論》，1998 年第 4 期）。

21. 孫克強：〈試論雲間派的詞論及其在詞論史上的地位〉（《中州學刊》，1998 年第 4 期）。

22. 孫綠江：〈詩詞結構與詩莊詞媚〉（《社科縱橫》，1998 年第 1 期）。

23. 徐江：〈清代詩學神韻說之意境論與風格論〉（《中州學刊》，1999 年第 4 期）。

24. 張仲謀：〈明代詞學的建構〉（《徐州師範大學學報》哲社版，2000 年 9 月。

25. 張兵：〈明清易代與清初遺民詩〉（《江海學刊》，2000 年第 2 期）。

26. 張兵：〈清詞研究二十年〉（《甘肅社會科學》，1999 年第 5 期）。

27. 張兵：〈遺民與遺民詩之流變〉（《西北師範大學學報》社科版，1998 年第 4 期）。

28. 張利群：〈中國古代辨體批評論〉（《湛江師範學院學報》哲社版，1998 年 12 月。

29. 張廷杰：〈論南宋詞學審美之變異〉（《文學遺產》，1997 年第 4 期）。

30. 張麗：〈從艷科、小道到時代文學──略析我國古代詞論中尊體說的發展〉（《四川師範學院學報》哲社版，1999 年第 1 期）。

31. 許總：〈論明清之際文學的繁盛及其特徵〉（《新疆大學學報》哲社版，1999 年第 4 期）。

32. 陳水雲：〈浙派詞學與中國傳統美學思想〉（《江漢論壇》，1999 年第 5 期）。

33. 陳水雲：〈崇禎末年到康熙初年詞學思潮〉（《湖北大學學報》哲社版，1996 年第 2 期）。

34. 陳水雲：〈康熙年間詞學的辨體與尊體〉（《華中師範大學學報》哲社版，1999 年第 6 期）。

35. 陳水雲：〈清代詞學的詩學化〉（《武漢水利電力大學學報》社科版，2000 年第 4 期）。

36. 陳水雲：〈評康熙時期的選詞標準〉（《武漢大學學報》哲社版，1998 年第 1 期）。

37. 陳水雲：《浙派詞學與中國傳統美學思想》，《江漢論壇》，1999 年第

5 期）。

38. 陳書錄：〈明代前七子「宗漢崇唐」心態膨脹的誘因〉（《南京師大學報》社科版，1994 年第 4 期）。

39. 陳銘：〈近代詞論個性的迷失與重構〉（《浙江學刊》，1994 年第 4 期）。

40. 陶爾夫：〈南宋詞與清代詞學研究中的困惑〉（《求是學刊》，1998 年第 3 期）。

41. 程章燦：〈論詞的藝術特徵——關於詩詞體性之辨的再思考〉（《南京社會科學》1994 年第 2 期）。

42. 黃士吉：〈論雲間詞派〉（《瀋陽師範學院學報》，1996 年第 3 期）。

43. 黃瑞雲：〈論清初詩歌〉（《湖北師範學院學報》哲社版，2000 年第 2 期）。

44. 楊有山：〈婉約與豪放——本色詞與詩化詞〉（《中國古代近代文學研究》，1994 年第 2 期）。

45. 楊有山：〈詩詞文體風格辨析〉（《信陽師範學院學報》哲社版，2000 年 7 月。

46. 楊海明：〈詞學理論和詞學批評的現代化進程〉（《文學評論》，1996 年第 6 期）。

47. 楊海明：〈論《詞源》的論詞主旨——兼論南宋後期的詞學風尚〉（《文學遺產》，1993 年第 2 期）。

48. 楊萬里：〈略論詞學尊體史〉（《中國古代近代文學研究》，1998 年第 11 期）。

49. 葉嘉瑩：〈從雲間派詞風之轉變談清詞的中興〉，收錄於《清詞叢論》，河北教育，石家莊，1998 年）。

50. 趙永紀：〈古代論詩詩概論〉（《江西社會科學》，1995 年第 8 期

51. 趙永紀：〈清初詩論的幾個問題〉（《蘇州大學學報》哲社版，1995 年第 1 期）。

52. 趙伯陶：〈清代初期至中期詩論芻議〉（《文學遺產》，1984 年第 2 期）。

53. 鄔傳恕：〈清代詩論家論明代前後七子〉（《華中師範大學學報》哲社版，1993 年第 3 期）。

54. 劉石：〈試論尊詞與輕詞——兼評蘇軾詞學觀〉（《文學評論》，1995 年第 1 期）。

55. 歐明俊：〈論詞體觀念的嬗變〉（《福建師範大學學報》哲社版，2000 年第 1 期）。

56. 潘裕民：〈關於宋詞的豪放與婉約問題〉（《安慶師院社會科學學報》，

1995 年第 2 期）。

57. 鄧紅梅：〈明詞綜論〉（《中國古代近代文學研究》，1999 年第 12 期）。

58. 錢仲聯：〈三百年來浙江的古典詩歌〉（《文學遺產》，1984 年第 2 期）。

59. 錢建狀　劉尊明：〈尊詞與辨體：宋詞獨特風貌形成中的一對矛盾因子〉（《湖北大學學報》哲社版，第 27 卷第 3 期，2000 年 5 月。

60. 謝桃坊：〈南宋雅詞辨原〉（《文學遺產》2000 年第 2 期）。

61. 簡錦松：〈胡應麟詩藪辨體論〉（《古典文學》1 卷，68 年 12 月。

62. 關愛和：〈自立不俗與學問至上：清代宋詩派的兩難選擇〉（《文學遺產》，1998 年第 2 期）。

六、學位論文

1. 王坤地：《陳子龍及其經世思想》（東海大學中國文學研究所碩士論文，民國 81 年）。

2. 王翠芳：《陳維崧湖海樓詞研究》（高雄師範大學中國文學研究所碩士論文，民國 86 年）。

3. 吳怡菁：《解讀與重建王士禛「神韻說」與王國維「境界說」》（清華大學中國文學研究所碩士論文，民國 84 年）。

4. 吳彩娥：《清代宋詩學研究》（政治大學中國文學研究所博士論文，民國 82 年）。

5. 吳瑞泉：《明清格調詩說研究》（東吳大學中國文學研究所博士論文，民國 76 年）。

6. 李京奎：《清初詞學綜論》（台灣大學中國文學研究所博士論文，民國 78 年）。

7. 卓惠美：《王士禛詞與詞論之研究》（淡江大學中國文學究所碩士論文，民國 83 年）。

8. 易新宙：《神韻派詩論之研究》（政治大學中國文學研究所碩士論文，民國 71 年）。

9. 金鍾吾：《明末清初詩學復古與創新的思維體系──以《詩藪》、《原詩》為主》（中國文化大學中國文學研究所博士論文，民國 81 年，

10. 胡幼峰：《錢、馮主導的虞山派詩論研究》（東吳大學中國文學研究所博士論文，民國 79 年）。

11. 涂茂齡：《陳大樽詞的研究》（高雄師範大學國文研究所碩士論文，民國 80 年）。

12. 崔文娟：《中詩學正變觀念析論》（高雄師範大學中國文學研究所碩士論文，民國 79 年）。

13. 張少真:《清代浙江詞派研究》（東吳大學中國文學研究所碩士論文，民國 65 年）。

14. 陳明鎬:《清代前期詩歌創作論及其實踐研究》（東吳大學中國文學研究所碩士論文，民國 87 年）。

15. 陳松宜:《清代接受宋詞之研究》（中央大學中國文學研究所碩士論文，民國 87 年）。

16. 陳美:《明末忠義詞人研究》（東吳大學中國文學研究所碩士論文，民國 74 年）。

17. 曾純純:《朱彝尊及其詞研究》（淡江大學中國文學研究所碩士論文，民國 80 年）。

18. 黃如焄:《明代詩學精神與神韻傳統》（中正大學中國文學研究所博士論文，民國 88 年）。

19. 楊麗珠:《清初浙派詞論研究》（台灣師範大學中國文學研究所碩士論文，民國 71 年）。

20. 廖美玉:《錢牧齋及其文學》（台灣大學中國文學研究所博士論文，民國 72 年）。

21. 劉少雄:《南宋姜吳典雅詞派相關詞學論題之探討》（台灣大學中國文學研究所博士論文，民國 82 年）。

22. 蔡勝德:《陳子龍詩學研究》（東吳大學中國文學研究所碩士論文，民國 70 年）。

23. 龍思明:《王漁洋神韻說之研究》（台灣師範大學中國文學研究所碩士論文，民國 66 年）。

24. 簡恩定:《清初杜詩學研究》（東吳大學中國文學研究所碩士論文，民國 75 年）。

25. 權寧蘭:《朱竹垞詞研究》（台灣師範大學中國文學研究所碩士論文，民國 74 年）。

26. 龔顯宗:《明七子派詩文及其論評之研究》（台灣師範大學中國文學研究所博士論文，68 年）。